D1313013

Sylvie Germain

Nuit-
d'Ambre

Gallimard

à Grégoire

Que se passe-t-il derrière cette porte ?
Un livre est en train d'être effeuillé.
Quelle est l'histoire de ce livre ?
La prise de conscience d'un cri.

EDMOND JABÈS

Et Jacob resta seul.

Et quelqu'un lutta avec lui jusqu'au lever de l'aurore.

...

Jacob fit cette demande : « Révèle-moi ton nom, je te prie », mais l'autre répondit : « Et pourquoi me demandes-tu mon nom ? » et là même il le bénit.

Jacob donna à cet endroit le nom de Péniel, « car, dit-il, j'ai vu Dieu face à face et j'ai eu la vie sauve ».

Genèse (**XXXII**, 25/30-32)

PERSONNAGES DU
LIVRE DES NUITS

Les personnages en italique réapparaissent
dans *Nuit-d'Ambre*.

Péniel + Vitalie

Théodore-Faustin + Noémie

Honoré-Firmin
Herminie-Victoire

Victor-Flandrin, dit Nuit-d'Or-Gueule-de-Loup

+ Mélanie	+ Blanche	(+ Hortense)	+ Sang-Bleu	+ Ruth	+ Mahaut
— Augustin — Mathurin (dits Deux-Frères) + Hortense Benoît-Quentin	Violette-Honorine *Rose-Héloïse*	Michael Gabriel Raphael	*Thadée* *Baptiste*	Samuel Sylvestre Yvonne Suzanne	*Septembre* *Octobre*
Mathilde Margot					

— Non, le livre ne se refermait pas. Il ne pouvait pas s'achever, se taire. La guerre pourtant, la guerre qui sans cesse faisait retour, avait coupé la parole des hommes, toute parole. La guerre, qui venait de réduire en cendres le nom, le corps, la voix, de millions et de millions d'êtres. La guerre, qui avait réduit à néant l'âme de tant et tant d'hommes régnant au temps des assassins.

Le livre se retournait dans les cendres et le sang comme un dormeur dans la moiteur d'un rêve fou.

Le livre se relevait dans un monde désert écrasé sous un ciel tombé si bas, si lourd, comme un blessé sur une terre qu'il ne reconnaît plus pour y avoir été jeté avec trop de violence.

Le livre des noms chus dans l'oubli, le silence, — le livre des noms devenus cris. A bout de souffle.

— Le livre des noms s'arrachant à l'oubli, au silence. Le livre des nuits volées en éclats, et qui, page à page, pas à pas, mot à mot, reprenait une fois encore son errance. A contre-terre, à contre-ciel.

Le livre ne se refermait pas. Il repartait, page à page, de son pas d'homme aux reins sanglés de mémoire en lambeaux, aux épaules faites pour se charger du poids d'autres hommes. Il repartait, une fois encore, toujours, de son pas d'homme au cœur têtu. Il s'en allait à contre-nuit.

« La nuit qui, par le cri de sa mère un soir de septembre s'empara de son enfance, ne le quitta jamais plus, traversant sa vie d'âge en âge, — et proclamant son nom au futur de l'histoire. »

— Car cette nuit qui se saisit de lui, et ce cri qui s'enta dans sa chair pour y plonger racines et y livrer combat, étaient venus d'infiniment plus loin déjà.

Nuit hauturière de ses ancêtres où tous les siens s'étaient levés, génération après génération, avaient pris noms, amours et luttes. Avaient crié. Et s'étaient tus, et dénommés.

Ne s'étaient tus et dénommés que pour mieux établir l'étrange résonance de leurs cris, de leurs noms.

Cri hauturier de ses ancêtres qui remontait du fond du temps en cents d'échos à la volée.

— Cri et nuit l'avaient arraché à l'enfance, détourné de sa filiation, frappé de solitude. Mais par là même rendu irrémissiblement solidaire de tous les siens.

Bouches de nuit et de cri confondus, bouches blessées de mémoire et d'oubli.

Blessure hors-temps qui présida au surgissement du monde et en ouvrit l'histoire comme un grand livre de chair feuilleté par le vent et le feu.

Blessure hors-monde même, qui déchira la nuit stellaire comme un grand livre d'astres écrit par la violence et la lumière.

Grand livre incessamment écrit sans jamais parvenir au dernier mot, — au dernier nom, au dernier cri.

Grand livre incessamment désécrit puis récrit à rebours, sans jamais parvenir au premier mot, — au premier nom, au premier cri.

Et le livre toujours continue, faisant claquer ses pages et courir ses vocables. Et la nuit toujours continue, laissant surgir ses nébuleuses et filer ses étoiles.

— Charles-Victor Péniel, celui que tous appelleraient Nuit-d'Ambre-Vent-de-Feu, entrait à son tour en écriture, — en passion d'écriture. Page parmi les pages vouée, comme toutes les pages, à être lue par l'Ange, jusqu'à l'effacement. Jusqu'à la déchirure, et au retournement.

NUIT DES ARBRES

NUIT DES ARBRES

1

Car il fut terrible, le cri de la mère, lorsqu'on lui rapporta le corps de son fils. Son fils premier-né. L'enfant de sa jeunesse, conçu un jour de pluie et de peau merveilleusement nue. Celui qui battait le tambour de l'attente, du temps où l'ennemi occupait leur terre, et retenait le père si loin de là. Celui qui s'était nourri d'elle et qui si longtemps avait dormi, joué, grandi à ses côtés, seul à seule. Le petit compagnon qui inventait l'espérance et la joie en pleine latitude-guerre. Son fils premier-né, chair de sa chair, amour réalisé de son amour. Petit-Tambour.

Ce fut un cri terrible, vraiment, poussé de toute la force de son corps, comme surgi des tréfonds du monde pour s'élancer jusqu'aux confins du ciel. Un cri de l'autre bout du temps. Un cri de folle, de femme devenue animal, chose et élément.

Le père vint. Il vit le corps raide et trempé de son fils renversé en travers des bras de trois chasseurs qui

23

se tenaient dans l'embrasure du seuil, têtes basses. Trois hommes en tenue de chasse, aux bottes souillées de boue, aux bras couverts de sang. Leurs gibecières étaient vides, leurs chiens geignaient dehors, couchés près des fusils jetés dans l'herbe sous la pluie. Ils tenaient le corps de l'enfant avec tant d'embarras et de maladresse qu'ils semblaient sur le point de le laisser tomber.

Il vit dans le même instant le corps de sa femme se tordre et chanceler sous la montée du cri. Et c'est vers elle qu'il s'élança, ce fut elle qu'il saisit dans ses bras. Il la serra contre son corps, avec violence, contre son corps d'homme vivant, comme pour l'arracher à la mort de leur fils. Mais elle brisa l'étreinte et courut vers l'enfant. Elle s'empara du petit corps avec une sauvagerie si brusque qu'aucun des trois chasseurs n'eut le temps de réagir. Et elle s'enfuit droit devant elle, sous la pluie, portant son fils dans ses bras.

Avant qu'ils n'aient franchi le seuil elle avait disparu. Ils se précipitèrent à leur tour sous la pluie, la cherchèrent dans la cour, sur la route, dans les champs, mais ne la trouvèrent pas. Elle avait tout à fait disparu. Comme dissoute dans les ruissellements gris du ciel de septembre. Alors Baptiste, le Fou-d'Elle, tomba les genoux sur les pierres, au milieu du chemin, et il pleura.

Et lui, Charles-Victor, le second fils, resta planté tout seul sur le seuil avec ses cinq ans devenus soudain plus lourds qu'un cent d'années. Tout seul, abandonné. Trahi.

Car il venait en un instant d'être trahi par tous. Le frère mort, la mère folle, le père en larmes. Nul n'avait donc souci de lui ? Il se cabra et leur cria à tous, au plus profond de son cœur d'enfant exclu : « Je vous hais ! »

Pendant trois jours des groupes d'hommes accompagnés de chiens cherchèrent Pauline et son enfant. Nuit-d'Or-Gueule-de-Loup, celui dont la mort n'avait pas voulu, conduisait les battues. Il paraissait plus grand et plus fort que jamais, et plus que jamais avait une gueule de garou avec ses yeux étincelants, ses dents aiguës toujours découvertes comme dans l'amour, ses cheveux en broussaille.

On les retrouva au soir du troisième jour, au cœur du bois des Amours-à-l'Event. Elle était là, louve ou renarde plus que femme, tapie contre le tronc d'un gigantesque pin aux branches basses qui la baignaient de leur pénombre glauque. Elle serrait contre son ventre le corps d'un bleu violâtre, devenu tout gluant, de son fils. L'odeur du corps pourrissant de l'enfant au ventre énorme, tout gonflé de vent noir, se mêlait étrangement à l'odeur des fougères, des champignons, des fraises sures dans la mousse et des bogues moisies. Les yeux de Pauline dans l'ombre verte des branchages avaient l'éclat très fixe de silex brisés.

Elle était sale, déguenillée, ses cheveux lui collaient à la face comme du lichen jaune, sa peau était couleur d'écorce, ses lèvres craquelées. Elle semblait faire corps avec le pin, se fondre dans son tronc, se nouer à ses racines. Il fallut l'arracher à l'étreinte de l'arbre. Elle s'était tue, mais toute la forêt alentour gardait le même silence, — c'était l'heure où les cerfs lançaient leurs premiers râles amoureux et s'apprêtaient à s'abouter. Leurs cris de rut et de combat semblaient sourdre des arbres, — que l'on s'attendait à voir

25

s'extirper tous de leur sol, se mettre en marche comme une armée de guerriers tutélaires, prêts à entrechoquer leurs ramures pour conquérir l'enfant et lui offrir leur immortalité. Bientôt la clameur de leurs brames emplit l'espace sur des milles et des milles à la ronde avec une force fantastique. Jamais encore on n'avait entendu brames aussi rauques et si sonores dans toute la contrée. Jamais encore les arbres n'avaient à ce point surpris et effrayé les hommes.

Et lui, pendant ce temps, pleurait dans la maison. Fou-d'Elle, ce n'était pas son fils qu'il pleurait, ce n'était pas Jean-Baptiste qu'il appelait. Mais elle, seulement elle. Et le petit Charles-Victor, dans sa chambre, entendait pleurer son père. Ces pleurs, de l'autre côté du mur, ressemblaient au mugissement infini de la mer. Et il sentait monter en lui la haine, contre sa mère folle, son père si faible, son frère mort.

On rapporta Pauline à la ferme comme un paquet de chiffons sales. Dans la nuit on cloua le cercueil de Jean-Baptiste dont l'odeur de charogne affolait jusqu'aux bêtes dans les étables. Mais l'enfant éployait son odeur hors des planches scellées, il l'imposait à toute la maison. Les murs, les choses, les rideaux, les habits, tout prit mémoire de cette pestilence. Son odeur emplissait la nuit, comme le brame fabuleux des arbres poussant leurs cris de guerre.

Quand Fou-d'Elle vit sa femme, pareille à un vieil animal traqué, blessé, il ne recula pas, ne dit rien. Il s'avança vers elle. Et il lui sourit ; il s'avança dans un sourire. Un sourire d'une douceur confondue de douleur. Il prit dans ses bras le corps misérable, écœurant, de sa femme souillée, et l'enserra contre son corps d'homme vivant. Et la berça comme une enfant.

Charles-Victor serra si fort les poings qu'il s'en meurtrit les doigts et s'en griffa les paumes. L'odeur du frère qui imprégnait la robe, la peau, les cheveux de sa mère, — jusqu'à ses lèvres et son regard, lui flanqua une telle nausée qu'il en vomit. Il lui sembla vomir son cœur avec. Et son enfance.

Pendant que Mathilde se chargeait d'accomplir la toilette du mort, Fou-d'Elle, lui, fit celle de sa femme. Il ôta doucement ses vêtements déchirés, la mit toute nue, — d'une nudité nouvelle, bouleversante à pleurer. Il lava longuement le corps inerte, soigna les plaies que les ronces et les pierres lui avaient faites aux genoux et aux bras, puis lava ses cheveux. Quand il eut achevé de purifier son corps de la boue et du sang, et de l'odeur du mort, il la coucha et s'étendit à ses côtés. Les larmes le reprirent dans la nuit.

Et Charles-Victor à nouveau entendit à travers le mur le mugissement infini de la mer. Et de l'autre côté des murs, à travers la nuit entière, il entendait la clameur des arbres entrechoquant leurs ramures. Il resta les poings fermés, pour ne pas pleurer à son tour, ne pas hurler. Nul n'aurait donc souci de lui ? Il les haïssait, tous, à en perdre la raison. A la fin il se leva, s'approcha du lit vide de son frère, grimpa dessus, arracha les couvertures, et pissa sur les draps. Pas d'autres larmes à verser sur le frère.

Fou-d'Elle ne descendit pas dans la salle du bas où reposait le cercueil de Jean-Baptiste. Il n'alla pas veiller son fils. D'ailleurs, personne ne le veilla. Son odeur éloignait tout le monde. Seuls les arbres le veillèrent de leur chant continu.

Fou-d'Elle demeura auprès de sa femme, à veiller son sommeil tourmenté. Il lui tenait les mains, le front, il étouffait ses plaintes contre sa bouche d'homme vivant. Et il pleurait dans ses cheveux, comme pour la laver encore de la souillure, du chagrin et du sang, dans ses larmes, — ses larmes à lui, l'homme vivant.

Quand au matin on emporta le cercueil pour le conduire au cimetière, Fou-d'Elle dut faire un effort immense pour quitter la chambre où reposait sa femme et suivre le convoi. Charles-Victor s'était habillé tout seul. Autrefois c'était sa mère qui s'occupait de sa toilette, de son habillement, de tout. Autrefois, — jusqu'à ces derniers jours. Autrefois, — temps à jamais révolu. Il attendait son père sur le seuil, très droit, les poings serrés, la bouche dure. Fou-d'Elle le regarda comme s'il ne le reconnaissait pas. Il regarda long-temps, douloureusement, ce tout petit garçon si raide et muet habillé de travers. Il aurait voulu lui parler, lui dire quelque chose, le prendre dans ses bras, mais il n'avait plus de mot, plus de geste. Depuis l'apparition des chasseurs dans l'embrasure de la porte il n'existait plus que pour sa femme. Il avait même oublié Charles-Victor. Il ne pensait même pas au mort. Toute l'horreur, toute la détresse de cette mort étaient tombées dans la mère qu'elles avaient rompue, vidée. Et il ne souffrait que de sa souffrance à elle, il n'avait mal qu'en elle, ne pleurait que sur elle, pour elle. Depuis cet instant où il l'avait vue se tordre et chanceler, devenir cri, le monde s'était retiré dans une brume sourde et il ne trouvait plus de chemin pour approcher les autres. D'ailleurs il ne le désirait pas. Tout son désir n'était plus arrimé qu'à elle seule. Il avait oublié les autres ; il n'y avait de proximité que d'elle.

Il sentait bien cependant que le petit souffrait, que tout cela était trop pour un enfant. Mais il sentait cela comme à l'extérieur de lui-même. Il devait faire un effort gigantesque pour parvenir à sentir cela.

Non, vraiment, il n'avait plus de mots, plus de gestes, pour les autres, fût-ce son propre fils. Il n'avait plus de larmes, même pour son enfant mort. Car il avait tout donné à sa femme, et c'est à elle seule, et toujours davantage, qu'il donnerait. Il ne s'apparte-nait plus ; tout son corps d'homme vivant était désormais voué absolument à cette femme qui reposait là-haut dans la chambre.

C'était elle dorénavant son enfant, sa petite fille, son unique amour. Et il eut soudain envie de hurler. De hurler à Charles-Victor de disparaître. De hurler qu'il voulait rester seul avec sa femme. Sa seule enfant.

Alors Charles-Victor, devant le visage abîmé du père, dit simplement : « Il faut partir maintenant. Les autres ils attendent. Il pleut. » Et il pensa même avec une colère enjouée : « Ça, pour pleuvoir, il pleut ! Même le ciel il lui pisse dessus, le grand frère ! Bien fait ! » Les autres attendaient en effet, piétinant autour de la voiture funèbre sous de grands parapluies noirs qu'ils tenaient de guingois. Il y avait Nuit-d'Or-Gueule-de-Loup, Thadée et la jeune Tsipele, le garçon de ferme Nicaise, Mathilde et quelques autres.

La voiture avançait au ralenti sous la pluie battante. Ils ne prirent pas le chemin des écoliers, tout embourbé et devenu de toute façon inutile. Depuis la destruction du vieux cimetière de Montleroy lors de la dernière guerre, un nouveau cimetière avait été ouvert, mais hors de l'enceinte de l'église, à la sortie du village, sur le bord de la grand-route. Les morts n'en finissaient pas d'être rejetés loin des vivants. On les exilait maintenant dans ce bout de champ clôturé d'un haut mur en béton, comme en un camp de réprouvés, là-bas, loin des maisons, loin des vivants, loin de l'église. Mais ce cimetière tout neuf était encore vide ; la dernière guerre avait fait tant de morts qu'il avait fallu à l'époque entasser à la hâte dans la fosse commune improvisée au fond du vieux cimetière, que depuis il ne s'était plus trouvé dans la contrée un seul candidat à l'enterrement. Ceux qui avaient survécu au désastre de la guerre avaient tenu bon, comme s'ils devaient doubler leur propre temps de vie pour venger toutes ces vies volées avant leur heure, à coups de feu, de bombes et de mitraille.

Ce fut donc dans un grand champ désert que déboucha le convoi. Les fossoyeurs achevaient juste de creuser le trou, à l'angle des murs orientés au nord et à l'est, lorsqu'on sortit le cercueil de la voiture. Jean-Baptiste était le premier, il arrivait en éclaireur, — en fondateur. C'était à un petit garçon de huit ans que revenait l'étrange charge d'inaugurer le grand cimetière neuf tracé à angles droits par des équerres de béton. Il était le premier mort de l'après-guerre, comme son petit frère Charles-Victor avait été le premier-né de l'après-guerre. Il apportait son enfance en offrande à tous les morts à venir. Pour la dernière fois Petit-Tambour faisait œuvre de précurseur.

Ils se tenaient tous là, guindés et gauches, autour du trou humide.

Ce fut alors qu'elle surgit.

Comme si son fils encore l'appelait. Elle avait entendu au fond de son sommeil que l'on creusait un

30

trou. Un trou où on allait ensevelir son fils. Dans son sommeil elle avait senti, — on creusait. On creusait un trou dans la terre, dans son ventre. On creusait dans ses entrailles, dans son cœur. On creusait à vif dans son corps de mère. Alors elle s'était réveillée en sursaut, couverte de sueur, les mains béantes battant le vide et le silence. Elle s'était levée, habillée en toute hâte, et avait couru d'une traite jusqu'au nouveau cimetière.

Et la voilà qui arrivait, coupant le champ en diagonale, hors d'haleine. Dans son visage vieilli, hagard, brillait l'éclat de silex tranchés de ses yeux.

Ils la virent accourir, nu-tête sous la pluie. Elle ne portait même pas de souliers. Elle avança tout droit jusqu'à l'extrême bord de la tombe. Fou-d'Elle voulut lui prendre le bras mais elle le repoussa. Elle fixait de son regard de chienne folle les quatre hommes en train de descendre le cercueil avec des cordes.

Elle vit cela. Cette boîte oblongue et noire qui s'enfonçait lentement dans le trou en se balançant imperceptiblement. Cette boîte si petite, si étroite. Etait-il possible qu'une si mince boîte puisse contenir le corps de son fils ? Qu'avait-on fait du corps de son enfant ? Elle ne comprenait pas.

Nul ne parlait. On n'entendait que le bruit lancinant de la pluie tambouriner contre le couvercle de bois au fond du trou, et le souffle haletant de Pauline. Quelqu'un jeta la première pelletée de terre. C'était comme si on venait de lui jeter de la terre dans la bouche, dans le ventre, comme si on l'ensevelissait toute vive, — elle, la mère. Et la pluie, la pluie toquant sans fin sur le bois, comme un ultime roulement de tambour.

Fou-d'Elle vit une nouvelle fois le corps de sa femme se tordre et chanceler. Il n'eut pas le temps de la retenir. Elle se jeta dans la fosse. Ce n'était pas à la terre de recouvrir la chair, mais à sa chair à elle, la mère, de recouvrir celle de son fils. Et au bruit sourd de la terre sur le bois fit écho le bruit plus mat et lourd de la chair sur le bois.

Il y eut une clameur et une bousculade. Thadée entraîna Charles-Victor loin de la fosse. Fou-d'Elle descendit au fond de la fosse avec les cordes et remonta Pauline sur ses épaules. Elle avait perdu connaissance. Il sentait la pluie lui entrer dans le corps, lui ruisseler au-dedans. Lui pleurer en plein cœur. Jusqu'où devrait-il descendre pour rechercher sa femme et la ramener à lui, à son amour d'homme vivant? Il se souvenait de ce jour, ce jour merveilleux, où Pauline déjà l'avait entraîné au fond d'un fossé; elle s'était donnée à lui, dans l'herbe ruisselante de pluie. Il se souvenait jusqu'au vertige de ce jour de peau très nue, ce beau jour d'amour fou. Que s'était-il passé soudain, pourquoi le chagrin avait-il donc remplacé la joie d'alors, comment un tel amour affolé de désir en était-il venu à ne plus trembler que de peur? La pluie pourtant était la même, — immense tambour roulant ses sourdes et sombres résonances.

Il y eut une autre clameur encore. Une clameur plus profonde que celle poussée par l'assistance en deuil. Cela venait d'au-delà les murs de béton du cimetière. Cela se proférait de loin, cela montait depuis le bois des Amours-à-l'Event. C'était un cri plus rauque encore que tous ceux entendus pendant la nuit. Un cri unique, — le brame du vainqueur. Le long combat des arbres venait de s'achever.

Et, tandis que le cortège quittait l'enceinte du cimetière, ils virent cela : — un arbre trapu, à la ramure puissante et au feuillage sombre, doué d'un triple tronc à l'écorce grisâtre, descendait la colline. Il marchait, l'arbre, comme marche un géant. Il traversa les champs, les prés, marcha droit sur la grand-route jusqu'au cimetière. Il pénétra dans le grand clos désert et s'approcha de la fosse qui venait juste d'être comblée. Alors il s'arrêta, et ce fut là, dans la terre très meuble de ce petit remblai fait à la hâte, qu'il plongea ses racines pour reprendre séjour. C'était un if, vieux d'un millier d'années. Ses branches étaient constellées de baies d'un rouge vif, lumineux. — « Ton enfant est sauvé » dit Thadée à Baptiste en lui désignant l'arbre qui recouvrait la tombe. « Ton enfant est heureux, reprit Nuit-d'Or-Gueule-de-Loup, car cet arbre est femelle. Elle lui fera l'ombre douce et lui donnera la paix. Moi, j'ai perdu tant d'enfants qu'aucun arbre ne veille. Et mes femmes aussi, il n'en reste plus rien. Nul arbre n'est venu leur apporter cela : — cet amour de la terre. » Mais Baptiste le Fou-d'Elle ne songeait qu'à Pauline. Quant à Charles-Victor, il décréta incontinent : — « Je hais les arbres ! »

Charles-Victor demeura quelque temps auprès de Thadée, avec Tsipele et Chlomo, dans cette partie de la ferme où autrefois Deux-Frères avait vécu. Thadée avait agrandi et réaménagé cette partie des bâtiments qu'il occupait maintenant avec les deux enfants de son ancien compagnon de camp. Et ces enfants étaient devenus siens. Il leur avait appris à redresser la tête, à

33

réaffronter le visage et le regard des autres, et à reprendre entrain à leur jeunesse, à la vie. Mais ils demeuraient cependant encore taciturnes et toujours un peu étrangers, très repliés l'un sur l'autre même s'ils avaient enfin cessé de se tenir tout le jour par la main. De leur trop long séjour au tréfonds d'une cave ils semblaient avoir gardé le goût de l'obscurité et du silence.

Cette obscurité qu'ils continuaient à porter en eux troublait profondément Thadée. Cette densité de nuit qu'il pressentait en eux le fascinait autant que ces mystères du ciel nocturne qu'il ne cessait d'interroger à travers livres et télescope. Mais c'était face à Tsipele, surtout, que son trouble était grand. Cela allait parfois jusqu'à un sourd affolement. C'est qu'en elle ce mystère d'obscurité s'était fait, avec l'âge, beauté. La jeune fille avait quitté l'enfance et fait mûrir un corps de femme aux formes closes sur un délice de rondeurs. Cette métamorphose du corps de Tsipele, au fur et à mesure de son accomplissement, emportait dans ses remous le regard et l'esprit de Thadée, les faisant lentement chavirer dans l'étonnement, l'admiration, et à la fin le désir.

Souvent il se prenait à penser que Tsipele n'était pas sa fille, bien qu'il la traitât comme telle, et que d'ailleurs il fût bien trop jeune pour pouvoir être son père. Ils n'étaient en effet séparés que d'une dizaine d'années. Mais il sentait bien aussi que ce qui rendait la jeune fille pour lui intouchable n'était nullement affaire d'années ; cela relevait d'autre chose, d'une immense pudeur, aussi indéfinissable que farouche. Et il luttait sans cesse contre les assauts de son cœur amoureux, refusant même de nommer son désir. Il luttait d'autant plus contre lui-même qu'il se savait vaincu d'avance ; son cœur au fond était de la même trempe que celui de son frère Baptiste, le Fou-d'Elle. Un cœur trop entier, fait pour un unique, un absolu amour. Un cœur têtu, planté comme du chiendent, prêt à souffrir mille patiences, mille tourments et chagrins, pour garder celle qui avait mis son désir au monde, — une fois pour toutes.

Charles-Victor refusa de partager la chambre de Chlomo ; il voulait être seul, radicalement seul. Il devait aller jusqu'au bout de cette solitude dans laquelle les siens venaient de le jeter, de l'oublier. Jusqu'au bout, et au-delà encore, si cela pouvait se faire.

Il ne comprenait toujours pas. Quelques jours auparavant sa mère était encore sa mère ; une mère douce et bonne dont l'amour était égal pour son frère et pour lui. Une mère si douce, si bonne, qui s'occupait de tout ; qui le lavait, l'habillait, le nourrissait, s'attardait un moment chaque soir auprès de son lit. Quelques jours auparavant il était un vrai petit garçon, on le tenait pour tel et on l'aimait comme tel. Mais voilà que d'un coup sa mère s'était rompue, effondrée, et c'était elle à présent que l'on considérait, que l'on choyait comme une enfant. Et le père s'était perdu avec ; il n'était plus le père de son fils mais seulement celui de son épouse.

La mère n'était plus sa mère, mais l'enfant du père. Et pourtant, si, la mère restait encore une mère. Mais pas de lui, le petit ; elle était la mère folle du fils mort. Exclusivement. L'amour de sa mère avait basculé, il n'était plus égal ; l'amour de sa mère était tombé d'un bloc dans la fosse où l'on avait jeté le frère. L'amour de la mère croupissait au fond d'une fosse.

Le fils mort. Son frère. Le grand frère. Ce grand frère qui ne lui avait jamais pardonné, à lui, Charles-Victor, de ne pas être né petite fille. Cette petite fille aux nattes blondes, aux yeux en amandes, couleur de feuilles mortes, qu'il avait tant désirée, — était-ce elle qu'il était allé chercher dessous la terre ? — « Eh bien qu'il aille, qu'il aille donc, se répétait Charles-Victor les poings serrés au fond de ses poches. Qu'il aille au diable, et la mère avec ! »

Jean-Baptiste, le frère aîné. Le premier-né. Celui que la mère appelait avec tant de tendresse Petit-Tambour. « Petit-Tambour de merde, oui ! se disait Charles-Victor. Va rouler ta caisse chez les morts et fous-nous donc un peu la paix ! » Des vieilles au cimetière lui avaient dit : — « Ah, pauvre petit ! Il faut prier pour ton grand frère, le malheureux. » Ces vieilles-là aussi, avec leurs relents de chair grise et de lainages poussiéreux, avec leurs yeux humides et leurs voix languissantes sifflant entre leurs chicots noirs, il les détestait. Non, il ne prierait pas pour le grand frère. — « Prier ? Mon cul, oui ! Je lui pisserai dessus, sur sa sale petite gueule de mort, na ! » s'obstinait-il à penser avec rage. Que les vieilles s'amusent donc à radoter leurs prières gluantes, lui avait mieux à faire. Pisser sur tous les traîtres. Le frère, la mère, le père, — tous dans le même sac. Tous dans la même fosse. Une fosse à ordures. Il ne les distinguait plus. Entre la mort et la folie, entre les larmes, le cri et le silence, il ne distinguait pas. Ha ! et le père ! ce grand chien qui avait pleuré sans même le voir, lui le petit ! Le père, derrière le mur, avec son mugissement infini de mer. Mugissement de vent en hiver.

Eclats de silex brisés dans les yeux de la mère; larmes aveuglantes dans les yeux du père. Terre et nuit dans les yeux évidés du frère. Regards détournés de lui. Regards de traîtres. Eh bien qu'importe, décida Charles-Victor, il s'inventait un regard à lui, un regard plus fort que ceux de ces trois-là avec leurs pauvres yeux de chiens crevés. — « Moi, se dit-il, je regarderai par le trou de mon cul ! » Et c'est ainsi qu'il s'inventa un troisième œil, magique et triomphant, au fond de sa culotte.

Le père non plus ne comprenait pas. Lui aussi se heurtait au vide, à l'impensable. Il ne parvenait pas à penser à son fils mort. Il percevait comme de très loin, de si loin, ses deux enfants, ne sachant même plus lequel des deux était mort ou en vie. C'était à peine s'il avait vu le corps trempé de pluie et de sang de son fils abattu par les chasseurs. Ce qu'il avait vu, et ne cessait de voir, c'était elle : — Pauline. Son corps tordu, chancelant, sous la percée du cri.

Il demeurait auprès d'elle, couché contre elle, de tout son poids et sa chaleur d'homme vivant.

La mère garda longtemps la chambre, et le silence. Elle ne bougeait pas, ne parlait pas, gardait les yeux fermés. Elle reposait, comme une eau stagnante.

Ne pas bouger. Ne pas parler. Ne pas sentir en soi la vie. Cette vie qui ne battait plus que le pouls de la souffrance. Ne pas penser.

Faire la morte, pour ne pas sentir la mort.

Et lui ne s'occupait que d'elle. Il la lavait, la nourrissait.

La nuit cependant elle se réveillait parfois, le visage glacé de sueur, et elle hurlait : — « Jean-Baptiste ! Mon petit ! » Elle se débattait dans les draps, elle voulait partir, courir au cimetière, se coucher sur la terre, couvrir son enfant. Elle s'écriait : — « Il a froid, je le sens. Il m'appelle, il a besoin de moi. Il a si froid, tout seul sous la terre, je dois aller le réchauffer. Je dois aller le consoler... » Alors lui, son grand chien d'époux qui toujours montait la garde contre ces assauts de douleur, devait la retenir de force dans ses bras, lutter contre le fils invisible. Il étouffait les cris de Pauline contre sa bouche d'homme vivant, il lui faisait l'amour pour mieux reprendre possession de son corps, — en chasser le fils mort, l'exiler loin de là. Mais contre la nudité nouvelle de sa femme, sa jouissance à lui était également autre ; c'était une jouissance malheureuse dont la substance était de larmes. Il la fécondait de ses pleurs.

Tout le temps que dura la maladie de sa mère, cette obscure maladie de la mort qui épuisait le père tout autant, Charles-Victor demeura dans la maison de Thadée. Mais il repoussa la tendresse de son oncle tout comme il refusa l'amitié de Tsipele et de Chlomo. Il vivait là comme un enfant sauvage, aux mœurs étranges, au regard brutal. Il détestait les sentiments, se méfiait de tous et de tout ; les marques d'affection lui flanquaient la nausée. — « Je les connais leurs sentiments, se disait-il, c'est moins que rien, foutaises et mensonges ! Un méchant jeu d'adultes. Tous des crétins et des salauds. Ils font semblant d'aimer pour mieux laisser tomber après. Moi, on m'aura plus. » Et puis cet oncle, tout le sosie du père. Il lui en voulait de ressembler tant à son traître de père. Quant à Chlomo, il en crevait de jalousie de le voir objet de tous les soins de la belle Tsipele. Qu'avait-elle donc celle-là, à chanter à son frère des romances et à lui raconter des histoires dans une langue qu'il ne connaissait pas ? Il était jaloux de cette langue, de ces airs tristes et beaux qu'il ne pouvait comprendre. — « Cette sorcière de Tsipele, se disait-il, où donc a-t-elle trouvé des mots et des airs pareils ? Sûrement au fond de cette cave où elle et son frère ont vécu pendant des années comme deux rats ! Sous la terre, si longtemps. Tout comme les cadavres. Alors c'est encore un coup des morts ! Elle parle et chante le langage des morts. Ils sont donc du côté de Jean-Baptiste. Contre moi. Je les hais. »

C'est ainsi qu'il s'ingéniait à s'entourer d'ennemis imaginaires, à se croire un mal-aimé maudit de tous, plus seul au monde qu'un lézard saisi tout vif dans la glace au cœur d'un désert de neige. Tout ça parce qu'il ne pouvait pas se consoler du cri fou de sa mère, et des sanglots du père, — lui tournant le dos. A croire que les chasseurs, en abattant le frère dans la forêt, avaient laissé encore leurs balles ricocher sur tout le restant de la famille. — « Quand même, se prenait-il parfois à réfléchir, je me demande bien pour quoi ces trois cons de chasseurs ont pu prendre mon frère pour lui tirer dessus ? Un blaireau, un renard, un corbeau ou un canard ? Un marcassin, peut-être, ou un petit d'ours ? Mais non, il n'était rien qu'un petit de salope ! Rien que ça. Et puis d'abord, le frère, ils en ont fait un putois. Un vilain putois tout bleu. »

Il n'en finissait pas de se claquemurer dans la rage et la haine, de circonscrire le territoire de sa solitude et d'en défendre les abords. Pour mieux établir un tel territoire il partit rechercher les lieux les plus déserts, les coins les plus sauvages. Il s'en trouva d'admirables.

Il élut trois lieux où consacrer la parfaite sauvagerie de sa solitude, et de ces lieux il fit son royaume. Il se déclara prince. Le Prince-Très-Sale-et-Très-Méchant. Tel fut le titre qu'il se donna pour investir ses terres et fonder son règne d'enfant trahi, sauvé de l'abandon par la révolte et la colère.

Son premier et plus vaste domaine était une ancienne usine, construite de l'autre côté du bois des Amours-à-l'Event, en contrebas de la colline, près du fleuve. L'usine et ses immenses entrepôts n'étaient plus que ruines livrées à la rouille, au silence et à l'eau, depuis les bombardements de la dernière guerre. Il y régnait un goût de fer rongé d'humidité, de froid et de graisses rances. Il aimait ces odeurs, surtout celle du fer, pour ses relents de sang. Dans les poutrelles de métal des charpentes à demi effondrées nichaient par hordes des grappes de chauves-souris. Il ne craignait nullement ces bêtes torves aux ailes écœurément lisses, aux cris perçants. Il les appelait « mes jolies petites reines dégueulasses » et leur lançait des ordres farfelus à grands cris sous la voûte crevée. — « Salut à vous, mes chéries dégueulasses ! avait-il coutume de leur clamer en arrivant dans les grands locaux tout résonnants de vide. Avez-vous bien dormi ? Faut vous réveiller maintenant les mignonnes, l'est temps d'aller sucer le sang de tous les crétins du pays. Allons, réveillez-vous donc, grosses feignasses, rates chauves, gracieuses laideronnes de la nuit, ou je vous arrache les pattes et les ailes ! » Il leur tenait ainsi de longs discours faits d'injures, de menaces et de douceurs mêlées, le cou tordu vers le plafond. Ses gueulantes n'avaient d'autre effet que de faire décamper les chats sauvages réfugiés dans les coins et les autres bestioles grouillant un peu partout. Puis il inspectait « son peuple de métal », — grosses machines hors d'usage, objets et outils corrodés qui croupissaient dans l'eau saumâtre laissée par les pluies ou les crues du fleuve. — « Eh vous, les choses ! leur criait-il en leur tapant dessus avec des barres de fer, réveillez-vous aussi ! Tournez donc, sautez, faites-moi un peu de tinta-marre ! Allez les choses, armez-vous, mettez-vous en marche et partez écorcher tous les arbres. Du mouve-ment, du ramdam, de la casse ! Aux armes les choses ! » Et il se plaisait à patauger dans cette eau noire et grasse qu'orangeait la rouille, à en extirper les objets tout rongés y pourrissant, à briser les derniers morceaux de vitres à coups de boulons ou de pierres. Et il criait à s'en époumoner à travers cet espace suintant de silence, où ne chuchotaient que les vis-queux clapotis de l'eau et les frou-frous des chauves-souris à l'heure de leur réveil. Il vociférait des mots dont il ne connaissait pas toujours le sens, et même des mots qui n'existaient pas. Il les criait comme des jets de pierres, pendant des heures. Il les braillait jusqu'à en perdre le sens de tout langage et s'enrouer la voix, jusqu'à être saisi de vertige.

Ce fut à cette époque que les mots devinrent pour lui pareils à des choses, — des objets de métal, massifs et rugueux, qui ne faisaient plus sens mais marquaient des buts. Des buts en plein silence, des buts contre la peur, contre la mort. Des buts contre le cri de la mère, les sanglots du père, la puanteur du frère. — « Craaou... ! Ecoute un peu, la mère, comme je peux

41

gueuler moi aussi ! Plus fort que toi, plus loin que toi. Craaou... et toi, le père, qui chigne comme une poule qu'a la colique, écoute ça : Craouhou ararran...! Et toi aussi, le frère, petit chouchou crevé au ventre ballonné de pets bleus, entends-moi ça : ssshu ssshuiiit ! crac cccraouc crrr rra..! Entendez donc tous les trois le beau tonnerre de ma voix d'orphelin qui vous fracassera les os et vous pétera les dents ! » Et le vide brisait encore davantage ses cris en éclats. Il écoutait ces répercussions de sa voix lancées par l'écho et leur répondait à plus grand bruit encore : — « Qui parle ? Qui ose répondre ? C'est vous les anges ? Que voulez-vous ? » Il pouvait mener des heures ces dialogues absurdes avec les anges de l'écho.

Mais bientôt il partit à la conquête de nouveaux territoires. Il ne cessait de découvrir les vestiges fantastiques laissés par la dernière guerre, dont un immense blockhaus perdu dans la forêt en surplomb de l'usine. Ce blockhaus n'était plus qu'un vaste dépotoir à ordures envahi par les orties, les ronces, les fougères. Là, ce n'était pas la rouille qui régnait en maître, mais la pourriture. Il s'y forgea donc un langage à la mesure de cette atmosphère de décomposition, fait de mots informes aux sons glauques et aux accents gluants. Il salivait ces mots et les crachait contre les murs, — à la face du frère. Car le frère n'en finissait pas de le hanter, de lieu en lieu, et partout il devait lui relivrer combat. Mais là il n'y avait pas d'écho, tous les sons s'étouffaient aussitôt proférés dans l'air enclos, saturé de moisi. Aussi y criait-il moins qu'il n'y râlait ou n'y gloussait de sourds borborygmes. Et à travers tous ces bruitages qu'il ne cessait d'inventer, d'arracher à sa gorge, à son ventre, il éprouvait dans sa chair et son cœur des sensations étranges faites d'étouffement, de sueur et de boue. Si dans les grands entrepôts de l'usine ses cris répercutés dans le vide et le froid lui avaient appris à sentir se tendre les réseaux de ses muscles, de ses nerfs et de ses tendons jusqu'à l'extrême, ici, dans le bunker empli de tiédeurs fétides, il expérimentait sa chair dans sa texture muqueuse, spongieuse à l'excès. Et son cœur montait battre jusqu'au dedans de la bouche pour se fondre à sa langue, s'écorcher à ses dents comme un fruit trop mûr.

A force de fouiner dans ces antres de béton maintenant rejetés par l'histoire et les hommes et abandonnés à l'oubli végétal, il découvrit une galerie parcourue de rails à voie étroite où stationnait une vieille draisine hors d'usage. Il n'eut dès lors plus de cesse de remettre ce wagonnet en état et de déblayer les rails encombrés de déchets et de cailloux. Ce tunnel plongeait profondément dans la terre puis, après un long parcours souterrain il débouchait en pleine forêt. Les rails poursuivaient encore leur tracé en méandres parmi les arbres mais se perdaient soudain dans la broussaille. Une fondrière gorgée de vase marquait abruptement le terminus de cette voie ferrée. Les bouts de rails déchiquetés qui se tordaient aux abords de ce petit marais témoignaient de l'explosion qui avait dû avoir lieu vers la fin de la guerre.

Charles-Victor fit de cette draisine son char de gloire et de combat. — « Moi aussi je descends tout au fond de la terre, comme le frère ! Mais lui, ce putois violacé, il ne bouge pas, il pourrit et laisse craquer ses os comme des branches sèches. Alors que moi je me ballade, je cours dans la terre, je roule comme un soleil

43

de fer dans les tripes de la terre ! » Et à la barre de son chariot il poussait des cris perçants, furieux et enjoués, pour effrayer le frère, cette charogne bleue clouée entre ses planches sous les racines de l'if. Il nomma la vieille draisine aux roues grinçantes « ma baladine au cul d'enfer et petons d'or » et la pourvut d'une lampe-tempête.

Longtemps il chevaucha sa monture fantastique à travers les dédales souterrains, dévalant ces obscurs boyaux à la seule lueur de sa lampe-tempête. Il aimait ces chevauchées solitaires dans le froid et la nuit de la terre, — vociférer dans ce ventre gros de silence et d'humides ténèbres des bordées d'injures et de menaces en défi aux morts. Il s'en prenait même aux racines des arbres, — ces grands traîtres qui avaient pris le parti du frère. S'il avait pu il les aurait tranchées, toutes.

Trancher toutes les racines des arbres, à coups de hache, de couteau, faire saigner toutes les racines comme des muscles dépecés ! Et que tous les arbres s'écroulent sur son passage dans un grand fracas de branches ! Que plus un seul arbre ne demeure debout, faire de la forêt un immense champ de bataille ! Champ de désastre, champ de vengeance.

Sa lampe accrochée à l'avant de la draisine se balançait en cliquetant, éclaboussant l'obscurité de flaques à rebonds de lumière ronde d'un jaune vif. Il aimait voir danser le long des parois ces globes de lumière qui arrachaient un instant aux ténèbres des éclats de choses, — morceaux d'armes brisées, casques rouillés, bouts d'os humains. — « Hé, les morts ! criait-il en agitant sa lampe, réveillez-vous, je passe ! Regardez donc comme je fais bien la lumière, de beaux ronds

44

de pisse lumineuse, de vraies étoiles filantes ! Hé, les morts ! Regardez, je l'ordonne ! Sa Majesté c'est moi ! Un peu de tenue dans vos rangs, au garde à vous je vous prie ! Sa Majesté traverse en gloire votre cloaque. Et gaffe, bande de vieilles charognes, je vous ai toutes à l'œil ! Tout comme vous, les arbres. C'est que mon œil il est terrible, il voit tout. Il vous lorgne depuis le trou de mon cul, sans pitié ! »

Il voyait tout avec ce troisième œil. Cet œil anal, magique, farouche. Il voyait surtout ce qui n'existait pas. Et il s'épuisait à lutter avec des hordes d'ennemis imaginaires, visibles seulement pour cet impitoyable œil rectal.

Mais il dénicha encore un autre lieu, à la parfaite mesure du regard de fou de son troisième œil. Ce lieu-là était le plus sordide, le plus étroit de ses domaines, et par là même le plus grandiose. Un vieux réduit fait de planches branlantes dont la porte ne tenait plus que par un loquet déglingué. Chambre secrète, vraiment royale, où s'érigeait son trône. Il s'agissait d'anciennes latrines plantées au fond d'un terrain vague à la sortie de Montleroy ; avant la guerre se tenait là le bistrot du village. Cela avait été longtemps un grand bistrot, mi-buvette mi-guinguette, où se réunissaient le soir les hommes du village pour fumer, boire, jouer aux cartes ou au billard, et où l'on dansait les jours de fête. Il s'appelait « Chez Eugène et Marcelle », du nom de ses propriétaires. Bien que ladite Marcelle mourût avant son temps, laissant tout seul son époux Eugène, le café demeura toujours sous ce double nom. Eugène le Veuf était un très brave homme qui prenait tout au pied de la lettre et s'y tenait avec sérieux. Aussi ne remit-il jamais en cause la petite phrase qu'il avait prononcée dans sa jeunesse le jour de ses noces et que tant d'autres cependant disent à la légère ; il avait accepté de s'unir à Marcelle « pour le meilleur et pour le pire ». Cette promesse-là, comme toutes les autres, il l'avait tenue ferme. D'ailleurs cela ne lui avait guère été difficile car il n'avait connu que du meilleur avec son épouse. Le pire n'était venu qu'avec sa mort ; elle l'avait quitté en chemin, sa compagne pourtant si fidèle et dévouée. Elle l'avait d'un coup laissé tout seul, tout seul jusqu'aux larmes. « Morte ou pas, répétait-il obstinément aux buveurs imbéciles qui se fourvoyaient à lui parler remariage après son veuvage, Marcelle était ma femme et elle le restera. Ces choses-là, ça se remet pas en cause. C'est pour toujours. Qui vous dit d'ailleurs qu'elle est pas encore là, ma Marcelle, derrière le comptoir, et si elle vous entend ça doit lui tourner le cœur, la pauvresse ! Alors cessez vos balivernes. La place de ma Marcelle personne ne la prendra, c'est tout. » Et de fait Eugène le Veuf n'ouvrit jamais son lit à d'autres femmes.

Par contre, pendant la guerre, en pleine occupation, il n'hésita pas à ouvrir sa cave et son grenier à tous ceux qui cherchaient un refuge où se cacher. Il ne s'étonna pas non plus de voir un soir les Allemands débarquer chez lui à l'improviste en fracassant les portes de son établissement qu'il venait juste de fermer. Ils arrivèrent avec armes et chiens et envahirent aussitôt sa maison de la cave au grenier. Pendant tout le temps de leur fouille Eugène le Veuf n'avait pas lâché le balai qu'il tenait au moment de leur intrusion. Il était resté là, planté au milieu de ses tables hérissées de chaises renversées pieds en l'air, à fixer d'un regard

46

douloureux le petit tas de poussière et de mégots qu'il venait juste de commencer à rassembler. Il savait ce qui l'attendait, — et il attendait docilement. Il avait vu soudain défiler devant lui trois jeunes hommes en chemise, les bras levés. L'un d'eux tremblait, ses lèvres même tremblaient. Les soldats les avaient abattus sur le seuil, juste sous l'enseigne « Chez Eugène et Marcelle ». Puis il avait senti une odeur d'essence, et au milieu des cris lancés par les soldats il avait entendu un drôle de bruit, tout à fait insolite. Le bruit d'un feu gigantesque qui se lève d'un coup, comme ça, de toutes parts. Il avait fait soudain très chaud, incroyablement chaud. Les vitres, le grand miroir, les bouteilles et les verres rangés sur le comptoir et sur les étagères avaient tous éclaté. Un formidable rire rouge partout autour de lui. Les tables avaient pris feu, avec les chaises aux pieds en l'air, et les boules avaient claqué sur le tissu vert plein d'accrocs du vieux billard. Et lui tenait toujours son balai.

A l'instant où son balai avait pris feu à son tour il avait senti comme une main, toute douce, toute tendre, se poser sur son épaule. Il avait tourné la tête et demandé à mi-voix : — « Marcelle ?... C'est toi, ma Bonne ?... » Un grand assaut de flammes lui avait jailli au visage pour toute réponse.

Mais le petit Charles-Victor ignorait encore tout de ce passé pourtant si proche ; le monde entier pour lui était un vaste terrain vague sans autre histoire que celle qu'il y inventait. Il était l'enfant de l'après-guerre, d'après toutes les guerres. Il était aussi l'enfant de l'après-frère, de l'après-cri de sa mère, de l'après-sanglots du père. Et cela pour lui suffisait. Cela faisait déjà une nouvelle guerre, une guerre à la mesure de son enfance et dont les armes étaient des cris et des mots.

Les cris, il les avait affûtés dans le silence et la rouille des anciens entrepôts, il les avait poussés jusqu'au râle au fond du blockhaus et les avait scandés à outrance au rythme brinquebalant de sa draisine le long des souterrains. Mais là, dans ces latrines rescapées du feu de l'ennemi, c'étaient les mots qu'il allait découvrir, — la force et le mystère des mots. Il allait les découvrir pour jouer avec, les savourer, les malaxer comme une boue.

Les herbes sauvages avaient pris d'assaut la petite cabane de planches peintes en bleu. Un bleu devenu si délavé par la pluie, si usé par le vent, si souillé de chiures d'oiseaux dont les nids de brindilles ballottaient sous le rebord du toit de zinc, qu'un spectre d'autres couleurs y avait fait surface. Selon la lumière du ciel des mauves fanés, des bleus lavande ou d'encre pâle, des verts d'amande ou d'absinthe y affleuraient par pans. Parfois même on pouvait y déceler de vagues taches rosâtres ou des zones de jaune. Ce bleu mourant avait ainsi développé dans sa lente agonie un jeu infiniment subtil de tons fondus qui ravissait Charles-Victor. — « Mes jolies chiottes délicates ! » s'exclamait-il avec admiration en inspectant les murs branlants de sa cabane.

Il s'enfermait des heures durant dans sa maison du bout du monde ; dans sa maison du bout du cœur. L'odeur qui régnait en ce lieu lui était aussi fantastique que le bleu tout en nuances des portes délavées ; c'était un curieux mélange d'odeurs délétères, — bois vermoulu, terre humide, vieux papiers journaux pourris

48

dans l'urine et les excréments au fond de la fosse. Des araignées avaient tissé d'immenses toiles aux angles du plafond ; il admirait la préciosité de ces voiles de mort si finement ouvragés, que venaient émailler les moucherons et les moustiques de leurs ailes tremblantes.

Une caisse de bois percée d'un large rond en son milieu servait de siège. Ce trou était pour lui un gouffre fabuleux, — l'empire du vide obscur et des plus délicieux vertiges. — « L'œil de Dieu avait-il décrété. L'œil de Dieu, ce grand Chafouin qui toujours reluque les hommes par en dessous pour leur voler au passage leur propre création : — la merde. » A ce vaste trou horizontal béant sur la nuit de la terre faisait contrepoint un autre trou, beaucoup plus petit, perché à la verticale tout en haut de la porte. Cette petite lucarne, unique entrée de la lumière, — qui s'infiltrait cependant également en minces rais par les innombrables fissures des planches, était taillée en forme de cœur. Selon les heures du jour le ciel s'y découpait en cœurs de toutes les couleurs. « Le ciel a le cœur bien changeant, il court la gueuse à tous les vents », en conclut-il.

Des cœurs, il y en avait bien d'autres encore ; des cœurs tout biscornus grossièrement dessinés sur les murs, transpercés de flèches et rehaussés d'initiales. De vrais petits blasons n'armoriant plus que des amours anciennes, des désirs révolus, des baisers depuis longtemps perdus. Il y avait aussi d'autres dessins et graffiti charbonnés avec obscénité en tous sens. Ce fut à cette école, sans autre maître que le vent soufflant de toutes parts et sifflant sur le toit de zinc, ce fut sur de telles ardoises de bois scribouillées par des ivrognes égrillards, que Charles-Victor fit son apprentissage des mots. Il ne les comprenait pas tous et s'appliquait à lire et à relire ces phrases énigmatiques en suivant chaque lettre du bout des doigts et en les épelant à haute voix. Mais s'il ne comprenait pas tout exactement, il pressentait suffisamment la force inscrite dans ces mots ; une force liée à leur outrance et à leur crudité même, auréolée de la gloire de l'interdit. Car c'était bien de cela qu'il s'agissait, il le sentait avec violence, et volupté : — tous ces dessins et graffiti ne parlaient que de choses interdites. Sexes d'hommes et seins de femmes, déclarations graveleuses, injures et grossièretés en tous genres. Tous ces mots nommant le corps et le désir, le corps et ses plaisirs, ses zones de ténèbres, ses concrétions magiques, ses eaux cachées, il les fit siens. C'étaient des mots-matière, matière brute, fécale, séminale, vivante.

A ses cahiers de classe il arracha des pages et se fit un journal secret qu'il écrivait sur ses genoux, assis dans ses latrines, en plein sur l'Œil torve de Dieu. Il l'intitula « Journal d'un Caca » et y consigna tous les hauts faits de sa lutte incessante contre son putois bleu de frère, contre le cri de la mère et les sanglots du père. Une lutte imaginaire, sans mesure ni fin, s'exacerbant de sa propre solitude ; une lutte armée de mots, de grossièretés, d'obscénités, contre des fantômes d'ennemis. Une lutte au mot à mot, — au corps à mots, au couteau.

Mais il lui vint aussi un autre combat, un vrai corps à corps celui-là. Il se trouva en effet un adversaire tout à sa mesure en la personne d'une fillette à peine plus âgée que lui. C'était une petite gitane de passage dans la région. Les siens avaient établi leur campement aux abords de la Meuse, non loin du village. Elle aussi courait les champs et les forêts, comme lui, et ne faisait d'école que buissonnière. Mais elle, elle courait pieds nus, et nue elle l'était d'ailleurs entièrement sous ses jupons de couleur rehaussés de taches et de déchirures. Charles-Victor la rencontra dans les entrepôts de l'ancienne usine ; elle s'amusait à sauter à cloche-pied parmi les détritus et les vieilles machines. — « Hé ? Qu'est-ce que tu fous là, toi ? lui avait-il crié la première fois en l'apercevant. Ici c'est mon domaine. Fiche le camp ! » Mais la petite lui avait tiré la langue et lui avait répondu : — « J' m'en fous. Moi, partout c'est mon domaine. » Et elle avait continué à cabrioler en agitant sa tête aux cheveux noirs tout ébouriffés et en faisant tournoyer ses jupons aux fleurs crasseuses en corolles. — « Hé, mais dis donc ! s'était-il exclamé. Tu portes pas de culotte ! » Elle avait ri, sans plus de gêne, et lui avait rétorqué : — « Et alors ? Mon cul il est très bien comme ça. » Charles-Victor s'était d'ailleurs rallié d'emblée à cet avis et s'était aussitôt élancé vers la gamine en poussant de grands cris.

Elle s'appelait Lulla, ses yeux fendus à l'oblique étaient d'un vert très tendre et lumineux ; et ses fesses étaient toujours nues. Lui l'appelait Lulla-Ma-Guerre et se battait avec elle comme un jeune chien fou. Il aimait l'éclat si vert de ses yeux, le goût déjà amer de sa peau et l'odeur de feu et de vent dans ses cheveux jamais lavés. Il aimait ses airs de sauvage et son joli rire d'effrontée, et par-dessus tout l'allègre impudeur de ses fesses qui demeuraient toujours l'enjeu de leurs luttes.

Lulla-Ma-Guerre. Elle fut son premier camarade, sa première compagne de jeux, de rêves et d'aventures.

51

Et son premier amour. Il lui fit l'honneur de ses trois domaines. Mais jamais il ne lui parla de son frère Jean-Baptiste, le grand Putois bleu qui ne cessait pourtant de le hanter, et jamais non plus ne l'emmena sur sa draisine, son chariot de combat contre les arbres sous la terre. Lulla-Ma-Guerre était du côté de la vie, du désir, de la joie, il sentait cela avec trop de force pour vouloir l'entraîner avec lui dans ses déambulations au pays des morts. Et puis il haïssait tant son Putois bleu de frère qu'il était jaloux de sa haine comme un amant de son amour. Cela il ne pouvait encore le partager, fût-ce avec son unique amie. Lui, le Prince-Très-Sale-et-Très-Méchant, régnait donc sur un double royaume : — celui du jeu et du désir, celui du corps et du plaisir, avec Lulla-Ma-Guerre aux fesses de diablesse, brutale et enjôleuse, et celui de la colère et de la haine contre le Putois bleu, celui dont la pestilence rongeait encore le fond de l'air, rongeait sans fin son cœur d'enfant abandonné. Son double royaume demeurait donc rigoureusement séparé car il était tout autant jaloux de sa haine pour son frère que de sa passion pour Lulla, — pour les fesses de Lulla qu'il aimait mordre, griffer, caresser. A chacun sa sœur, — la sœur qui n'existait pas, la petite blonde invisible, pour le mort enfoui en terre, et pour lui, le vivant, une sœur sauvage et rieuse au joli cul enjoué. Alors sur ce double royaume il régnait à la force des mots saisis et explorés dans leur double versant ; mots côté mort arrachés à la terre, à la boue, au ventre bleu du frère crevé, et mots côté vie volés à la chair, à l'interdit, aux murs des latrines, et surtout aux lèvres et au cul de Lulla. Il considérait d'ailleurs le sexe de la petite fille comme une seconde bouche retenant en son fond des mots fabuleux, encore inconnus de lui.

Il survivait, l'enfant blessé, trahi, grâce à cette force magique des mots. Son unique force qu'il ne cessait de vouloir dédoubler, démultiplier, aviver.

2

A l'autre bout des mots, à l'amont de tout cri, se tenait Nuit-d'Or-Gueule-de-Loup. Lui aussi avait été enfant d'une après-guerre, — mais il était moins né du ventre d'une femme que d'une blessure de guerre. Une blessure qui jamais ne s'était refermée, jamais guérie. A un coup de sabre il devait d'être venu au monde. Et à ce monde il était arrivé en pleine nuit, ravissant au passage une étoile. Une étoile éclatée en étrange constellation dont les feux parfois, au cours du temps, s'éteignaient. Dix-sept feux, dont dix déjà s'étaient éteints, redissous dans la nuit. Et ces dix éclats d'étoiles révolus étaient autant de fils et de filles portés en terre, rendus à l'absence.

Enfants, et femmes, disparus. A chacun d'eux il s'était enfoncé davantage dans le silence, dans la perte des mots.

Nuit-d'Or-Gueule-de-Loup, celui dont la mort n'avait pas voulu, celui que la mort avait rejeté. Et la vieillesse semblait ne pas vouloir de lui davantage. A plus de soixante-quinze ans il demeurait tel qu'il avait toujours été, le corps tendu de force et de vigueur, les cheveux en broussaille, d'un inaltérable brun-roux.

Peut-être paraissait-il encore plus grand et plus robuste qu'autrefois, et son visage à la peau tannée, creusée, remodelée par l'âge, était-il plus remarquable. Sa voix seule, sa voix surtout avait changé. Comme si le mutisme qui longtemps l'avait frappé après la mort de Ruth et de leurs quatre enfants avait laissé en lui sa trace. Une trace de froid, de griseur sourde. Une certaine matité de silence. A moins que ce ne fût ce goût de mort dont il avait empli sa bouche une nuit dans la clairière du bois des Echos-Morts qui lui enrouât encore si curieusement la voix. Ce goût terriblement amer et persistant qui lui faisait toujours tenir ses lèvres légèrement retroussées et tendues sur ses dents découvertes comme dans l'amour.

Il n'habitait plus à la Ferme-Haute. Depuis son suicide raté au fond du bois des Echos-Morts plus jamais il n'avait franchi le seuil de sa demeure. Cette demeure, où il avait vécu plus d'un demi-siècle, où il avait connu quatre amours dont un si grand, si merveilleux, n'était plus sienne. Elle était d'un coup devenue pour lui un lieu interdit, une zone frappée de malédiction. Les pierres de sa maison n'enfermaient plus que de la nuit, — une terrible nuit acide où ses amours, tour à tour, s'étaient dissous, frappés par la mort, la folie, les guerres. Dissous en sueurs de sang, âcres et noires. Il avait légué sa ferme à ses enfants, — aux quelques survivants de ses enfants, Mathilde, Baptiste et Thadée.

Mathilde s'était approprié la chambre de son père, — le grand lit de son père. Ce même lit où elle et tous ses frères et sœurs avaient été conçus, étaient venus au monde, et où sa mère avait rendu la vie un matin de printemps. Ce lit trois fois souillé par les nouvelles amours successives de son père infidèle. Deux parmi ces épouses usurpatrices y étaient mortes, comme sa mère. La troisième s'en était allée périr loin de là. On la disait disparue en cendres et en fumées comme un vulgaire fagot de branches. Mais c'était cependant bien celle-là, plus que toute autre, qui avait laissé la plus profonde empreinte dans le lit. C'était celle-là, l'étrangère, qui avait fini par chasser le père hors de sa chambre, loin de la maison. Car c'était le souvenir de son corps, de ses bras, de sa bouche, de ses seins et son ventre, que son fou de père avait fui comme un animal blessé, éperdu de chagrin. Mathilde sentait cela, — elle le sentait jusqu'à la colère. Mais elle, avec son corps de vierge rebelle, son corps de femme excisé par fureur et défi, elle saurait bien chasser tous les fantômes et ramener cette chambre aux seules dimensions de sa mère.

Baptiste et Pauline occupaient la chambre qui avait été autrefois celle des filles, et leurs deux enfants celle qui avait toujours été pour les fils. Thadée s'était installé dans l'ancien refuge de Deux-Frères et Nicaise dans la cabane du vieux Jean-François-Tige-de-Fer.

Chacun avait réaménagé son lieu, repeint ses murs, tenté de donner une atmosphère nouvelle à la grande ferme rescapée de la guerre, arrachée au passé. Mais l'ombre du patriarche persistait malgré tout; une grande ombre jetée comme un tain de nuit d'or contre les murs, les volets, les portes et les meubles. Bien qu'arrachée à son passé la Ferme-Haute gardait mémoire.

Et d'ailleurs le cri, le cri fou de Pauline par cette fin d'après-midi d'automne tout ruisselant de pluie, n'avait-il pas renoué avec ce passé refoulé, — n'avait-il pas rendu parole à la mémoire ? Une parole profond enfouie, faite d'échos et de répons.

Le cri, toujours brisé, infiniment recommencé, répercuté de vie en vie.

Nuit-d'Or-Gueule-de-Loup avait lutté avec ce cri, — il lui avait tordu le cou. Il avait quitté sa demeure. Il continuait à travailler ses terres tout alentour de la ferme, s'aventurait même parfois jusqu'au milieu de la cour, mais jamais ne pénétrait dans la maison. Il n'y avait pour lui désormais plus de dedans, plus d'intérieur ; le monde entier s'était retourné comme un gant. Un gant de peau humaine, à la chair mise à nu, à cru. Il était pour toujours repoussé au-dehors.

La maison où il vivait se situait de l'autre côté de ses champs, sur le versant de la colline opposé à celui de la Ferme-Haute. Cette maison déjà n'appartenait plus au hameau de Terre-Noire mais à un simple lieu-dit, — celui désigné sous le nom « Les Trois Chiens Sorciers ». Nul dans la contrée n'aurait su expliquer exactement l'origine de ce nom ; cela remontait à quelque obscure légende, du temps où les hommes, par négligence ou par curiosité, se mettaient à frayer avec les forces secrètes du Malin et se retrouvaient soudain métamorphosés en bêtes. Aussi racontait-on encore, sans trop y croire vraiment, mais sans trop en rire non plus, que ces trois chiens sorciers n'étaient autres que les garous de trois moines imprudents qui se seraient risqués un jour à lire un livre mystérieux et terrible interdit aux novices. Personne n'aurait su dater ce jour qui remontait à la nuit des temps, ni préciser de quel grimoire magique il s'agissait. Certaines vieilles prétendaient qu'il s'agissait de la Bible que ces trop curieux moinillons auraient tenté de lire à l'envers comme si cette lecture à rebours du Livre Saint allait leur révéler le secret de la Création. Mais la Colère de Dieu les avait foudroyés en chemin. Toujours est-il que le nom subsistait, aussi sûrement ancré à ces quelques arpents de terre que les vieux hêtres poussés là.

En ce lieu se dressait une vaste demeure aux pierres légèrement ocrées ; on l'appelait « La Belle Ombreuse » à cause de l'immense ombrage dont l'enveloppaient les grands hêtres et les chênes. Il était vrai que cette maison avait été belle autrefois, du temps où les Roumier y habitaient. Les Roumier avaient été, génération après génération, éleveurs de chevaux. Des chevaux si robustes et vaillants qu'ils s'en étaient allés, pour la plus grande gloire de la famille Roumier, accompagner au siècle passé les grognards de l'empereur jusqu'en Russie. Mais il n'y avait pas que les petits chevaux trapus aux robes couleur loup qui avaient pris goût à l'aventure et aux lointains espaces ; les fils Roumier eux-mêmes s'étaient à leur tour mis à émigrer. L'un était parti au Canada, un autre en Afrique, un troisième en Asie. Mais tout comme les petits chevaux guerriers partis servir l'empereur, les fils Roumier n'étaient jamais revenus. Les petits chevaux étaient morts dans le froid, les fils Roumier avaient pris racines dans leurs divers pays lointains. Alors à la mort du père la maison était tombée en déshérence et lentement s'était repliée sous sa grande voûte d'ombre et de silence. La Belle-Ombreuse avait ainsi dormi près d'un siècle d'un sommeil vide et très humide au long duquel ses murs, ses poutres et ses planchers s'étaient livrés tout doucement à l'effondrement et la ruine. Et de son nom initial la demeure ne conservait plus en fait que la part de l'ombre.

Puis un beau jour, après la dernière guerre, les portes et les fenêtres vermoulues s'étaient rouvertes. Celle qui venait de les rouvrir était la dernière héritière de cette famille éparpillée à tous les coins du globe ; elle était la fille du benjamin du vieux Roumier, celui qui avait pris séjour en Asie, dans le golfe de Siam. Pour revenir ainsi s'installer à l'ombre des hêtres en surplomb de la Meuse, elle devait certainement être aussi ruinée que la maison déserte.

C'était dans cette demeure délabrée, auprès de cette héritière de pierres ombreuses, que Nuit-d'Or-Gueule-de-Loup avait trouvé refuge. Il ne savait même plus comment cela s'était passé. Cela n'importait pas. Plus rien n'importait dorénavant. Il laissait passer les jours, surgir les événements, aller et venir les êtres et les choses, sans s'arrêter, sans plus réfléchir à leur sens.

Elle prétendait s'appeler Mahaut de Foulques et se prêtait un âge et un passé aussi fantaisistes que son nom. Mais plus fantasque encore était le caractère de cette femme surgie un beau jour on ne savait trop d'où au milieu des Trois-Chiens-Sorciers. Il lui arrivait de se claquemurer durant des semaines au fond de sa maison, tous volets clos, puis soudain de rouvrir à grand fracas portes et fenêtres et de s'en aller marcher à l'aventure parmi les champs et les forêts. Lorsqu'elle partait ainsi déambuler de sa démarche vive aux petits pas précipités, le nez pointé vers le ciel comme pour flairer le vent et le ventre des nuages, les yeux brillants de tant d'espace et de clarté retrouvés, elle babillait continûment en agitant drôlement la tête. Ceux qui la croisaient alors n'auraient su dire si ces babillements exprimaient quelque monologue confus, un chantonnement ou un léger rire. Tout ce qu'ils savaient en dire était qu'elle gazouillait comme la fauvette des joncs. D'ailleurs comme la fauvette, ne filait-elle pas toujours vers les lieux d'eau, — les étangs, les mares, et surtout les berges du fleuve? Là s'arrêtait toujours sa course; elle s'accroupissait parmi les fourrés humides, bras repliés autour des genoux, et restait longuement immobile dans la pénombre des bords de l'eau à moduler discrètement son chant étrange, monotone.

A moduler le chant très lancinant de sa mémoire. Teck teck tiritiriti... zeck zeck zeck ouoïd ouoïd ouoïd oïd oïd... — Sa mémoire; son amour, sa douleur. Sa mémoire encombrée de forêts sombres et bruissantes, saturée de moiteurs et d'odeurs lourdes jusqu'à l'écœurement, au délice, — écrasée de pluies chaudes. Sa mémoire baignée d'ombres vertes, presque noires, et de lumière aqueuse froissée par les oiseaux. Teck teck teck tiri tiri ti... Sa mémoire éclaboussée de taches écarlates, — fleurs de flamboyants et de tamariniers, feux d'arbres et de lianes allumés dans la jungle, flaques de sang et toits de tuiles rouges, buffles aux flancs couverts d'argile, — et le fleuve, gigantesque, roulant ses lourdes eaux couleur de brique. Sa mémoire rougie comme une bouche de mendiante chiquant sans fin sa feuille de bétel. Ouoïd ouoïd ouoïd... Mémoire en crue de boues et de désir à l'abandon.

Elle restait là, des heures durant, à contempler le fleuve, à hâler sa mémoire à contre-courant de l'eau, du temps, de l'histoire. Elle restait là jusqu'à renverser le cours de l'eau, le cours du temps et de l'histoire ainsi que la rivière Tonlé Sap, en période de crues, inverse soudain son cours pour s'en aller échouer dans les grands lacs au nord ses eaux gonflées par la mousson, noyant les champs et les forêts. Teck teck tiri tiri ti... Elle remontait les jours, retournait vers ses hiers révolus, vers son bonheur perdu. Elle retournait vers sa jeunesse, elle se noyait dans sa légende. Elle restait là jusqu'à la tombée du jour, tapie dans la broussaille, à l'extrême bord du fleuve, la tête appuyée sur les genoux, le regard tendu. Zeck zeck zeck zeck zeck... Le regard tendu à l'extrême jusqu'à ce que se lèvent, tout alentour, les grandes forêts lacustres et les chants de là-bas.

On la disait menteuse et affabulatrice. On n'aimait pas ses airs de fausse grande dame, ses allures d'étrangère, son regard d'exilée, ses bizarres gazouillis de fauvette. On doutait de son nom, on cancanait sur son passé, on se moquait de ses accoutrements et plaisantait de sa peau trop blanche, comme une mie de pain trempée dans du lait. Parfois des fièvres la prenaient avec violence. C'était alors qu'elle s'enfermait au fond de sa maison, tous volets clos. Ces fièvres, — sudations de mémoire. Elle se disait malade. On la tenait surtout pour quelque peu toquée et on ne tarda pas à flanquer son nom d'un sobriquet qui en déboutait l'orgueilleuse prétention : — Maboul de Floc, on l'appelait dans le pays.

Mais elle ne prenait nul souci des rumeurs et sarcasmes dont elle était l'objet; tous ces gens des hameaux d'alentour, de Montleroy ou d'ailleurs étaient pareils pour elle à ces grappes de singes poussant leurs cris perçants au fond des forêts sans lumière, — pouillerie et criailleries.

Les forêts sans lumière, sans air ni sentiers. Forêts de sa mémoire. Impénétrables, suffocantes. Quelque chose d'elle, cependant, s'était perdu là-bas. Quelque chose d'elle était resté là-bas, enchevêtré aux lianes et aux fougères géantes, dans les grésillements d'insectes, les bruissements de moiteur, les cris rauques des paons sauvages. Quelque chose d'elle n'en finissait pas de retourner là-bas, de rallumer des feux au pied de ces arbres géants ensevelis de mousse et d'herbes. Ouoïd ouoïd ouoïd... Sa mémoire à voix basse scandait sa mélopée, traquait dans la pénombre du passé la touffeur de l'oubli, le surgissement furtif de quelque image perdue, quelque sensation révolue. Cela passait parfois, très brève fulgurance, pareille à ces fins lézards à la peau translucide filant en zigzag au ras des murs. Zeck zeck zerrr... Sa mémoire à l'affût piquait droit sur l'image, attrapait le lézard, — n'en retenait que la queue minuscule aussitôt desséchée, et les images à nouveau s'enfuyaient. Ouoïd ouoïd ouoïd... reprenait sa mémoire affolée et têtue.

Quant à Nuit-d'Or-Gueule-de-Loup il lui importait peu de savoir qui était au juste cette femme auprès de laquelle il avait fini par s'échouer. Elle pouvait bien s'appeler comme elle le désirait, ou comme on le voulait, — Mahaut de Foulques, Roumier, ou Maboul de Floc, il s'en fichait éperdument. Qu'elle batte donc tout son saoul les chemins en méandre de sa mémoire malade, qu'elle s'invente tous les noms qui lui plaisent et mille gloires factices, qu'elle affabule sur son passé, — cela ne le concernait pas. Lui-même n'avait plus de mémoire. Il l'avait vomie au fond du bois des Echos-Morts à la fin de la guerre. Bouillie de graines rouges, sueur et larmes mêlées. Bouillie de mort-aux-rats, — il avait empoisonné sa mémoire. Il était mort à sa mémoire, mort de trop de mémoire. Mémoire défigurée par la douleur, à jamais saccagée par la fureur d'un nom. Sachsenhausen. Il avait dû abattre sa mémoire devenue bête monstrueuse de par l'alchimie noire de l'histoire. Une mémoire rendue pareille à ces rats géants qu'engendraient autrefois les villes longtemps visitées par la peste ; — elle lui avait rongé le cœur.

Dorénavant chaque jour sonnait pour lui le creux, chaque nuit résonnait de vide. Et avec sa mémoire c'était aussi le temps qu'il avait vomi. Il n'y avait plus de temps pour lui, il avait roulé hors du temps. Les années pouvaient bien passer, s'accumuler sur ses épaules, — rien en lui ne fléchissait, ne faiblissait. Chaque matin il se levait identique à la veille, intact dans son âge, intact dans sa force. « Ce Gueule-de-Loup, marmonnait-on à la ronde, il vivra plus de cent ans, c'est un Garou, il a fait pacte avec le diable ! » Et les vieilles de se signer avec effroi rien qu'à évoquer le nom du vieux Péniel.

Nuit-d'Or-Gueule-de-Loup bien au contraire n'avait fait pacte avec personne, fût-ce Dieu ou Diable, — même la mort n'avait pas voulu de lui. Tout au plus avait-il fait alliance avec Mahaut. Mais qui d'autre aurait-il pu rencontrer sinon cette femme surgie soudain de nulle part, venue s'échouer à l'ombre des grands hêtres au lieu-dit des Trois-Chiens-Sorciers dans une maison à l'abandon ? Cette femme à peau livide et à voix de fauvette dont la mémoire battait breloque à travers des forêts de légende.

Ce n'était pas de l'amour qui les liait, pas même du désir, mais un commun sentiment d'absence au monde, d'exil hors de tout, de tous et de soi-même. C'était une commune violence, pour l'un d'oubli, pour l'autre de mémoire. Cela revenait au même. Ils ne se parlaient que rarement, ne se regardaient pas. Peut-être même ne s'étaient-ils jamais vraiment vus? Ils se heurtaient; ils n'étaient plus que deux corps en dérive, aux cœurs perdus. Ils se heurtaient comme des animaux hagards, toujours en fuite, et ne se prenaient que dans la hâte, avec des gestes d'égarés. Ils ne se liaient l'un à l'autre que pour mieux s'arracher l'un de l'autre, livrant alors leurs corps à l'absolu de la séparation. Leurs amours ne passaient pas par le désir, ne connaissaient pas la tendresse, mais les jetaient par moments tout à trac l'un contre l'autre comme pour une lutte rituelle, puis les déjetaient aussi brusquement loin l'un de l'autre. Ils ne faisaient l'amour que pour mieux se perdre loin de tous et de tout, s'exiler encore davantage hors d'eux-mêmes. Et ils ne s'embrassaient jamais lorsqu'ils faisaient l'amour, comme s'ils craignaient que du seul contact de leurs bouches des mots, des noms profond enfouis, loin relégués, ne se relèvent abruptement et s'en remontent leur écorcher les lèvres. Ils faisaient l'amour à la sauvette, avec une sorte de dureté, comme on le fait dans un bordel de bas étage.

Et ce fut également comme loin, très loin d'eux-mêmes, que cela se passa : Mahaut donna naissance à deux fils. Jusqu'au bout elle ne tint sa grossesse en aucune considération, — son vrai corps n'était-il pas resté là-bas, sur les bords du grand fleuve aux eaux épaisses, couleur de sang séché ?

Deux nouveaux fils marqués du signe des Péniel. Les derniers fils de Nuit-d'Or-Gueule-de-Loup. Il ne leur fut même pas donné de prénoms. — « Les noms des saints et des archanges portent malheur », avait déclaré Nuit-d'Or-Gueule-de-Loup. Et Mahaut avait dit : — « Les enfants, ce n'est rien. Ça n'existe pas, ça n'a pas besoin de noms. Les noms, ça vous vient avec l'âge, ça pousse avec le corps. Ils s'appelleront comme ils voudront, plus tard, quand la vie leur donnera une histoire. » Comme cependant il fallait bien désigner les deux derniers rejetons de la horde Péniel par quelque vocable, ils furent surnommés en attendant mieux Septembre et Octobre, les jumeaux étant nés à la croisée de ces deux mois. Ils avaient toute la vie devant eux pour décliner leurs noms sur d'autres modes que celui des saisons. Et une fois encore ce serait effective-ment la vie qui déciderait de leurs dénominations. L'un deviendrait Septembre-le-Patient, et l'autre Octobre-Très-Amer.

Charles-Victor était leur aîné de trois ans. Mais il ne devait apprendre à lier connaissance et amitié avec eux que des années plus tard. Bien que vivant toute leur enfance à quelques kilomètres de distance les uns des autres, ils ne se rencontraient pas, ne jouaient jamais ensemble. Charles-Victor avait élu ses lieux de jeux rebelles dans la solitude et le secret comme un stratège ses zones de combat, et puis il avait suffisam-ment à faire avec son Putois bleu de frère, son grand chien de père et le cri de sa mère, contre lesquels il lui fallait lutter sans cesse, pour avoir le temps et l'envie de fraterniser avec ses oncles cadets. D'ailleurs il avait la gemellité en horreur et s'appliquait à traquer en lui-même toute ressemblance avec son gibier crevé de frère pour lui tordre aussitôt le cou. Il se voulait, lui, un vivant, un vrai vivant à part entière et non pas un de ces survivants frappés de mélancolie et puants des relents de cadavres comme tous ces rescapés de la famille. Un vrai vivant, libre et unique, sans obligation de partage avec un double. Alors, que ses petits oncles s'amusent donc ensemble, dans le miroir absurde l'un de l'autre !

Et puis, quand bien même eût-il voulu frayer avec ses jeunes oncles, il ne l'aurait pu. Mahaut n'aimait pas les enfants, et les deux siens, arrivés par surprise, lui étaient une gêne et un désarroi bien suffisants comme ça. Elle ne voulait surtout pas en voir d'autres s'ébattre et brailler autour d'elle. « Les enfants, c'est comme les singes, disait-elle, ça saute et grimpe partout, ça criaille tout le temps et en plus ça vole tout ce qui traîne. »

Elle avait surtout peur qu'ils ne lui volent sa mémoire, — qu'auraient-ils d'ailleurs bien pu lui voler d'autre dans sa maison à vau-l'eau meublée de bric et de broc ? Elle n'avait guère rapporté de son lointain paradis perdu que quelques étoffes, des soieries, et quelques fards et bijoux. Juste de quoi enluminer ses heures de nostalgie et habiller ses souvenirs ainsi que des cadavres parés et pommadés pour la disparition.

Mais si ses fils allaient toutefois la déposséder de cela même qu'elle ne cessait déjà de perdre — son passé, sa jeunesse, sa vie de là-bas ? Là-Bas, Là-Bas. Son autrefois d'Extrême-Orient, sa gloire de Blanche aux colonies.

C'est qu'ils n'avaient rien de commun avec son passé. Ils lui arrivaient comme ça, sans crier gare, à plus de quarante ans, et à deux de surcroît, braillant et gigotant comme des petits macaques toujours affamés. Que n'étaient-ils donc nés Là-Bas, dans la grande villa blanche aux persiennes couleur de feuilles de manguier, baignée d'ombres rougeâtres et d'odeurs de fruits aux pulpes grasses, de fleurs éclatantes, d'épices et de saumure. S'ils étaient nés Là-Bas, au temps de sa richesse, au temps de son bonheur, de sa jeunesse, elle les aurait aimés, — peut-être. Elle les aurait vêtus de blanc, les aurait promenés le long des avenues si vastes et paisibles et dans les grands jardins publics du beau quartier européen. Et plus tard, ils seraient devenus à leur tour commerçants, comme son père et son grand-père, ou bien planteurs ou banquiers, ou même fonctionnaires, avec entrée aux bals et soirées au palais du gouverneur. Ah, s'ils étaient nés Là-Bas...

Mais peut-être aussi les aurait-elle joués à quelque jeu de hasard, ainsi qu'elle avait fait de tous ses biens, — et les aurait-elle perdus. Et c'était justement cela qu'elle avait au fond tant aimé Là-Bas, — cette perpétuelle invitation au jeu et à la perte. Cette invitation à tout perdre, à se perdre. Cette langueur délicieuse de se sentir dans un ailleurs de légende. Mais ici, dans cette maison obscure du bout du monde, si imprégnée de froid, que venaient-ils donc faire ? Ils n'étaient même pas bons à jouer à la roulette. Sur quel chiffre, quelle couleur, les aurait-elle misés ? Ici, rien ne tournait, tout était fixe, tout était nul et sans couleur. A quoi eût-il bien pu servir ici de les présenter attachés par le cou avec un ruban de soie violet en s'écriant d'un air mutin : — « Je mise ma paire de jumeaux aux yeux d'or sur le 3 ! » Non, décidément, ils arrivaient trop tard, s'étaient trompés de lieu, s'étaient trompés de mère. Ils allaient grandir et la forcer à regarder là où elle ne voulait surtout pas regarder. Ils allaient l'arracher à son rêve, la détourner de son passé pour la fourvoyer dans un avenir dont elle ne voulait rien savoir. Son passé lui suffisait, sa mémoire lui tenait lieu de présent et de futur. Sa mémoire, — sa fable, son éternité. Alors ces deux petits macaques, où donc était leur place, leur raison d'être ? Nulle part. En tout cas, pas dans sa vie, pas même dans son cœur.

Son cœur était resté Là-Bas, du côté de l'Orient, et ne voulait pas regarder du côté du Couchant. Son cœur n'appartenait qu'à sa mémoire. Et sa mémoire, à l'oubli déjà, comme ces génies tutélaires assis dans leurs temples en ruine au fond de forêts sauvages, étouffées de pluies chaudes, de lianes gigantesques, de fougères arborescentes. Et cet oubli lui aussi appartenait à la légende comme les songes très vides et sacrés des dieux de pierre aux yeux bruissants d'insectes, — grappes de larmes vertes.

Mais cette mémoire mêlant sans fin la mémoire et l'oubli, le réel et le rêve, — et surtout le mensonge, était plus vigilante encore que les dragons de pierre, les serpents fantastiques aux têtes en éventail, les tigres, les oiseaux fabuleux sculptés aux portes des dieux à l'abandon, — elle ne laissait pénétrer dans son cœur que les servants de sa folie. Il lui faudrait donc dresser ses fils en servants. Alors, peut-être, les deux petits macaques trouveraient-ils une place dans son cœur, — enfin, dans la boyerie de son cœur.

Quant à lui, Nuit-d'Or-Gueule-de-Loup, il n'avait

guère plus d'accueil à leur donner. Son cœur s'était livré tout entier à l'absence. Lui qui avait tant aimé ses femmes, il ne regardait même pas celle-ci, sa cinquième et dernière épouse. Il ne l'écoutait pas davantage. Elle pouvait bien jacasser tout son saoul, sa fauvette d'épouse affublée de larges pantalons de soie noire et attifée de pierreries, — il ne l'entendait pas. Lui qui avait tant aimé ses enfants et ses petits-enfants, il ne prêtait guère attention à ceux-ci, ses derniers fils. Il les laissait grandir tout seuls, à l'ombre des grands hêtres et des chênes rouvres. D'ailleurs, il se sentait lui-même devenu plus proche des arbres que des humains. Il aimait la force et le calme des arbres, il aimait leur silence, la densité de leur ombrage. Il aimait les savoir liés à la terre et tendus en plein ciel, s'enracinant toujours plus profond dans le sol à mesure qu'ils croissaient vers les nuages. Oui, pensait-il souvent, Petit-Tambour était heureux, lui qu'un if femelle était venu recouvrir. Il allait se transfondre dans les racines, dans la sève et les feuilles, reprendre couleur au printemps en myriades de fleurs jaunes, et surtout de baies rouges à l'automne. Il allait retrouver le goût de la terre en toutes saisons, le goût de la pluie, de la neige et du vent. Lui-même n'avait plus d'autre souhait que de devenir arbre, de se rendre à la terre. D'en finir avec le bruit et la folie des hommes, avec cette insoutenable souffrance du monde, cette fureur de l'histoire. En finir avec la colère de Dieu. La méchanceté de Dieu. Et d'ailleurs son ombre n'avait-elle pas cette blondeur tremblée des grands érables sycomores en temps de floraison ? Son ombre qui depuis tant et tant d'années veillait sur lui. Cette ombre blonde, qu'adviendrait-il d'elle après sa mort ?

Se séparerait-elle de lui pour s'attacher aux pas d'un autre ou bien le suivrait-elle en terre, l'enveloppant comme un suaire? Mais cette ombre était déjà un suaire, portant trace du sourire de sa grand-mère Vitalie, trace de sa tendresse.

Ses derniers fils ne connurent en effet pas d'autre compagnie, tout le long de leur enfance, que celle des arbres et des arbustes, pas d'autre amour que végétal. Et ce fut auprès d'eux que Septembre apprit la si douce patience qui devait lui ouvrir sans fin le cœur, et Octobre la si grande amertume qui devait l'affliger jusqu'à la mélancolie.

Octobre. L'enfant maussade qu'une fois l'an venait bouleverser une crue de violence. Etait-ce qu'en lui sa mère avait versé l'excès de sa mémoire, la maladie de son désir? Ou bien était-ce d'être né à l'aube du premier jour d'octobre, ce mois qui, Là-Bas, au paradis perdu de sa mère, s'ouvre en lançant à l'assaut de la plaine des Quatre-Bras son armée fantastique de vents, de pluies et de tempêtes? Ou bien encore était-ce d'être né le dernier, l'ultime fils de Nuit-d'Or-Gueule-de-Loup déjà sexagénaire? D'être venu si tard au monde, tout au bout du désir épuisé de son père, tout au bout de cette lignée déjà tant dispersée?

Toujours est-il que chaque année, à l'heure qui aurait dû fêter son anniversaire, une fureur extraordinaire se saisissait brutalement de lui, lui faisant perdre toute raison, toute mesure. Il allait même jusqu'à perdre le langage, ou, plus exactement, la parole se mettait en lui à refluer vers sa source, comme la rivière Tonlé Sap roulant ses eaux à contre sens. Il régressait vers un babillage d'enfant plein de colère et de terreur jusqu'à reproférer le cri de sa naissance. Mais alors, ce n'était pas le silence qui s'établissait enfin, — d'un coup le cri se renversait et une parole autre, étrangère, se levait, que seule Mahaut comprenait. Cela durait environ quinze jours, quinze jours pendant lesquels Mahaut s'enfermait avec son fils, — son fils magique, porteur de sa mémoire, et de plus encore que sa seule mémoire. Son fils reféconde, réenfanté, — comme un don du Mékong. Elle s'enfermait avec lui dans une pièce au bout de la maison, jalousement, et tenait éloignés tant Nuit-d'Or-Gueule-de-Loup que Septembre. Car alors l'enfant ainsi investi par cette langue autre, ainsi fabuleusement visité, se faisait sien, exclusivement. Il lui devenait même plus encore que son fils, — il se faisait peuple, géographie, climat. Il se faisait divinité. Don merveilleux du Mékong. Il devenait théâtre d'ombres où sa mémoire enfin s'articulait. Elle l'embrumait dans la fumée de bâtonnets d'encens plantés tout autour de lui comme autour d'une image de Buddha. Comme d'une forêt d'arbres gris, impalpables.

Puis commençait la décrue. La parole autre en lui s'affaiblissait, se retirait mot à mot, retournait à l'oubli. Au terme de ce reflux l'enfant sombrait alors dans une fatigue traversée de fièvres, de peurs, de cauchemars. Et Mahaut se détournait progressivement de lui; elle éteignait l'encens, et à la fin le chassait de la chambre sacrée. Elle le rejetait. Il n'était plus qu'un petit macaque à nouveau. Il n'était plus qu'un enfant en disgrâce, — le don du Mékong l'avait abandonné. Il ne savait plus reparler qu'une langue ordinaire, profane, une langue qu'elle détestait.

Seul revenait vers lui son frère, Septembre, qui

attendait son retour, lui offrait sa tendresse, lui baignait le visage d'eau fraîche pour le laver de ses sueurs si âcres. Seul Septembre savait lui dire : — « Ne crains rien, je suis là. Dès que tu seras guéri on retournera jouer à l'ombre des grands arbres. Tous les deux, on parle la même langue. Je te raconterai des histoires qui te feront oublier les cris poussés par les dieux de notre mère. » Mais Octobre, s'il parvenait à oublier le langage de ces dieux étrangers, n'oubliait pas la violence de leur passage, et tout le reste de l'année il vivait dans la sourde terreur de leur retour.

3

La maladie de Pauline dura des mois, et tout ce temps elle le passa claquemurée dans sa chambre aux volets clos. Puis un matin elle se leva, s'enveloppa dans son grand châle de cachemire aux tons rouge-orangé que Baptiste lui avait offert à la naissance de Charles-Victor, et entrouvrit les persiennes. La lumière l'aveugla et la fit chanceler. Mais elle demeura dans l'embrasure de la fenêtre, les yeux mi-clos, les mains croisées sur la poitrine. Son corps lentement reprenait stature et équilibre et retrouvait ses sens. Elle entrevit au loin les forêts d'un bleu sombre, presque violacé, s'ébrouer des dernières ombres de la nuit et lancer en plein ciel un jet de corneilles criardes. La terre lui parut rose. Sur la route elle aperçut la silhouette d'un homme. Elle reconnut Nuit-d'Or-Gueule-de-Loup ; elle se souvint soudain de leur première rencontre, de la façon si simple dont il l'avait recueillie lorsqu'elle était venue chercher refuge à sa ferme pendant la guerre. Il partait vers ses champs. Le vol des corneilles fila au-dessus de lui, obliqua vers les mares, puis disparut. Nuit-d'Or-Gueule-de-Loup, son beau-père. Une grande pitié se saisit soudain d'elle pour ce vieil homme frappé d'oubli et de colère, si souvent échoué au bord extrême de la mort sans cependant y faire jamais naufrage. Quelles pensées pouvaient bien être les siennes ? Mais peut-être n'avait-il même plus de pensées. Il allait, vaille que vaille, marchant bien droit et toujours travaillant dur. Il durait, dans les marges du temps. Mais par quelle nécessité, se demanda-t-elle, dure-t-il donc ainsi ? Etait-ce fatalité que cette force qui le maintenait obstinément en survie, plein d'endurance et d'amertume ? Ou bien était-ce quelque mystère de cette grâce si trouble et si terrible que Dieu fait peser sur les hommes ? Mais à l'instant où Nuit-d'Or-Gueule-de-Loup quitta la route pour s'enfoncer dans ses champs, ses pensées quittèrent également Pauline. Elle tressaillit de tout ce jour entrevu, de cette clarté de fin d'hiver si fraîche et vive, sentie du bout des doigts, à fleur de visage. Son attention ne pouvait encore se fixer, ni ses pensées se suivre et se poser. Elle tâtonnait de tout son corps et son esprit vers ce regain de vie, d'air et de lumière qui lui parvenait doucement par les persiennes entrebâillées. Elle venait juste de se relever de sa si longue maladie de mort et se sentait d'une grande faiblesse encore, comme une femme en relevailles. Elle avança une chaise près de la fenêtre et s'assit là, les mains posées sur les genoux, paumes tournées vers le vide. — « Et maintenant, songea-t-elle sans même chercher réponse à sa question, que va-t-il

72

advenir de moi ? Ainsi la vie continue, et il me faut la suivre ? Ainsi je ne suis pas morte de la mort de mon fils ? Je suis là, je survis, comme le vieux Nuit-d'Or a survécu à tous ses deuils. Que vais-je faire de ce sursis de vie, que puis-je en faire ? Dieu aura-t-il enfin pitié de nous ?... Dieu ?... Comme tout me semble étrange soudain, même cette pensée de Dieu... Etrange et doux... Indifférent... » Elle ferma les yeux, et s'assoupit.

Là-bas, dans la cour, quelqu'un la regardait. C'était le jeune Chlomo. Il avait grimpé dans un ormeau en quête du gîte d'une pie qu'il avait surprise nidifiant dans les plus hautes branches. Il aimait débusquer les nids de ces oiseaux aussi voleurs que farouches car on y trouvait toujours de drôles de trésors de verroterie et d'éclats de métal. Il s'amusait ensuite à construire des mobiles avec, ou à confectionner des bijoux qu'il offrait à sa sœur.

Il était là, enlacé au tronc à mi-hauteur de l'arbre parmi les rameaux couverts de fines grappes d'étamines roses. Il avait aperçu les volets s'entrouvrir à la fenêtre de Pauline et cela l'avait étonné car, depuis la mort de Jean-Baptiste, cette chambre demeurait toujours fermée. Il avait regardé, plus curieux soudain de cette fenêtre que du nid de la pie. Il avait alors surpris dans la pénombre de la chambre par la fenêtre à peine entrebâillée le visage égaré de Pauline. Il ne l'avait pas reconnu sur le coup. Le visage de Pauline semblait n'avoir pas plus de consistance qu'un rayon de lune. Tous ses traits étaient comme effacés, — restait l'étrange ombre dorée de ses yeux, flottement de lumière assourdie. Il connaissait cette lueur, étamée de ténèbres et de silence, qui sourd doucement des yeux trop longtemps traqués dans la nuit et la peur, pour l'avoir lui-même portée du temps où il se cachait au fond d'une cave avec sa sœur. Et lentement, inexorablement, se mit à monter en lui l'écho d'un chant, — un chant lointain et si proche pourtant. Un de ces chants que Tsipele lui murmurait tout bas, très bas, lorsque tous deux vivaient tapis derrière les caisses et les tonneaux, pour refouler la folie de la peur et l'envie de pleurer. Un de ces chants qui n'habitent même pas la mémoire, mais qui, comme les larmes infiniment ravalées, se fondent lentement dans le sang et s'enlisent au plus profond du cœur. Un de ces chants qui, peut-être, ne sont même plus des chants, mais des sanglots chuchotés au bord extrême du silence, — obscur et translucide ruissellement du dedans... « *Aï lu luli Nacht un Regen... Aï lu luli Nacht un Vint...* »

Il demeurait là, enserré à l'ormeau, dans l'ombre fraîche et rose des rameaux en fleurs, et son corps se faisait plus craquant que l'écorce. *Aï lu luli aï li luli Nacht...* Lui aussi était un enfant perdu loin de sa mère, — petit garçon voué longtemps à la mort... Ce regard égaré de Pauline, comme il le connaissait! Il le connaissait jusqu'aux larmes, jusqu'au tremblement. Et il ne savait même plus qui regardait qui. *Aï lu luli Nacht un Regen...* Et il ne savait plus qui était l'enfant, qui était la mère ou la sœur, — qui était le mort et qui le survivant. Tous se confondaient, tournant en une ronde lente, fuyant au ras de la nuit... *Geiën sei in shvarze Raien... Geien, geien...* ils s'en étaient allés, tous, les grands-parents et les parents, ombres noires serrées en rangs puis entassées dans des camions, puis disloquées les unes des autres, et brûlées dans des fours... Quel était donc ce visage, là, à peine perceptible dans l'embrasure de la fenêtre ? Celui de sa mère, peut-être ? Il s'enlaçait à l'arbre, toujours plus fort, il devenait une branche de l'arbre, son cœur battait dedans le tronc, les grappes d'étamines lui devenaient autant de paupières refermées sur des larmes immobilisées... *Aï li lulilu...*

Mais ce qu'il vit soudain fit éclater ses larmes comme des boutons de fleurs, — vit-il d'ailleurs cela de ses propres yeux ou bien à travers ces innombrables yeux fermés autour de lui en un bruissement rose ? Car ce qu'il vit n'existait pas, — n'existait pas encore.

Dans le regard absent de Pauline il vit cela : — il vit qu'elle portait un enfant, un nouvel enfant, une petite fille. Mais un enfant si nouvellement conçu que la mère même n'en avait nulle connaissance. Il oublia son chant, et l'ormeau et le nid de la pie. Il glissa le long du tronc et, sitôt au sol, il détala à toute allure droit devant lui en proie à une vive excitation. D'un coup il se sentait heureux, formidablement heureux. Inexplicablement heureux. Lorsqu'il fut tout essoufflé, il se laissa tomber au bord d'un champ et s'étendit de tout son long au creux d'un sillon à la terre grasse et humide et l'odeur de cette terre l'enivra plus encore. Il se mit à rire, d'un rire nouveau. Un vrai rire d'enfant, enfin. La clarté du matin lui lavait le visage et aveuglait ses yeux. Il riait. Son cœur à bout de souffle sautillait vivement dans sa poitrine. Le monde s'ouvrait autour de lui, — terre et ciel. Le jour ne cessait de monter. Il en avait fini avec la peur, avec ces terribles relents de cave qui pendant tant d'années avaient assombri son enfance. Il riait. Il se sentait libre, et léger. Il avait vu l'enfant très nouvellement conçu et que tous encore ignoraient.

Mais qu'avait-il vu réellement ? En vérité, rien. Il avait aperçu la face blanche, lavée d'absence, de Pauline, dans la pénombre des volets. C'était tout. Il avait vu la transparence d'un visage. Et ce visage, un instant illuminé par les mille feux rosés des grappes d'étamines tremblant aux branches de l'ormeau, s'était ouvert à lui, le dénicheur de trésors de pie. Il avait été ébloui par la fragilité et le mystère de ce visage, — en avait volé le secret. Car ce visage s'était avoué à son insu porteur d'une promesse, — un enfant serait à naître. Et ce serait une petite fille, plus belle encore que ce matin d'avril. Et de cette petite fille tout juste affleurante aux limbes de l'existence, il fit d'emblée sa joie, son espérance, son amour.

Voilà ce qu'il avait vu, sans comprendre davantage. Et il riait, roulant sa nuque dans la terre, au creux du sillon frais. Lui-même, peut-être, venait de naître en cet instant.

Pauline quitta la chambre et le silence. Un matin, donc, elle fut là, de nouveau marchant à travers la maison, et parlant. Elle parlait même de toutes choses, — de tout, sauf de lui. Petit-tambour. Ni le jour ni la nuit son nom n'était prononcé. Elle ne se réveillait plus la nuit. Elle ne rêvait plus la nuit, ne criait plus. Quelque chose en elle avait brisé le pouvoir terrifiant du rêve, avait fait taire le cri.

Elle voulut alors revoir Charles-Victor, le reprendre auprès d'elle. Mais il était trop tard. L'enfant s'était ensauvagé jusqu'à faire de son cœur un terrain vague hérissé d'orties, de ronces, de tessons. Lorsqu'elle voulut s'approcher de lui pour l'embrasser il se dégagea avec colère, et répugnance. Car tout dans le corps de sa mère, ses mains, son visage, ses cheveux, avait gardé un relent nauséeux de sang et de chair putréfiée. L'odeur du frère, et de la trahison. Il nota d'ailleurs dans son « Journal d'un Caca » : — « Voilà la mère qu'est de retour. Elle a la peau toute blanche et molle comme du lait caillé, c'est dégoûtant. Elle me fait des sourires qui me lèvent le cœur, et des caresses de couleuvre. J'en veux pas. J'en veux plus, d'elle. Je suis orphelin et je veux le rester. D'ailleurs j'ai trouvé ma maison. C'est une cabane en bois avec une lucarne, une chiotte jolie à faire crever les rois de jalousie. Dans ma maison ça sent l'urine et le caca et ça sent bon, bien plus bon que la mère qui pue le lait caillé et le sang de putois. Je veux rester dans ma maison pleine de mouches vertes, de gros cafards bleus et de beaux vers de merde tout blancs et doux. Et si la mère elle vient fourrer sa tête de vieille fouine à ma lucarne je lui barbouillerai les yeux, la bouche, avec de la crotte. Hourra ! Je suis le Prince-Très-Sale-et-Très-Méchant et je suis orphelin et je suis très heureux. La mère, elle peut bien aller au diable, j'en veux plus d'elle. »

Pauline finit par prendre peur de cet enfant sauvage aux yeux mauvais, presque cruels. Elle vit que son cœur était fermé et elle eut beau chercher, elle ne put trouver un accès à ce cœur. Elle ne dit rien cependant, elle décida de faire patience. Elle se sentait coupable ; coupable de tous les maux qui les avaient frappés, — la mort de Jean-Baptiste, le chagrin trop longtemps enduré par Baptiste, la solitude rageuse de Charles-Victor. Du temps de la guerre et de la séparation d'avec Baptiste, elle avait su être forte, attendre et espérer. Et Baptiste lui était revenu. Mais sa force d'alors s'était perdue, car elle ne résidait pas en elle. Cette force d'alors résidait en son fils premier-né qu'elle voyait grandir à ses côtés. Petit-tambour, celui qui battait si bien les roulements de l'attente et de l'espérance. Petit-Tambour était tombé en pleine paix. Il se taisait dorénavant, et pour toujours, sous la terre. Et pourtant il lui fallait à nouveau être forte, refaire face au temps, à cet étonnant remous du temps qui semblait sans cesse être dans un même mouvement en crue et en reflux. Alors elle se souvint de ce Dieu de chair et de miséricorde qu'elle priait autrefois age-nouillée près du lit de Jean-Baptiste. Ce lit désormais vide, pour toujours. Mais ce Dieu de chair et de miséricorde ne s'était-il pas vidé lui-même de lui-même? Eh bien elle reviendrait vers Lui, s'agenouille-rait au bord de tout ce vide, — celui de Dieu, celui du lit de son fils, et elle prierait. Mais elle n'avait plus de mots, plus de mots à la mesure de tout ce vide, et elle ne savait plus prier. Elle ne savait plus que se mettre à genoux et enserrer son visage au creux de ses mains, — un silence terrible régnait alors en elle. Pire même qu'un silence, il s'agissait d'un froid de tout son être, un très grand froid qui se levait depuis son cœur et lui courait par tout le corps comme un vent fantastique sifflant sur une plaine et qui emporte tout. Elle se força alors à retourner à l'église. Mais la messe également demeurait pour elle une célébration de vide.

L'église de Montleroy conservait encore les traces des destructions subies pendant la guerre. Tronquée de son clocher, elle se dressait, muette, au milieu d'un espace fait de creux et de friches. Contre l'un des murs de son enceinte à demi effondré s'étendait la fosse commune où tous les morts d'autrefois avaient été jetés en vrac.

Pauline se rendait à Montleroy chaque matin, filant tout droit à l'église Saint-Pierre. Saint Pierre, celui qui par trois fois avait renié son maître. Mais à présent, qui reniait qui ? Ces jours encore si proches où le sang des hommes du hameau avait rougi l'eau du lavoir, ces jours indénombrables où la chair de millions d'hommes et de femmes et d'enfants avait suiffé le ciel en le couvrant de cendres, et ce jour devenu éternel où le corps de son premier-né lui avait été rapporté comme un pauvre gibier, — ces jours-là, qui avait renié qui ? N'était-ce pas Dieu alors qui avait renié les hommes ? N'était-ce pas Dieu qui avait livré les hommes par hordes à la mort, dans le plus total abandon ?

Pauline se rendait chaque jour à Saint-Pierre, tournant et retournant sans fin cette question en son cœur sans jamais pouvoir la poser, — sans jamais approcher, fût-ce de loin, d'une réponse. Qui renie qui ? Qui trahit qui ? Qui abandonne qui ? La question butait dans le vide, se retournait sur elle-même, — contre elle-même.

La question cependant, en sa creuse et lancinante résonance, devint dialogue. Mais était-ce un dialogue que cet appel silencieux lancé par Pauline à celui qui lui faisait face chaque jour à l'église ? Et même, se faisaient-ils seulement face ces deux êtres aussi désemparés l'un que l'autre, qui chacun se tenait à l'un des extrêmes bords de la question ? — Pauline Péniel. — Joseph Delombre. Et la question entre eux : — Qui renie qui ?

Le Père Delombre était arrivé depuis peu à Montle-

79

roy, sa première paroisse. Il était encore jeune et n'avait reçu l'ordination que récemment. Mais qu'un tel sacrement lui eût été donné étonnait les quelques paroissiens qui se rendaient encore à l'église, — et dont le nombre ne tarda pas à diminuer. Le Père Delombre bégayait d'une façon extravagante. Il ne pouvait articuler la moindre phrase sans la scander de mots brisés et de silences syncopés, à tel point que sa parole perdait tout sens, bien plus encore que les sermons hoquetés autrefois par le vieux Père Davranches, toujours aux prises avec ses quintes de toux. Quel que fût le sujet qu'il abordât en chaire, la Passion du Christ ou le Jugement Dernier, un remous se faisait aussitôt parmi l'assistance, — rumeur de plaintes agacées et fous rires à demi étouffés. Ses ouailles perdirent bientôt patience et, ne pouvant obtenir de l'évêché l'expulsion de ce prêcheur calamiteux, elles finirent par déserter tout simplement l'église. Hormis quelques vieilles un peu sourdes qui continuaient à hanter les bancs du dimanche de leur présence somnolente par bigote habitude, seule Pauline se rendait à l'église. Mais le défaut d'élocution du Père Delombre eût-il été encore plus outrancier qu'elle n'en aurait pas davantage pris ombrage. L'obsédante question qui battait en elle comme un balancier d'horloge intemporelle accaparait toute son attention. Et peut-être, même, dans l'égarement total où elle se trouvait, la parole balbutiante du prêtre lui était-elle plus proche, comme familière.

Mais combien plus proche encore était Pauline au cœur du Père Delombre. Car en cette femme qui chaque jour descendait des hauteurs de sa lointaine

ferme pour se rendre à pied à l'église, et là s'agenouiller toujours dans l'ombre des piliers, il pressentait la
présence même de son propre destin, — de tout destin,
et le sens de sa vocation s'ouvrir en aventure. Elle était
l'autre, l'infiniment proche et lointaine, celle en qui se
posait d'emblée, au plus aigu, la démesure de la
responsabilité. Et cette question qui la tourmentait
sans fin, il l'entendait. Mais il l'entendait déportée
d'elle-même, retournée contre elle-même, — et contre
lui. Contre tous. La question qu'il entendait à travers
elle était celle que, par trois fois, le Christ avait posée à
Pierre : — « M'aimes-tu ? »

— « M'aimes-tu ? » lui demandait Dieu à travers
la détresse de Pauline. Et cela pour lui signifiait : — si
tu m'aimes, délivre cette femme de sa détresse, délie
les nœuds de sa question, sauve-la, elle et les siens,
sauve-les de la souffrance et la colère.

Tel était l'obscur dialogue qu'échangeaient chaque
jour en silence Pauline et le Père Delombre : — « Qui
renie qui ? » demandait l'une ; — « M'aimes-tu ? »
entendait l'autre. Dialogue échangé de profil, —
dialogue à trois voix, — trois silences. Pauline, Delombre, et Dieu.

Oui, ils parlaient de profil, sans pouvoir se regarder, sans oser se faire front, car chacun redoutait le
visage de l'autre. Car chacun pressentait qu'en la face
de l'autre transparaissait cette autre Face, impossible
à contempler, — celle-là même qui avait transsudé sur
le suaire, — brûlé le suaire, puis avait disparu.

Il vint pourtant un jour où Pauline osa lever les
yeux vers le Père Delombre et lui adresser la parole, —
mais ce fut dans la pénombre du confessionnal, à

travers l'étroite fenêtre de bois grillagée. Chacun ne percevait de l'autre, alors qu'ils se tenaient si proches cependant, que des pans de visage. Delombre tentait de regarder le visage de celle venue s'agenouiller tout près de lui mais il ne pouvait en distinguer que des morceaux épars, quadrillés d'ombre. Visage détruit par le doute, brisé de peur et de chagrin. Visage jeté devant lui comme des fragments de puzzle. Mais lui, que pouvait-il dire avec sa parole, elle-même en fragments ? Que pouvait-il répondre à ce cri étouffé qu'elle répétait sans cesse comme pour se persuader elle-même de son refus : — « Je ne veux pas de cet enfant ! Je ne veux pas, je ne veux pas ! » Car ce que Chlomo avait vu était vrai : Pauline attendait un nouvel enfant. Dès qu'elle avait pris connaissance de son état la peur l'avait saisie, — et le refus. Elle ne voulait pas d'un autre enfant. Il y avait trop de deuil en elle pour pouvoir redonner vie. Ses entrailles restaient marquées par la mort de son fils. Et puis que serait un enfant engendré par un pleurement muet ? Son premier fils avait été conçu un jour de pluie, et de peau nue, et de désir. On l'avait tué un autre jour de pluie. Mais ce nouvel enfant, il n'avait été conçu que dans les larmes du père, dans un lit de détresse, — hors désir. Si loin du désir, car elle gisait dans l'absence à soi, dans l'indifférence, quand ce nouvel enfant avait été conçu. Elle ne voulait pas d'un tel enfant. Elle ne voulait plus d'autre enfant, plus jamais. C'était contre cette peur, contre ce refus, que Delombre devait lutter. Il lui fallait sauver l'enfant, lui trouver place et accueil en la mère, l'arracher à la nuit de la mort et aux larmes du père. — « Je ne veux pas ! Je ne veux pas ! » s'acharnait à répéter Pauline, les mains crispées au grillage de bois. Et à chaque fois résonnait en Delombre cet autre cri, tout de supplication, — « M'aimes-tu ?... »

— « M'aimes-tu ? » ne cessait d'entendre Joseph Delombre, et cette voix sans voix qui se mendiait à lui à travers la révolte même de Pauline était si pressante, si douce, qu'il se devait à chaque fois d'y répondre avec une égale hâte, et douceur.

Peut-être fut-ce à la fin cette voix elle-même qui se mit à parler à travers lui, à recouvrir sa propre voix, sa pauvre voix hésitante et heurtée. Les mots qu'il prononçait contre la croisée de bois ne venaient même plus de lui, — cela parlait en lui, tendrement, précipitamment. Cri murmuré luttant mot à mot contre le cri révolté de Pauline. — « Il ne vous appartient plus de vouloir ou de ne pas vouloir, lui disait-il, car l'enfant ne vous appartient pas. Nous-mêmes, est-ce que d'ailleurs nous nous appartenons ? Non, nous appartenons les uns aux autres, nous nous entr'appartenons, — mais ce lien d'appartenance est terrible, voyez-vous, car il n'est pas réciproque. Nous appartenons aux autres, mais nul ne peut nous appartenir. C'est ainsi, nous vivons dans un déséquilibre absolu, et si nous ne tombons pas malgré un tel déséquilibre, c'est uniquement parce que Dieu nous soutient. Et plus nous nous dépossédons, plus nous nous vidons de nos propres forces, de notre volonté personnelle, plus alors Dieu se fait notre appui. » — « Mais puisque j'ai peur, reprenait Pauline, peur ! tellement peur ! Ce n'est pas ma volonté qui se révolte, ce n'est pas ma force qui se dresse, c'est au contraire quelque chose en moi de si faible, de si lâche... c'est ma peur... une peur aveugle, gigantesque, malade... je ne peux pas... » — « Alors donnez cette peur à Dieu, répondait Delombre, il n'y a qu'en lui qu'une telle peur puisse être jetée, abandonnée, rédimée... » — « Cela n'est pas possible. Ma peur, et Dieu, c'est la même chose. Il est devenu ma peur. La vie est devenue ma peur. Comment pourrais-je donner ma peur à Celui-là même qui est cette peur ?... » — « En renonçant à cette peur elle-même, en vous y abandonnant absolument. Vous luttez trop contre votre peur, vous vous défendez trop, — et mal. Cette frayeur, cette douleur en vous, dépassent vos forces. Il ne vous sert à rien de résister, — vous êtes vaincue d'avance. Vous êtes déjà vaincue. A l'instant où enfin vous avouerez cela, que vous êtes vaincue, où vous cesserez votre lutte vaine, alors, alors seulement, vous serez libérée de toute cette peur. Laissez l'enfant grandir en vous, laissez-lui sa chance... » — « Chance ? Mais quelle chance ? s'écriait aussitôt Pauline. Où donc est ma chance à moi, et où celle de mon fils Jean-Baptiste abattu en pleine enfance, et où celle de mon second fils devenu plus méchant qu'un chien sauvage ? Hein ? Et où est la chance de mon beau-père, le vieux Péniel, et celle de ses femmes et de tous ses enfants ? Où est la chance de cet homme que la vie n'a cessé de voler, — de piller, jusqu'au saccage, au désastre ! Où est la chance de mes parents, morts sous les bombardements pendant la guerre ? Où est notre chance, à nous autres, Borromée et Péniel ? Où est la chance des hommes ? Et la vôtre, à vous, où donc est-elle, dites, dites-le-moi ! Répondez ! » — « Le malheur, aussi grand soit-il, ne peut jamais anéantir la chance... Parce que... parce que... la chance n'a rien à voir avec le bonheur, ce n'est pas une victoire, elle ne réside pas du côté de la force...

mais, la chance, voyez-vous, repose de l'autre côté de tout cela, au plus profond de... » — « Je ne vous comprends pas ! » l'interrompait Pauline. Mais lui, têtu, hagard, continuait : — « ... Moi non plus, je crois que je ne comprends pas vraiment... mais je sens, je sens cela en moi : — la chance existe, elle nous est donnée. Aussi loin que les malheurs qui nous frappent égarent cette chance, jamais elle ne peut être définitivement perdue. Jamais ! Car elle est du côté du renoncement. Ce n'est pas une victoire, ni un gain. Surtout pas un gain ! C'est au contraire l'absolu de la perte... La chance est, est... » — « Elle est un échec alors ? C'est cela ? coupait Pauline avec dureté. Si la chance n'est pas du côté du bonheur, ni de la victoire, ni de la force, alors elle est du côté de la défaite. C'est absurde ! » — « Ni l'un ni l'autre, poursuivait-il à bout de souffle. Elle est du côté de la paix. De la paix faite en soi, de la paix retrouvée, de la paix pressentie... du côté de la... de la grâce... » — « Quand tout a été brisé, tué, massacré, anéanti, le mot de paix n'a plus de sens ! Là où règne le deuil, la douleur, la souffrance, la paix ne peut venir, car il est alors trop tard. Irrémédiablement trop tard. La chance, la paix ! Voilà bien des mots vides de sens dans un pays comme le nôtre régulièrement saccagé par les guerres, et surtout dans ma famille contre laquelle le sort ne cesse de s'acharner ! Demandez donc au vieux Péniel ce qu'il pense de la chance et de la paix ! Demandez partout autour de vous ! Tous vous répondront avec colère et haut-le-cœur que ces mots sont pires qu'insensés, — ils sont obscènes et outrageants ! Oui, outrageants ! » — « Nous ne parlons pas de la même chose, avouait alors Delombre en relevant la tête doucement. Parfois même il portait ses mains jusqu'à la fenêtre grillagée, comme s'il voulait toucher le visage réfugié derrière. La chance, disait-il, c'est simplement, à l'instant où le monde s'effondre, où tout s'écroule autour de nous, à l'instant où l'on tombe, à pic dans le vide, la nuit... la chance alors c'est... c'est de reconnaître que Dieu gît au fond de ce vide... qu'Il est cette nuit même... » — « Mais le Christ lui-même a résisté, s'est révolté, il a crié contre Dieu qui l'avait abandonné ! lui lançait Pauline à bout de résistance. Lui aussi il a succombé à la peur ! » — « Oui, il a dit cela. Mais à l'instant de mourir il a ajouté... " Père, en tes mains je remets mon esprit "... Il est mort entre les mains de Dieu, entre les mains vides et écorchées de Dieu. Même sa souffrance et sa peur, il les a remises à Dieu... Sinon, il n'aurait pu mourir... » — « Mais puisqu'il était lui-même Dieu » lui lançait Pauline, comme un défi et un reproche. — « Il était Dieu, et il est Dieu. Mais à l'instant de mourir il était aussi un homme. Rien qu'un homme. Aussi faible et vulnérable dans sa chair et son cœur que vous et moi... »

Pauline quittait à chaque fois le confessionnal brusquement. Elle se levait d'un coup, parfois même au milieu d'une phrase, et s'enfuyait sans se retourner, retraversant l'église à pas pressés. Et lui demeurait encore un temps à sa place, tout seul, immobile, les genoux douloureux sur le bois du petit banc. Il écoutait le bruit des pas précipités, le grincement du portail, et la lourde retombée du silence. — « Je n'ai pas su trouver les mots, se disait-il alors. Je n'ai pas su lui parler. Ses doutes sont plus forts que ma foi, sa révolte plus grande que mon espérance, sa douleur plus violente que mon amour. » Et il ressortait de ces discussions à chaque fois plus désemparé, accablé de tristesse. Et la peur le prenait à son tour, comme si Pauline, en s'enfuyant si brutalement, la lui avait laissée, la lui avait flanquée en plein cœur. Mais il ne luttait pas contre cette peur, il la laissait le submerger, le briser, jusqu'à le jeter à la fin front, contre le sol, les bras en croix, dans le silence de sa chambre. Il se sentait alors à tel point démuni, privé de mots, qu'il ne pouvait même plus prier. Il restait là, étendu sur le plancher, yeux et bouche fermés, à souffrir cette peur jusqu'à ce qu'elle s'épuise en lui. Jusqu'à ce qu'il retrouve la force de répondre à nouveau « oui » à cette inlassable question qui se posait à lui, des confins de la peur, dès le point du jour : — « M'aimes-tu ? » Il répondait dans un murmure.

Pauline garda l'enfant. Elle avait cessé de lutter. Elle avait cédé. Mais de ce jour où elle accepta de laisser sa grossesse suivre son cours elle cessa également de venir voir le Père Delombre. Elle lui fit envoyer une lettre ; un mot très court qui disait juste : — « Vous avez gagné. Je laisse l'enfant aller à son terme. Mais cet enfant m'est étranger. Tout m'est devenu indifférent. Car ce n'est pas la chance qui m'est venue, mais quelque chose de froid, sec et amer : l'indifférence. Que chacun désormais suive son chemin. Le mien ne mène à présent nulle part. Et je crains qu'il n'en soit ainsi de tous les chemins. Fût-ce le vôtre. Surtout le vôtre, peut-être. Je ne veux plus vous revoir. Je ne sais pas si je dois, ou non, vous remercier pour la patience si têtue dont vous avez fait preuve à mon égard. Pauline Péniel. »

Delombre n'avait pas gagné, il le savait. Il n'avait

rien gagné. Il se sentait atteint plus que jamais par le désespoir de Pauline, et plus dépourvu que jamais. Mais il ne chercha pas à la revoir, à lui écrire, car cela n'aurait qu'aggravé le tourment de la jeune femme. Et la réponse à la question qui le hantait se faisait toujours plus douloureuse.

Pauline se claquemura à nouveau dans la ferme. Elle sentait son ventre se gonfler, — il se gonflait comme celui de son fils au fond du bois des Amours-à-l'Event dans l'ombre glauque des branchages. Et ses yeux retrouvaient leur ancien éclat de silex brisés. — « Mettrai-je au monde un enfant bleu, bleu violacé ? » se demandait-elle avec terreur, se souvenant du corps de Jean-Baptiste entré en pourriture. Mais Fou-d'Elle était là, auprès d'elle, plus soucieux d'elle que jamais, s'efforçant de chasser l'image du premier fils loin de la chambre, loin du corps de sa femme. Il la serrait entre ses bras, la rassurait de son amour, il l'appelait comme autrefois, du temps de leur rencontre parmi les livres au fond de la librairie Boromée, « ma petite Princesse de Clèves ». Mais elle s'éloignait chaque jour un peu plus hors d'elle-même, de son présent, de son passé, — et surtout, résolument, de l'avenir. Elle suivait en silence un chemin sans issue, celui de l'indifférence. Même l'amour de Baptiste ne pouvait lui rouvrir d'autres chemins. Quant à Charles-Victor il la surveillait du coin de l'œil, hargneux. Pourtant, il y avait des nuits où il se réveillait tout tremblant, ivre de retrouver l'amour perdu de sa mère. Il se dressait d'un coup dans son lit, les lèvres balbutiantes, brûlées par le nom qui venait de s'arracher à son cœur, prêt à appeler sa mère, à se jeter dans ses bras. Mais il se reprenait aussitôt. Il lui arrivait de se mordre au sang les bras, les genoux, pour faire taire le nom, refouler l'appel.

Pauline mit au monde une petite fille. Elle accoucha bien avant son terme, comme si elle avait hâte d'en finir, de se décharger de ce poids étranger. L'enfant était pourtant d'un poids bien léger et ne criait pas plus fort qu'un chaton.

Pauline luttait. Elle ne savait même pas contre quoi. Tout en elle s'était mêlé, confondu, — passé et présent, les vivants et les morts. Mais l'indifférence qui résultait de cette confusion ne lui apportait ni calme ni détachement. Bien au contraire cette indifférence se présentait comme une maladie, toute de fièvre et de violence. Et c'était contre ce mal intérieur qu'elle luttait. Mais la maladie était forte ; aussi secrète que Pauline tentât de la tenir, de la réenfouir, elle resurgissait. Et ce mal avait un visage et un nom : — Jean-Baptiste.

Petit-Tambour. L'enfant bleu, au ventre énorme. Voilà qu'il faisait retour avec toute sa cohorte d'images, d'odeurs, de sons. Pauline voyait tomber la pluie et trois hommes ruisselants projeter soudain leurs ombres immenses sur le seuil. Elle sentait partout des odeurs d'humus, d'écorce amollie par les pluies d'automne, de chair pourrissante. Elle voyait des mains lutter contre les bêtes alertées par cette puanteur de charogne, — ses propres mains devenues folles, démultipliées. Elle gardait dans la bouche un goût de terre noire, un goût de fosse creusée sous la pluie. Elle entendait sans cesse un bruit mat de terre et de cailloux tombant contre une planche de bois. Elle voyait les arbres, tous les arbres de la forêt, s'arracher à leur sol et se mettre en marche. Tribu de guerriers fous tordant par milliers leurs bras armés d'oiseaux aux becs bleu violâtre.

Elle luttait contre ce désordre de souvenirs, mais en vain. Car sa mémoire s'était diffusée dans sa chair, tapie dans tous les recoins de son corps. Elle transsudait comme une sueur de son cœur étouffé.

Il y avait les autres pourtant. Il y avait Baptiste, et Charles-Victor, et maintenant l'enfant nouveau-né. Elle tâchait de se tendre vers eux. Mais quelque chose la retenait, la repoussait sans cesse à une distance toujours plus éprouvante à franchir. Elle accomplissait les gestes maternels cependant, elle nourrissait l'enfant, la lavait, la langeait. Mais elle accomplissait tout cela comme un rite vidé de sens et de désir. Ses gestes étaient raides et effectués d'un air absent.

Ce fut alors que Charles-Victor revint en force, — non pas vers sa mère, ni vers son père, mais vers le nouveau-né. C'était comme si lui-même venait d'être remis au monde. Il voulait l'enfant pour lui, pour lui tout seul. La petite sœur dont avait tant rêvé son Putois bleu de frère aîné, c'était à lui qu'elle était donnée. Et ce fut lui qui lui choisit son prénom ; il demanda à ses parents d'appeler la petite fille Baladine, du nom de sa draisine « aux petons d'or et cul d'enfer ». Car, dans sa passion des mots, Charles-Victor croyait à la vertu magique de l'acte de nommer, — en imposant ainsi à sa petite sœur le prénom de son choix il la liait à lui d'un lien sacré, secret, et tout puissant. — « Baladine ! Baladine ! Ma petite sœur toute à moi ! s'écriait-il au fond de ses palais en ruine, —

usine, blockhaus et latrines. Je t'ouvrirai mon beau royaume de rouille et de déchets et grâce à toi tout sera transformé en beauté et pour toi je deviendrai bon, oui, moi, le Prince Très Sale et Très Méchant, je deviendrai bon ! Affreusement bon ! Si bon que Dieu lui-même en aura la colique ! Mais je ne serai bon que pour toi. Pour toi seule. »

Charles-Victor ne devint ni meilleur ni pire. Il devint simplement fou de sa petite sœur. Elle était tout pour lui. D'un coup le monde prenait visage, le visage d'un autre qui ne l'avait pas trahi. Le monde prenait enfance et retrouvait un nouveau goût de jeu. Tout devenait possible.

Ce fut à cette époque que ses yeux prirent l'admirable transparence de ces concrétions de résines fossiles couleur de miel et d'or clair. L'éclat de la tache qu'il portait à l'œil gauche en parut plus lumineux, flamboyant presque. Mais son regard gardait encore tant de pénombre, de violence, que nul n'aurait songé à l'appeler Jour-d'Ambre. Ce fut Nuit-d'Ambre que tous le surnommèrent.

Baladine était tout pour lui. Il fit en sorte de devenir tout pour elle. Puisque la mère restait hantée par son affreux Putois bleu de fils aîné, puisque ce grand chien de père n'avait décidément d'yeux et d'attention que pour sa femme aux gestes d'automate, toute la place auprès de Baladine lui revenait, — de droit. Et il sut l'occuper cette place laissée vacante, s'y fonder un empire. De cet empire il s'acharna d'ailleurs à éloigner tout autre, car son amour était jaloux. Formidablement jaloux. Il tint à distance tant son oncle Thadée que Tsipele, et surtout le jeune Chlomo. Celui-là il ne pouvait le supporter ; toujours à rôder autour de la petite, à essayer de lui glisser ses sourires comme d'écœurantes sucreries. Nuit-d'Ambre le surnomma Requin-Fouineur et lui fit l'honneur de le ranger au quatrième rang dans la hiérarchie de ses ennemis, — derrière le Putois bleu de frère, la mère traîtresse et le foutu chien de père. Il le classa avec la gueusaille des arbres. Il surveillait surtout que le Requin-Fouineur, et même cette sorcière de Tsipele, ne viennent chanter à Baladine leurs romances mystérieuses qui vous tournaient le cœur rien qu'à les entendre. Pas question que la petite se laissât bercer par ces romances sombres et belles à pleurer. Le langage, les mots, les sons, ce serait lui, et lui seul, qui les lui enseignerait, — à sa façon. Il la ferait sienne par le pouvoir des sons et des mots. Par la magie des mots.

Mais Chlomo ne se souciait pas de la haine de Charles-Victor dit Nuit-d'Ambre qui était de presque six ans son cadet. Déjà l'aîné, Jean-Baptiste, avait témoigné à son égard une sourde hostilité autrefois. — « Il ne faut pas leur en vouloir, lui avait dit souvent Tsipele. Jean-Baptiste et Charles-Victor ont le cœur jaloux, ils sont comme ça. Je crois d'ailleurs que tous les Péniel sont comme ça. La passion est si forte en eux qu'ils en tombent malades. La jalousie est une maladie. » — « Mais c'est quoi cette maladie, demandait alors Chlomo inquiet, c'est grave ? On peut en mourir ? » — « Parfois, oui. Je crois que oui... » — « Mais alors, insistait Chlomo, si dans la famille ils ont tous la même maladie, Thadée aussi il est jaloux, tu crois ? » — « Je ne sais pas ! » répondait alors brusquement Tsipele que cette question troublait sans qu'elle sache pourquoi. Chlomo, têtu, revenait à la charge sans remarquer le rougissement de sa sœur. — « Il ne faut pas que lui aussi soit jaloux si tu dis qu'on peut en mourir ! » — « Mais de qui et de quoi serait-il donc jaloux ? disait-elle en haussant les épaules. Thadée, tout ce qu'il aime, ce sont les livres et les étoiles. On n'est pas jaloux des étoiles. » — « Et pourquoi pas ? insistait son frère. Si vraiment il les aime très fort, ses étoiles, peut-être que ça peut le rendre jaloux, et malade, et alors il en... » — « Oh ! mais tu m'énerves avec tes bêtises ! » finissait-elle par dire pour couper court, et elle changeait de conversation.

Et lui, Chlomo, avait-il contracté l'obscure maladie de sa famille adoptive ? Et Tsipele ? Ces questions l'avaient longtemps tourmenté. Mais depuis ce clair matin d'avril où enlacé à l'ormeau, il avait entrevu, à travers le brouillard rosé des grappes d'étamines, le visage de Pauline s'illuminer de transparence et lui livrer le secret de l'enfant à naître, il n'avait plus de tourment. La joie l'avait saisi. Et l'amour qu'il portait à l'enfant nouveau-né était si vaste, si léger, qu'il ne connaissait rien de la jalousie. Qu'importait même que Nuit-d'Ambre le repoussât loin de la petite fille avec violence et colère et qu'il lui interdît de la toucher, de la voir, lui parler ? — Il lui suffisait de la savoir là. Il lui suffisait qu'elle existât. Et c'était par la grâce de cette simple joie qu'il souriait tout le jour avec tant d'allégresse. — « Baladine ! Baladine ! » murmurait-il, scandant sans fin le nom de la petite comme pour mieux s'en enchanter, — mieux se l'approprier.

L'enfant, entendait-elle ces appels lancés vers elle et tournoyant tout autour de son sommeil ainsi que des oiseaux ivres ? Des oiseaux affamés, comme au sortir d'un trop long hiver. Elle était si petite encore, si fragile, elle que son père avait engendrée de ses larmes et que sa mère n'avait pu porter jusqu'au bout. Elle demeurait doucement repliée sur son inachèvement, tenant ses paupières closes et ses poings refermés. Elle poursuivait son songe interrompu dans les eaux en reflux du ventre de sa mère, elle n'affleurait que très lentement au monde et à la vie. Et le silence régnait en elle. Elle ne criait, ni ne pleurait, jamais. Elle écoutait encore résonner à sa tempe le bruit sourd du cœur de sa mère. Elle dormait. Et son souffle était si léger qu'il était à peine perceptible. Elle dormait à fleur de monde. Il n'était pas encore temps pour elle de pouvoir entendre ces appels criés ou murmurés vers elle.

— Mais le temps, lui, déjà était en marche. Toujours en route, toujours en hâte. Il mûrissait sous ses paupières d'irréveillée, lui teintait lentement les yeux de ce bleu violâtre qui couve au fond des forêts, dans les sous-bois et les buissons.

Toujours en route, allant grand erre parmi les choses et les êtres, les bousculant, les emportant, — le temps sans fin faisait l'histoire, filait sa fable.

NUIT DU VENT

NUIT DU VENT

1

Le temps. Il leur ferait courir le monde, à tous, il leur ferait transhumer leurs jours en troupeaux serrés de nuit en nuit. Le temps toujours poussait son cri dans le nom des Péniel, — son cri de marche, son cri de lutte et de silence.

Baladine, la petite irréveillée, l'enfant inachevée. Elle finit par ouvrir les yeux. Ils étaient bleu violâtre et l'un portait la tache d'or. Elle apprit à marcher, à parler et aimer. Son frère accaparait cet amour neuf. Pauline traversait les jours de leur enfance comme une somnambule, ses bras tendus vers eux étaient raides et glissaient dans le vide. Et toujours et partout Fou-d'Elle la suivait, prêt à la retenir, à l'empêcher de retomber.

Nuit-d'Ambre emmenait Baladine avec lui dans ses lieux de rebelle et partout il inventait pour elle des histoires. Il lui racontait sans jamais se lasser l'histoire du Putois bleu de frère aîné, il prétendait qu'il était

97

devenu un géant aux yeux de fer, un ogre à la bouche violette et au ventre gigantesque, horriblement affamé. — « Tu sais, disait-il à la petite qui l'écoutait bouche bée de peur, le Putois bleu est vraiment un ogre redoutable. Il se nourrit de tout, de feuilles, d'écorces et de racines, mais aussi de cailloux, de nuages et d'animaux tout crus. Moi aussi il a voulu me dévorer, mais je me suis pas laissé faire ! Je suis plus fort que lui. C'est pourquoi tu dois rester avec moi, toujours, rien qu'avec moi, sinon il te mangera toi aussi. Méfie-toi de tout le monde, même des arbres. Surtout des arbres ! Les arbres sont ses soldats, aussi cruels et gloutons que lui, l'Ogre violet. Tous, ils veulent te prendre et te manger. » — « Alors pourquoi on va toujours dans la forêt ? » demandait Baladine affolée. — « Mais pour en chasser le grand Putois, justement ! pour leur montrer à tous que le plus fort c'est moi, et que toi tu es leur reine. Je veux que les arbres se plient à genoux devant toi. » — « Je veux pas être reine, disait Baladine au bord des larmes, je veux rentrer à la maison. J'ai peur... » — « Non, tu dois rester avec moi. Je suis fort je te dis, t'as rien à craindre. Avec moi personne ne te fera de mal. Tu es la princesse et moi je suis le dragon. Ton gentil dragon. Je les tuerai tous, — même les morts ! » — « Je veux pas être princesse, répétait la petite, je veux rester à la maison... » — « Mais quelle maison ? s'écriait Nuit-d'Ambre. Toi et moi on n'a pas de maison. Tu n'as donc pas senti comme ça pue à la maison ? C'est l'odeur du Putois, car il habite là-bas aussi. Il est partout. Il est terrible je te dis ! Nous, on n'a pas de maison. On a que des royaumes, et un beau char pour s'y promener ! » Et il l'entraînait avec lui sur sa draisine, la serrant très fort contre lui en clamant de grandes menaces aux arbres et à l'Ogre-Putois. Il disait à sa sœur : — « Ecoute, écoute comme le vent mugit ! Il chasse de leurs tanières tous les esprits des morts, tous ces méchants esprits gloutons, il emporte avec lui leurs voix enrouées de salives sales, il arrache leurs dents dans leurs bouches pourries, il tord leurs langues noires, brise leurs mandibules ! Il faut souffler avec le vent, il faut courir avec lui. Et même plus fort, plus vite que lui encore ! » Mais la petite serrait les lèvres, elle avait froid et envie de pleurer. Souvent d'ailleurs, au cours de ces chevauchées sur la draisine que lui imposait Nuit-d'Ambre dans les broussailles de la forêt, elle fermait les yeux. Elle les fermait très fort pour ne plus rien voir autour d'elle, pour oublier la présence étouffante et si menaçante des arbres. Elle pressait ses mains sur ses paupières pour s'éblouir de petits soleils phosphorescents.

Elle avait peur de tout, — du vent, des arbres, du grand Putois de frère mort aux dents d'ogre, mais plus encore de son frère Nuit-d'Ambre qui la serrait dans ses bras, si fort contre lui, et l'embrassait dans les cheveux, la nuque.

Nuit-d'Ambre aimait le vent. Il cavalait la bouche ouverte pour que le vent le pénètre de toutes parts, lui souffle dans le cœur, dans les os et le sang. Le vent était sa nourriture, sa force, son entrain. Il avait confectionné un cerf-volant immense, mi-poisson mi-oiseau, avec des bouts de bâche bleue décorée de fines feuilles de métal d'un gris étincelant, montés sur une armature en roseaux. Il l'appelait chouca-d'acier ou bien alouette-d'argent selon la hauteur à laquelle il le

lançait et les méandres qu'il imposait à son vol. —
« Tu verras, disait-il à Baladine, un jour mon cerf-
volant deviendra un vrai oiseau et il s'envolera à pic
dans le ciel en poussant un vrai chant sur une note
unique, suraiguë. Il partira crever le ciel et les yeux et
le tympan de Dieu. Alors il règnera, seul, sur les
anges et les hommes! » — « Il sera bon? » demandait
Baladine. — « Bien sûr qu'il sera bon, bien plus bon
que ce foutu bon Dieu en tout cas! » — « Mais Dieu,
qu'est-ce qu'il fera alors? » — « Il sera aveugle, et
sourd, tiens! Et vraiment plus bon à rien. On le
foutra à la poubelle. Et ce sera bon débarras! »

Un jour où le vent tirait particulièrement fort, le
cerf-volant fut arraché des mains de Nuit-d'Ambre et
emporté loin, infiniment loin dans le ciel en bataille.
Les deux enfants demeurèrent longtemps immobiles,
le nez pointé en l'air, fixant l'oiseau de toile et de
métal en train de tournoyer comme un fou parmi les
nuages, puis disparaître. — « Il est parti l'oiseau! Il
va crever le ciel et tuer le bon Dieu! » s'exclama la
petite prise de frayeur. — « Bah! fit Nuit-d'Ambre,
qu'il aille! Dieu, d'ailleurs, n'est pas bon du tout, on
n'a donc rien à perdre. » — « On le reverra plus,
l'oiseau?... » demanda Baladine avec tristesse. —
« Si, il reviendra. Il reviendra, t'en fais pas, assura
calmement Nuit-d'Ambre en embrassant sa sœur. Il
reviendra quand ça lui chantera, et il sera encore plus
beau. »

Il revint en effet. Mais des années plus tard.

Mais le vent ne faisait pas seulement danser les
cerfs-volants et rêver les enfants. Il s'en prenait aussi
aux corps et faisait s'élancer le désir.

Le vent jeta Thadée face contre terre. Mais ce vent n'était pas de la terre.

C'était par une nuit extrêmement calme et claire. Thadée avait pointé sa lunette astronomique vers le ciel. Chaque fois que la clarté de la nuit était propice à l'observation des astres, il se rendait au grenier où il avait installé un curieux bazar astronomique, là même où autrefois Nuit-d'Or-Gueule-de-Loup offrait à sa famille des séances de lanterne magique, enluminant sa propre mémoire d'images peintes et lumineuses, et l'imagination de ses enfants de contes fabuleux. Mais la lanterne de Nuit-d'Or-Gueule-de-Loup avait brûlé, et sa mémoire avec. Le théâtre magique que Thadée avait rouvert ne renouait pas avec ces images fantastiques de son enfance, ni avec la mémoire de son père. Elles avaient disparu à jamais ces girafes couleur d'orange broutant les nuages dans le ciel, et l'ours blanc en équilibre sur une roue, et le perroquet rose et rouge, et les vieux trains empanachés de fumées noires, — tous, disparus. Une autre fumée noire avait tout englouti, avait dissous toutes les images, tous les rêves. Ce sur quoi s'ouvrait le nouveau théâtre de Thadée étaient des images bien plus prodigieuses encore, et la mémoire avec laquelle il renouait était si vaste, si lointaine, que ses millions d'années étaient indénombrables.

Son théâtre à lui était la nuit stellaire, son bestiaire était galactique, et sa fable cosmique. Sa mémoire filait jusqu'au vertige au bord des gouffres noirs. La passion qui les avait saisis, lui et son frère, le jour de leurs seize ans dans la Librairie Boromée ne les avait jamais quittés. Baptiste était devenu le Fou-d'Elle et demeurait comme au premier jour enamouré de Pauline, la fille du libraire. Thadée de même restait fidèle à son amour astral.

Car cet amour avait toujours maintenu en lui son rêve, jusque dans le camp de Dachau où tout disparaissait pourtant, les hommes et leurs rêves, à chaque instant. Encore maintenant il se souvenait de cette vision qu'il avait eue, une nuit au camp. On les avait tous réveillés en sursaut et rassemblés en horde d'ombres numérotées pour un appel fantaisiste. Ils étaient là, titubants de sommeil et de faim, tremblants de froid. La nuit était glacée, très noire et pure. Les étoiles au ciel avaient un éclat remarquable. Il avait contemplé le ciel. Les numéros, que l'on criait dans cette langue qui lui restait à jamais étrangère et violente, appelaient-ils ces étoiles afin d'en dresser le nombre? Mais les étoiles dépassaient tous les nombres et toute étrangeté, et leur propre violence était infiniment plus grande encore que celle des hommes. Les étoiles ne répondaient jamais, elles se contentaient de paraître. Et leur indifférence aux cris des hommes, à leur douleur aussi, était cette nuit-là vraiment une merveille. Harassé de fatigue et de froid Thadée n'avait pu cependant détourner son regard de cette beauté souveraine et glacée. Et d'ailleurs, au nom de quoi les étoiles auraient-elles dû avoir souci des hommes, alors que les hommes eux-mêmes n'avaient aucune pitié les uns envers les autres? Et surtout, les étoiles elles-mêmes étaient occupées à leurs propres combats, — armées géantes de matière en fusion toujours en lutte et en course, étincelant jusqu'à l'éblouissement d'être détruites et consumées.

C'est alors qu'il avait vu cela, — une comète

dégringolant la nuit, sa chevelure nébuleuse d'une blondeur illuminante ondoyant au travers de l'espace, comme une Lorelei devenue folle se précipitant dans les eaux noires d'un fleuve. Lorelei, Lorelei, sirène de feu et de sanglots chutant du haut du ciel pour se noyer dans les eaux muettes de la nuit. Lorelei, Lorelei, volée de sa beauté, destituée de sa magie, — comme si le peuple qu'elle avait si longtemps enchanté de ses chants venait de la trahir, de la répudier. Trop blonde et douce Lorelei jetée nue dans le précipice ouvert par son peuple infidèle ; — Lorelei déchue, âme de tout un peuple balancé au néant.

Et quand la voix métallique qui officiait à l'appel nocturne avait crié son numéro, Thadée avait répondu en criant plus fort encore, d'une voix devenue folle à son tour, et comme enjouée presque : — « Présent ! » Car en cet instant il avait méprisé la nargue de la mort, cruelle autant que dérisoire, il avait méprisé l'infinie bassesse de ses bourreaux, il s'était ressaisi au point extrême de tangence du néant et de l'éternité. — « Présent ! » s'était-il écrié, dans un éclat de rire presque. Présent à la beauté absurde du monde, présent aussi bien à la vie qu'à la mort, — à toute vie et toute mort. Présent, parce qu'encore démesurément désirant. Et désirant, parce que se reconnaissant soudain issu et fait de ces poussières d'étoiles.

Ces poussières d'étoiles, bris de matière et de lumière. Echos aussi, peut-être, du Vide frappé par le son du Verbe qui fit jaillir la lumière, — poussières de bruit et de splendeur. Cette comète filant dans son frou-frou de nébuleuse était peut-être l'une des Lettres de l'Alphabet qui avaient défilé devant Dieu lorsqu'il avait voulu créer le monde, — une des Lettres que

Dieu n'avait pas retenue pour en faire l'initiale de sa création.

Etait-ce la lettre Thav qui filait de la sorte, celle qui scelle le mot Emeth, la vérité, aussi bien que Maveth, la mort ? Etait-ce la lettre Caph, celle qui ouvre tant le mot Cavod exprimant la gloire de Dieu que le mot Cala signifiant l'extermination des mondes ? Ou était-ce une autre Lettre encore qui s'échappait ainsi, une Lettre n'appartenant même pas à l'Alphabet ? Pas même une lettre, peut-être, mais une simple virgule, un point, un trait d'union ? Le mince trait d'union articulant le nom des hommes à la parole de Dieu. Et c'est pourquoi alors le nom des hommes se retournait et s'effondrait en numéro.

Thadée fixait la trace blanche qui s'enfuyait, étincelante. — « Ne se passera-t-il donc rien ? » se dit-il quand elle eut disparu. Et il s'était alors tourné vers son compagnon ; son regard semblait avoir lui aussi disparu, ses yeux brillaient étrangement, de fièvre, d'absence. — « Et lui, s'était demandé Thadée, a-t-il vu l'étoile ? Qu'a-t-il vu ? » Lui étaient alors revenues en mémoire les paroles que son compagnon avait récitées quelques jours auparavant. — « Un homme vêtu de lin, les reins ceints d'or pur, son corps avait l'apparence de la chrysolite, son visage l'aspect de l'éclair, ses yeux comme des lampes de feu, ses bras et ses jambes comme l'éclat du bronze poli, le son de ses paroles comme la rumeur d'une multitude. Seul, moi Daniel, je contemplais cette apparition[1]... » .

« Est-ce cela qu'il a vu ? s'était demandé Thadée en regardant son compagnon, est-ce cette apparition qu'il

1. Dan., 10, 5-7.

contemple ? » Il lui avait doucement saisi l'épaule. Mais l'autre dormait debout, les yeux grands ouverts, vidé de toutes forces.

Ce fut à l'appel du lendemain matin que son compagnon était mort; debout à ses côtés, les yeux toujours grands ouverts. Un homme vêtu de toile et de rayures. Son corps déjà n'avait plus d'apparence, son visage, l'aspect de la chaux, ses yeux, la matité des pierres, — et son silence, comme un pleurement muet. Ou, peut-être, comme un chant psalmodié au plus profond du cœur, — une prière muette à un Dieu absolument muet. Et seul, lui, Thadée, avait vu cela, — cette disparition d'un homme, là, debout à ses côtés. Un homme, parmi des milliers d'autres, parmi des millions d'autres, venait de disparaître, là, comme ça, contre son épaule, sans proférer un mot, sans même un tressaillement. Un homme venait de disparaître, un chiffre d'être rayé de la longue liste des numéros. Un homme venait de disparaître, qui était son ami. Seul, lui, Thadée, avait contemplé cette disparition. Alors sa force de survie s'était en plus armée de la promesse, qu'il avait faite à son ami, de partir rechercher ses enfants, les retrouver et les garder auprès de lui. Car sa chair était faite autant de poussières d'étoiles que des cendres des autres. Il avait survécu, et tenu sa promesse.

Cette promesse qui aujourd'hui se retournait si curieusement contre lui. Tsipele, la petite fille aux yeux pers qui si longtemps avait tenu le front baissé en serrant la main de son frère, avait relevé la tête, et tout son corps avec, et libéré sa main. Elle était devenue femme, et ce faisant, lui était devenue tourment. Ce corps nouveau qu'elle révélait soudain, tout en le préservant avec une vigilante pudeur, affolait son propre corps d'un désir fou. Et du coup son corps à lui aussi se transformait sous les assauts sans mesure ni cesse de ce désir qui lui fouaillait la chair pour mieux imprimer partout en lui, en creux, les formes neuves de Tsipele.

La nuit était claire. Thadée, installé à la fenêtre du grenier, promena longuement son regard à travers le champ des étoiles. Il lui fallait plus que jamais détourner son attention de lui-même, l'élancer au plus loin de son corps hanté par l'image de Tsipele. Il lui fallait plus que jamais aiguiser cette vue seconde qu'il s'inventait à travers le télescope braqué sur le ciel. Dans ces tracés stellaires tant de signes demeuraient à lire, tant de questions se levaient, abîmant la pensée d'étonnement.

Sa pensée. Sa pauvre pensée d'homme de la terre, que pouvait-elle comprendre à ces mystères ? Sa pensée ne pouvait que rôder de loin, de très loin, en tâtonnant et trébuchant. Sa pensée y perdait non seulement son chemin, mais surtout y égarait son temps, — son temps d'humain. Le temps se brisait, entrait en dérive, partait en débandade comme les grands essaims de météores se dispersant en tous sens à travers ciel. Sa pensée confinait à l'oubli, à l'idiotie presque. A l'idiotie, à force d'être dépossédée de tout repère, tout appui, privée de mots. Il n'y avait pas de mots à la mesure de ces phénomènes qui se déroulaient dans cet extrême infini tant spatial que temporel, à la mesure de cette absolue extravagance. Plus de mots, seulement, parfois, quelques échos en archipel de ces récits que lui avait faits autrefois son compagnon de camp, le Tsaddik Ephraïm Yits'hak, qui était mort en somnambule un matin de Purim, tout contre son épaule. — « J'ai contemplé des visions dans la nuit. Voici : les quatre vents du ciel soulevaient la grande mer ; quatre bêtes énormes sortirent de la mer, toutes différentes entre elles [1]. »

Voici : — le vent du ciel se mit à soulever la grande mer du désir, se mit à soulever de fabuleux remous dans le ventre et les reins de Thadée, et une Bête magique sortit de sa mémoire, se mit à danser dans son cœur. Car cette nuit-là le ciel allait surprendre Thadée d'une façon plus bouleversante encore que de coutume, — comme il avait émerveillé et terrifié les poètes antiques, en se faisant pour eux théâtre immense où se jouaient la folie et l'amour des dieux jaloux et belliqueux.

Il avait fixé son télescope sur le globe lunaire. La luminosité était remarquable. La lune était dans son dernier quartier, réverbérant avec intensité la lumière rasante du soleil. Cette froide lumière oblique accusait ses moindres reliefs avec une extraordinaire netteté, acérant ses montagnes et ses pics, précipitant ses vallées et ses cirques, plombant d'ombres noires ses lacs, ses golfes et ses mers. Ses grandes mers vides aux fonds laqués de laves grises, déchirés de crevasses, aux bords rehaussés de hautes crénelures. Son regard traversa la mer du Froid, la baie de la Rosée, le golfe des Iris et la mer des Pluies, parcourut l'océan des Tempêtes puis dériva vers la mer des Nuées. Il ne

1. Dan., 7, 2-3.

distinguait partout que d'admirables lieux néants hérissés de remparts et d'ombres. Des lieux où rien ne se passait, des lieux absous du temps et de l'histoire. Des lieux que seuls visitaient quelques comètes en agonie et le souffle des vents solaires. Mais soudain le regard de Thadée fut attiré du côté du cratère Tycho. Un phénomène lumineux apparaissait. Il braqua aussitôt son télescope sur cette zone devenue subitement insolite. Il crut distinguer de vagues taches rougeâtres émerger et se mouvoir au bord d'un des flancs du cratère. Il pensa qu'il assistait peut-être à une sorte de séisme volcanique. Mais ce dont il fut le témoin n'était nullement la formation d'un nouveau cratère lunaire. La tache rougeâtre se porta à incandescence et se mit à tourner sur elle-même à vive allure, puis roula jusqu'à la mer des Nuées où elle sembla exploser comme une gigantesque rose rousse. Il se fit alors une clameur prodigieuse. Une forme émergea de la boule de feu éclatée et consumée.

Une femme, tenant de la flamme et du poisson, déploya lentement ses membres. Sa peau était absolument lisse comme une roche polie par les glaces, elle n'avait pas de cheveux. Elle commença à balancer doucement le torse puis se mit à trépigner, de plus en plus vite, et chaque fois qu'elle frappait le sol de ses talons un formidable coup de cymbales retentissait. Puis elle se mit à tournoyer, tordant ses bras très longs et bleus. Toute sa peau devint bleutée. Et ce bleu allait sans cesse en s'intensifiant, de même que le fracas des cymbales. Ce bleu se réverbéra bientôt alentour, illuminant les parois et le fond de la mer des Nuées. Alors ce fut une crue de bleu qui déferla sur toute la lune, mêlant la zone d'ombre et la zone éclairée.

D'autres sons surgirent et des voix commencèrent à sourdre de partout, comme des grondements. Chaque cratère, chaque mer et chaque marais lunaires se faisaient bouches. La femme contorsionnait ses membres ruisselants de sueur bleue et roulait les épaules, son cou était fabuleusement long ; ses doigts se démultiplièrent. Elle se mit à proférer un cri d'une voix grave et continue. Son cri allait s'amplifiant, bientôt accompagné de cors et de tubas. Thadée entendait tout cela, voyait tout cela. Il ne pouvait plus détourner son regard, plus reprendre ses sens. Le cri de la femme s'étrangla mais reprit aussitôt pour se moduler en un chant syncopé, à la fois violence et supplication. Le bleu reflua de son corps, les zones d'ombre et de clarté se rétablirent sur la lune. Son ventre devint d'une blancheur éblouissante, acide, — bouclier réfléchissant toute la lumière solaire. La nuit recouvrit bientôt tout le reste de l'espace lunaire. La lune entière venait de plonger en éclipse. Il n'y avait plus de lumière que sur ce ventre lisse, bouclier étincelant que la femme commença à frapper de ses poings.

Ce fut alors que la terreur saisit Thadée. Alors seulement. Il serra ses paumes contre ses oreilles, ferma les yeux. Mais il était trop tard. Le bruit continuait, lançant ses infinies résonances de gong de bronze, et de même persévérait l'image de ce ventre d'un blanc acide. C'était son propre corps que l'on frappait.

La femme trépignait puissamment en balançant ses épaules et ses hanches.

Sa mère, grande Anguille lunaire, dansait pour lui jusqu'à la transe. Et cette danse était la mise bas de son corps nouveau, — de son corps d'homme désirant. Il se mit à tourner et danser à son tour, à balancer ses épaules et ses reins et à tordre ses bras. La voix de la mère syncopant ses cris rauques au fond de la mer des Nuées n'était ni d'homme ni de femme.

Voix de Morte-Poisson remontant des profondeurs du temps, voix d'étoile révolue, scandant pour lui le rythme de sa remise au monde. Il avait mal, mais sa souffrance était aussi bien jouissance et sa peur confinait à la joie. Il se sentit emporté par le vent, il se mit à courir en sens inverse de la rotation de la terre, plus vite, toujours plus vite. Mais il ne savait même plus où il était, où il courait. Le vent qui le chassait n'était plus de la terre. C'était le vent solaire qui souffle sur la lune. Il courait dans l'espace, il courait sur la nuit. Sa mère se tordait dans le vent en criant, son ventre étincelait.

Son ventre s'ouvrit comme des ailes d'effraie blanche qui se mettent à battre l'air. Et lui courait sans fin, plus vite, toujours plus vite, entraîné par des cents de vents nouveaux. Il n'avait plus de souffle, il avait perdu toute pensée, tout sens. La voix de la mère devint stridence, discordance, son ventre aveuglement. Par milliers des effraies s'envolèrent du ventre de la femme. Il y eut grande pluie de sang. Et lui courait toujours, il roulait dans l'espace, filait à pic dans l'immensité du vide, de la nuit, du sang. Quelque chose en son corps prenait force et violence, se tendait, se gonflait. Quelque chose de son corps éclaboussa le ciel, — nébuleuse d'effraies qui becquetèrent la pluie de sang comme une vigne. Terre, soleil et lune disparurent, — une éclipse blanche recouvrit tous les mondes. Il se sentit brisé à hauteur des reins. Il vacilla.

Seul demeurait le vent, — vent multiple où confluaient tous les vents stellaires. Seul demeurait le vent qui le précipita au sol.

Mais il n'y avait plus de sol.

Thadée se réveilla à l'aube. Il gisait sur le plancher du grenier, nuque contre terre. Il était nu, complètement. Ses membres étaient écartelés comme les rayons d'une roue, son sexe encore était tendu. Il avait froid et pourtant ruisselait. Sa peau, au creux de l'aine et des aisselles, était couverte de fines écailles argentées. Dehors, il pleuvait. Il lui sembla voir pleuvoir des pierres, de grosses pierres grisâtres, de matière poreuse.

Le jour se leva, et le vent avec lui. Thadée descendit du grenier. Il n'avait retrouvé aucun de ses vêtements de la veille. Il se faufila dans sa chambre et s'enfouit dans son lit. Mais il n'y avait nul désir de sommeil en lui malgré l'immense fatigue qui lui rompait le corps. Ses reins encore lui faisaient mal, sa peau le brûlait, de vifs élancements lui parcouraient le bas-ventre. Les autres déjà s'étaient levés pour aller au travail. Il se releva à son tour, se lava, s'habilla. Mais sa peau demeurait bizarrement incrustée de fine poussière d'étoile. Il sortit dans la cour. Les nuages cavalaient à toute allure au-dessus des forêts et des champs. Il aperçut au loin la silhouette de son père, flanqué de Fou-d'Elle et Nicaise ; tous trois coupaient à travers prés et se dirigeaient vers les champs. — « Je devrais être avec eux » se dit-il, mais il ne bougea pas. Il humait le vent à la façon d'un animal. Le vent portait des odeurs de terre humide, de cheminées et de forêts. Mais il portait une autre odeur encore, une odeur de lessive. Il remarqua alors, parmi tous les bruits que provoquait et que charriait le vent, celui d'un claquement de tissu, sec et brutal. Il contourna la grange. Derrière s'étendait un espace où les femmes venaient mettre les lessives à sécher. Du linge, lavé du matin et encore ruisselant, pendait des cordes tendues entre le mur de la grange et quelques noisetiers plantés en bordure du jardin potager. Il aperçut, à l'autre bout de ce clos à lessive, des mains s'agiter au-dessus des cordes. Les mains jetaient le linge en l'air, l'étendaient sur les fils, y posaient des nuées de petites pinces en bois semblables à des élytres de hannetons. Thadée ne pouvait distinguer laquelle des femmes de la maison était ainsi au travail. Mathilde, Pauline ou Tsipele ? Il aurait pu crier pour appeler, mais il demeura à l'entrée du clos sans rien dire, à écouter tous ces claquements de vêtements et de draps mouillés, à humer l'odeur de lessive. Il ressentait en cet instant les battements du linge roué de vent jusqu'au-dedans de son corps. Ou plutôt, il avait l'impression que tous ces bouts de tissus accrochés là n'étaient que des pans de sa propre peau mise à sécher, — mise à tanner. Sa peau, — ses peaux. Ses innombrables peaux de tous ses jours passés, les mues de toutes ses nuits. Sa peau, ses peaux, lambeaux du temps, scories d'étoiles.

Ce fut alors que l'étrange musique de la veille le reprit. Bruits discordants de cors et de cymbales. Il avança droit vers les cordes, arrachant avec brusquerie le linge à mesure de son passage et le jetant au sol. Qu'ils se taisent enfin ces étendards ruisselants aux odeurs de savon, ces grandes peaux mortes de tambour, — à quelle armée de soldats fous appartenaient-ils donc? Il saurait les réduire au silence, faire cesser leurs claquements idiots qui ne savaient que clamer l'absence et la sécheresse. Il les arrachait et les foulait au sol. Le temps des peaux mortes était fini, — passé le temps des cuirs brûlés et des écorces évidées. Il marchait droit vers les mains de la femme dans l'odeur âpre du savon. Que vienne enfin le temps plus tendre de la chair.

Il arracha le dernier drap qu'elle était juste en train d'étendre. Tsipele poussa un cri de surprise et sursauta, laissant tomber de son tablier replié la poignée de pinces à linge qu'elle y avait enfouie. — « Mais qu'est-ce que tu as fait! » s'exclama-t-elle en apercevant la longue traînée de linge jeté au sol. — « Je viens vers toi », répondit-il simplement. — « Mais tu es fou, dit Tsipele en se baissant pour ramasser le dernier drap, maintenant il va falloir relaver tout ce que tu as fait tomber! » Sa voix était moins fâchée qu'attristée. Elle demanda à nouveau : — « Pourquoi as-tu fait ça ? » Il répéta la même réponse : — « Pour venir vers toi. » Elle le regarda avec étonnement. — « Venir vers moi ? » fit-elle. Déjà elle ne savait plus que parler en écho. Le désir de Thadée avait jeté sa voix par terre avec le linge arraché. Elle demeurait accroupie sur ses talons, les doigts tendus dans l'herbe froide au milieu des pinces de bois. Elle sentait le vent lui glisser vivement entre les doigts, lui durcir les paumes.

Ils restèrent un moment ainsi, lui debout au-dessus d'elle, elle recroquevillée dans l'herbe, immobiles et muets. Ils ne se regardaient pas. Le vent était leur regard. Ils avaient froid mais n'en prenaient pas conscience. Le froid leur devenait peau.

Le vent d'un coup dicta leurs gestes de la même

113

façon brusque dont il fouettait le linge encore pendu aux cordes. Tsipele lança brutalement ses bras vers lui et agrippa ses mains à ses hanches. Elle ne savait même pas si par ce geste elle voulait s'aider à se redresser ou bien forcer Thadée à s'agenouiller à son tour. Il s'accroupit lentement face à elle. Leurs genoux se heurtèrent. Elle l'agrippait toujours aux hanches. Il approcha ses mains de son visage et les laissa tourner un moment autour, sans la toucher. Il lui effleura les tempes, les joues, glissa ses doigts jusqu'à ses lèvres entrouvertes. Ils ne se regardaient pas. Leurs yeux étaient si étonnés, si affolés, qu'ils ne cessaient de se dérober au regard l'un de l'autre. Il pressa le bout de ses doigts contre ses dents découvertes. Il ne distinguait plus entre ses dents et ses propres ongles. Il ne distinguait plus son corps du sien. Elle porta à son tour ses mains vers lui, elle semblait explorer son visage en tâtonnant.

Ils se tenaient tout près l'un de l'autre, face à face, sans se regarder, sans s'embrasser. Ils se touchaient en se heurtant, en s'écorchant presque. Il se recroquevilla soudain, enfouit sa tête contre ses genoux. Elle bascula sur le flanc. Le vent, sifflant au ras de l'herbe, leur coulait le long du corps, les enveloppait. Il lova sa tête contre son ventre, elle s'enroula autour de lui. Mais ils se prenaient avec trop de violence pour pouvoir se saisir vraiment.

Ils se mirent à rouler à travers l'enclos sous les claquements des draps, des robes, des chemises. Ils rampaient dans l'herbe comme si le vent n'en finissait pas de les plaquer au sol, comme s'ils voulaient mordre la terre. Ils ne se relevèrent qu'arrivés à hauteur de la grange. Alors il l'agrippa par les cheveux et lui dit : — « Viens ! Emmène-moi ! Emmène-moi vers toi. »

Ce fut au grenier qu'elle monta ; lui la suivait, les mains toujours entremêlées à ses cheveux. Au grenier, un oiseau entré par la fenêtre restée ouverte, tournait à vive allure en poussant des cris aigus. C'était un geai. Il ne parvenait plus à ressortir et il s'épuisait à voler en rond, se cognant contre les murs en stridulant son cri d'effroi. Il vrillait si vite qu'il était impossible de l'attraper. La venue de Thadée et de Tsipele ne fit qu'exacerber sa peur. Chaque fois qu'il passait dans le grand rai de lumière qui traversait le grenier en diagonale, son plumage brun rosé devenait un instant rouge-orangé et son cri se faisait plus perçant. Ce fut en travers du grand rai de lumière, au centre du cercle décrit par l'oiseau fou, que Thadée arriva au terme de sa marche vers Tsipele.

— « En toi, j'ai trouvé ma mémoire », disait souvent Thadée à Tsipele. Elle était sa mémoire car elle était son désir, — désir qui, aussi souvent qu'il se réalisât dans l'amour, ne s'y consommait jamais. Elle était sa mémoire, son désir inépuisable. Mémoire vaste comme l'espace stellaire. Désir encerclé par le vol ivre d'un oiseau rose et rouge-orangé, à jamais traversé par un grand trait de lumière mouvant. Mémoire toujours battue par le vent, avec un claquement de tissus.

Ils eurent un enfant. Tsipele mit au monde une fille. Ils l'appelèrent Néçah. Ce fut peu de temps après la naissance de leur fille qu'ils quittèrent la Ferme-Haute, accompagnés de Chlomo. Ils partirent s'installer dans une maison située à l'entrée de Montleroy. En quittant la ferme familiale Thadée abandonna aussi les travaux de la terre. Il se fit commerçant, mais le commerce qu'il ouvrit, ou plus exactement improvisa, était indéfinissable. Cela tenait de la droguerie, de l'horlogerie et de la papeterie. Sa boutique devint bientôt un bazar extravagant où les pendules côtoyaient les pots de peintures, les outils et ustensiles les plus divers, et où l'odeur des cahiers et des crayons se mêlait à celle des savons et des bougies. C'était peut-être seulement cela qu'il vendait : des odeurs et des couleurs. Du désir simple et du plaisir à bon marché. Et les femmes du village qui entraient dans sa boutique, si elles ne savaient pas toujours ce qu'elles venaient y chercher, en ressortaient immanquablement pourvues de quelque objet. Thadée avait l'art de faire du moindre objet un petit morceau de bonheur. Dès qu'on mettait un pied dans son fourbi, on avait envie de quelque chose, n'importe quoi, fût-ce un bout de ruban vert ou une écumoire en émail blanc qui se révélaient sans la moindre utilité sitôt le seuil refranchi.

Bientôt Chlomo s'en alla ailleurs encore. Il partit au bourg où il entra en apprentissage chez un horloger. Lorsqu'il s'en alla il emporta lui aussi quelque chose de la boutique à bric-à-brac de Thadée. Il se chargea d'un lot de cahiers à couvertures de couleur. — « Que veux-tu donc écrire dans tous ces cahiers ? » lui demanda Tsipele. Mais lui-même n'en savait trop rien. Il aimait les cahiers pour leurs couvertures légèrement craquantes, aux couleurs vives, pour leurs feuilles blanches à carreaux bleus et marges rouges, pour l'odeur du papier. Peut-être y écrirait-il, peut-être y dessinerait-il, peut-être rien. Mais, en tournant les pages vides de ses cahiers, toujours il penserait à la petite Baladine dont il était désormais tout à fait séparé. Au fil des lignes bleues tracées sur le blanc des pages il rêverait de Baladine, l'enfant fragile ensauvagée par l'amour exclusif de son frère, Nuit-d'Ambre le jaloux.

Nuit-d'Ambre. C'était vrai qu'il avait ensauvagé sa sœur. Il était l'unique compagnon de ses jeux, et quand elle fut en âge de se rendre à l'école, ce fut lui qui l'accompagna. Il reprit goût à l'école, parce que sa sœur y entrait. Du jour au lendemain il se mit à travailler avec zèle, à étudier avec une fougue qui surprenait son maître, le vieil instituteur qui depuis plus de trente ans occupait le poste, autrefois tenu par Guillaume Delvaux, celui qu'on appelait La Trique et dont ceux qui l'avaient connu gardaient une amère mémoire. Nuit-d'Ambre étudiait avec passion car il voulait devenir également le maître de Baladine ; puisque l'âge des seuls jeux était passé et que le temps de l'école était venu, il lui fallait ajuster son emprise sur sa sœur aux exigences imposées par cette nouvelle époque. Ce fut donc lui qui lui apprit à lire, à écrire et compter. Il inventait pour elle des dictées farfelues, mettait en scène les multiplications, les additions et les divisions comme des personnages de contes et lui racontait ses leçons d'histoire et de géographie d'un ton de tragédien.

Par-dessus tout à cette époque Nuit-d'Ambre aimait les récits de voyages. Il décrivait à la petite les longs navires marchands du pharaon Snéfrou ou de la reine Hatchepsout construits dans le bois des cèdres de Byblos, ou les bateaux à haute proue des négociants crétois traversant des mers de légende à la sueur des esclaves enchaînés à leurs bancs de rameurs, pour rapporter de terres lointaines les matières fabuleuses arrachées à la terre, aux arbres et aux corps et entrailles des bêtes. L'or, les turquoises et l'argent, la myrrhe et l'ébène, l'ivoire, l'huile et la pourpre. Il se passionnait surtout pour les grands explorateurs de l'histoire et ne se lassait pas de citer la longue liste de leurs noms prestigieux à Baladine. — « Ecoute, écoute bien ! lui disait-il, et retiens tous ces noms car ces gens-là sont plus sûrement de ta famille et de la mienne que toute cette bande d'abrutis qui nous entoure. Oublie en premier le nom du père et celui de la mère car ces deux-là ils sont des moins que rien, et ne retiens que ces noms-là : — Alexandre-le-Grand, Hannon, Pythéas, Marco Polo, Ibn Battuta, Cheng Ho, Vasco de Gama, Christophe Colomb et Amerigo Vespucci, Hernan Cortès, Pamphyle de Narvaez, Ferdinand Magellan, Francis Drake, Jacques Cartier et Robert Cavelier de la Salle, Guillaume Barents, Albert Tasman, James Cook, David Livingstone... » Tous ces noms défilaient dans la tête de Baladine comme les tables de multiplications et les listes des grands fleuves et de leurs affluents, — des mots, rien que des mots qui ne faisaient pas beaucoup sens. Elle finissait d'ailleurs parfois par tout confondre. Sept fois sept font Cheng Ho, huit fois neuf font Magellan, Loire affluents la Vienne, l'Indre et Pamphyle de Narvaez...

Mais plus que tout, c'étaient les drakkars des Vikings surgissant des brumes glacées de la mer qui ravissaient Nuit-d'Ambre. Il admirait ces hordes de marins sauvages voguant sur des bateaux-dragons et semant partout sur leur passage une terreur de fin du monde à la pointe de leurs épées et au tranchant de leurs haches. Ces marins-là, plus que tous les autres, lui paraissaient guerriers du vent, habités par l'esprit du large, hantés par l'espace et le sang.

Baladine avançait à petits pas, parfois sautillants, parfois trébuchants, à travers ces cases du savoir dessinées par son frère comme celles d'une immense marelle, aussi épique que loufoque. Mais il y avait un domaine cependant où Nuit-d'Ambre échouait — c'était celui de la musique. D'emblée Baladine révéla des dons étonnants pour la musique et le chant, alors que Nuit-d'Ambre n'y entendait rien. Elle se mit d'ailleurs très tôt à travailler ce talent qui lui était donné, car elle y trouvait enfin un espace nouveau et libre, inaccessible à la domination de son frère. La musique était sa zone franche, une case à part ouverte hors du corps de la grande marelle tracée par Nuit-d'Ambre, — hors de sa toile d'araignée si jalousement tissée.

Ainsi, Baladine commençait-elle déjà à s'échapper, — discrètement, résolument. Lorsqu'il prit conscience de cette fuite en douce élaborée par sa sœur, Nuit-d'Ambre ne chercha pas à l'en détourner. Car, par cette fuite, Baladine s'embellissait encore davantage à ses yeux, le chemin qu'elle se frayait toute seule lui paraissait étroit et difficile, donc juste. Pour la première fois il acceptait la rivalité, — parce que son rival n'avait pas de visage, nul corps. Son rival n'appartenait pas à son monde, il ne relevait ni des images ni des mots, il était d'une étrangeté totale, et admirable. Or Nuit-d'Ambre aimait être surpris, mis en arrêt et en alerte par l'imprévu, pourvu que cet imprévu soit grandeur et beauté. Car alors sa propre force ainsi défiée retrouvait un nouvel et plus vif allant — Nuit-d'Ambre le jaloux aima donc ce rival qui détournait pourtant sa sœur de lui, il l'aima comme il aimait le vent, — force libre qui court et glisse et vous arrache à l'enracinement. La musique, le vent, — élans très nus qui poussent à l'errance.

L'errance. Celle qui arriva à la Ferme-Haute avec pour tout bagage une valise en carton, s'en revenait d'une errance qui avait duré plus de dix ans. Plus de dix ans au cours desquels elle n'avait donné aucune nouvelle. Sa dernière lettre, très courte, datait de la fin de la guerre. De la fin de sa sœur jumelle, Violette-Honorine. De la fin de sa sœur devenue Violette-du-Saint-Suaire et qui s'était éteinte dans le silence d'un Carmel après cinq ans d'agonie pendant lesquels le sang avait transsudé à sa tempe.

Dès la mort de sa sœur, elle avait quitté le Carmel. Elle avait renié ses vœux, rejeté la robe brune et son nom de soumission. Sœur Rose-de-Saint-Pierre s'était défroquée. Elle avait repris son nom, et trouvé l'insoumission. Car son cœur demeurait insoumis.

Rose-Héloïse Péniel revenait à la ferme après quinze ans de cénobitisme et dix années d'errance, tenant d'une main sa valise en carton et de l'autre un gamin si malingre et si hâve qu'on n'aurait su dire exactement son âge. Il semblait avoir aux alentours de cet âge ambigu où l'enfance s'efface et se mue en adolescence. En fait il avait l'âge que Rose-Héloïse avait lorsqu'elle était partie de Terre-Noire pour ne pas se séparer de sa sœur Violette-Honorine. Dix-sept ans. Mais s'il paraissait si jeune, presque un garçonnet encore, cela n'était pas dû à quelque grâce préservée, quelque joliesse ou innocence attardées en lui. Son air troublant d'enfance ne tenait en fait qu'à sa chétivité. Les traits de son visage étaient ingrats, ses joues trop creuses, sa bouche trop grande. Il avait le regard implorant des chiens battus. Et c'était ce regard qui lui valait depuis toujours le surnom de Crève-Cœur.

C'était pour ce regard-là aussi que Rose-Héloïse l'avait pris en tutelle. Elle l'avait rencontré dans le dernier des divers pensionnats où elle avait travaillé comme enseignante après sa sortie du Carmel, dans une petite ville de Lorraine. Un cancre oublié là, au fond de la classe. Un enfant qui refusait de grandir, de devenir un homme, et qui se tenait peureusement replié sur son simulacre d'enfance, car il appartenait à ces enfants mal-nés qui, sitôt mis au monde, s'y retrouvent tout seuls, jetés au rebut, et par là même volés de leur enfance.

Rose-Héloïse l'avait pris en pitié. Ou, plus exactement, c'était lui qui l'avait prise dans les rets de son regard de chien battu. Du fond de la classe il l'avait regardée sans mot dire comme regarde un chien perdu, à bout de force. Et c'est ensemble qu'ils avaient fui ces maisons tristes où l'on éduque tant bien que mal les enfants oubliés.

Ils avaient fui. Les maisons tristes, les villes mornes, les semaines amères, scandées de dimanches glacés. Lequel avait suivi l'autre, ils ne le savaient pas. Ils avaient fui, se tenant par la main, — la défroquée et l'enfant orphelin. Ils avaient fui leur propre passé. Et c'est alors qu'elle s'était souvenue de Terre-Noire, — car Terre-Noire pour elle appartenait moins au passé qu'à un temps parallèle. — « Là-bas, s'était-elle dit, il pourra cacher sa peur, l'enfouir dans la terre, s'inventer une enfance, et moi je me reposerai de cette fuite vaine. Peut-être aussi, là-bas, retrouverai-je d'autres traces de Violette-Honorine que celles de son sang. Ce sang versé goutte après goutte, jour après jour, à cause de la folie des hommes, et de celle de Dieu. Son sang qui aujourd'hui encore me fait si mal et me met en révolte, — contre les hommes, et contre Dieu. Ce sang qui coule encore le long de mes rêves, chaque nuit. Ce sang, — le sang de ma sœur. Oui, je vais retourner à Terre-Noire. Maintenant je le peux, je ressemble à mon père. — Mon père, vit-il seulement encore ?... Qui vais-je retrouver là-bas ? »

Son père. Il vivait toujours, mais à l'extrême frange de la nuit, de l'oubli, si loin de tous, si près des morts. Il n'habitait plus à la ferme. Mais tout, dans la ferme, gardait mémoire de lui. Une mémoire muette, scellée dans les murs et les poutres, coffrée dans chaque meuble. Ce fut cela que ressentit Rose-Héloïse à son retour.

Ce fut Mathilde qui les reçut. — « Tu as bien fait de revenir, lui dit-elle. Pour nous autres Péniel, le monde est à la fois trop vaste et trop étroit. Ici, c'est notre terre, cette maison est notre histoire. » Et Mathilde aurait pu ajouter : — « Et cette chambre, là-haut, avec ce large lit de bois sombre où notre père a conduit quatre femmes, où nos mères nous ont donné naissance — c'est notre corps. C'est mon corps. Mon corps de bois sombre et de froid qui craque dans la nuit. Mon corps frigide, soustrait aux rythmes, au désir, au plaisir. Mon corps sans menstrues, étale dans sa force et son indifférence parce que fidèle sans faillir

122

à un unique, un impossible amour. Père, et mère, et sœur, confondus. Parce que fidèle à ma colère. Mon corps armé de jalousie ! » — « Oui, dit Mathilde à Rose-Héloïse, tu as bien fait de revenir. La ferme est si grande, et elle se vide. On a besoin de bras. Le père est parti, et maintenant Thadée. Les enfants aussi partiront. Et cependant il faut garder la ferme. Le seul homme de la famille qui reste, Baptiste, est bien trop faible, et sa Pauline n'est plus qu'une somnambule depuis la mort de son fils. Alors il y a place ici pour toi, et du travail. Pour toi et ce gamin qui t'accompagne. »

Rose-Héloïse et Crève-Cœur s'installèrent à la place laissée par Thadée et se mirent aux travaux de la ferme. Et lentement la terre remit au monde leurs corps si longtemps demeurés au rebut, rouvrit leurs cœurs au temps et au dehors. Crève-Cœur quitta enfin l'enfance, Rose-Héloïse sa détresse.

Elle redécouvrait la terre. Et la terre était espace ; espace et vent. La terre portait traces, à peine visibles, de son enfance trop tôt perdue, de sa jeunesse trop hâtivement reniée. La terre gardait traces de tous les siens, et de sa sœur surtout, Violette-Honorine. Et ce n'étaient pas seulement traces de sang, traces de roses. L'allure vive du pas de sa sœur, l'éclat si remarquable de son sourire, la transparence presque douloureuse de son regard, ses gestes pleins de douceur, et de justesse, et cette façon qu'elle avait de porter ses doigts à sa tempe, — c'était tout cela qui lui revenait, au fil des jours, au gré du vent. La terre se faisait plus que paysage, elle devenait visage. Visage immense traversé en sa face par tant de profils perdus, et retrouvés. Visage traversé par le vent.

2

Le vent. Il s'en venait parfois de loin, de très loin, soufflant à peine et avançant avec lenteur, comme un animal resté longtemps couché qui se réveille enfin et se remet en marche, mais qui garde encore un moment dans ses mouvements quelque chose de son sommeil. D'autres fois il surgissait sans crier gare, s'élançant d'un bond soudain et se mettant à tourner violemment, à courir et siffler.

Celui qui se leva en cette nuit de la Saint-Jean nul ne l'avait vu arriver. Le jour avait été calme, et chaud, de même que les journées précédentes. Le jour avait été long, le plus long de l'année, baigné de cette clarté blonde où les oiseaux avaient nagé plus que volé tant l'air était tiède et doux.

D'un coup le vent s'était levé. Etaient-ce des brasiers des feux se consumant déjà au bord des champs que les paysans avaient allumés au crépuscule, étaient-ce des pierres, ou des rivières et des marais, étaient-ce des arbres dont les fleurs venaient de se métamorphoser en fruits ? Le vent s'était levé. D'un coup il était là. Immense et sec, il se mit à déferler à travers bois et champs. Les oiseaux ne nageaient plus dans le ciel, car l'air n'était plus calme, ni tiède. L'air était en crue, et soudain l'on put voir dans le ciel, encore vaguement rose, des bancs d'oiseaux emportés violemment par le vent. Ceux qui tentèrent de dévier leur vol eurent les ailes brisées et ils furent projetés contre terre comme des pierres de foudre.

Le vent emportait tout, arrachait tout. Des essaims de pollen, de poussière et d'insectes tournoyaient, se torsadaient, puis se disséminaient. Des arbres furent couchés de tout leur long, leurs branches écartelées. Les toits semaient leurs tuiles aussi facilement que des pissenlits leurs aigrettes, les barrières s'ouvraient avec fracas et les pancartes le long des routes s'agitaient comme des girouettes avant de se tordre et se plaquer au sol. Beaucoup de chats, de poules et de chiens périrent, happés en l'air puis jetés en déboulé contre des murs ou des troncs. Les vaches, les bœufs et les chevaux tentaient de résister en se serrant les uns contre les autres, mais beaucoup furent bousculés, traînés avec les pierres. Les os, les branches, les volets, tout craquait, disloqué.

Pauline venait de refermer la porte de la chambre de Baladine. La petite s'était endormie. Nuit-d'Ambre, lui, ne dormait pas. Il ne pouvait trouver le sommeil, comme s'il avait senti la montée du vent. En passant devant sa chambre Pauline l'entendit qui se tournait et se retournait brutalement dans son lit. Mais elle n'osa pas rentrer. Elle resta un moment derrière la porte, l'oreille tendue, le cœur serré. Elle écoutait son fils trépigner dans les draps, en proie à l'insomnie. En proie à la colère. Cette colère têtue qui semblait ne jamais devoir le quitter. Jusqu'à quand la repousserait-il, jusqu'à quand ferait-il d'elle son ennemie ? Jusqu'où aggraverait-il sa haine contre elle, sa mère ? Elle attendait derrière la porte, la main frôlant à peine la poignée, le cœur de plus en plus serré. Que dirait-il si elle trouvait le courage de rentrer, que ferait-il si elle avançait droit jusqu'à son lit, s'asseyait près de lui, lui posait la main sur le front ? Mais elle ne trouva pas ce courage. Sa main retomba. Elle s'éloigna sur la pointe des pieds. Elle avait le cœur si serré qu'elle se sentait au bord des larmes. Les lattes du plancher craquaient imperceptiblement sous ses pas. Et lui, Nuit-d'Ambre, avait perçu ce léger craquement. Il avait deviné la présence de sa mère derrière la porte, avait ressenti l'hésitation qui l'avait empêchée de venir le visiter. Et son cœur battait à se rompre. Il avait enfoui sa tête sous ses bras, dessous les draps et l'oreiller, et se mordait les lèvres pour ne pas hurler. Mais lequel des deux cris qui lui tordaient le cœur en cet instant aurait-il pu proférer, car il y avait deux cris en lui : — « Entre ! Viens ! Viens m'embrasser, me prendre dans tes bras, viens briser ma colère. Je suis ton fils qui t'aime comme un fou, viens ! » — Et l'autre cri : — « Fous le camp ! Ecarte-toi de moi ! Si tu oses rentrer, si tu oses m'approcher, je te battrai, si tu oses m'embrasser je te déchirerai les lèvres ! Je suis ton orphelin qui te déteste à en crever ! » Il ne pouvait choisir entre les deux cris qui lui tordaient le ventre. Ah ! Mais la voilà qui s'éloignait ! Il avait entendu le pas furtif, — le pas de lâche de sa mère ! Alors la colère avait éclaté en lui, comme une délivrance. Et la haine, la haine seule, avait repris ses droits. « C'est cela ! Va ! Disparais ! Mère couarde, mère de merde, génitrice de putois ! Disparais de ma vue, de ma vie, de mon corps ! File en catimini de tes petits pas de souris pleutre, — et disparais à tout jamais ! »

Elle s'éloignait sur la pointe des pieds. Les lattes du

plancher craquaient comme le petit banc du confessionnal où tant de fois elle était venue s'agenouiller face au Père Delombre.

Delombre. Il avait gagné. Elle avait cédé, elle avait gardé l'enfant. Mais où était la victoire ? continuait-elle à se demander. Cette enfant ne l'avait pas consolée de la mort de son fils aîné, ne l'avait pas réconciliée avec son autre fils. Cette enfant d'ailleurs lui échappait totalement, elle le sentait bien. La petite s'était éloignée, détournée d'elle par Charles-Victor. Et peut-être bien aussi, d'une façon plus obscure, plus terrible encore, par Jean-Baptiste. Ses deux fils, le mort et le vivant, s'étaient emparés de la petite. — « Que suis-je donc pour mes enfants ? » se demanda soudain Pauline. Elle s'arrêta sur le seuil de sa chambre où l'attendait Fou-d'Elle. Son cœur à nouveau se serra. — « Et lui, se dit-elle, lui qui a tant fait patience, qu'est-il pour moi ? Baptiste, mon pauvre Prince de Nemours, mon pauvre amour de jeunesse, je ne sais plus, je ne peux plus t'aimer comme autrefois. L'amour en moi s'est essoufflé, le désir s'est perdu. Mon tendre et dérisoire Prince de Nemours, jusqu'à quand tiendras-tu ouvert le livre de notre rencontre, le livre de notre coup de foudre ? Vois, moi, j'ai perdu la page. Le livre m'est tombé des mains. J'ai perdu toutes les pages. Je ne sais même plus lire, peut-être. Je ne sais plus comment s'écrit l'amour, comment se dit, se lit l'amour. Ni toi, Baptiste, ni Delombre, ne pourrez me réapprendre à lire cela. Votre patience à tous deux s'est usée en vain. S'est écorchée pour rien. Jetez donc chacun votre livre ! »

Ce fut alors qu'elle entendit le vent, dehors, qui frappait les murs, dévalait le toit avec des sifflements aigus. Elle se détourna du seuil, s'éloigna à pas de loup de sa chambre. Elle descendit l'escalier.

Le vent tournait autour de la ferme comme un mendiant fou venu, non pas pour réclamer un gîte, mais au contraire pour entraîner tout le monde avec lui dans son errance. — « Je viens, je viens... » murmura Pauline précipitamment. L'envie de sortir, de marcher dans le vent, venait de la saisir. Le vent l'appelait, la pressait de venir. — « Je viens, je viens... », répétait-elle. A l'instant où elle ouvrit le loquet de la porte, le vent la lui arracha des mains. La porte fut plaquée avec tant de violence contre le mur qu'elle se brisa en deux. Dehors, la nuit était claire. Dans le ciel rosâtre oiseaux, tuiles, branches et choses tourbillonnaient. Elle eut soudain devant les yeux deux images superposées, — la roue d'une bicyclette tournant à toute vitesse au-dessus d'un fossé ruisselant de pluie, et une petite fenêtre de bois grillagée. La roue tournait, tournait, et à chaque tour une voix affolée de désir criait « Je t'aime, je t'aime !... » et elle revoyait la pluie luire sur les épaules nues de Baptiste. La fenêtre de bois aussi tournait, et à chaque tour une voix suppliait « M'aimes-tu ? m'aimes-tu ?... » et elle revoyait les yeux emplis de larmes de Delombre luire derrière les croisillons de bois. Les deux voix, les deux images, se mêlaient en répons précipités.

Pauline s'élança dehors. Le vent la flanqua au sol. Elle se releva, se mit en marche. Le vent ne cessait de la bousculer, de la jeter hors du chemin. Tout tournait autour d'elle. Ciel et terre n'étaient plus qu'une immense roue lancée à toute allure. A chaque chute qu'elle faisait elle se blessait, aux genoux, aux coudes, aux épaules. Elle ne sentait aucune de ses blessures.

Elle marchait, troussée par le vent, échevelée, trébuchait, roulait dans les cailloux, se relevait. Voix de Baptiste, voix de Delombre. Il lui fallait marcher vite pour leur échapper, les laisser loin derrière. Elle courait presque. Le vent la poussait. Il fallait faire vite.

C'est qu'une autre voix encore l'appelait. Tellement plus pressante, obsédante. Dans sa course elle croisa un chien qui roulait en boule à un mètre du sol. Il finit par s'échouer sur le bord de la route. Dans sa chute il eut les reins brisés. Le cri qu'il poussa accompagna longtemps Pauline. Mais même ce cri ne pouvait la retenir, la faire revenir sur ses pas. Une autre voix l'appelait, tellement plus stridente encore. Le ciel n'en finissait pas d'être clair. La nuit était rose. Le ciel se mouvait en vastes remous roses.

Le vent assaillait l'if de toutes parts. Mais l'arbre résistait. Il avait plongé ses racines très profond dans la terre, jusque dans les hanches, le torse et la bouche de l'enfant couché là. Petit-Tambour retenait l'arbre.

Autour de l'arbre la nuit était rouge. Un essaim de baies vermeilles tournoyait vivement autour des branches disloquées. Pauline fut encerclée par ce tourbillon, ravie par cette danse. Elle entra dans la ronde des fruits égrenés qui virevoltaient comme des cents d'abeilles ivres. Elle se mit à tourner à son tour, à tourner avec les baies. Et en tournant elle commença à grappiller dans l'air les petites baies rouges, à les becqueter. Cela craquait drôlement sous les dents, la pulpe lui emplissait la bouche d'un goût amer. Ce goût l'enivrait, elle ne pouvait le faire cesser. Elle picorait sans fin en tournoyant autour du tronc, parmi les branches déclinquées. La nuit était si belle, rouge et

129

rose, mouvante. La nuit criait, craquait de toutes parts. La nuit lui coulait dans la bouche, lui emplissait la bouche. Rouge et rose, pulpeuse. Petit-Tambour abreuvait sa mère de son sang rénové, de son sang végétal. Rouge vif, amer. La nuit était vermeille, éclaboussée de vent. Et Pauline riait, d'un joli rire d'enfant, battant des mains en poursuivant sa ronde. La nuit était légère, et son cœur aussi devenait léger, de plus en plus léger. Aussi léger que les petites arilles voletant dans le vent. La nuit lui colorait la bouche, et le cœur, d'un goût de gai poison. Les voix enfin s'étaient tues, celle de Baptiste et celle de Delombre. Seul tintait le rire enjoué et gracieux de Petit-Tambour. Et son cœur plus allègre s'en allait dans le vent, se perdait dans le vent. Puis il s'immobilisa, il se tut, et le vent avec lui. Une dernière et fine pluie de baies tomba de l'if, constellant Pauline étendue sur le sol.

On avait dit à Nuit-d'Ambre « Ta mère est morte », mais lui n'avait rien répondu. De quelle mère parlait-on ? Il y avait des années qu'il n'avait plus de mère. C'était la mère de l'autre, le Putois bleu, qui était morte, et d'ailleurs c'était lui, le Putois, qui venait de la tuer. C'était sa carcasse pourrie qui avait fait se couvrir les branches de l'if de ces baies emplies de poison en pleine nuit de la Saint-Jean. « Ta mère est morte. » A qui donc s'adressait-on ? Et comme elle n'était pas davantage la mère de Baladine, il annonça à sa sœur : — « La mère ne viendra plus, on ne la reverra plus. Elle est allée rejoindre son fils unique. Le Putois. » Et lorsque Baladine avait pleuré, il s'était mis en colère.

Fou-d'Elle, lui, ne voulut rien savoir. Il nia, tout simplement. Il ne vit pas Pauline morte, n'alla pas à l'enterrement. Il s'enferma dans la chambre, comme autrefois elle avait fait. Il ne s'y enferma pas pour faire semblant de l'attendre, — pourquoi l'aurait-il attendue, alors qu'elle était là, avec lui ? Non pas près de lui, mais en lui. Non pas même en lui, — mais lui. Il devint Pauline.

Il commença par se maquiller, se grimer, se travestir des vêtements de sa femme. On lui retira ses reliques de déguisement. Thadée venait chaque jour le voir, il tentait de lui parler, mais l'autre n'entendait plus. Ni Thadée, ni Mathilde, ni Rose-Héloïse, ni sa fille Baladine ne purent trouver accès en lui. — « Laissez-le donc à sa folie, disait Nuit-d'Ambre. De toute façon il a toujours été fou. Il n'a jamais été qu'un chien tremblant, couché dans les pieds de sa femme. Laissez-le donc ronger en paix les os de son amour, sinon il vous mordra. »

Le Père Delombre vint aussi. Il s'asseyait face à Fou-d'Elle, cherchait dans son regard de fou comment trouver entrée en sa raison et en son cœur, mais il ne trouva nul abord. — « Ce corbeau, disait Nuit-d'Ambre, de Delombre, que vient-il donc foutre ici ? Il peut bien croasser tout son saoul en bégayant, c'est peine perdue, ce chnoque de père n'entend plus rien. En tout cas qu'il n'essaie pas de venir battre de ses ailes rances auprès de moi ou de ma sœur, sinon je lui brûlerai les plumes et lui casserai le bec ! » Mais Delombre ne s'approcha jamais de Nuit-d'Ambre. Il devinait parfaitement la haine et le mépris de l'adolescent. N'en était-il d'ailleurs pas ainsi avec presque tous les Péniel ? Mathilde, Rose-Héloïse et le jeune Crève-Cœur et, plus que tous, le vieux Nuit-d'Or-Gueule-de-Loup, — tous portaient au cœur tant de

131

colère et de violence, tant de rancœur contre les hommes et contre Dieu ; ils portaient leur colère née de la souffrance comme du pus dans les replis d'une blessure mal soignée. Et Delombre ne savait que souffrir de leurs blessures.

Il avait entendu parler de Violette-Honorine, du miracle des roses et du sang survenu en son corps, de sa longue agonie, de sa très sainte mort. Quel mystère l'avait donc touchée, dès sa naissance, elle dont toute la vie n'avait été qu'obéissance à la grâce ? Mais une telle grâce n'était-elle pas folie, désastre obscur et sans retour ? La pensée de Violette-Honorine le tourmentait, car à travers la sainteté et la passion de la jeune femme la question de la grâce lui faisait défi, — jusqu'à l'effroi. Face à elle il mesurait sa propre faiblesse, sa lâcheté, son impuissance, — et ses contradictions. Il ne désirait rien tant que d'être comblé de cette grâce, transfiguré par elle jusqu'à l'éblouissement, et ne redoutait rien tant que d'être frappé par cette grâce, — ce saccage. La peur l'emportait de plus en plus sur le désir ; une peur physique, comme animale, qui se dressait à tout instant en lui et faisait se cabrer son désir chaque fois qu'il tentait de s'élancer dans le vide infini de la foi. Et la voix qui se mendiait à lui, aussi ténue que têtue, lui devenait alors douleur. — « M'aimes-tu ? » implorait la voix. Son désir voulait répondre oui, mais sa peur criait non. La mort de Pauline, la folie de Baptiste, la haine de leur fils, ne faisaient qu'aggraver l'urgence, et la souffrance, de cette lancinante question.

Fou-d'elle ne voyait plus, n'entendait plus les autres. Il devenait Pauline. Peu lui importait qu'on lui eût retiré les objets et vêtements ayant appartenu à sa femme, il n'avait même plus besoin de se travestir. La transformation s'opérait à l'intérieur de son corps. Ses cheveux se mirent à pousser, sa peau s'affina, se fit lisse. Mais sa métamorphose devint bientôt une étrange défiguration. De jour en jour ses muscles disparaissaient, sa chair s'effondrait, sa peau s'amollissait, comme bouillie dans du lait.

Tout en lui se mit à s'incurver. Sa chair se retournait en creux, tant son visage, son torse, que son sexe. Même sa voix finit par sonner le creux. Ce retournement de son corps s'accomplissait progressivement. Bientôt il devint incapable de se lever, de marcher, il n'était plus qu'un mince paquet de chiffons, dépourvu de muscles. Puis ses os s'amollirent à leur tour, ils se firent tendres comme des cartilages.

Fou-d'elle gisait, informe, sans poids, au milieu de son lit. Il gardait toujours les yeux grands ouverts, la nuit comme le jour. Mais ses yeux s'étaient tellement enfoncés au fond de leurs orbites que l'on ne pouvait plus en distinguer le regard. Ce regard d'ailleurs s'était lui-même retourné.

Il cessa de parler. Sa langue se racornit au fond de sa gorge comme une minuscule feuille de verre. De même ses oreilles, sa bouche, ses tempes s'effondrèrent, se gravant profondément en creux. Il semblait n'être plus que l'empreinte de lui-même.

Son sexe s'était complètement retourné, il ne cessait de se creuser vers le dedans, de lui trouer le corps. Cette percée intérieure de son sexe dévastait tout en lui, et au fur et à mesure de ce retournement montait le vide dans sa chair.

Pauline le pénétrait de son absence, — poussée de

vent pareil à un ruissellement de silence. Il se sentait partir doucement, emporté par Pauline, érodé par la disparition de Pauline. Il devenait la disparition de Pauline.

Son sexe n'en finissait pas de s'incurver, de pénétrer son propre corps en ruine, de refouler le vide en lui jusqu'à son cœur. Il pénétrait l'absence de Pauline, il se glissait dans la disparition. Le vide lui atteignit le cœur, alors ce dernier muscle de son corps s'effondra à son tour, et chut, fine membrane devenue concave, sans faire le moindre bruit.

— « Voilà, dit Nuit-d'Ambre à la mort de son père, tout est dorénavant fini du temps du frère. Le temps du Putois bleu est révolu. Il a emporté la mère, puis le père à sa suite. Mais nous, il ne nous aura pas. Nous n'avons rien à voir avec lui, plus rien à faire avec eux. Que le grand if les bouffe ! » C'était surtout le temps de son enfance qui venait de passer ; son corps entrait en mue. Le sexe perdu du père, c'était lui à présent qui l'érigeait, en force et en désir, au milieu de son corps réinventé.

Son corps entrait en mue, et le monde alentour en était lui aussi transformé. Son regard, tous ses sens, changeaient de mesure, de rythme ; les lieux qui avaient tant enchanté son enfance lui parurent soudain rétrécis et sans grâce. L'espace lui manquait, il rêvait d'autres vastitudes, de routes plus larges et élancées, de vents plus forts. Il rêvait d'autres fréquentations que celles de ces paysans lourds et taciturnes, poussés dans le sol de Terre-Noire, ou de ces provinciaux insipides qu'il côtoyait au lycée du bourg où il était pensionnaire en semaine. Il rêvait de rencontres plus vives. Il rêvait d'emporter Baladine avec lui loin de cette terre austère et ennuyeuse. Il reniait sa famille, sa mémoire, son enfance. Il avait faim de grandes villes, d'inconnus surgissant dans sa vie pour l'étonner et l'éblouir. Il voulait partir.

Il partit en effet. Dans l'année qui suivit la mort de son père il quitta Terre-Noire, le bourg, la province. Il venait d'achever ses études au lycée avec tant de succès que lui fut octroyée une bourse pour aller les poursuivre à l'université. Le monde enfin allait s'ouvrir à lui, la grande ville l'invitait. Paris, la ville lointaine, presque étrangère, allait devenir sienne. Nuits-d'Or-Gueule-de-Loup avait rencontré là-bas son plus grand amour, et le jeune Benoît-Quentin y avait connu son unique amour. La guerre les leur avait volés. Mais le temps des guerres était fini, — n'était-il pas l'enfant de l'après-guerre? L'enfant de l'après-frère. En tout cas il se voulait un adolescent sans mémoire, sans attache ni nostalgie. Il répudiait sa terre, sa terre trop noire dévorée de forêts, traversée par un fleuve trop lent qui ne savait charrier que l'ombre des nuages, perdue au bout du territoire. Oubliée de l'histoire. Il ne restait fidèle qu'à Baladine.

Baladine. Il fallut se séparer pourtant. Il ne pouvait l'emmener avec lui à Paris, bien qu'elle aussi dût quitter la ferme. Thadée et Tsipele la recueillirent chez eux et l'élevèrent avec leur fille Néçah. Ils devinrent pour elle ce que ses parents n'avaient jamais su être; elle découvrit la tendresse et la paix auprès d'eux. L'amour qui les liait était un amour heureux que ne venait hanter nul fantôme. Le bonheur semblait même s'être attaché à eux aussi sûrement que le malheur s'était attaché à ses parents. Mais surtout elle connut de l'enfance autre chose que ce que Nuit-d'Ambre, en sa passion jalouse, lui avait toujours imposé. L'enfance n'était plus seulement cet âge rebelle, brutal, plein d'angoisses et de menaces. L'enfance devenait un autre âge, tout de douceur, de patience. Et cela, c'était à la petite Néçah qu'elle le devait. Il semblait que la peur, le doute, la tristesse, n'avaient aucune prise sur elle, pas même accès, fût-ce de loin, à elle. Alors à ses côtés Baladine oublia sa propre tristesse, perdit ses doutes et ses terreurs.

Baladine ne renia pas sa mémoire comme le faisait Nuit-d'Ambre. Simplement sa mémoire, — cette mémoire malade et tourmentée qui lui avait été donnée dès sa naissance, fut comme lavée, purifiée, de par la seule présence de Néçah.

Néçah avait un don, celui du geste. Chacun de ses gestes était un accomplissement ; plus qu'un dessin dans l'espace, c'était une écriture que ses gestes semblaient réaliser. Une écriture fluide, légère, ondoyant dans la transparence de l'air, évoluant autour des choses comme ces méduses luminescentes, couleur de lilas clair, qui glissent entre les algues et les coraux. Une écriture du fond de l'eau, du fond du temps, déployant ses signes blancs avec douceur, et justesse. Car c'était la justesse, et l'adresse, plus encore que la grâce, qui caractérisaient ses gestes. Chaque objet touché par elle devenait bibelot, prenait le poids infiniment subtil des choses douées de résonances et de reflets. Des choses gravides de mystère. Peut-être était-ce de grandir parmi le curieux bric-à-brac du bazar de son père qu'elle entretenait ainsi un tel rapport avec les objets, plein d'aise et de délicatesse. Bien que très petite encore elle ne bousculait rien, ne trébuchait jamais, n'avait jamais brisé la moindre chose. Son corps habitait merveilleusement l'espace, sans cependant sembler l'occuper. Il suffisait à Baladine de prendre la main de Néçah dans la sienne pour qu'aussitôt elle sente en elle, et autour d'elle, le calme et la sérénité se poser.

Néçah parlait peu, ne jouait guère au-dehors. Elle aimait demeurer au-dedans, vaquer, rêver parmi les choses. Elle pouvait demeurer des heures à contempler un objet, un tissu, ou même quelques miettes de pain éparpillées sur le coin d'une table. Ce fut auprès d'elle que Baladine apprit à regarder, à toucher et écouter. De par sa simple présence Néçah dépouilla Baladine de cette brusquerie de manières qu'elle avait contractée tout au long de ses jeux avec son sauvage de frère. Et par là elle transforma son goût pour la musique qui jusqu'alors n'avait été essentiellement motivé que par le besoin d'échapper à l'emprise de Nuit-d'Ambre ; elle en fit une passion véritable soutenue par un travail plein d'attention et de persévérance. La musique prit un corps, celui du violoncelle. Et Baladine s'attacha à traiter ce corps à la façon dont Néçah se comportait avec les choses, — avec adresse et gravité.

Le premier maître de Baladine en musique fut ainsi une enfant de trois ans qui ne connaissait rien à la musique et vivait même en étrangère au monde des sons. Mais cette enfant connaissait si intimement le monde des choses, vivait si familièrement dans leur mystère, qu'elle faisait sourdre de chacune comme une respiration, se lever dans l'espace une sorte d'écriture. Une écriture toute de patience. Ce fut cela essentiellement que Baladine apprit auprès d'elle, — la patience.

Patience du geste et de l'écoute, patience du corps. Patience infinie du corps soumis au mystère, et aux exigences, de l'instrument.

Mais bientôt Thadée et Tsipele, étonnés des progrès remarquables que faisait Baladine, estimèrent qu'elle devait quitter le village de Montleroy pour aller approfondir son art auprès de maîtres véritables. Ainsi Baladine allait-elle quitter à son tour la terre de son enfance, sa terre en surplomb de la Meuse, du bout du territoire. Mais la ville où elle allait partir pour entrer en pension se tenait également en frontière, et là aussi un fleuve passait ses eaux, non plus en creux aux pieds des champs, mais à plat, entre les rues et les maisons. Un fleuve dont ni la source ni l'embouchure ne se situaient à l'intérieur du pays. Un fleuve de frontière, bordé de vignes et de forêts, hanté de fables et de poèmes. Un fleuve de légende, mêlant dans ses eaux l'écho des langues parlées de chaque côté de ses rives, — langues parfois chantées, et d'autres fois hurlées.

Nuit-d'Ambre, Baladine ; tous deux allaient quitter Terre-Noire, leur hameau perché au ras d'un ciel si bas que les nuages couraient dans les champs comme des troupeaux de bétail silencieux. Leur hameau embrumé par les brouillards gris montant de la Meuse à la tombée du jour. Les fleuves auprès desquels ils s'en iraient séjourner roulaient des eaux plus fortes, moins grises et sommeilleuses. La Seine, le Rhin. Chacun, en se penchant sur ces eaux nouvelles, allait découvrir de soi un visage autrement éclairé, un regard différent à poser sur les choses et les êtres.

Terre-Noire se refermait dans son recoin, plus que

jamais au bout du territoire, de l'ou⸱ᵇ⸱ᵗi, et de l'indifférence. Le temps des guerres qui régulièrement
l'avaient soulevée à la proue de l'histoire était passé.
Définitivement passé.

Mais le temps de la guerre, lui, n'était nullement
révolu. D'ailleurs il n'avait jamais cessé. Simplement,
dans son impatience et son intempérance, le temps de
la guerre avait changé de lieu. Il aimait bien porter
ailleurs, toujours ailleurs, c'est-à-dire un peu partout,
sa fureur.

Le temps de la guerre s'était détourné de Terre-
Noire, il n'entrait plus par les frontières. Il se jouait
même loin de toutes les frontières du territoire. Cette
fois-ci les métropolitains allaient pouvoir garder leurs
distances et se sauvegarder. Du moins pour la majorité, car il se trouva tout de même des appelés. Des
appelés à aller se battre. Crève-Cœur fut de ceux-là.

Crève-Cœur, qui avait mis tant de temps, qui avait
eu tant de mal à sortir de l'enfance, se voyait
subitement appelé par la guerre sitôt parvenu à l'âge
d'homme. Il ne comprenait pas, ni pourquoi ni
comment on l'avait ainsi trouvé et appelé. Il ne
comprenait pas quelle était cette voix anonyme, impé-
rieuse, qui le convoquait tout à trac sans lui demander
son avis. Il ne comprenait rien. Il partit comme il avait
toujours vécu, du moins jusqu'à ces dernières années,
par pure obéissance. Dès qu'il se mit en route il
retrouva sa détresse d'autrefois. L'armée, la guerre,
ces mots encore abstraits avaient pour lui les relents
aigres de ces autres mots qui si longtemps l'avaient
retenu prisonnier : pensionnat, orphelinat.

Il traversa en train tout le pays. Il n'avait jamais

tant voyagé de sa vie. Mais il était encore bien loin d'être arrivé au terme de son voyage, même lorsque les rails s'arrêtèrent et que la mer remplaça la terre.

L'armée, la guerre. Quand il fut parvenu au bout des rails ces deux mots s'accolèrent à deux autres nouveaux noms : Marseille, Alger.

Marseille, Alger, des noms de villes. Non, pour lui, ce furent d'emblée des noms d'angoisse, d'absolue solitude au sein de la meute. Et elle était énorme la meute ; des hommes, rien que des hommes, réunis dans la cour d'un grand camp de rassemblement. Des hommes venus de tous les coins du pays, d'un âge égal au sien. Des hommes jeunes, aux nuques rases, aux yeux encore pleins de vivacité, aux rires encore d'adolescents. Des hommes dont on avait déguisé les restes d'enfance sous des treillis flambant neufs. Tous parqués dans l'immense enclos, dans l'attente. Une attente qui n'en finissait pas, scandée de cris vociférés par haut-parleur. Ces cris étaient des noms débités comme à coups de hache, qui cognaient dans la meute, la disloquant pour mieux la reformer. A chaque cri un homme se levait, se détachait un instant de la masse puis redisparaissait dans le tas déjà constitué par l'appel. Des noms par dizaines, par centaines, hurlés de A à Z. La cour n'était plus qu'un énorme abécédaire. Lorsque l'abécédaire fut enfin terminé, mis en ordre, la voix du haut-parleur commença à rugir des ordres. L'ordre tant attendu tomba enfin : — embarquement ! L'abécédaire se mit aussitôt à bouger, se bousculer, beugler. Cela devenait un bestiaire.

L'embarquement eut lieu au soir. Le vent s'était levé. Un vent de mer, au goût âpre. Crève-cœur n'en avait jamais connu de tel, ce vent lui tournait la tête comme un vin aigrelet. Un gigantesque défilé se déroula le long des passerelles que faisait grincer le vent. Un par un les hommes encombrés de ballots et de sacs s'y engageaient, lançant au passage leur nom à un sous-officier qui attrapait au vol ce nom pour le pointer sur sa liste.

Maintenant abécédaire et bestiaire se confondaient ; les appelés s'engouffraient dans l'antre du navire comme les couples d'animaux dans l'arche de Noé. Mais ces bestiaux humains étaient tous mâles, nulle femelle ne les accompagnait. Ce n'était donc pas pour la sauvegarde de leur espèce qu'ils venaient ainsi s'entasser dans les entrailles du navire. Ils s'embarquaient vers la violence. — « La terre se pervertit au regard de Dieu et elle se remplit de violence. Dieu vit la terre : elle était pervertie, car toute chair avait une conduite perverse sur la terre. Dieu dit à Noé : " La fin de toute chair est arrivée, je l'ai décidé, car la terre est pleine de violence à cause des hommes et je vais les faire disparaître de la terre " [1]. »

Il était vrai que beaucoup de ceux-là qui s'embarquaient allaient disparaître à jamais de la terre, et que parmi ceux qui reviendraient un grand nombre auraient perdu un peu de leur âme en chemin.

La nuit s'était levée. Elle était haute, illuminée d'étoiles. Lorsque arriva le tour de Crève-cœur de franchir la passerelle et de jeter son nom d'état-civil, — Yeuses Adrien, en pâture au sous-officier, il eut un brusque sursaut. Il redressa la tête une dernière fois, vers le ciel, l'espace, la nuit. Son nom, ce fut au vent

1. Gen., 6, 11-14.

qu'il l'annonça. Fut-il également pointé sur cette immense liste noire criblée d'étoiles scintillantes ? — Yeuses Adrien. Mais ce nom lui était étranger, il lui serrait la gorge autant que ses lourds croquenots de soldat lui blessaient les orteils. Au pays, à la ferme là-bas parmi ceux qui étaient devenus ses proches, on ne l'appelait jamais que sous le vocable de Crève-Cœur. Mais ici un tel nom était inavouable, imprononçable. La passerelle grinçait, l'eau clapotait, noirâtre, gluante, contre les flancs du bateau. Cette eau du port n'était qu'une lymphe visqueuse écoulée des bas-ventres rouillés des grands navires, — ces grands navires qui déjà avaient embarqué quelques années plus tôt tant d'autres soldats semblables pour les conduire en Indochine. Ces grands navires aveugles toujours en route vers la guerre.

Cette lymphe graisseuse, ce n'était pas la mer. Ce n'était pas la mer dont il avait rêvé. « Yeuses Adrien ! » lança Crève-Cœur, et l'instant d'après il sombrait dans l'antre du cargo, la tête encore toute étourdie par le vent de la mer, l'éclat des étoiles, — et par l'aveu de son nom à la nuit. Yeuses Adrien partait à la guerre.

Une autre nuit régnait dans l'antre, grasse, bruyante, nauséeuse, qui le saisit à la gorge. L'odeur de l'iode ici se mêlait aux relents de rouille et de mazout, et bientôt la puanteur des hommes embé-taillés en vrac recouvrit tout. Cette puanteur ne devait faire qu'empirer tout au long du voyage, — sueur, urine, vomissure. La chair, par avance, se révulsait. Le mal de mer qui affligeait la majorité des passagers transformait plus que jamais les hommes en bestiaux. Drôles de bestiaux pris de râles, de convulsions et de suées acides, comme s'ils entraient en mue pour s'apprêter à prendre peau nouvelle. Des peaux à balles et à couteaux. — « Z'en verrez d'autres, les p'tits gars ! » leur claironnaient d'un ton gaillard les baroudeurs bardés de grades et d'expériences chargés de leur encadrement, et de leur réconfort moral.

Ils arrivèrent le lendemain à Alger. Mais Alger, comme Marseille, demeura un nom. Ils n'y pénétrèrent pas. Ils aperçurent au loin les murs et les toits d'Alger. Alger-la-Blanche se tenait muette, écrasée sous un ciel bas, plombé. Ils débarquèrent pour se lancer aussitôt dans un nouveau voyage, en train cette fois. Ils s'éloignaient de la mer, de la ville. Ils traversèrent de vastes paysages plantés de chênes-lièges, de pins et de figuiers. Le ciel demeurait bas, les couleurs étaient frappées d'atonie, les formes d'immobilité. L'air était lourd, la chaleur poisseuse. Puis ils quittèrent les trains pour s'engouffrer dans des camions. Ils s'enfonçaient toujours plus avant dans les terres, on les conduisait vers les bleds. Le vent faisait claquer les bâches des camions et tournoyer la poussière de la route. Un goût de sécheresse qui lui avait été jusqu'alors tout à fait inconnu s'empara de Crève-Cœur, raidissant tous ses sens. Il contemplait d'un air aussi surpris que distant ce curieux paysage qui défilait sans fin autour de lui. Cette terre ocre, caillouteuse, douée d'une beauté rêche, lui était implacablement étrangère, et cependant il ne pouvait en détourner les yeux. Il regardait comme jamais peut-être il n'avait encore regardé, avec une tension extrême, une attention rigoureuse. Bien que recru de fatigue il aurait aimé rouler ainsi indéfiniment, à toute allure en ligne droite, parcourir à jamais cette austère géographie du vide. Il oubliait pourquoi il était là, sa pensée s'évidait au fil de la route, il ne faisait que ressentir une impression de vive fuite, d'échappée vertigineuse. Vers rien, vers personne.

Ce fut pourtant en un lieu bien précis, vers d'autres hommes pareils à lui, qu'il fut conduit. Qu'il fut parqué, pour être soumis à dressage. Le long voyage avait pris fin et trouvait sa raison d'être. — « Z'allez voir les p'tits gars ! On va faire de vous des hommes ! » leur avait-on annoncé d'un air fier et prometteur. Alors, voilà pourquoi ils étaient là, — pour que l'on fasse d'eux des hommes ; — mais qu'étaient-ils donc avant d'arriver ici, n'étaient-ils pas encore des hommes ? Quel nouveau genre d'hommes voulait-on qu'ils deviennent ?

Ils avaient quitté leur terre et traversé la mer comme la faune embarquée par Noé. Mais à l'inverse de Noé qui avait fui la violence pour renouer par-delà le déluge l'alliance entre Dieu et toute chair qui est sur la terre, eux s'en venaient pour s'affronter à d'autres. Ils s'en venaient, sans même l'avoir voulu, sans même s'en rendre compte, refaire l'épreuve de l'oubli de l'alliance, et de la perte de l'absolu de la fraternité. — « Je demanderai compte du sang de chacun de vous. J'en demanderai compte à tous les animaux et à l'homme, aux hommes entre eux, je demanderai compte de l'âme de l'homme [1]. »

La guerre pouvait bien changer de lieu, changer de forme, d'armes et de soldats, son enjeu demeurait

1. Gen., 9-5.

éternellement le même, — il serait demandé à chaque fois et à chacun compte de l'âme de l'homme.

Mais ce que Crève-Cœur apprit dans les semaines suivant son arrivée en Algérie, ce ne fut pas à rendre compte de l'âme de l'homme, — de tout homme, l'autre, quel qu'il fût, mais au contraire à demander compte de la vie de l'homme, — à réclamer vengeance pour la vie de ses camarades.

Car, lorsqu'il découvrit par cette nuit si calme et silencieuse éclairée par un très fin croissant de lune, dans un douar désert accroché à flanc de montagne, les cadavres émasculés de onze de ses compagnons cloués nus aux portes des mechtas comme d'immenses volatiles écorchés, ce fut la colère, rien que la colère, qui traversa son cœur. Qui renversa son cœur. Une colère glacée, aussi pure et acérée que le croissant de lune suspendu au-dessus de la montagne. La douleur en lui n'engendra pas la pitié, le chagrin, la détresse ; la douleur le saisit trop brusquement, trop totalement. Elle le jeta d'un bloc dans l'effroi, et se retourna immédiatement en haine. Haine absolue pour l'ennemi, et désir de vengeance.

Onze corps blanchoyant sous le limpide clair de lune, écartelés en X sur les portes, visages et sexes mutilés, cœurs arrachés à la poitrine. Visages et sexes confondus, cœurs évidés. Trous noirs, béants jusqu'en-deça de la nuit. Trous noirs où mugissait le vent. Le vent descendu de la montagne, monté du désert, levé de dessous toutes les pierres, accouru de tous les coins de l'espace à la fois. Le vent sifflant dans le vide des corps à trois hauteurs troués.

Le vent. Le vent du déluge. Le vent de l'oubli, du reniement. Le vent strident, couvrant de sa voix froide et nulle, dépourvue d'inflexion et d'intelligence, l'autre voix faite de paroles, — « Je demanderai compte de l'âme de l'homme. »

Le vent, hors parole, sifflant son cri de colère, de haine. Le vent aigu, brisant la voix qui sempiternellement réclame compte de l'âme de l'homme, pour exiger vengeance du sang de l'homme. Le vent, aigre et perçant, comme un chuintement de sang.

Et cette nuit-là encore, le regard de Crève-Cœur se porta à l'extrême, se déporta hors de son corps pour aller se ficher jusqu'à l'aveuglement dans la chair mutilée de ses compagnons. Onze jeunes hommes aux yeux énucléés, aux cœurs extirpés, mordant grotesquement entre leurs lèvres blanches les abattis informes de leurs sexes tranchés. Le monde en cet instant venait de cesser d'être, le nom de l'homme de perdre résonance et le mot âme tout son sens. Le monde n'était plus. Le soldat Yeuses ne pouvait plus redevenir enfant, ne voulait plus être homme. Il avait basculé hors du rythme des âges. Désormais il était déjeté hors du temps. Il n'était plus que la folie de son regard détruit. Son regard cloué nu aux portes des mechtas.

Et la lune là-haut, si fine et blanche, comme une virgule de craie oubliée sur l'immensité du ciel effacé par le vent pour mieux rehausser le vide, l'oubli et la disparition. Le vide du monde, l'oubli de l'alliance, la disparition insensée des hommes.

La lune, là, au-dessus de la terre, virgule de glace entre les vivants et les morts. Virgule d'épine entre les meurtriers et les victimes, — virgule très grêle et mouvante, glissant des uns aux autres, pouvant se retourner d'un coup des uns contre les autres.

3

La pluie tombait depuis des jours. Une pluie fine, monotone. C'était le début de l'automne. Les oiseaux commençaient leur grand rassemblement pour se préparer à partir en migration. Sur les fils électriques tendus le long des routes, sur les barrières de bois et les enclos des prés, sur les rebords des toits, partout, par centaines se pressaient les oiseaux, conférant en de vastes rumeurs gazouillantes à propos de leur proche départ. Nuit-d'Ambre lui aussi s'apprêtait à partir. Demain il allait quitter Terre-Noire, prendre le train pour Paris. Sa valise était faite. Elle était presque vide. Il avait si peu de chose à emporter, quelques vête-ments, un peu de linge. Il ne possédait rien et ne voulait rien posséder. Il partait vers la ville, vers la parole, vers les livres. Il partait vers les mots. Il allait s'arracher enfin au lourd silence de la terre.

Il était là, assis sur le bord de son lit. Il regardait monter le soir, il écoutait la rumeur des oiseaux en partance, le ruissellement doux et continu de la pluie. Lui ne bougeait pas. Il était seul dans sa chambre, les poings serrés sur les genoux. La pénombre du soir embrumait lentement l'espace autour de lui et les objets se dissolvaient un à un dans l'obscurité crois-sante. — « Que l'ombre les dévore tous ! songea-t-il, que cette nuit engloutisse et efface tous les objets, les meubles, jusqu'aux murs de ma chambre. Demain, ne serai-je pas dans une nouvelle chambre, étrangère, tout à fait nue ? » La maison était plongée dans le silence. Mais la ferme était si vide maintenant, quel bruit aurait pu s'y lever ? Ses parents étaient morts, Baladine venait de partir s'installer chez leur oncle Thadée. Seule demeurait Mathilde, l'austère Mathilde régnant sur la ferme déserte, portant toujours à la hanche le gros trousseau des clefs des pièces et des armoires. Trousseau de clefs n'ouvrant plus que sur l'absence, le froid. Il y avait aussi Rose-Héloïse installée à côté dans cette aile basse de la ferme où Deux-Frères puis Thadée et Tsipele avaient vécu.

Mais Rose-Héloïse ne faisait nul bruit. Elle passait ses nuits à brosser et à rebrosser sans fin ses cheveux. Depuis le départ de Crève-Cœur pour l'Algérie elle avait perdu le sommeil. Elle s'habillait pourtant chaque soir pour la nuit, se drapant dans une longue chemise en drap blanc, puis elle s'asseyait sur un petit tabouret presque au ras du sol, renversait sa tête en avant, le front posé sur les genoux, et restait ainsi jusqu'au matin à se brosser les cheveux d'un geste mécanique, pour tromper l'ennui de l'insomnie, chasser l'angoisse. L'angoisse cependant ne se laissait nullement chasser, elle s'emmêlait à ses cheveux, les lui entortillait. Crève-Cœur n'envoyait plus de nouvelles et ce silence l'effrayait. Elle sentait que la guerre l'avait blessé, l'avait blessé à mort, non pas dans sa chair, mais dans son âme. Qu'avait-il vu, qu'avait-il fait là-bas ? ne cessait-elle de se demander en brossant ses cheveux.

Ses cheveux finirent par prendre la teinte pourpre de l'envie qui lui marquait la tempe. Mais la guerre touchait à sa fin, bientôt Crève-Cœur serait de retour.

De ce retour, elle ne doutait pas. Mais cependant ce prochain retour n'apaisait pas son angoisse. — Qui, qui donc va revenir ? se demandait-elle, sera-ce encore Crève-Cœur ? Qu'a-t-on fait de lui, qu'est-il devenu ? La guerre n'était-elle pas une mère monstrueuse, obscène et folle, qui ne portait les hommes dans son ventre difforme que pour les remettre bas, sous l'aspect d'êtres amputés à jamais de la paix dans leur mémoire et dans leur âme ?

La guerre était cela, la guerre était et demeurait cette mère monstrueuse qui inlassablement engouffre les hommes dans son ventre insatiable afin de les y broyer, corps et âme. Crève-Cœur, le petit orphelin sauvé de la détresse et de la solitude par l'amour de Rose-Héloïse s'était trouvé happé par cette mère avide. Crève-Cœur n'était plus. La mère folle et dévorante avait eu raison de la mère adoptive, lui avait arraché son enfant. La mère, nommée guerre, avait vaincu la mère de tendresse, — rappelant à l'enfant qu'il n'avait jamais eu de vraie mère, qu'en vérité il n'était rien, rejeton de personne. Crève-Cœur n'était plus. A sa place se tenait Yeuses Adrien, gus en treillis déjà usé, déjà souillé.

Souillé de sang. Du sang de l'homme, du sang de l'autre. Un sang qui séchait mal, formait des croûtes, laissait des traces indélébiles. Un sang dont les croûtes se faisaient chancres, qui perçaient la toile épaisse du treillis pour s'enfoncer jusqu'au cœur, le gangrener, semer partout ses escarres de folie, de furie, dans l'âme et la conscience. Et Rose-Héloïse devinait tout cela. Elle pressentait que son fils adoptif, que son enfant élu, ne lui reviendrait pas tel qu'il était parti, mais qu'un autre homme qu'elle ne connaissait pas allait revenir à sa place ; — un homme qu'elle n'avait pas vu mûrir, un homme trop vite et trop brutalement engendré par cette mère voleuse, outrageuse et insane, — la guerre. Alors, ne pouvant pas parler, ne sachant ni crier ni pleurer, Rose-Héloïse brossait et rebrossait sa lourde chevelure qui s'empourprait de nuit en nuit.

Yeuses Adrien faisait la guerre. Il la faisait comme on lui ordonnait de la faire, car, ainsi rejeté au point zéro de sa naissance à l'abandon, il régressait à cet état de soumission et de maladive obéissance dans lequel il avait si longtemps somnolé, au cours de sa vie d'enfant laissé pour compte au fond d'un orphelinat. Mais les ordres ici avaient changé de teneur. Il ne s'agissait plus simplement comme autrefois de réciter bien comme il faut ses prières, ses leçons et ses fables de La Fontaine, d'observer le silence en classe, au réfectoire et au dortoir, de dormir couché comme un gisant de pierre toute la nuit, les mains bien à plat sur le revers du drap afin de ne pas céder à la très vile tentation de la jouissance. Tout ça n'était plus que foutaises ici. Les gusses pouvaient gueuler et jurer à cœur joie, bouffer à pleines mains leur rata dans les gamelles à la cantine, se branler tout leur saoul sous les vieilles couvertures dans les chambrées. Les ordres ici, s'ils visaient au bout du compte toujours l'âme, ne la visaient plus pour l'amidonner et l'assécher, mais plutôt pour la déraciner, la disloquer.

Yeuses Adrien avait vu ses compagnons cloués, émasculés, à pic sous le croissant de lune. Il avait vu, et cela lui était apparu avec une telle violence qu'il n'avait pas cillé. Il n'avait pas détourné les yeux ; il avait fixé froidement les onze corps jusqu'à rendre son regard tout à fait immobile, — jusqu'à en perdre le regard. Onze corps. Ses camarades. Si jeunes encore, qu'on avait appelés, comme lui-même, contre leur gré. De jeunes hommes aux visages encore empreints d'enfance, aux yeux restés rieurs. On avait arraché leur enfance à leurs cœurs, leur jeunesse à leurs corps, et le rire à leurs yeux. On leur avait arraché et le cœur, et le sexe, et les yeux. Yeuses Adrien demeurait obsédé par cette vision. Et il lui importait peu de demander compte de l'âme de l'homme, et pas davantage d'en rendre compte ; il réclamait vengeance. Le goût violent du sang s'était saisi de lui.

Le sang, flux et reflux. Crue perpétuelle qui va et vient de la victime à l'assassin, les noyant tour à tour, comme si un vent très fort toujours soufflait sur le sang des hommes, sur leur sang répandu, perdu, pour en précipiter le cours en tous sens.

Yeuses Adrien faisait la guerre. Le vent soufflait autour de lui. Le vent avait soufflé sur le sang de ses compagnons comme sur un grand feu pour en attiser davantage la rougeur, la brûlure. La morsure. Le vent avait couru le long des onze corps saignés à blanc, que nulle terre, nulle poussière ne recouvraient, afin d'en faire lever, encore et encore, le cri. Ainsi agissait la guerre : — « Car son sang est au milieu d'elle, elle l'a mis sur le roc nu, elle ne l'a pas répandu sur le sol pour le recouvrir de poussière. Pour faire monter la fureur, pour tirer vengeance, j'ai mis son sang sur le roc nu, sans le recouvrir [1]. »

1. Ez., 24, 7-8.

Yeuses Adrien avait entendu surgir, rugir ce cri, l'avait reçu dans sa colère. Le cri des corps sans sépulture, le cri du sang sur le roc nu versé par les fellagha comme une offrande sacrée et parfaitement barbare à leur terre. Il n'avait pas laissé ce cri s'élever par-delà la mesure humaine, ne l'avait pas laissé s'élancer de l'autre côté de la nuit. Il avait intercepté le cri, avait dévié sa course. Ne l'avait pas laissé monter sans fin. Il n'avait pas laissé le sang de ses camarades crier depuis le sol jusqu'à Dieu. Il avait infléchi le cri de la douleur vers la terre, — là même où l'ennemi l'avait versé, et l'avait par là même fourvoyé dans les ravins de la vengeance.

Le cri très muet de ses compagnons écorchés était entré en lui et s'était imposé tel que l'ennemi l'avait voulu : parfaitement barbare. Un sang sacré, d'où toute sainteté était exclue.

Yeuses Adrien faisait la guerre comme on lui ordonnait de la faire. Il avait crapahuté des jours et des nuits à travers la montagne à l'affût des rebelles, avait tiré sur des silhouettes en fuite, avait lancé des grenades dans des grottes, mis le feu à des douars et des collines entières pour faire surgir afin de les abattre ses ennemis embusqués dans chaque recoin de cette terre hostile. On ordonnait, il obéissait. Il obéissait d'autant plus que les rebelles demeuraient invisibles ; il ne pourchassait toujours que des ombres, des ombres incessamment remontées de quelque enfer mystérieux pour semer partout l'effroi de leur cruauté. Feu contre feu, morts contre morts, haine contre haine. Sang contre sang.

Les ombres de ces ennemis invisibles étaient même

si grandes, si denses, qu'elles finirent par jeter dans les yeux du soldat Yeuses leurs voiles où tous se confondirent, — tous ceux de la race de l'ennemi furent engloutis en vrac dans la même obscurité aussi écœurante que menaçante. Vieux, femmes, enfants, — tous complices, tous des fells, tous coupables.

Djebel, bordel. La guerre resserrait toujours davantage son vocabulaire. Des pans de terre gigantesques étaient ainsi déjetés hors de la géographie physique et humaine pour basculer dans une géographie grotesque, catastrophée. « Libération ! » réclamaient les uns, et pour libérer leur terre et lui rendre l'honneur ils la flanquaient à feu et à sang. « Pacification ! » proclamaient les autres, et pour pacifier la terre de l'étranger dont ils voulaient demeurer maîtres, ils se laissaient gangrener par sa violence, sa folie. Libération-Pacification, — des mots de sourds, des mots perdant figure humaine au bout desquels il ne restait que ça : djebel-bordel, pour résumer l'immense poids de leur inanité, la gravité de leur mensonge.

Au regard de qui la terre s'était-elle donc une fois de plus pervertie et remplie de violence pour que, par zones entières, soient ainsi effacés de la surface du sol les hommes et leurs villages et leurs familles et leurs troupeaux, sans même prendre souci d'épargner les justes, les innocents ?

Aux yeux des hommes, rien que des hommes, âpres de terre.

Djebel-bordel. Paysage de roc, de ronces et de broussailles, dressant à flanc de ses montagnes des arbres dévorés par les flammes, déchiquetés par les roquettes. Paysage que parcourait interminablement le soldat Yeuses sous le bât de ses armes, les yeux rivés à la poussière du sol afin d'y déceler des traces.

Le soldat Yeuses faisait la guerre jusqu'à l'abrutissement, pourchassant sans répit l'ennemi invisible. Car les rebelles toujours semblaient s'évaporer avec le jour, se dissoudre dans la nuit. La nuit était leur territoire. Le soldat Yeuses n'avait encore tué que des ombres.

Vint cependant un jour où de cette masse d'ombres quelqu'un se détacha. Quelqu'un de chair, d'os et de sang, et de peau et de nerfs. La veille encore les soldats de la Pacification avaient perdu trois hommes, tués par ceux de la Libération. On les avait retrouvés en travers d'un chemin, mutilés au visage et au bas-ventre. Renversés sur le dos ils souriaient en plein soleil d'un sourire forcené, la bouche déchirée d'une oreille à l'autre. Non loin de là, sur un sentier qui dévalait d'un douar perdu dans la rocaille, un jeune garçon fut arrêté. Il descendait de son village, faisant trotter devant lui une chèvre noire efflanquée qu'il conduisait au puits. Le petit chevrier arrêta là sa course ; ce fut lui que l'on encorda pour le conduire au camp. Il ne pouvait qu'être complice de ceux qui avaient assassiné et mutilé les trois soldats. Les camarades des victimes étaient à bout de colère et de haine, ils voulaient les coupables. Il fallait un coupable. Au moins un. On commença par questionner le garçon ; que savait-il, qu'avait-il vu ou entendu ? Où se tenait la katiba ? Il devait savoir, il avait certainement vu quelque chose. N'avait-il pas des frères, des cousins, qui se battaient avec les rebelles ? Si, bien sûr, comme tous ici. Peu importait de savoir si les frères et les cousins s'y battaient de plein gré ou enrôlés de force. Ils y étaient, cela suffisait.

Cela suffisait pour jeter le doute sur le garçon, pour le rejeter dans leur clan. On le harcelait de questions, à grand renfort de gifles et de coups de pied. Mais le garçon, terrorisé, abruti par les gifles reçues à la volée, ne disait rien. Plus il se taisait et plus les autres s'impatientaient. Les gifles cédèrent aux coups de poing. Le garçon se mit à saigner du nez, de l'arcade sourcilière.

Fut-ce la vue du sang qui fit alors s'emballer soudain la colère des hommes penchés sur lui ? Toujours est-il qu'ils redoublèrent leurs coups. — « Suffit comme çà ! finit par dire l'un d'eux, tout essoufflé d'avoir frappé. On n'arrivera à rien avec des torgnoles. » Puis, à l'adresse du garçon ratatiné sur sa chaise, il s'écria : — « Bon, finie la rigolade ! Tu parles, sinon c'est la gégène. Assez perdu de temps comme çà ! » Le garçon ne répondait rien, il suffoquait, il avait du sang plein la bouche, on lui avait brisé les côtes, démis l'épaule. Il cherchait désespérément son souffle mais ne savait même plus où le trouver, dans quel recoin de son corps le ressaisir. — « Allez, fit l'homme, on l'emmène, on l' fout à la broche. » Il fallut traîner le garçon qui ne tenait déjà plus debout, il était mou comme un paquet de son, tout désarticulé. — « Hé, fit l'homme, tu t' déloques ! Mais t'as encore rien vu. Tu causes enfin, sinon gare à ta gueule et tes roustons ! »

On appela le soldat Yeuses à la rescousse pour continuer l'interrogatoire. Il vint. Il ne recula pas devant le garçon qu'on jetait sur le sol au milieu de la pièce au plafond bas où on l'avait traîné. Après tout, ce n'était qu'un de ces salauds qu'on venait de passer à la castagne, — rien que de mérité, et puis surtout, après ce qu'il avait vu faire aux siens, il n'y avait même là rien que de justifié. Lui aussi, Yeuses, il voulait des coupables pour venger enfin ses compagnons. Alors, que celui-ci paie pour les autres. Pour une fois qu'il tenait un de ses ennemis, pour une fois qu'ils avaient réussi à en attraper un vivant, à en arracher un à l'ombre, il n'allait pas le lâcher, ça non !

Qu'il parle, celui-là, qu'il avoue, qu'il donne enfin visages et noms aux assassins pour que son besoin de vengeance sorte de l'ombre lui aussi. Une nouvelle fois les soldats assaillirent leur otage de questions, d'injures et de menaces. Tous, ils voulaient savoir, ils voulaient qu'il parle, qu'il dénonce les coupables. Ils le voulaient jusqu'à la folie, jusqu'à l'ivresse. L'autre ne savait que râler et gargouiller, la bouche engluée de salive visqueuse et de caillots de sang. Et plus il se taisait, plus l'obsession de trouver les coupables se resserrait autour de lui, s'intensifiait sur lui. Sur lui tout seul, livré à leur merci. Il devenait, de minute en minute, de seconde en seconde, le coupable.

Il était le coupable. Djebel-bordel, c'était lui. Lui, là, ce tas informe vautré par terre. Il portait en cet instant la responsabilité de tous les crimes, toutes les atrocités, mutilations et castrations commises sur leurs camarades à eux. — « Alors le fell, tu t' décides à nous cracher le morceau ou on te grille les couilles ? » dit celui qui menait l'interrogatoire en s'essuyant la sueur qui ruisselait à son front. Ils avaient chaud, tous, étaient comme ivres de chaleur. Leurs visages, leurs cous, leurs mains, étaient laqués de sueur, — même leurs yeux semblaient briller de sueur. Une sueur qui leur suintait de bien plus loin que de la peau, qui leur montait des antres de la chair. Une sueur sacrée, secrétée par la colère, la haine, la passion. Car il y avait passion maintenant, il y avait faim. Il y avait folie. Dans le corps, dans le cœur et le regard des hommes, il y avait vraiment folie. Folie de sang et de souffrance, — il leur fallait renverser le cours du sang, de la souffrance, le porter à son terme, à l'extrême. Peut-être même déjà en cet instant n'était-il plus question de faire avouer à l'otage des informations qu'il ignorait, mais simplement, uniquement, de lui faire avouer le secret de la souffrance, du cri de l'homme. Le secret de la guerre. Et c'était là un secret qui confondait fascination et répulsion, jouissance et détresse. Secret très archaïque porté dans les replis les plus obscurs de la chair, les plus profonds de la mémoire. Du désir, de la peur. C'était cela qui transpirait à la face des soldats pressés autour du jeune chevrier, — à la face de Yeuses. Tous, ils voulaient jusqu'au vertige percer le secret de la guerre, du pourquoi de la guerre. C'était du fond de l'âme que leur montait la sueur.

Seul le garçon ne transpirait pas. Il saignait, il avait froid. Il tremblait. Il avait froid à en pleurer, à en mourir. — « Bon, c'est marre ! Fous-toi à poil, on t' branche. Tu l'auras voulu », fit le meneur de la séance. Le garçon ne bougea pas, alors les autres lui arrachèrent ses vêtements, le forcèrent à s'accroupir, puis lui glissèrent une longue barre de fer entre les bras et les jambes repliés. — « Vas-y, Yeuses, ordonna le chef de l'opération, lance le jus ! » Yeuses, abruti de chaleur, de sueur, d'odeur de sang, obéissait plus docilement que jamais. Il tourna la manivelle de la petite boîte qu'il tenait bien calée entre ses genoux comme il aurait tourné celle d'un moulin à café. Le courant s'élança dans la barre de fer à travers le fil qu'on y avait attaché tandis que l'autre soldat baladait un peu partout sur le corps du garçon l'extrémité du second fil sortant de la boîte. Le garçon hurla. — « Ben tu vois bien qu' t'as pas perdu ta langue, fit l'homme qui promenait le fil. Alors, tu les donnes ces noms ? » Mais le garçon s'entêtait à ne rien savoir. On lui appliqua le fil sur les lèvres, sur le cœur, sur l'anus. Il hurlait de plus en plus fort. Yeuses n'entendait plus ces cris, — il était comme endormi par eux. Il tournait sagement sa manivelle selon le rythme qu'on lui réclamait. Il n'entendait que les cris poussés par ses camarades, ceux du douar sous la lune et ceux du chemin en plein soleil, retrouvés morts et mutilés. Mais celui-là, ce tas de viande affreusement accroupi, avec sa tête comme une courge et ses paupières tuméfiées qui ne laissaient même plus percer un semblant de regard, ce n'était rien. Pas même un homme. Il n'avait pas de visage, rien qu'une face boursoufflée. Il n'avait pas de regard, il gueulait dans un jargon incompréhensible, il puait le sang déjà ranci.

Yeuses tournait sa manivelle. L'ennemi ne sortirait donc jamais de l'ombre ? Car encore maintenant l'ennemi demeurait une ombre dépourvue de visage, d'humanité, de sens. S'il avait eu un visage, cet otage, un regard, une voix, peut-être Yeuses aurait-il suspendu son geste mécanique, mais l'autre s'enfonçait dans sa souffrance comme dans une boue, devenait chose informe, laide, criarde, qui banalisait totalement la torture qu'on lui infligeait. Un vilain bout de barbaque pris de râles et de convulsions, sans âge, sans histoire, sans identité. Où donc étaient les ennemis ?

Le grand officiant de l'interrogatoire ficha brusquement le fil sur les testicules du garçon en ordonnant à Yeuses : — « Vas-y à fond ! » La « séance » prenait enfin tous son sens, il s'agissait par cette rage redoublée de venger tous les affronts faits aux leurs. On arrivait au fin mot de la guerre, de toute guerre : — couilles contre couilles. Une affaire d'honneur entre les hommes, la grande tragédie toujours recommencée du bas-ventre des mâles érigé en orgueil, puissance et dignité. Yeuses activa son rythme, docile. Le garçon chavira au bout du cri qu'il proféra, il s'évanouit, s'écroulant front contre terre, les membres distordus autour de la barre de fer. L'autre, qui tenait toujours son bout de fil à la main, le renversa d'un coup de pied sur le flanc. Ce fut alors que Yeuses vit l'enfant.

Car il n'était encore qu'un enfant, cet ennemi de fortune qu'ils s'étaient déniché, faute de mieux. Un pauvre de gamin de onze ans à peine, au corps imberbe, au ventre rond, au sexe grêle, pas formé. La guerre ne venait de livrer son fin mot que pour mieux le retourner sur un abîme de dérision, et de douleur. On torturait un enfant. La folie de la guerre portée à son comble venait de se briser, de s'effondrer, et le visage massacré, perdu, de la victime ressurgissait de la façon la plus inattendue, la plus absurde et bouleversante en cette autre intimité du corps. Au plein milieu du corps, au plus secret, au plus vulnérable du corps. D'un corps-enfant.

La sueur qui jusque-là lui avait collé à la peau se tarit brutalement, se fit suée glacée. Yeuses se releva, jetant la boîte sur le sol. Un froid immense venait de le saisir. Il se sentait trembler. Il avait froid du froid de l'enfant, il tremblait de ses frissons, il sombrait dans la peur de l'enfant. — « Ben, qu'est-ce tu fous ? demanda l'autre qui ne lâchait toujours pas son morceau de fil, c'est pas fini. » Et pour activer la reprise de la séance il envoya un violent coup de pied dans les reins du garçon afin de le réveiller. Yeuses arracha au même moment la barre de fer qui entravait le supplicié et, la tenant à deux mains, l'abattit de toutes ses forces sur le crâne du soldat auquel il avait obéi si docilement jusqu'ici. L'homme s'effondra d'un bloc, roula près de l'enfant. Le deuxième soldat qui avait participé à l'interrogatoire se mit à reculer et à glisser instinctivement la main vers son arme. Mais Yeuses déjà s'était retourné contre lui, tenant toujours la barre de fer à la main. — « Fous le camp, lui dit-il, sors d'ici immédiatement ! » — « Déconne pas Adrien, se risqua à bredouiller l'autre, déconne pas voyons... » — « Je t'ai dit de foutre le camp ! » répéta Yeuses d'un ton glacial. L'autre sortit à reculons, la main crispée sur son arme.

Yeuses ferma la porte et revint au centre de la pièce, là où gisaient les deux corps. Bizarrement le soldat aussi avait la même pose que l'enfant, renversé sur le flanc, les membres repliés. Il ne bougeait pas, ne respirait plus. Il était mort, tué sur le coup. Il n'avait pas souffert, son visage n'exprimait qu'un grand étonnement. Il s'étonnait, le petit soldat qui avait voulu jouer au grand inquisiteur, de ce que les rôles se soient si subitement retournés. Il était mort avant l'otage. La guerre, dont il avait fait son métier et même, avec le temps, sa maîtresse, ne cesserait donc jamais de le surprendre. Elle venait de se révéler à lui maîtresse encore bien plus imprévisible et fourbe qu'il ne l'avait cru. Il n'était pas mort en héros en pleine bataille, mais en vulgaire tortionnaire au fond d'un réduit à plafond bas. Et voilà qu'il gisait, non plus soldat, nullement héros, et plus même tortionnaire, mais simplement, infiniment, victime.

Tout près du soldat mort, l'enfant. Il tremblait. Yeuses voyait de longs frissons lui parcourir la peau, en tous sens, interminablement, comme si tous ses nerfs s'étaient mis en branle. Yeuses s'agenouilla près de lui, tenta de le soulever le plus doucement possible. Mais le dernier coup de pied que l'autre lui avait asséné avait dû lui briser les reins, et il poussa un cri suraigu. Yeuses le fit glisser dans ses bras, le tint blotti contre lui. La tête de l'enfant retomba sur son épaule. Il sentait les tremblements du petit traverser sa propre peau, le parcourir du dedans. Il tremblait à son tour, l'enfant tremblait en lui. Il lui caressait la tête, le visage. Il voulait le consoler, le laver de ses souillures, le décharger de son mal. Il se mit à le bercer imperceptiblement, à lécher les plaies de son visage. Il le léchait comme une bête son petit qu'elle vient de mettre bas. Il lui parlait aussi, à mi-voix, avec une immense tendresse. Il lui parlait comme une mère à son nourrisson. L'enfant gémissait maintenant, il ne criait plus. La peur, la douleur, se retiraient lentement de lui. Se retiraient avec son sang qui s'écoulait sans fin de sa bouche. — « Ton nom, ton nom, dis-moi ton nom ! » lui murmurait inlassablement Yeuses.

C'était ce nom, seulement ce nom, qu'il désirait à présent connaître. Non plus le nom de ses ennemis, non plus le nom des coupables, des assassins. Les ennemis n'ont pas de nom, les assassins n'ont pas de

161

nom. Ils ne peuvent plus en porter, comme si la cruauté, le crime, occultaient et perdaient tous les noms. Et si jamais les assassins avaient un nom, cela ne pouvait être, en cet instant, que le sien, — Yeuses Adrien.

C'était son nom à lui, le petit, qu'il voulait entendre. Pour l'arracher à la mort, au silence, à l'oubli. Pour l'arracher à la guerre. — « Ton nom, ton nom, dis-moi ton nom... », répétait-il comme une imploration. Comme si le salut du monde, à cette minute, reposait tout entier en cet unique nom. Comme si son salut à lui, Adrien Yeuses, dépendait de ce nom. Comme si la paix de tous ses compagnons tués dans la montagne, jetés en travers du chemin, en relevait. Comme si le pardon pour le soldat gisant à leurs côtés était lui aussi lié à ce nom.

Il n'exigeait pas l'aveu de ce nom, il le mendiait. Il le mendiait pour lui-même et pour l'autre, le soldat trahi par sa maîtresse-guerre. La paix, le pardon, ne résidaient que dans le mystère de ce nom. Le pardon.

— « Ton nom, dis-le-moi, ton nom... » suppliait-il en caressant le petit. L'enfant finit par balbutier : — « B... Bel... Be laïd... »

Belaïd. L'enfant l'avait donc entendu, il avait répondu. Il avait trouvé la confiance, et la force, du fond de son agonie, de faire don de son nom, à lui, Adrien. — « Belaïd... », répéta doucement Adrien. Belaïd. La guerre déposait ses armes, toutes ses armes, dans ce nom. La guerre qui pour lui avait relevé ses armes, ses drapeaux, sa fureur, à chacun de ses compagnons assassinés, s'avouait vaincue d'un coup au seul nom d'un de ses ennemis mourant entre ses bras.

Adrien serrait l'enfant contre lui, il le berçait sur ses genoux, lui soutenant la tête au creux de son épaule avec une immense précaution. Il psalmodiait son nom d'une voix murmurante comme si, par cette usure de la répétition, il voulait le dépouiller de toutes les injures qu'on lui avait faites, le polir comme un galet. Belaïd... Ce nom roulait en lui sa plainte, sa mélancolie, sa beauté. Jusqu'aux larmes. Adrien pleurait de l'excès de ce nom qui ne cessait plus de dévider en lui son mystère. Il n'entendait même pas les cris poussés derrière la porte, les coups lancés contre la porte. Il n'entendait que le bruissement de ce nom dans son cœur, le ruissellement de ce nom le long des murs. Belaïd, Belaïd...

La porte céda. Cinq hommes en armes surgirent dans un fracas de lumière. Le jour brûlant entrait comme un éboulis de vagues jaune safran par la porte enfoncée. Le jour craché par le soleil perché en surplomb de cette terre en guerre.

Mais puisque c'en était fini de la guerre, qu'était-ce donc que cette lumière trop crue, incandescente, et que faisaient là ces hommes avec leurs paumes serrées contre leurs hanches? Ne savaient-ils donc pas, tous, — le soleil, les soldats, que la guerre était finie, qu'elle avait capitulé devant le nom de Belaïd?

Adrien, tout aveuglé, distinguait mal ce qui se passait. Il était dorénavant si loin de tout cela. L'ombre gigantesque projetée par les hommes se précipita sur lui avant même que les soldats ne l'atteignissent. Il se recroquevilla autour du corps du petit, pour le protéger de cette ombre énorme qui voulait l'engloutir. L'enfant sombra cependant dans les bras de cette ombre, sa tête se fit lourde, incroyablement lourde, dans le cou d'Adrien.

On arracha le corps du petit à son giron, on lui tordit les bras derrière le dos, lui attacha les mains contre les reins. On le força à se lever, à marcher. Tout cela se passa très vite. Mais au moment de sortir de la pièce, de franchir le seuil où vibrait la lumière, il tourna la tête, jeta un dernier regard sur l'enfant immobile, tout raide sur le sol. Alors il fut pris d'un grand cri, — il se mit à proférer un formidable ululement à la façon des femmes du pays modulant leurs youyous de deuil et d'affliction. Le corps de l'enfant s'arrachait du cœur d'Adrien, le nom de Belaïd lui déchirait le ventre. Il hurlait. Pour partager ce nom qu'il ne pouvait plus porter seul, pour le livrer au vent. Pour que le vent s'en aille sangloter le nom de Belaïd à travers la terre entière, fasse s'agenouiller partout les hommes sur son passage, force enfin toutes les guerres à déposer leurs armes. Il hurlait. Mais le vent ne fit qu'égarer les sanglots d'Adrien à travers la montagne, que disperser le nom de Belaïd parmi les sables du désert. Nul n'entendit ce nom, nul n'en garda mémoire. L'Histoire n'a que faire du nom des enfants morts, sanglotés par les soldats déchus. Le nom de Belaïd fut enfoui en prison avec son unique détenteur. Le nom de Belaïd fut mis aux fers. Le nom de Belaïd devint alors le tourment d'Adrien.

Qui donc va revenir ? Qui ? se demandait Rose-Héloïse. Sera-ce encore Crève-Cœur, ce fils trouvé au bout de tant de solitude, ce fils donné comme une grâce ? Qu'aura fait de lui la guerre ?

Celui qui finirait par revenir ne serait plus le même. La guerre l'avait jeté pour toujours en alarme dans le nom d'un enfant étranger dont il n'avait pas même vu la face, les yeux. Le nom d'un petit paysan du djebel, en mourant dans ses bras, avait chassé de lui tout autre nom, — loin, très loin. Le petit chevrier lui avait volé son nom, son âme, sa raison, pour les conduire au désert, et les y avait perdus, livrés au vent, au sable.

Rose-Héloïse attendait, ne dormait plus, ne rêvait pas. Elle brossait ses cheveux.

Nicaise, qui habitait la cabane d'à-côté, venait souvent la voir. Il se sentait attiré par cette femme aux cheveux pourpres ruisselant sur le sol comme des sanglots muets. Lorsqu'il entrait, qu'il la voyait ainsi assise en chemise, la tête renversée sur les genoux, il venait s'accroupir face à elle, lui prenait doucement la brosse des mains et se mettait à lui lisser les cheveux. Il aimait cette chevelure épaisse, qui sentait le lierre et la vigne. Ils ne se parlaient pas. Elle le laissait faire. Parfois il suspendait son brossage et, prenant la chevelure entre ses mains, il y enfouissait son visage, retrouvant alors dans un obscur mélange de terreur et de délice, cette sensation de perte et d'abandon qu'il avait éprouvée le jour de son retour au village à la fin de la guerre, lorsque sa mère l'avait serré entre ses bras contre son tablier maculé du sang du père et du frère assassinés dans le lavoir.

Ils ne se parlaient pas, ils n'avaient rien à dire. Comme tous ceux que la guerre, le deuil, le chagrin ou la honte a blessés, ils n'avaient pas de mots à la mesure de leur détresse et de leur peur. Ils n'avaient que des gestes, des regards. Des gestes doux et affolés qui accomplissaient un rituel magique pour exorciser la douleur de la mémoire, l'angoisse des lendemains, la solitude présente. Des gestes de rescapés tâchant de reprendre prise sur la vie, place dans le temps, et de retrouver le goût du désir. Ils dialoguaient ainsi en silence à travers l'infime et soyeux bruissement d'une chevelure.

Nicaise aimait Rose-Héloïse, et son amour d'elle s'ouvrit en désir d'elle. Il délaissa la jeune femme qu'il fréquentait depuis des années à Montleroy. Il ne pouvait plus approcher d'autre corps de femme que celui de Rose-Héloïse, qu'il n'avait encore cependant jamais touché, ni même vu. C'était ce corps-là, uniquement, ce corps de femme de plus de dix ans son aînée, replié en silence sous un pleurement de cheveux, qu'il désirait.

Car il la désirait jusqu'à l'obsession ; sa peau dessous la chemise, était-elle aussi blanche que le tissu de drap, et la toison qui recouvrait son sexe était-elle aussi pourpre que ses cheveux ? C'était elle, et nulle autre femme, qu'il désirait. Mais ce désir là non plus il ne pouvait l'avouer en parole, alors ce fut par gestes également qu'il l'exprima. Il l'exprima très lentement, progressivement, au détour de gestes inachevés, jusqu'à ce qu'elle perçoive l'appel de son désir, et y réponde.

Et Nicaise découvrit enfin la nudité de Rose-Héloïse. Il connut son corps, — sa peau si blanche, son sexe pourpre. Le rituel de leurs gestes devint rituel de corps. Ils faisaient l'amour chaque nuit, pendant toute la nuit. Ils s'enfonçaient l'un en l'autre comme des nageurs plongeant dans les profondeurs de l'eau. Ils faisaient l'amour sur le sol, dans un silence si grand que seul s'entendait le sourd bruissement de leur sang circulant dans leurs cœurs et leurs membres.

Nuit-d'Ambre regardait monter le soir. Son dernier soir à Terre-Noire, sa dernière nuit dans la chambre de son enfance, de son adolescence. Les oiseaux finirent par se taire, la pluie continua, solitaire, son monocorde martèlement. Sa pensée était vide, seuls la traversaient le nom, le visage, la voix de Baladine. Baladine, sa sœur, son amour jaloux. — « Dans ton nom il y a le mot bal », lui avait-il souvent dit. — « Ton nom s'ouvre comme un bal. Un bal magnifique où seul tourne le vent. » Le vent violent de son désir, car à ce bal il se voulait l'unique danseur, l'unique cavalier d'elle, sa petite sœur déjà rêvée comme amante. — « Mais en partant, se disait-il les poings serrés sur les genoux, ne vais-je pas la perdre ? »

Il se leva enfin et commença à se déshabiller au milieu de la chambre.

Ce fut alors qu'il reparut. Il vint se poser sur le rebord de la fenêtre. D'un coup de bec il brisa brusquement un carreau et s'engouffra dans la chambre. Le sol fut jonché de bris de verre et de pluie. L'oiseau fonça droit sur Nuit-d'Ambre à demi dévêtu et se jucha sur sa nuque. Nuit-d'Ambre perdit l'équilibre et tomba sur les genoux. Mais il ne cria pas, ne prit pas peur. Il ne pouvait pas voir l'oiseau, il sentait juste l'étreinte de ses serres sur sa nuque. Il sut d'emblée que c'était lui, — l'oiseau de métal et de toile que le vent lui avait arraché des mains et emporté avec les nuages, des années auparavant. Il était revenu, son chouca-d'acier, son alouette-d'argent. Son cerf-volant parti crever le ciel, à l'assaut du Dieu bon à rien.

Il était revenu, l'oiseau de sa colère.

L'oiseau se mit à battre des ailes contre les tempes de Nuit-d'Ambre puis il relâcha son étreinte et vint se poster face à lui, sur le sol. Nuit-d'Ambre le vit enfin. Les ailes et le dos de l'oiseau s'étaient couverts de plumes ocellées vert et violet à cernes rouge sang; sa tête, sa gorge, son ventre, étaient comme laqués de fines écailles or et argent. Sa queue, très large et longue, s'ouvrait en éventail couleur d'ivoire.

L'oiseau se souleva en agitant doucement ses ailes et vint poser ses serres sur les yeux de Nuit-d'Ambre qui bascula sur le dos, sa tête frappant le sol. Des cercles de couleur se mirent à tourner sous ses paupières enserrées sous les pattes de l'oiseau. Les cercles s'évasèrent en ondes lumineuses, puis des fleurs jaillirent, étalant leurs pétales comme des corolles de cristaux au fond d'un kaléidoscope. Les fleurs se fanèrent, s'engloutirent dans une vaste nuit verdâtre, globuleuse, et des myriades de petits poissons blancs hérissés de piques surgirent, tourbillonnant. Ils disparurent à leur tour dans la nuit devenue violâtre. Alors des signes qu'il ne connaissait pas, mi-chiffres mi-lettres, apparurent, avançant par à-coups à la façon des hippocampes. Ces signes hybrides ne se laissaient pas lire, ils s'écrivaient par vifs éclairs en tournoyant. Et ils bruissaient sous ses paupières comme du papier que l'on froisse. Dans les yeux enserrés de Nuit-d'Ambre un livre était en train de chercher à s'écrire, un récit rassemblait ses mots dans la hâte, le désordre. Mais la nuit à nouveau emporta tout, elle engloutit le livre, noya les signes. Une nuit blanche, poudreuse. Nuit-d'Ambre sombra dans un profond sommeil. Et il rêva.

Deux grands chevaux, l'un bai et l'autre blanc, trottent devant lui, traînant une carriole où il est installé, à moitié couché sous des couvertures, des peaux. Il ne voit que les croupes des chevaux, énormes, luisantes de glace, et leurs cous qui se balancent légèrement. Leurs crinières sont presque immobiles tant elles sont incrustées de givre. Le paysage alentour est extraordinairement plat. Plaine recouverte de neige, filant à perte de vue. Plaine dévorée, au loin, par d'obscures forêts.

Les chevaux longent la forêt. Les arbres ne sont pas des arbres mais d'immenses lutrins de bois noir à reflets roux. Une forêt de lutrins. Il remarque en passant que tous ces lutrins sont décorés par des oiseaux aux amples ailes déployées qui soutiennent les pupitres.

Il s'aperçoit soudain que devant lui ne trottent plus les deux chevaux, mais ce sont des femmes qui avancent. Elles sont nues. Leurs cheveux sont semblables aux crinières des chevaux, hérissés de givre. Elles marchent lentement. Les rênes qu'il tient passent en travers de leurs épaules. Elles penchent un peu leur buste en marchant, pour tirer la carriole. Elles vont d'un même pas, et à chaque pas se déhanchent en cadence. Le très doux roulis de leurs fesses le berce, l'endort. Il s'endort, et dans son rêve il se met à rêver.

Il se rêve à l'intérieur même de son rêve, allongé sous les couvertures et les peaux aux côtés de Baladine.

Il se rêve enserrant Baladine, la caressant, l'embrassant. Mais le corps de la petite se fait de plus en plus glacé entre ses bras, sous ses lèvres. Glacé au point que ses mains et ses lèvres se mettent à saigner. Et ce froid, qui le gerce et le blesse, le réveille et l'arrache à son second rêve. Il se réveille tout égaré dans le premier rêve.

Son équipage file toujours dans le même paysage, mais à très vive allure. Devant lui il ne sait plus distinguer s'il s'agit de chevaux ou de femmes. Il voudrait arrêter cette course, il tire sur les rênes, mais les chevaux, ou les femmes, loin de ralentir leur galop ne font que l'accélérer.

Il a dû être éjecté de sa carriole car à présent il se retrouve tout seul, à pied, dans la neige. Son équipage a disparu. Des bûcherons pénètrent dans la forêt de lutrins. Chacun porte une hache sur l'épaule. Et d'un coup, tous ensemble, ils se mettent à les frapper. Mais leurs coups n'entament nullement les lutrins qui ne sont plus de bois mais de fer, et c'est un chœur de sons aigus et clairs qui se lève dans l'espace. A ce chœur les bûcherons joignent leurs voix, car à chaque coup porté en mesure ils profèrent d'une voix rauque une sorte de « han » sourdement modulé. Alors les oiseaux s'arrachent de dessous les pupitres et prennent leur vol. Un vol lourd et lent.

Armé d'un fusil au canon très long, couleur d'argent, scintillant, il tire sur tous les oiseaux qui planent dans le ciel. Mais les oiseaux ne tombent pas, ils continuent à voler en rond, à basse altitude, autour de lui.

Il erre dans la forêt d'où les bûcherons se sont retirés. La rouille déjà a attaqué les lutrins de fer. Ils sont même si corrodés qu'ils mêlent tout à la fois les couleurs du bronze, du sang et de l'or. De grands livres ouverts, posés sur les pupitres, laissent trembler leurs pages. Leurs textes sont illisibles. Il s'approche de l'un de ces livres et tente d'en décrypter le texte, mais il s'aperçoit alors que les pages ne sont pas couvertes de lettres mais de chiures d'oiseaux. Des chiures d'oiseaux très régulières, disposées le long de lignes finement tracées comme des notes de musique sur celles d'une portée. Il entend encore, de loin en loin, l'écho attardé du double chœur des coups de hache et des « han » poussés par les bûcherons. Et il pense : « Voilà peut-être la partition de leur clameur ? » mais des rires aussitôt se lèvent de partout. Ce sont les oiseaux qui rient.

Ils rient, les oiseaux, et leurs rires sont ceux d'humains, perçants, moqueurs, et leurs corps aussi deviennent d'humains. Ce sont maintenant des hommes qui volent partout autour de lui, riant à grand éclat, battant des ailes.

Il se bat avec les hommes-oiseaux. Il se bat à coups de hache. L'un des hommes-oiseaux pose pied à terre et vient lutter au corps à corps avec lui. Mais l'homme-oiseau danse plus qu'il ne se bat. C'est un étrange tango qu'ils dansent tous les deux, totalement enlacés l'un à l'autre. Ils dansent parmi les lutrins, parmi les livres dont les pages se plient et se déplient ainsi que des soufflets d'accordéons.

Les lutrins tournent comme des éoliennes, et le vent fait vibrer les pages des livres. Les pages se déchirent, s'envolent en tous sens. Pages d'antiphonaires.

L'homme-oiseau dans sa danse le fait se cabrer, le

force à toucher terre, — le renverse brutalement sur le dos.

Lorsque Nuit-d'Ambre se réveilla vers l'aube, transi de froid et tout endolori, l'oiseau avait disparu. La pluie avait cessé. Un vent humide entrait par le carreau brisé. Il remit ses vêtements et se coucha tout habillé dans son lit mais le froid persistait en lui. Il se rendormit, d'un sommeil profond, enfin lavé de tout rêve. Il se releva juste à temps pour partir à la gare. Il mit alors en doute l'étrange visite de l'oiseau. La vitre cassée pouvait très bien être le fait du vent. Mais lorsqu'il fit hâtivement sa toilette il fut surpris par son propre visage dans la glace ; — la tache qui marquait son œil gauche s'était comme détachée et courait en tous sens à travers son iris telle une guêpe ivre, flamboyante. Ce vol fou de la tache d'or dans son œil ne devait plus cesser. Désormais tout le monde l'appellerait Nuit-d'Ambre-Vent-de-Feu.

A midi il monta dans le train qui partait pour Paris. La pluie s'était remise à tomber, mais si finement qu'il ne s'agissait plus que d'une bruine. Quelqu'un sur le quai s'approcha de son compartiment et frappa à la vitre. Il ne pouvait distinguer qui c'était, tant la bruine dégoulinait en traînées noires le long de la fenêtre encrassée. Il baissa la vitre et se pencha au-dehors. Son grand-père se tenait sur le quai, tête nue sous la pluie. Ils se regardèrent comme s'ils ne s'étaient jamais vus. Ils se voyaient comme jamais encore ils ne s'étaient vus, — de si près. Leurs visages se touchaient presque, l'un tout tendu vers l'autre, l'un tout penché vers l'autre. Le souffle de chacun embuait la face de l'autre. Ils se contemplaient en pleine face et plein silence.

Ils se regardaient de si loin. Chacun posté à un extrême bout de temps. Nuit-d'Or-Gueule-de-Loup, bâté de tant d'années qu'il ne les comptait plus, et de tant de mémoire confondue à l'oubli. Nuit-d'Or-Gueule-de-Loup, le fils si ancien de sa mère-sœur, l'exilé des eaux douces qui par cinq fois avait pris femme pour fonder son séjour sur la terre et qui par dix-sept fois avait engendré des enfants. Nuit-d'Or-Gueule-de-Loup, l'homme de toutes les guerres, qui n'avait pris part à aucune mais avait donné à chacune d'entre elles ses amours, et ses fils et ses filles en otages.

Nuit-d'Ambre-Vent-de-Feu, tout juste âgé de dix-sept ans, déjà rebelle à sa mémoire. Nuit-d'Ambre-Vent-de-Feu, le fils trahi de sa mère, l'orphelin enchanté de son deuil et de sa solitude, qui n'avait connu d'autre amour que celui, plein d'outrance, qu'il portait à sa sœur. Nuit-d'Ambre-Vent-de-Feu, l'enfant d'après toutes les guerres, et qui à lui tout seul s'était inventé sa propre guerre. L'enfant fou de vengeance, l'adolescent jaloux. L'amant des mots.

Ils se faisaient face. — « Vous ?... » finit par dire Nuit-d'Ambre au vieillard dont la présence sur le quai le stupéfiait. Il connaissait si peu son grand-père, qui s'était toujours tenu à distance de tous et ne semblait jamais lui avoir témoigné grand intérêt. Nuit-d'Ambre ne pouvait croire que le vieux était venu pour lui. Un premier sifflement annonçant le départ du train fila le long du quai. — « Là-bas, fit le vieux, là-bas... toi qui pars là-bas... » Mais il ne trouvait pas ses mots, il paraissait violemment troublé. Nuit-d'Ambre, toujours penché vers lui, attendait. Un deuxième sifflement retentit, des portières claquèrent. Le vieux sursauta, un éclair de panique traversa ses yeux. « Là-bas, reprit-il, dans la ville où tu vas... il y a un parc... un parc avec des allées de gravier... si jamais... » Un dernier sifflement se leva, ébranlant tout aussitôt les wagons et rejetant la voix de Nuit-d'Or-Gueule-de-Loup hors d'écoute. Nuit-d'Ambre resta encore un moment tête penchée à la fenêtre, à contempler la silhouette de son grand-père qui rapetissait progressivement sur le quai. Puis tout disparut, la gare, Nuit-d'Or-Gueule-de-Loup et même le paysage noyé sous la brume grisâtre. Nuit-d'Ambre se rassit, referma la fenêtre. L'apparition de son grand-père juste à l'instant de son départ le troublait, et même l'agaçait. « Que me voulait-il donc le vieux, se demanda-t-il, que me voulait-il avec ses hoqueteux " là-bas " ? Qu'ils me laissent donc en paix, tous, puisque enfin je les quitte. Là-bas, oui, je pars là-bas, loin d'eux tous, et je ne veux plus les revoir ! » Il se blottit dans l'angle du siège et s'endormit tout d'un bloc.

Pendant ce temps Nuit-d'Or-Gueule-de-Loup s'en retournait vers le hameau. Lui-même ne savait pas pourquoi il était ainsi venu jusqu'au bourg, au dernier moment, pour voir son petit-fils sur le quai de la gare. Qu'avait-il donc voulu lui dire ? Il n'avait pu trouver les mots, — mais tout mot était introuvable pour exprimer ce qu'il aurait voulu dire. Cela, qu'il voulait dire, se passait tellement hors des mots, si profond dans la chair, dans son cœur.

Là-bas, c'était là-bas, dans la grande ville d'avant l'Occupation, qu'il avait rencontré celle qui lui avait saisi le cœur pour ne plus le lâcher ; celle qui allait, en disparaissant, lui jeter pour toujours le cœur en enfer.

Peut-être avait-il voulu revoir, une fois encore, une dernière fois, le train partir pour Paris? Peut-être avait-il voulu dire à son petit-fils : — « Quand tu seras là-bas, va au parc Montsouris, et prête bien l'oreille aux bruits des pas des femmes marchant sur les graviers. Car je suis sûr que le sien doit s'y entendre encore. Moi, je l'entends toujours. Son pas, si souple et calme, dans les allées du parc, dans les rues de la ville, dans le quartier d'Auteuil, le long des quais... Ton pas, Ruth! Ton pas en moi, à chaque instant, mais tes talons déchirent mon cœur, martèlent ma mémoire et la percent de trous... Ton pas, Ruth, ton pas qui vient vers moi, et je t'attends à chaque instant, mais dans le même temps ton pas s'éloigne, n'en finit pas de s'éloigner et je t'attends hors du temps... Ton pas, Ruth, qui ne cesse de semer des traces de cendres à travers tout mon corps... Oh Ruth! Ton pas qui s'éloigne à chaque instant de moi-même, ton pas qui me perd en enfer... Ruth, Ruth!... » Et il pleurait, le vieux Nuit-d'Or-Gueule-de-Loup, en remontant vers son hameau. Il pleurait comme jamais encore de sa vie il n'avait pleuré. Il pleurait dans les pas perdus de Ruth. Il pleurait en marchant, et en marchant il frappait le sol de toute la force de ses pieds, — comme s'il avait voulu laisser derrière lui des traces de ses propres pas, au cas où Ruth serait à sa recherche... au cas où son amour serait revenu de la mort et chercherait à le rejoindre.

NUIT DES PIERRES

NUIT DES PIERRES

1

Le train entra en gare. Nuit-d'Ambre-Vent-de-Feu
dormait toujours, la tête posée contre la vitre. Il se
réveilla lentement, lourdement, comme s'il lui fallait
remonter de très profond à travers une eau glauque. Il
était seul dans son compartiment où flottait encore une
odeur grasse de sandwichs au pâté, de saucisson et de
bananes, mêlée à des relents de tabac brun qui
témoignait de la récente présence de quelques voyageurs. Il prit sa valise et sortit dans le couloir. Le
wagon était vide. Il descendit. Le quai également était
déjà désert. Tous les quais. Il bruinait, exactement
comme à Terre-Noire. Nuit-d'Ambre-Vent-de-Feu
s'étonna de tout ce vide. — « Où suis-je donc ? » se
demanda-t-il, encore mal réveillé. Il ressentit soudain
l'angoissante impression de s'être trompé de station.
En fait il lui semblait n'être arrivé nulle part. Il lut à
travers le brouillard les grands panneaux où s'étalaient
en larges lettres, blanc sur bleu, les noms de « PARIS »
et de « GARE DE L'EST ». Cela ne le rassura qu'à

moitié, la sensation d'avoir échoué nulle part persistant en lui. Il remonta tout le quai, son wagon étant en queue, et traversa la gare. Mais au moment de déboucher dans la rue il s'arrêta, fit demi-tour, et se dirigea vers la salle d'attente. Cette ville qu'il avait tant désirée et attendue, voici qu'à l'instant d'y pénétrer enfin, il prenait subitement peur. Il ne se sentait pas encore suffisamment réveillé de ce sommeil torpide qui l'avait abruti pendant tout le voyage, pour se lancer d'emblée à l'assaut de la ville. Il se sentait un étranger. Il éprouvait le besoin d'aller s'asseoir parmi une foule d'autres étrangers, gens en partance, en attente, en transit. Il resta là un moment à regarder les gens dormir assis, à suivre les allées et venues des impatients faisant les cent pas au milieu des bagages, à contempler les anxieux qui sursautaient à chaque annonce grésillée par haut-parleur et qui ne cessaient de farfouiller leurs poignets sous la manche de leurs manteaux pour scruter les aiguilles de leurs montres, comme si l'heure était une abeille sournoise et folle prête à s'envoler n'importe quand.

Il sortit enfin. Il n'aperçut rien de la ville car il s'engouffra aussitôt dans une bouche de métro, pour filer directement vers le foyer universitaire où il devait loger. Mais son voyage métropolitain n'en finissait pas car par trois fois il se trompa dans les correspondances. Lorsqu'il parvint enfin à destination le soir était déjà tombé. Un soir gris et humide. Sa chambre était étroite, la peinture jaunie des murs s'écaillait par endroits. Tout lui parut minuscule, — l'espace, le lit, la table, l'armoire, la fenêtre, sa propre vie. Minuscule et si morne. Il jeta sa valise sur le lit et ressortit aussitôt. Déjà il avait besoin d'air, d'espace. Il ne reprit pas le métro, il marcha. Il se promena au hasard à travers les rues jusqu'à la nuit, n'interrompant sa déambulation que pour acheter des gaufres ou des marrons à des marchands postés sur le bord des trottoirs, moins par faim que par désœuvrement, et surtout pour s'emplir la bouche d'une sensation de chaleur. Il mangeait en marchant, semant sur ses pas des morceaux de marrons trop brûlés comme un Petit Poucet distrait et parfaitement indifférent à son chemin. Il arriva boulevard Saint-Michel, le descendit jusqu'à la fontaine. Dans la lumière verdâtre et ondoyante diffusée par les réverbères la statue de l'Archange pourfendeur du dragon semblait trembler imperceptiblement et mettre en doute sa victoire sur le mal.

Il s'engagea sur le pont Saint-Michel, et là il fit une halte. Les eaux de la Seine plombées de nuit étaient noires comme une coulée de lave roulant entre les quais. La pluie ne cessait pas, grise, fine, lancinante.

La pluie dispersait les passants. Nul ne s'attardait, surtout sur les ponts où le vent soufflait plus fort, condensant le froid picotement de la bruine. Nuit-d'Ambre-Vent-de-Feu était seul à faire ainsi la pause au beau milieu du pont Saint-Michel, le visage en plein vent tourné vers la façade blême de la cathédrale. Un homme qui venait de traverser le pont à pas pressés s'arrêta soudain, se retourna et considéra un moment ce drôle de flâneur accoudé face au fleuve sans souci du mauvais temps. Il finit par s'approcher de lui et vint s'accouder à son tour au parapet. Il demeura ainsi quelques instants en silence. — « Vous y étiez ? » se décida-t-il brusquement à demander à Nuit-d'Ambre-Vent-de-Feu. Celui-ci sursauta et regarda avec surprise cet inconnu qui l'abordait en lui posant une question absurde. — « Pardon ? » fit-il. L'autre répéta : — « Vous y étiez ? » — « Mais où ? Si j'étais où ? » interrogea Nuit-d'Ambre-Vent-de-Feu tout à fait dérouté. — « Ici, dit l'autre. Ici, l'année dernière, à cette époque, la nuit de la grande ratonnade... » Nuit-d'Ambre ne comprenait décidément rien aux questions de l'inconnu. — « Je ne vous comprends pas » avoua-t-il simplement. — « Ah ! fit l'autre d'un air un peu déçu, et gêné. J'avais pensé en vous voyant ainsi, à cet endroit, par ce sale temps, juste un an après, que... que peut-être vous... vous vous souveniez... enfin, je ne sais pas... » — « Mais de quoi parlez-vous ? C'est la première fois que je viens à Paris. Je suis arrivé cet après-midi. » L'autre esquissa un sourire. — « Excusez-moi, dit-il, je me suis trompé. Puis il ajouta, comme en aparté : c'est dommage... » Son sourire déjà s'était effacé. — « Qu'est-ce qui est dommage ? » — « Tout » fit l'autre en haussant légèrement les épaules. — « Que je sois à Paris ? Que j'y sois arrivé seulement cet après-midi ? Que je sois sans raison sur ce pont ? » C'était Nuit-d'Ambre qui d'un coup avait envie de parler, de retenir l'inconnu au moment où il sentait qu'il allait s'en aller. — « Oui, répondit l'autre, c'est peut-être bien cela. Je regrette que vous soyez ici sans raison, sans mémoire ni conscience de ce qui s'est passé. » — « Mais expliquez-la-moi, cette raison, insista Nuit-d'Ambre qui continua en riant ; allez, dites-la, si elle me plaît, je la ferai mienne ! » — « Je ne pense pas qu'elle puisse vous plaire. Vraiment pas. » — « Et pourquoi donc ? » — « Parce qu'il s'agit de morts. » — « Des morts ? Quels morts ? » — « Des morts. Par dizaines, par centaines, ou plus encore. On ne sait pas, on ne saura peut-être jamais. Il y en avait partout, sur les quais, les trottoirs, dans la Seine. Il y a déjà presque un an de cela. le 17 octobre exactement. Il pleuvait comme aujourd'hui. Tout à fait comme ce soir, le même crachin idiot. Oui, le même temps, la même nuit, la même indifférence dans la ville. Ils étaient très nombreux. Ils étaient venus par milliers de leurs banlieues. Il y avait des femmes, des hommes, des vieux, des enfants même. Ils marchaient dans le calme, sans crier, sans brandir de slogans. Ils s'étaient bien habillés. Ils avaient mis leurs habits du dimanche, comme on dit. Ils venaient manifester pour leur dignité. Ils ont été reçus à coups de triques et de matraques en pleine gueule. Voilà. Ça c'est passé très vite. Ils se sont fait assommer, tuer, comme ça, endimanchés, sans vraiment avoir le temps de comprendre. Après, il y avait plein de souliers de femmes sur les trottoirs, la rue, les caniveaux. Je me souviens de ces souliers, particulièrement de ces souliers, oui... parce que c'était tellement absurde, tellement effrayant, tellement... oh, il n'y a pas de mot... c'était une immense détresse, et une immense honte aussi. Tous ces souliers vides, renversés, ces pas perdus. Tous ces souliers chaussés pour s'en aller marcher en quête de dignité, et qui n'avaient conduit que vers l'ignominie, la mort. Et le sang partout autour, sur les pavés et dans la Seine... une immense détresse, qui persiste encore. Et une honte terrible, — pour nous. »

Il se tut. Il avait parlé de profil, le regard détourné vers le fleuve, d'une voix lente et assourdie, comme quelqu'un qui se souvient, qui ne peut soudain faire autrement que de se souvenir, et de parler, de laisser couler la parole dans sa propre surprise, son effarement, sa douleur. — « Mais qui c'est ces " ils " et ces " nous " ? » demanda abruptement Nuit-d'Ambre-Vent-de-Feu pour qui les propos de l'inconnu restaient toujours aussi obscurs. L'autre sursauta. — « Mais ! Les Algériens, bien sûr ! s'exclama-t-il. Les Algériens que l'on a tués cette nuit-là ! Vous n'avez donc jamais entendu parler de cette tuerie, de cette nuit du 17 octobre 1961 ? Jamais ?... » — « Non. » — « Et Charonne ? Ça vous dit quelque chose ça au moins, je suppose ? Charonne ! » insista l'autre. — « Oui, Charonne j'en ai entendu parler, bien sûr. » — « Bien sûr ! reprit l'autre en écho, mais sur un ton désabusé, amer. Bien sûr vous avez dû entendre parler des morts du métro Charonne. Tout le monde en a entendu parler. Mais cette grande ratonnade du 17 octobre, ça non, on ne connaît pas. Personne ne connaît, — ne veut savoir. Arrachée au calendrier, cette date-là, balayée de la mémoire des bons Français, cette nuit-là, balancée dans l'oubli, le mensonge, le déni, comme les corps dans la Seine. Un trou de mémoire de plus dans la tête à claques de l'Histoire. Quelle amnésie, quelle distraction ! Vous ne trouvez pas ? » Nuit-d'Ambre, échauffé à son tour par l'énervement de son interlocuteur, eut envie de lui rétorquer d'un ton sec : — « Je m'en fous ! Je me fous de tous vos morts, de tous les morts, de toutes les guerres. Je me fous de mes propres morts ! Et puis je suis de l'après-guerre, moi, d'après toutes les guerres ! Je me fous de l'Histoire. Je me fous pas mal d'être français. J'aurais pu tout aussi bien naître ailleurs, en Finlande, au Zaïre, au Laos ou au Panama, n'importe où ! J'aurais pu naître même dans une de ces îles minuscules perdues en plein océan à des milliers de kilomètres des continents ou au fin fond de quelque brousse. Français ! la belle affaire ! Un coup du hasard, parmi tant d'autres. J'aurais surtout pu ne pas naître. Je suis seul dans ce monde, comme tous les autres, sauf que moi je revendique à plein cette solitude. Je n'ai pas de passé, ni familial ni collectif. Je n'ai pas de patrie. Je n'ai pas de mémoire, surtout pas ! Je n'en veux pas. Je suis seulement cet instant-là, très éphémère. Un scintillement d'instants discontinus, libres, tournoyants. Ma seule durée, mon seul amour, c'est ma sœur. Ma sœur dont le nom s'ouvre comme un bal. Tout le reste, je m'en fous ! Si j'ai quitté mon pays, ma famille, c'est justement pour en finir avec toute forme de passé, de mémoire, pour rompre avec tous les souvenirs, les deuils, avec toutes ces conneries qui n'engendrent que des regrets inutiles, des nostalgies poisseuses, des remords ridicules et nuisibles, des douleurs sournoises, néantes. Voilà, je suis sur ce pont sans aucune raison et je ne veux m'en donner aucune. Aucune ! Alors vos histoires mises au rebut par l'Histoire elle-même je m'en contrebalance éperdument. Vos histoires ! La belle affaire, vraiment ! Des histoires de morts, de gens zigouillés, encore et toujours. Mais quand donc me parlera-t-on enfin des vivants, de gens heureux et forts, pleins de désir et de jouissance en ce monde ? Quand ? Je suis sur ce pont, là, maintenant, sans la moindre raison, et j'y suis bien. Je ne suis là que par un caprice du hasard. J'ai dix-sept ans et je veux vivre dans un temps vierge, éclatant de jeunesse, d'innocence. Voilà ! Dois-je vous hurler cela dans les oreilles pour me faire comprendre ? »

— « Vous ne dites rien », fit remarquer l'autre. — « Non. J'ai envie de crier » se contenta de répondre Nuit-d'Ambre. — « Eh bien allez-y, poussez votre gueulante. Notre-Dame, en face, vous répondra peut-être. Elle en a entendu d'autres. Mais elle s'en fout. C'est qu'elle dort, voyez-vous. Elle dort à poings fermés. Elle dort dans ses belles pierres blanches comme dans un tombeau, depuis des siècles. Elle dort, et ne nous entend pas. Et elle ne nous entend pas parce que nous ne savons pas lui parler, voilà le vrai. Parce que nous ne savons même pas la regarder. La regarder, la voir, par-delà l'épaisseur de toutes ces pierres érigées en son nom. » — « Qu'est-ce que vous racontez ? l'interrompit Nuit-d'Ambre mi-dérouté mi-agacé. Vous délirez ! » — « Peut-être », fit l'autre. Il se tut un instant puis reprit, sur un ton tout autre, celui du récitatif : — « Certes, si je n'avais une certaine foi / Que Dieu par son esprit de grâce a mise en moi / Voyant la chrétienté n'être plus que risée / J'aurais honte d'avoir la tête baptisée, / Je me repentirais d'avoir été chrétien, / Et comme les premiers je deviendrais païen. / La nuit j'adorerais les rayons de la lune, / Au matin, du soleil... » — « Après le prêche, la récitation ? » le coupa Nuit-d'Ambre. L'autre rit. — « Elle ne vous plaît pas ma récitation ? » — « Non, elle est niaise. » — « Vous n'y connaissez rien, répondit calmement l'autre. Avez-vous seulement jamais lu Ronsard ? Sa *Remontrance au peuple de France* garde pour moi sa force intacte, même si le contexte est absolument autre. Mais bon, je vous ennuie avec mes histoires, n'est-ce pas ? » — « Non, ce n'est pas de l'ennui. » — « Alors quoi ? » — « De l'agacement. Je vous l'ai dit, vous me donnez envie de crier. » — « Et moi j'ai envie de boire, continua l'autre que l'air maussade et arrogant de Nuit-d'Ambre ne semblait pas du tout affecter. Si on allait boire un verre au café ? » — « Pourquoi pas », consentit Nuit-d'Ambre qui malgré tout ne se décidait pas à lâcher cet inconnu phraseur et provoquant. — « De quel côté voulez-vous aller ? A Saint-Michel ou au Châtelet ? » — « Où vous voudrez, je ne connais rien ici. Je débarque. »

L'autre le conduisit vers le Châtelet. En longeant le boulevard du Palais il s'arrêta un instant et, désignant la lourde masse de la Préfecture de Police, il dit encore : — « C'était là qu'ils voulaient venir. C'était vers ce bâtiment qu'ils marchaient. » Nuit-d'Ambre le coupa aussitôt : — « Qui donc, " ils " ? Les morts en costumes du dimanche ? Les petits souliers de femmes sans pieds dedans ? » L'autre ne répondit pas tout de suite, ce ne fut qu'à hauteur du Pont au Change qu'il reprit la parole : — « J'étais là moi aussi, cette nuit-là. J'étais à Saint-Michel, dans un café, quand ça a éclaté. J'étais là et j'ai vu. J'ai vu cette foule qui défilait sans colère et sans cri. J'ai vu comment la police a brusquement chargé, incitant les automobilistes à foncer dans le tas. J'ai vu comment on les a matraqués, femmes, hommes, vieux, pêle-mêle. Parce qu'ils étaient arabes et qu'on était en guerre avec les leurs. J'ai vu... Parfois je me demande ce que j'ai vu, puisque personne, ou presque, ne veut en parler, avouer ce crime. Car c'est bien de cela qu'il s'agit, d'un crime. Un crime insensé, sans excuse, commis brusquement sur des gens désarmés dans la capitale d'un pays prétendu celui des " Droits de l'Homme ". Un crime commis froidement par mes concitoyens. Concitoyens, compatriotes ! Ces mots tout bêtes prennent parfois une si curieuse résonance. Une résonance contradic- toire, selon l'époque, les faits. Du temps de l'Occupa- tion ces mots devaient consonner douloureusement avec le malheur, la peur, la colère. Mais cette nuit-là ces mots n'ont consonné qu'avec la honte. La honte, la révolte, le dégoût, et la pitié aussi. Un an à peine et déjà on oublie, — pire, on nie. La guerre vient juste de finir et aussitôt on essaie de tout laver à grande eau, chacun des deux pays en cause se presse de lessiver sa conscience nationale, de torcher sa mémoire. Les peuples ont toujours deux mémoires : une longue, très longue mémoire côté gloire et héroïsme et, plus longue encore, côté vengeance, — longue et coriace celle-là ! Et puis une courte, toute courte mémoire côté honte et défaite. Au bout de cette mémoire atrophiée il y a un moignon plus racorni encore : le refus de mémoire, le déni de toute mémoire portant mauvaise conscience et culpabilité. Voilà, j'ai vu un soir quelques heures de notre histoire s'écrire, s'écrire très vite, s'improviser très violemment, et s'effacer tout aussitôt. Et cela à quelques pas de Notre-Dame. » — « Je ne vois pas le rapport », fit Nuit-d'Ambre. — « Il n'est peut-être pas très visible, mais il n'est pas non plus complètement inexistant. Car cette nuit-là, il y avait du Croisé dans cette horde de flics chargeant contre les suppôts d'Allah. La croix contre le croissant, même si la croix en l'occurrence avait la forme de matraques. Voilà à quoi mène l'atrophie de mémoire, on recommence sans cesse la même violence, la même chasse au faciès. Après l'étoile, le croissant. » — « Je ne pense pas que les flics vouent un grand culte à Notre-Dame, fit remarquer Nuit-d'Ambre. Moi non plus d'ailleurs. » — « Je m'en serais douté. » — « Et vous ? Vous semblez très épris de Votre-Dame, mais vous parlez sur le ton d'un amant dépité et trahi. » — « Trahi, non, mais dépité oui. Seulement ce n'est pas par elle que je suis déçu, mais par l'usage que l'on fait de son nom. Pas même déçu, mais révolté, dégoûté. Par l'usage que l'on fait si souvent des noms donnés à Dieu et à ses saints, dans toutes les religions. Toujours on en revient à vénérer des idoles, de belles, conquérantes et haineuses idoles tout en or et en armes, et on oublie l'icône. Encore une question de mémoire trahie. » — « Pour l'instant vous oubliez tout simplement votre invitation à aller boire un verre. Vous parlez trop, vous m'avez donné soif. » Ils quittèrent enfin le Pont au Change et partirent s'installer dans un café de la Place du Châtelet. La pluie voletait toujours, immense essaim de fines gouttes embrumant les passants, les maisons.

Ils sortirent les derniers du café, alors que les serveurs renversaient déjà les chaises sur les tables et passaient le balai. Nuit-d'Ambre, complètement ivre, poussa un cri sur le trottoir. — « Eh bien, qu'est-ce que tu as vu, demanda l'autre, le spectre de Nerval en frac et haut-de-forme s'échapper du théâtre par la sortie des artistes ? » C'était simplement la tour Saint-Jacques qu'il venait de découvrir et qui, fantomale sous la bruine, lui parut effrayante comme un bras de géant dressé dans la nuit pour assommer la ville. Ils se baladèrent encore un moment, d'une démarche titubante. Ils ne palabraient plus, seul l'autre sifflotait l'air de la chanson *Que reste-t-il de nos amours ?* Ils enfilèrent la rue Saint-Denis jalonnée de filles de joie aux airs moroses et aux cuisses rougies par le froid. Nuit-d'Ambre-Vent-de-Feu, celui qui refusait toute mémoire et tout passé, déambulait en sa première nuit à Paris dans l'une des plus anciennes rues de la ville, une des plus chargées de passé.

Rue Saint-Denis, la grande voie du sacre, celle par laquelle autrefois les reines et rois de France pénétraient dans leur cité lors de leur avènement au trône pour s'en aller à Notre-Dame assister au Te Deum. Rue Saint-Denis, la grande voie funèbre par laquelle les souverains, lorsque leur règne s'était clos et leur vie révolue, prenaient en grande pompe congé de leur cité et de leur peuple et retournaient jusqu'en la basilique déposer leur dépouille pour poursuivre dans la pierre la royale légende. Rue Saint-Denis, dernière halte des condamnés en route pour le gibet de Montfaucon qui recevaient là, juste avant d'aller se balancer en surplomb de la ville, trois bouts de pain et une coupe de vin des mains très nues des nonnes des Filles-Dieu chantant de leurs voix claires les psaumes de la Pénitence. Rue Saint-Denis, ouvrant le soir ses portes asilaires aux sans-logis qui s'en venaient chercher un sommeil à deux sous, en échouant « chez Fradin » leurs têtes creuses de fatigue et de faim sur des cordes tendues de mur à mur, faute d'un lit où coucher leurs carcasses de pauvres. Rue Saint-Denis, ventre terrible abritant au fond de ses antres à miracles un peuple d'ombres loqueteuses, — truands, escrocs, malandrins en tous genres, experts en l'art de mettre en scène leur absolue misère en fabuleux théâtre de l'horreur, afin d'en faire commerce par la pitié et la miséricorde.

Rue Saint-Denis, portant le nom d'un de ces fous de Dieu qui ramassa sur le sol où elle avait roulé sa tête tranchée d'un coup de hache, pour aller la laver à l'eau d'une fontaine. Rue Saint-Denis, lieu qui, bien avant qu'il ne prît nom, bien avant qu'il n'y eût ville, bien avant même qu'il n'y eût hommes et histoire, voyait passer le très grand train d'éléphants fantastiques s'en allant s'abreuver dans les eaux de la Seine.

Nuit-d'Ambre-Vent-de-Feu remontait en chancelant la rue Saint-Denis sous le regard brillant des filles publiques. Toute une garde de regards brillant de fards et de néons, braqués sur l'homme de passage. Mais lui ne remarquait que leurs genoux, la rondeur de tous ces genoux nus laqués de pluie, légèrement ployés sous le poids des corps fatigués de se mettre ainsi à l'étal. Rue Saint-Denis, longue chaussée plantée de genoux ronds et luisants comme un boulevard de platanes.

Ils finirent par atteindre la gare de l'Est. — « Tiens ! s'exclama Nuit-d'Ambre, retour à la case départ ! » — « Et si on prenait un train, un train, n'importe lequel ? » proposa son compagnon. — « Sûrement pas ! Aucune envie de repartir d'où je viens. Un train à la gare du sud ou de l'ouest, d'accord. Mais pas à l'est. Ça non ! » — « Y'a pas de gare du sud ni de l'ouest, rectifia l'autre. Elles ont d'autres noms, mais j'ai oublié lesquels. » Ils entrèrent dans la gare, pénétrèrent sur un quai désert. Ils allèrent jusqu'au bout du quai et se tinrent là un moment face aux rails fuyant dans la nuit. Il ne se passait rien, la ville semblait s'être dissoute dans la pluie et le noir, tout mouvement arrêté. Ils se tenaient au bout du quai comme à l'extrémité d'un môle perdu en pleine mer, oublié des bateaux. — « Allons dormir », dit Nuit-d'Ambre. Il ne tenait plus debout, encore un peu et il sentait qu'il s'affaisserait d'un bloc. Ils revinrent dans la gare et allèrent se coucher sur des bancs de la salle d'attente. Ils s'endormirent là, dans la lumière blafarde et la rumeur d'une attente qui ne les concernait pas.

Ce fut dans cette lumière qu'il se réveilla. Il se sentait encore plus dépaysé, plus perdu que le jour précédent, à sa sortie du train. Il avait terriblement mal à la tête, il lui semblait que sa mâchoire et ses cheveux étaient en fer. Son compagnon avait disparu. Nuit-d'Ambre avait du mal à rassembler ses esprits, à se remémorer exactement les événements de la veille. Il ne lui restait en tête que la rengaine de « Que reste-t-il de nos amours ? » Il se leva, quitta la salle d'attente. Soudain il s'arrêta. — « Mais au fait, se dit-il, je ne connais même pas son nom ! » Il ressentit une immense amertume à cette pensée. Il ne reverrait donc pas ce compagnon d'un soir, ce jeune homme blond aux cheveux très raides qui lui tombaient tout le temps dans les yeux et qui parlait incessamment avec passion et volubilité. L'autre lui avait parlé de tout ce dont il ne voulait pas entendre discourir pourtant, — la guerre, la mémoire, la foi, l'engagement politique. Et lui, il l'avait écouté tout le temps, ne le contrariant que pour mieux le pousser à parler. En fait il avait écouté sa voix plus que ses propos, — le rythme, le ton, les accents de sa voix. La guerre, l'histoire, la foi, la politique, tout cela lui restait parfaitement étranger, privé de sens et d'intérêt. Ce à quoi il venait de s'éveiller, pour la première fois, était simplement un sentiment d'amitié. Un sentiment encore brut, sans souplesse ni finesse, et dans lequel il se sentait un peu égaré, mal à l'aise, comme lorsqu'on porte un costume flambant neuf tout raide et craquant d'apprêt. Un sentiment dont il n'avait d'ailleurs pas même conscience.

Il reprit le métro, rentra à son foyer. Il revenait à l'heure où les autres se levaient. Planté sur le seuil de sa chambre, bâillant à s'emplir les yeux de larmes, il fouillait dans son manteau pour trouver ses clefs lorsqu'il extirpa d'une de ses poches un bout de carton arraché à un paquet de Gitanes. La petite silhouette noire de la danseuse sur fond bleu se distordait devant ses yeux embués de larmes et brouillés de fatigue. Comme il s'amusait à faire tourner le bout de carton entre ses doigts pour mieux faire tournoyer la danseuse, celui-ci se retourna. Au verso étaient griffonnés un nom et un numéro de téléphone. — Jasmin Desdouves. OUR.59.03. Nuit-d'Ambre ouvrit enfin sa porte et se jeta tout habillé sur son lit. Avant de resombrer dans le sommeil, il se dit : — « Dès aujourd'hui je l'appelle. » Il s'endormit tout aussitôt.

Durant ses premiers temps à Paris Nuit-d'Ambre-Vent-de-Feu fréquenta assidûment Jasmin Desdouves. Il mit dans cette nouvelle amitié la même passion qu'il avait jusque-là uniquement investie dans son affection pour sa sœur. Ils se rencontraient dans les cafés, les cinémas, les parcs ou les bibliothèques. Jasmin Desdouves était de quelques années son aîné. Il préparait à cette époque une maîtrise de lettres consacrée à Victor Segalen. Nuit-d'Ambre quant à lui s'était inscrit en première année de philosophie à la Sorbonne. Il ne s'intéressait toujours pas davantage au désastre des guerres, aux diverses mémoires de l'histoire, aux questions religieuses ni aux problèmes politiques, mais il n'en était pas moins proche pour autant de son ami, partageant avec lui une semblable manière de penser, de sentir les choses, de frayer avec le réel.

Le réel. Ils le prenaient comme un matériau brut, une pierre à tailler et sculpter, une glaise à pétrir et modeler, un corps à mettre en mouvement, en scène, — théâtre et danse et chant mêlés. Le réel leur était une infinie invitation au songe et à l'imaginaire, une perpétuelle incitation à l'aventure, au désir, au voyage. Car ils ne cessaient de voyager tous les deux, assis aux tables des bistrots ou sur les bancs des parcs et des quais. Ils voyageaient fabuleusement au pays du réel, dans les contrées du temps, chacun traçant sa propre route.

Mais la route de l'un, aussi profond s'enfonçât-elle dans l'épaisseur de l'imaginaire et dans le verbe magique de la poésie, ne s'éloignait jamais des autres et du présent, tandis que la route de l'autre s'en allait zigzaguer au gré des plus fantasques géographies, résolument loin des hommes et des faits de son temps. Jasmin ne traquait l'exotisme inscrit au creux du réel, tel que l'avaient senti jusqu'à l'émerveillement et la louange Segalen ou Saint-John-Perse, que pour mieux ressaisir la présence de l'homme, dans l'immensité des choses et du temps, et le reconduire à la proue du présent, en toute connaissance des plus obscurs remous du monde et de l'histoire et surtout de l'infinie étrangeté de l'âme humaine. Il se mettait à l'écoute de la parole poétique pour percevoir en elle le rythme sourd de l'histoire, incessamment en marche, battre à travers le chant du monde et ajuster ainsi ce chant à la mesure de l'homme. Il exigeait des mots la gravité, l'intransigeance et la justesse afin de pouvoir déceler dans le poids du langage le poids même du temps s'accumulant d'âge en âge, le poids de l'homme et de son âme. Il savait se souvenir à tout instant de l'homme, de sa fragilité, de sa folie et de sa dignité mêlées. Il n'attendait du travail accompli par les poètes que ce que l'un d'eux en avait dit : « c'est assez, pour le poète, d'être la mauvaise conscience de son temps ».

Cette mauvaise conscience de son temps, de son peuple, il la portait en lui non comme un simple reproche ou un sentiment de culpabilité confus et malheureux, mais comme une exigence de franchise. Pour lui il ne s'agissait pas d'exercer la parole comme un sermon mais comme une interpellation constante des autres, un appel à l'attention, à la lucidité et la bonté. Les années de son adolescence s'étaient passées dans la rumeur et les fracas de la guerre d'Algérie ; il avait grandi dans cette rumeur, souffert de toute cette violence déployée de part et d'autre, — souffert de l'aveuglement et de la haine qui s'étaient fossilisés dans le cœur de tant des siens. Il se savait trop impliqué dans l'histoire de son peuple pour ne pas ressentir autant les souffrances que les hontes de ce peuple ; mais il se sentait surtout trop solidaire des êtres — de tous ces êtres assignés comme lui, à part égale à travers le monde, à soutenir l'épreuve et le mystère de leur présence au monde — pour ne pas éprouver autant de colère que de douleur et de pitié lorsque violence et injustice leur étaient faites. Jasmin Desdouves ne frayait pleinement avec le réel, et sa doublure fantastique d'imaginaire, qu'à travers cette parole adressée par l'homme à l'homme. Il avait le réel en amitié, l'homme en fraternité.

Nuit-d'Ambre-Vent-de-Feu lui, frayait moins avec le réel qu'il ne cherchait à s'ouvrir dans son épaisseur même des chemins d'évasion par lesquels s'en aller courir vers de plus vastes zones. Courir à perte de souffle et de vue vers des zones encore franches, exemptes de toute forme de vassalité, vers des zones sauvages à la limite de l'humain. Comme un cerf fraie ses bois contre les troncs des arbres, il frayait son cœur contre tout rêve et tout désir, contre toute démesure. Son cœur en perte où le cri de sa mère s'était fiché comme une ronce noire, déchirant son enfance et blessant au plus vif sa confiance en les autres, — le détournant des siens, de l'histoire, et de Dieu. Son cœur en souffrance où le nom de sa sœur s'était enté à cru.

Très vite Nuit-d'Ambre-Vent-de-Feu déserta les vastes amphithéâtres et les salles de cours de l'université; il préférait s'en aller flâner dans d'autres lieux. Il se rendait souvent à la grande serre du jardin de Jussieu, aimant s'enfermer dans la moiteur très lourde et enjôleuse des fleurs et des plantes. Il pouvait demeurer là des heures à s'enivrer de leurs odeurs, de leurs couleurs et de leurs formes. Des formes souvent contorsionnées, disgracieuses parfois, mais belles toujours. Belles d'une beauté criarde comme ces orchidées géantes aux pétales plus charnus que des langues de chiennes, violacées, pourpres ou orangées. Des fleurs à lèvres trop fardées, des fleurs à bouches éclatantes, des fleurs à langues de putains, des fleurs à sexes fabuleux. Il s'enfonçait dans la touffeur ardente de la serre comme en un corps de femme immense et tubéreuse au ventre humide de sommeil, roué de jouissance. Lorsqu'il sortait de cette antre végétale et retrouvait l'air vif du dehors il se sentait alors pris de vertige, exténué et ravi de désir. Il allait voir les bêtes au zoo, non pour les regarder tourner en rond dans leurs enclos de misère, mais pour surprendre, à leurs yeux resserrés par l'ennui, l'éclat d'un plus profond et plus ancien regard, et arracher à leurs reins et leurs flancs amincis par l'immobilité le frisson d'un élan prodigieux sur le point de surgir.

Il y avait les gares, ces vastes halles de l'attente, du mouvement, ces grands bazars à pas perdus. Il ne se lassait pas de les hanter, aimant à dépister parmi la foule la part de cloportes, — les voleurs à la tire, les dénicheurs de filles aux airs de payses égarées, les revendeurs à la sauvette de tickets de transport, les pourvoyeurs de drogue, les rabatteurs de gogos pour hôtels sans étoile ou bordels clandestins. Il examinait leurs manœuvres sournoises avec la même curiosité distante qu'il mettait à observer les voyageurs ou les porteurs de bagages en quête de pourboires. D'ailleurs ils étaient tous dans la quête, — quête de l'heure, quête de l'autre. Quête de l'instant propice pour monter dans le train, pour retrouver le parent ou l'ami attendu, pour détrousser le passant ou abuser le naïf. Quête animale de l'autre, quête angoissée de l'heure. De l'heure s'égrennant seconde par seconde aux cadrans des horloges géantes comme pour mieux souligner l'impitoyable corrosion du temps.

Il y avait aussi les hippodromes, les marchés, les stades, les aéroports, les grands magasins, les piscines. Partout où il y avait foule il lui fallait aller. Il lui fallait se perdre dans toute multitude, pour mieux s'en détacher, pour mieux se ressaisir dans sa solitude farouche et orgueilleuse. Il déambulait des jours entiers dans tous ces lieux de presse, d'agitation, d'anonymat. Il fallait que ça bouge autour de lui, que ça parle et se heurte. Il lui fallait sans cesse trouver l'odeur de l'humain afin d'y traquer les relents si obscurs de l'animal tapi en chacun, — relents de la folie, de la violence et du désir si mal contenus sous les habits des citadins. Il lui arrivait même parfois d'entrer dans les grands hôpitaux. Saint-Louis, Trousseau, Lariboisière, Cochin, Pitié, Salpêtrière, Hôtel-Dieu, Diaconesses, Necker ou Notre-Dame-de-Bons-Secours, il venait traîner sa faim sans mesure de la folie humaine dans leurs couloirs, comme un chat de gouttière s'en va rôder parmi des poubelles éventrées au fond d'une arrière-cour. Par les portes ouvertes il apercevait les malades étendus dans leurs lits. Il était étranger à leur souffrance, leur détresse, leur terreur. Il ne voyait là que des corps en déchéance, des corps de vaincus luttant encore, tant bien que mal, pour s'arracher à l'étreinte de la disparition.

Et c'était précisément cela qu'il s'en venait épier, — cette magie de la dissolution et de la corrosion des corps, ce mystère de la disparition à l'œuvre dans la chair encore vive. Une œuvre au noir transmutant le sang en boue, la peau en corne, le cœur en cal, la présence en absence. Une œuvre au noir ne précédant aucune œuvre au blanc mais ravageant la matière humaine, disloquant les organes et les membres, dévorant les visages, pour les conduire progressivement au néant. Mais de cette œuvre au néant à laquelle il assistait ainsi, il aboutissait à une œuvre au rouge, car là aussi il se ressaisissait, non plus seulement dans la solitude et l'orgueil, mais dans la plénitude de sa présence au monde, dans la vigueur de sa jeunesse et tout l'éclat de son désir. Lorsqu'il quittait ces longs dédales hospitaliers à la blancheur rancie d'odeurs d'éther et de phénol, il s'en allait marcher au fil des rues, respirer l'air de la ville comme s'il se fut agi d'un vent de mer.

L'existence de Nuit-d'Ambre-Vent-de-Feu pendant sa première année fut avant tout cela, — une marche. Une déambulation continue entre les pierres, à travers la foule, les odeurs, les bruits. Une déambulation au cours de laquelle il démultipliait tous ses sens. Il avait des centaines d'yeux, d'oreilles, de narines, de doigts, toujours à l'affût afin de saisir à chaque instant le goût des choses, des êtres. Une marche au bout de laquelle il retrouvait souvent Jasmin, l'unique dans la ville à s'être pour lui détaché de la foule, à avoir pris visage et nom. L'unique ami, son double, son revers. Et au loin, par-delà toutes ces pierres des rues, des ponts, des maisons, là-bas, au bout du territoire, se tenait Baladine.

Là-bas, quelque part devenu nulle part, il y avait sa sœur. Il ne la voyait plus, ne la reverrait plus avant longtemps. Il ne voulait plus retourner à Terre-Noire. Il se voulait plus que jamais en rupture des siens. Seule demeurait sa sœur, — son rêve d'elle, son désir d'elle. Il lui écrivait, sans cesse, des lettres qu'il n'envoyait jamais. Il savait bien que l'enfant ne les aurait pas lues. Celle à laquelle il écrivait ne pouvait avoir d'adresse, elle habitait dans le nulle part. Elle habitait un songe. Il lui écrivait pour déchirer l'espace de leur séparation, tracer dans ce désert un chemin de traverse. Il écrivait pour traquer, noir sur blanc, la douleur infinie de son impossible désir d'elle aussi bien que la magique jouissance de ce désir.

Et c'était ainsi qu'il ressentait la ville : — comme une innombrable lettre folle adressée à personne, à tous, à l'absence. Tous ces panneaux géants affichant avec force couleurs les publicités les plus criardes et racoleuses, et ces kiosques à journaux couverts de titres et d'images qui changeaient chaque jour, à qui s'adressaient-ils sinon à des passants pressés, distraits ? Et ceux qui scribouillaient leurs pensées sur les murs, — slogans, vers, critiques ou revendications, et ceux qui traçaient leur misère à la craie sur les trottoirs où ils s'accroupissaient pour mendier à hauteur de genoux, à qui s'adressaient-ils, tous, en fin de compte, sinon à la pierre, à l'asphalte ? Bitume, pierre, ciment, matières dures et opaques encrassées de fumées, rongées de chiures de pigeons et de pisses de chiens, parsemées de crachats, de mégots, de taches d'huile et d'essence.

Et toutes ces plaques accolées aux immeubles près des portes d'entrée pour signaler « qu'ici, à telle époque », tel musicien, tel écrivain ou peintre, tel ou tel grand homme classé dans le Larousse des noms propres, avait vécu, créé ou trépassé, à qui faisaient-elles signe, de quoi faisaient-elles signe ? Et toutes ces plaques commémoratives scellées un peu partout aux murs des maisons, des bâtiments publics, rappelant le nom et l'âge de ceux qui s'étaʼent fait fusiller par l'occupant, qui donc interpellaient-elles sinon des mémoires en déroute, déjà détournées du passé ? Car la ville était comme les cimetières, couverte d'épitaphes, de signes et de dates, — paroles écrites sur l'absence, condamnées à l'oubli.

Ceux qui avaient créé une œuvre, ceux qui avaient donné leur vie, — là, en tel point précis de la ville, n'étaient précisément plus là, n'y seraient jamais plus. Ni là, ni ailleurs. Ils avaient disparu, n'étaient plus de ce monde. Voilà ce que disaient ces plaques, — ci-ne-vit-plus, ci-ne-gît-pas, Untel qui pourtant exista et aima. Ci-Rien. Toutes ces plaques n'indiquaient que des points de tangence, depuis déjà longtemps révolus, entre l'espace et le temps. Ces plaques ne faisaient que ponctuer la stridence du temps déchirant l'espace pour y ouvrir des lieux. Ces plaques n'étaient que des cicatrices blanches laissées par le temps sur l'espace, des cicatrices dans la pierre d'où le sang des hommes que l'on nommait s'était à jamais retiré et tari. Jasmin toujours lisait ces plaques lorsqu'il en croisait une ; il lisait ces noms à voix haute. Pour les arracher au mutisme des murs, à la surdité de la pierre et du marbre. A la pierre de l'histoire fossile, au marbre de l'oubli, du silence. Une fois il s'était arrêté au milieu d'une rue, avait retenu Nuit-d'Ambre par le bras, l'avait planté devant une de ces plaques. — « Regarde, lui avait-il dit, tu vois ce nom ? Qui s'en soucie ? Des petits bouquets de fleurs municipales viennent s'y faner de temps à autre, à chaque grand anniversaire national. Moi, ces noms me donnent froid. Celui-ci s'est fait cribler de balles un matin de décembre 1943. Il avait dix-sept ans. Mais sa jeunesse ne comptait pas pour ceux qui ont épaulé et ont tiré à bout portant. » — « Peut-être aussi que sa jeunesse ne comptait pas pour lui-même », avait ajouté Nuit-d'Ambre. — « Peut-être, oui, mais cela n'a nullement le même sens. Et puis, peut-être avait-il été dénoncé, comme tant d'autres. Donné par des voisins, par sa concierge ou même un de ses proches. Mais qu'importe, tous les corbeaux se ressemblent. Et en ce temps-là les corbeaux étaient beaucoup plus nombreux qu'on ne veut bien le dire à présent, mais il est tellement plus facile de dénoncer en douce que d'avouer. Ils croassaient en sourdine dans l'ombre, tramaient en catimini leurs épîtres délatoires, par intérêt, par jalousie, par peur ou par vengeance, ou même par simple plaisir. Ils écrivaient à l'ennemi; eux, des occupés, ils écrivaient à leur occupant, participaient de leur plein gré à cette œuvre de haine et de destruction qui se déployait autour d'eux. Ils écrivaient à la mort, afin que surtout elle ne chôme pas. Mais ils sont restés dans cette ombre opaque où ils avaient minutieusement correspondu avec la mort. Ils ont gardé leur monstrueux anonymat, du début à la fin. Imagine un peu si on connaissait tous les noms des corbeaux, des traîtres, des assassins, et qu'on les placarde sur les murs à la place des noms de ceux que l'on a glorifiés pour leur œuvre ou dont on honore le courage, — à retardement, toujours; peut-être qu'il faudrait alors agrandir la ville pour les citer tous? Mais ces noms-là l'histoire les tait. L'histoire ne connaît pas leur orthographe, ne sait pas les prononcer. » — « Effectivement, s'était contenté de répondre Nuit-d'Ambre, si on devait sceller des plaques pour afficher le nom de tous les cons et les salauds, la ville serait frappée d'une terrible et galopante sclérose en plaque. Pas un mur n'en réchapperait. »

Nuit-d'Ambre-Vent-de-Feu marchait dans la ville comme dans un grimoire plein de violence et d'oubli délicieux. Il n'avait pas de mémoire, ne croyait pas à la responsabilité, se foutait allégrement de l'histoire, — n'affectionnait nullement les hommes.

Il n'aimait pas les hommes. L'humain l'intriguait. Il ne voyait en l'homme qu'une bête à moitié détournée de son animalité première, à demi fourvoyée hors de la terre et de la boue. Une bête devenue monstrueuse pour être entrée en mutation inachevée, — avec son ventre de requin, son sexe magique de totem, son cœur imprévisible de licorne tantôt si tendre tantôt si cruelle, et son cou si grotesquement contorsionné vers les abîmes du ciel.

C'était cette mutation ratée qui le fascinait. De quel obscur accouplement était donc issu l'étrange rejeton humain ? Résultait-il d'une fornication commise entre les bêtes et les dieux, ou entre les éléments et les dieux ? Ou peut-être encore d'une mystérieuse lutte amoureuse et très barbare surgie à l'intérieur de la nuit même ?

L'humain n'était qu'une concrétion formée dans les antres de la nuit, une tumeur maligne poussée dans le vide, et qui avait proliféré.

Au commencement étaient les Ténèbres, et ces Ténèbres recelaient en leurs chaos d'entrailles noires la Nuit-d'En-Haut et l'Obscurité-d'En-Bas. L'une déchira l'autre, l'ensemença de son désir, de sa violence et de son cri.

Au commencement étaient les Ténèbres. Et ce commencement n'avait jamais eu lieu, ne cessait pas de recommencer, indéfiniment. A la fin seraient les Ténèbres. Cette fin toujours là, perpétuelle.

Nuit-d'Ambre-Vent-de-Feu se passionna à cette époque pour les grands cycles légendaires qui racontaient la naissance, la vie et les combats des dieux ainsi que pour les grands récits épiques relatant les aventures d'hommes-héros. Il préférait la Théogonie d'Hésiode à la Bible et Homère à tout livre d'histoire. Il s'enthousiasmait pour les combats féroces des Titans, des Cyclopes, des Hécatonchires, des Erinyes et des Géants, bien plus que pour la sortie d'Egypte ou pour les guerres que s'étaient livrées les peuples à travers les âges. Sa préférence allait au dernier-né des Titans, Cronos, son intérêt s'arrêtait avec l'avènement de Zeus qui instaura le règne des Olympiens où déjà commença à s'établir un certain principe d'ordre et de clarté auquel il répugnait.

Cronos, lui, était le Rebelle, le Fourbe, le Violent. Celui qui avait castré le père trop étouffant d'un coup de faucille en silex, puis qui avait réenfoui ses frères dans le ventre grouillant de la mère. Celui qui s'était uni à sa sœur Rhéa, dont il avait ensuite dévoré les six enfants conçus de lui.

Rhéa, ce nom sonore l'enchantait. Il se le répétait parfois au cours de ses longues marches comme une incantation. Le temps de l'histoire était effectivement très mystérieux, comme le disait Jasmin ; mais pour Jasmin cela signifiait que la responsabilité de chacun se trouvait démesurée car, prétendait-il, « cette responsabilité est si grande qu'elle nous lie tous les uns aux autres, et pas seulement au présent, mais tout autant au passé qu'au futur. Nous sommes également les contemporains de nos ancêtres et de nos descendants les plus éloignés ». Nuit-d'Ambre, lui, ne se sentait contemporain que des Titans.

Il avait accroché au mur de sa chambre une reproduction d'un tableau de Goya représentant Cronos, immense et distordu dans la pénombre d'où il surgissait, en train de déchiqueter le corps d'un de ses enfants. Ce corps raide empoigné par le père carnivore le fascinait ; le tronc était décapité, les bras à moitié arrachés, mais les fesses, les cuisses, les jambes, étaient encore intactes et semblaient d'un vivant. Les fesses, rondes, un peu lourdes, serties d'ombre, occupaient le centre du tableau. Ces fesses étaient celles d'une femme. Nuit-d'Ambre décida qu'il s'agissait là de Déméter, la future mère de Perséphone, reine des Enfers et des Morts.

Rhéa, la sœur pénétrée, fécondée par le frère. Déméter, la fille dévorée par le père. La fille nue dressant comme une torche vers la gueule béante du père aux yeux exorbités, à la crinière semblable à une coulée de flammes blanches, un de ses beaux bras en lambeaux. Le soir il contemplait longuement cette image monstrueusement belle, la nuit il rêvait de ce corps, — celui de la femme au bras rongé, aux fesses arrondies, — globes de glaise tendre indéfiniment pétris par son désir. Rhéa, Déméter, Pauline, Baladine, il confondait dans ses rêves ces figures et ces noms. Il se rêvait Cronos engloutissant son frère Jean-Baptiste au ventre énorme et résonnant comme un tambour violet couvert de chancres, il se rêvait Cronos taillant en pièces à coups de dents le corps de Pauline, sa mère-traître, lui arrachant la tête, les épaules, les seins. Il se rêvait Cronos tranchant le sexe de Fou-d'Elle, son chien de père. Il se rêvait Cronos abattu sur le corps léger de Baladine, mains agrippées à ses fesses, sexe amarré en elle.

Non, ce n'était pas de lui dont il rêvait, ce

n'était pas même lui qui rêvait, — c'était la chair qui se rêvait en lui, en proie au désir le plus extrême.

Mais très vite il déserta sa chambre, il oublia l'image. Il découcha du jour où il connut Nelly. Elle fut sa première amante. Elle avait vingt ans tout rond, aussi rond que ses fesses qu'elle avait admirables. Son visage était plutôt ingrat, dans la rue en la croisant il n'aurait même pas eu un regard pour elle. C'était pourtant dans la rue qu'il l'avait rencontrée, mais de dos. Il avait remarqué ses fesses comme elle marchait devant lui. Elle portait ce jour-là une jupe serrée en tissu satiné violet qui lui dénudait les jambes jusqu'au-dessus des genoux. Il l'avait suivie tout le long du trajet qu'elle avait parcouru, les yeux rivés sur ses fesses moulées, attentif à leur roulis cadencé et à l'imperceptible jeu de la lumière sur le tissu satiné. Il avait fini par l'aborder dans la boutique où elle était entrée, un disquaire de l'avenue des Ternes. Il s'était approché d'elle et, lui prenant doucement des mains le disque qu'elle venait d'extraire d'un casier, il était allé le payer à la caisse et était revenu le lui offrir. — « J'aimerais bien l'écouter, lui avait-il dit alors avec un sourire charmant, mais je n'ai pas d'électrophone. » Le scénario improvisé avec autant de bluff que de candeur avait marché. Séduite, la fille lui avait proposé en remerciement de venir écouter le disque chez elle. Moins d'une heure plus tard Nuit-d'Ambre-Vent-de-Feu perdait son pucelage sur accompagnement des Fantasiestücke de Schumann que la fille avait pris tout à fait par mégarde, étant entrée chez le disquaire pour acheter le dernier album d'Elvis Presley.

Leur relation dura près d'une année. Il ne fut jamais amoureux d'elle. Le jour, chacun allait à ses affaires, elle à son travail, lui à ses déambulations. Il ne lui posait jamais de questions sur elle, ne s'intéressait pas à sa vie au-dehors. Lui-même mentait sur sa propre existence, sur son passé, ses études, par jeu, par indifférence. Il lui mentait sur tout, sauf sur ses sentiments. — « Je ne t'aime pas Nelly, tu sais, j'aime seulement ton cul. Il me plaît terriblement. » Il lui disait cela sans aucun cynisme, avec gentillesse même et concluait toujours cette déclaration de non-amour par un sourire adorable. Elle ne répondait jamais à ces aveux abrupts. Elle ne demandait d'ailleurs rien, ne semblait rien attendre de lui. Elle prenait juste ce qu'il avait à lui donner, — ses sourires radieux de jeunesse et son désir d'elle. Mais dans ses yeux parfois passait un regard curieux, assombri soudain par le doute, la détresse. Il ne remarqua jamais ces regards, n'ayant même jamais fait vraiment attention à ses yeux. Il lui suffisait qu'elle soit pourvue des fesses, des cuisses, des hanches de Déméter, la fille engloutie par Cronos, déglutie par cette bouche énorme et noire de la folie. Il aimait la prendre par derrière, l'agripper par les hanches, presser son ventre contre ses fesses à la peau douce et tiède, et jouir en elle d'une jouissance aveugle. Alors il retrouvait, un instant magnifiée et toute-puissante, cette joie si obscure qu'il éprouvait enfant dans ses repaires ombreux, où il régnait en Prince rebelle et solitaire.

Il la quitta dès qu'elle lui imposa son visage, son regard, son être. C'était un soir d'été, il avait plu. Une de ces pluies d'orage qui en quelques secondes détrempe le ciel, les rues, les arbres, puis se retire tout

207

aussitôt, laissant partout une lumière glacée, intense, comme l'éclat d'un satin gris bleuté. Nelly avait ouvert en grand la fenêtre lorsque la pluie avait cessé et s'était penchée vers la rue ruisselante pour respirer l'air enfin rafraîchi, puis elle s'était retournée vers Nuit-d'Ambre-Vent-de-Feu et, se masquant les yeux avec ses mains, elle lui avait demandé à brûle-pourpoint d'un ton enjoué : — « Et mes yeux, ils sont de quelle couleur ? Le sais-tu au moins, dis ? » Non, il ne le savait pas. Il n'aurait même pas su dire s'ils étaient clairs ou sombres. Il ne répondait pas. Elle attendait, dissimulée derrière ses mains, têtue. Il finit par lancer, à tout hasard : — « Ils sont marron. » Elle écarta ses mains, dévoilant son visage. Elle avait soudain une expression très dure, presque violente. Les yeux qu'elle fixait droit sur lui étaient de la couleur du ciel que venait de traverser l'averse, exactement. Couleur d'ardoise. A croire qu'elle avait arraché deux petits morceaux de ciel entre les toits pour se les plaquer sur les yeux. Il se sentit troublé, et bientôt mal à l'aise. Il la voyait pour la première fois. Elle avait les traits tendus, quelque chose de gonflé aux paupières et aux lèvres, comme si elle était sur le point de hurler, ou de pleurer. Il ne trouvait décidément rien à dire pour rompre ce silence brutal abattu entre eux. Le senti-ment de gêne qui s'était glissé en lui bascula brusque-ment en assaut de colère. Tout se passait à l'insu de leur raison et de leur volonté, — ce regard si nu, si perçant, qu'elle lui flanquait comme ça en pleine figure telle une gifle, ce regard si bleu qu'elle lui lançait sans crier gare, droit au cœur comme un défi, un reproche, et la fureur qui lui montait par tout le corps, la haine d'elle qui lui brûlait d'un coup les nerfs. Que voulait-elle, qu'attendait-elle de lui ? Une reconnaissance, une excuse, un aveu d'amour ? Qu'elle aille au diable, oui ! En voulant ainsi toucher l'humain en lui, elle n'avait fait que viser pile le fond animal le plus obscur et réveiller une rage formidable en son cœur plus ensauvagé que jamais. Il fut saisi par une cuisante envie de la gifler, de lui arracher la face comme un bout de papier peint collé sur un mur, de lui dissoudre le bleu de ses yeux dans de l'acide. Envie de l'étrangler, de la décapiter. De jeter sa tête par la fenêtre. Envie de la mordre, de la déchiqueter, — tête, épaules, bras. Pour ne garder que ses hanches, ses fesses lisses, ses cuisses pleines, ses genoux ronds, son sexe chaud. Pour faire définitivement d'elle ce qu'en vérité elle avait toujours été — un beau corps acéphale livré à la folie de son désir, — le cul de Déméter.

Ce fut elle qui brisa le sortilège en reprenant la parole. — « Le petit jeu est terminé, dit-elle simplement d'un ton calme, mais très sourd. Tu fous le camp, immédiatement ! Je ne veux plus te voir. Jamais. J'en ai fini d'être ta poupée. » Il se contenta de répondre : — « D'accord. Je me tire. C'est effectivement préférable, car à présent tu m'emmerdes. Le bleu crétin de tes petits quinquets m'a fait perdre l'envie de ton cul ! » Il ramassa ses affaires et se dirigea vers la porte sans plus faire attention à elle. Comme il allait sortir, Nelly se rua sur lui et lui griffa le visage de toute la force de ses ongles. — « Salaud ! Salaud ! » Elle criait en sifflant à la façon des chats furieux. Il l'agrippa par les cheveux et, lui rejetant brutalement la tête en arrière, il la mordit au sang au creux de la gorge. Ses cris s'étranglèrent aussitôt, elle porta ses mains à son cou. Elle titubait, le souffle coupé. Mais cette rage en lui qui venait d'éclater, qu'elle venait de lui faire surgir en pleine face à coups d'ongles aigus, ne retomba pas. Plaqué contre la porte, la peau du visage à vif, il la fixait, immobile. Elle se tenait la gorge en râlant, voûtée par la douleur. Il sentait le sang de ses griffures lui couler sur la face, jusqu'à la bouche. Il se lécha les lèvres. Il trouva au sang un goût de fer, de pierre. Un goût fade et puissant à la fois. Dehors le ciel s'était assombri, le jour tombait tout à fait maintenant. Son visage était en feu. Sa bouche ne cessait de se creuser, de s'emplir d'humidité, de rougeur, de faim. Son visage était comme une pierre de feu, sa langue devenait flamme. Flamme liquide et affolée. Il marcha vers Nelly, la gifla par trois fois à la volée, puis lui envoya un grand coup de genoux en plein ventre. Elle s'écroula.

La pénombre envahissait la pièce. Les meubles, les choses, les murs même, commençaient à se dissoudre, déformant l'espace. Il ne disait rien, elle ne criait plus. Elle se traînait à quatre pattes en suffoquant comme si elle cherchait son souffle perdu, à tâtons sur le sol. Mais son souffle s'était dissout lui aussi dans l'obscurité du soir montant. Il vint s'accroupir derrière elle. Il l'attrapa par les hanches, la tira vers lui, lui rejeta sa robe sur les reins, lui déchira son sous-vêtement. Elle tenta de s'échapper mais il la tenait avec trop de force, d'une seule main. De son autre main il se défit. Ses gestes étaient précis, rapides. Et là, à genoux sur le plancher, rivé à elle qui n'était plus qu'une masse tassée sur elle-même et déjà à moitié effacée par la pénombre, il la força. Le front de Nelly frappa le sol, le cri, ou le sanglot, qui l'assaillit s'inacheva en gargouillis dans sa gorge blessée. Mais il n'entendait rien, il n'était plus lui-même, elle n'était plus Nelly. Ils n'étaient plus rien l'un et l'autre. Nuls, personne. Un seul corps difforme, en proie à la fureur, à la douleur. Il n'était plus qu'un chien sur elle. Un chien de pierre et de ténèbres.

Il la laissa comme ça, recroquevillée sur le plancher, grotesquement dévêtue. Il la quitta ainsi, sans se retourner, meurtrie, humiliée. Il ne ferma même pas la porte en sortant. Il partit droit devant lui. Il marcha toute la nuit. Le cri qu'elle lui avait lancé avant de le griffer ne cessait de résonner en lui, lui martelait la tête, le cœur, jusqu'à la nausée. Salaud, salaud! C'était ce cri qui le griffait maintenant, bien plus sûrement que les ongles de Nelly, par tout le corps, du dedans. Et il sentait ce que cette injure avait de dérisoire, — sans commune mesure avec l'acte qu'il venait de commettre. Il l'avait battue, blessée, l'avait violée, l'avait souillée. Il était bien pire qu'un salaud. C'était une forme de crime qu'il venait de commettre. Mais il ne pouvait admettre cela, — cette culpabilité. N'était-il pas l'enfant de l'après-guerre, de l'après-mort, donc absous de tout remords, toute honte et culpabilité? N'était-il pas celui qui n'avait pas de mémoire, pas de passé, donc nulle obligation? Il luttait contre l'injure qui lui bourdonnait aux tempes, le désignant à sa propre conscience. Salaud, salaud! Il luttait contre cet assaut de sa conscience pour la première fois bouleversée, impliquée. Il luttait contre ce sentiment inconnu de la faute, — ce vertigineux et odieux malaise de la faute. Salaud, salaud! Les murs de la ville se resserraient autour de lui, ses pas résonnaient bizarrement sur les trottoirs. Chacun de ses pas semblait répercuter l'écho de cette injure.

Décidément non, il ne pouvait admettre cela, il ne voulait en aucun cas l'admettre. Il était bel et bien l'homme d'après toutes les guerres, qu'elles soient d'hier ou d'aujourd'hui et même de demain. Il ne se rallierait jamais aux idées de Jasmin. Il ne se sentait solidaire de personne.

Il n'était ni de la guerre ni de la paix. La paix, il ne l'avait jamais connue. Il était hors temps, en marge. Il n'était que de l'instant, l'instant furtif jailli de nulle part, sans raccord au passé, sans lien au futur. Ce cri lancé en lui par Nelly il saurait le faire taire. Il saurait l'empêcher de faire se réveiller cet autre cri — ce cri de la mère, ce cri de septembre, qui avait tout détruit. Et les guerres, et la paix. Il avançait en somnambule entre les façades, sa tête était en feu, ses tempes lui faisaient mal, comme écrasées par les pierres des murs.

Et soudain le nom lui revint, qui le libéra. Il venait de déboucher dans une rue déserte, très longue et droite. Les halos des réverbères trouant la nuit illuminaient les flaques d'eau laissées par la pluie d'un éclat métallique. Le beau nom au son brut, incantatoire : — Rhéa. Et ce nom recouvrit l'injure, chassa le cri de Nelly. Et le cri de la mère.

Rhéa ! La sœur-déesse jouie par le frère, le Rebelle. Rhéa, cela frappait comme un coup de hache. A chaque pas le nom cognait, tranchant la nuit, brisant les pierres. Les murs s'écartèrent, la rue s'ouvrit en avenue gigantesque laquée de bleu sombre et de flaques d'argent. Rhéa, Rhéa. Le nom fendait la ville comme un soc d'airain. Et lui, marchait la tête haute, au milieu de ces sillons de pierre ensemencés de nuit.

Il ne marchait plus, d'un coup il trépignait. Le mouvement se faisait danse, trépidation. Il avançait en souverain sauvage dans la ville endormie. Il n'était pas coupable, il était libre, indifférent aux autres jusqu'à l'éblouissement. Lui qui, enfant, s'était sacré le Prince-Très-Sale-et-Très-Méchant, se déclara cette nuit-là le Prince-Amant-de-Toute-Violence.

Rhéa, Rhéa ! A chaque pas claquait le nom. Coup de talon. Ce n'était plus un nom d'ailleurs, mais un son. Pas même un son, mais un bruit. Un bruit originel, doué de l'éclat du plus grand rire, de la force du rythme, — craquant de nuit.

A chaque pas Nuit-d'Ambre-Vent-de-Feu s'éloignait de Nelly, — du souvenir de Nelly. Il s'éloignait de tout et de tous, même de Jasmin. Il marchait à grandes enjambées, résolument, vers la solitude, l'orgueil, la colère.

A chaque pas il s'éloignait de lui-même. Il avançait comme un bateau sans équipage ni maître à bord, livré aux remous de tous les courants, aux vents les plus contraires, et aux chants naufrageurs des sirènes. Il se sentait fort, magnifiquement fort, — et libre absolument.

Rhéa ! Cri de jouissance et de défi.

2

Rue de Turbigo. Ce fut là que Nuit-d'Ambre-Vent-de-Feu vint s'installer lorsqu'il quitta le foyer universitaire. Il avait toujours détesté ce grand dortoir cloisonné de murs de béton où même les lits ressemblaient à des tables d'étude. Il avait trouvé un emploi de portier de nuit dans un petit hôtel situé près de la Bourse afin de pouvoir se payer une chambre individuelle en ville.

Cinq soirs par semaine il se rendait à l'hôtel révérencieusement nommé « Aux seize marches d'or » en l'honneur du grand temple à l'antique dressé tout à côté. Cinq soirs par semaine il venait veiller sous un tableau à clefs, à l'ombre du Saint des Saints du dieu finance, lui qui passait son temps à tirer le diable des Finances par la queue. C'était là qu'il étudiait, entre la sonnerie du téléphone et le cliquetis des clefs se balançant à leurs crochets. Il se glissait derrière le long comptoir de la réception couvert de prospectus pour touristes, s'asseyait sur la chaise en cuir-vinyl couleur de colique de poule et là, entre deux clients venus s'enquérir des horaires du petit déjeuner ou de quelque bonne adresse dans la capitale, il lisait les ouvrages des auteurs inscrits au programme de la licence à la lumière acide du plafonnier. Il ouvrait ses livres à l'à-pic de ce tube à néon qui nimbait le blanc des pages et la peau de ses mains d'un halo glacé et verdelet. Il lui semblait souvent après quelques heures de lecture avoir des doigts de noyé aux ongles olivâtres et les caractères imprimés cessaient d'être des lettres composant un texte et faisant sens pour se transformer en empreintes de clous rouillés, éparpillés sur des pages de plâtre.

Ces petits clous des lettres se mettaient alors à danser devant ses yeux, ils s'accrochaient à ses paupières comme des cils rugueux, recomposaient d'étranges alphabets. Des alphabets indéchiffrables.

Le monde entier des choses et des êtres basculait doucement dans le flou, devenait incertain, illisible. Cela se passait toujours vers l'aube, à l'heure où la fatigue fait parcourir par tout le corps des frissons de silence, de froid et d'absence à soi-même.

Lettres, clefs et clous, c'était vraiment tout un, papillonnant et cliquetant sous ses paupières. Il se levait, traversait le hall désert et allait s'ébrouer sur le seuil, à l'air plus vif du dehors. La rue presque toujours était vide à cette heure, ainsi que la place de la Bourse qui s'ouvrait juste au bout. Il regardait le faux temple tapi sur ses colonnes pareilles à des pattes de gros coléoptère, dans son enclos de grilles verrouillé. Un scarabée géant, massif. Un scarabée sacré comme celui de l'ancienne Egypte, couvant sous ses élytres de pierre repliées l'écho de la clameur fabuleuse qui chaque jour éclatait dans son ventre. Cotation des valeurs, appels d'offres, foire aux actions, — à coups de cris perçants, de vociférations, de beuglements et ululements, tout un peuple d'hommes-chiffres venait y célébrer dans une fantastique hystérie aussi déchaînée que codée, le grand rituel financier. Peuple d'orants en costumes impeccables, souliers parfaitement cirés, cravates bien nouées à leurs gosiers gonflés, visages rasés de frais brillant de sueur aux relents de lavande, corps rigides saisis d'imperceptible transe, de jouissance monétaire. La Bourse, énorme et muette dans la nuit, — bousier roulant en circuit fermé le soleil fuligineux de la fortune des grands bourgeois barbares. La Bourse, contrefaçon de temple glorifiant la plus profane des valeurs, honorant le plus insolent des dieux.

Alphabet, clefs et clous. Cela tournoyait drôlement dans les yeux de Nuit-d'Ambre-Vent-de-Feu qui posait sur la rue et la place un regard de plongeur émergeant brutalement des grands fonds. Mais il aimait cette heure mystérieuse de l'aube où le cycle du temps amorçait son mouvement de bascule de la nuit vers le jour, où la ville encore toute endormie s'apprêtait au réveil, où sa propre fatigue allait se retourner. Car c'était l'heure où, après cette courte pause sur le seuil, il rentrait dans le hall, vidait la thermos de café qu'il s'était préparée, et se plongeait enfin dans les textes inscrits au programme de son seul désir. Cette année-là ses préférences allaient pêle-mêle à Héraclite, à Empédocle, à Eschyle, à Sophocle, à Plotin et à Schelling.

Il ne reprenait pas place sur sa chaise mais se mettait à arpenter l'espace, lisant à mi-voix le livre qu'il tenait à la main, à hauteur de visage. Il lui fallait bouger, zigzaguer dans le hall, articuler les mots, les faire rouler dans sa bouche. Il lui fallait lire avec tout son corps, — muscles et nerfs et bouche et pieds, et pas seulement avec ses yeux suivant les lignes, avec ses doigts tournant les pages. Il s'efforçait de lire ces auteurs dans leur langue et cette confrontation à des langues qui lui étaient encore peu familières exigeait de lui une attention qui était tension, affût. Les lettres se faisaient alors plus que jamais clefs et clous qu'il devait apprendre à tourner, tordre, arracher, planter. C'est que les livres aussi étaient semblables au Scarabée sacré qui s'engendre incessamment lui-même, — ils pouvaient secréter en leur dedans le soleil noir de la lutte, de la chute ou du grand drame divin, de la genèse du monde, de la folie des hommes. Ce Scarabée n'en finirait jamais de rouler en tous sens le soleil noir du Livre, — des livres par milliers, sans fin recommencés. Car pour Nuit-d'Ambre-Vent-de-Feu la question posée par Schelling, — « qu'est-ce qui maintient à l'état de refoulement l'âge d'or qu'on devine, où la vérité redevient fable et la fable vérité ? », demeurait toujours ouverte. D'ailleurs, peut-être ne s'agissait-il même pas d'un âge d'or, — bien plutôt d'un âge d'onyx ou d'obsidienne, — d'un âge de lave et de boues admirables ? Oui, la question demeurait ouverte, ouverte comme une blessure, et c'est pourquoi les livres n'en finissaient jamais, tous reprenant, ressassant la question. Question de l'origine, question du sens, autour de laquelle sempiternellement claquaient les pages des livres, — ailes et membranes du Scarabée magique.

A huit heures du matin Nuit-d'Ambre-Vent-de-Feu cessait son service. Il quittait le hall reblanchi par le jour et retournait chez lui par la rue Réaumur. En chemin il s'arrêtait dans un café à hauteur du boulevard de Sébastopol où il se faisait servir au comptoir un verre de rhum pour se préparer à son sommeil diurne.

Rue de Turbigo. C'était là qu'il s'enfermait chaque jour pour dormir dans la chambre qu'il louait. Trois mètres sur quatre. Il avait résolu le problème de l'étroitesse en optant catégoriquement pour le vide. Il n'y avait même pas de lit. Il dormait sur une natte, enroulé dans une couverture qu'il repliait dès son réveil. Dans un coin, une malle ; il y enfouissait tout son fourbi, — linge, objets usuels. Quelques étagères, pour ses dictionnaires et les rares livres qu'il possédait.

Il s'était inscrit dans plusieurs bibliothèques. En toutes choses, fût-ce pour la lecture, il vivait dans l'emprunt, jamais dans la possession. Près de la fenêtre, une table pliante. La chaise aussi était pliante. Il y avait encore un petit réchaud à gaz posé sur sa valise, dans un angle. Dans la valise, s'entassaient des lettres. Il ne l'ouvrait jamais, il ne faisait que l'entrouvrir chaque fois qu'il avait écrit à Baladine pour y jeter la lettre cachetée et timbrée.

Il continuait à lui écrire, et à ne pas lui envoyer ses lettres. Des lettres parfois très brèves, parfois très longues. Des lettres insensées, aux mots heurtés, exacerbés par le mutisme auquel ils étaient voués. Des lettres d'amour aussi fou que désert. Car il était désert son amour, il parlait seul, dans le vide, l'absence, il ne connaissait même plus le visage de celle qu'il désirait. Cela faisait plus de deux ans que Nuit-d'Ambre-Vent-de-Feu n'était pas retourné à Terre-Noire et n'avait pas revu sa sœur. De toute façon Baladine n'y vivait plus, elle était déjà partie à Strasbourg à cette époque.

Les lettres s'amoncelaient dans la valise, — poste restante pour mots perdus. Il prenait toujours grand soin de bien fermer l'enveloppe, de l'affranchir, d'écrire lisiblement le nom de la destinataire : Baladine Péniel. Seulement l'adresse n'était jamais la même et souvent, entre le prénom et le nom il accolait un autre mot. Baladine Crypte Péniel, Baladine Arrogance Péniel, Baladine Orient Péniel, Baladine Guerre Péniel, Baladine Archipel Péniel, Baladine Draisine Péniel, Baladine Corps Péniel... Quant aux lieux de destination il s'agissait toujours de verbes et d'adverbes, — mots désignant des géographies en acte, en mouvement et tension. Il lui écrivait à : — Eternellement Courir, Admirablement Vouloir, Crier Immensément, Nonchalamment Souffrir, Tortueusement Nager, Fabuleusement Creuser, Amèrement Rythmer...

Les lettres tombaient dans la valise, toutes. Le nom de Baladine se refermait dans l'ombre, le silence cadastrait les lieux-dits des verbes et des adverbes. Il avait écrit, il lui avait écrit, et cela suffisait. Et cela suffisait parce que rien, de toute manière, n'aurait pu suffire. Son amour d'elle était trop vaste, trop exigeant. Il lui avait écrit en toute perte et pure absurdité. Il lui avait écrit avec des mots arrachés à son corps, — son corps de frère intempérant, son corps d'amant imaginaire. Avec des mots extirpés à son corps, comme des bouts de peau, des concrétions de chair, des précipités de salive et de sang.

Il vivait peu dans son logement. Il y dormait, y écrivait. Sa vie se passait au-dehors, toujours balancée entre l'étude solitaire et l'errance dans la ville. Il ne voyait plus Jasmin. Depuis cette soirée où il avait si brutalement fait outrage et violence à Nelly, la ville était devenue pour Nuit-d'Ambre-Vent-de-Feu une zone franche où tout était possible, — où tout était permis. Où, donc, les propos de Jasmin ne pouvaient plus être que verbiage dérisoire.

Il allait par les rues, s'amusant parfois à suivre des passants, — non pas ceux qui allaient à leur travail ou qui revenaient chez eux, car il ne pouvait longtemps attacher ses pas aux leurs. Des pas d'animaux domestiques, lourds et sans surprise.

C'était ainsi qu'il avait rencontré les deux étranges personnages qui pendant un temps devinrent ses compagnons. Les deux Voyelles, comme il les appelait. Il y avait O., et il y avait U. La voyelle close et la voyelle ouverte. O., c'était Ornicar. Tout en celui-ci était indéterminé, voire ambigu, — son âge, son origine, sa pensée, sa race même. Il l'avait rencontré dans la rue, derrière l'étal d'un écailler. Non qu'il fût écailler, — Nuit-d'Ambre-Vent-de-Feu ne sut d'ailleurs jamais ce qu'était au juste Ornicar, d'où il venait ni comment il vivait.

C'était un soir d'été. Il descendait une rue écrasée de chaleur et de vide, une de ces rues désertées par ses habitants à chaque mois d'août pour transhumer vers la mer ou la montagne. En passant devant l'échoppe d'un écailler accolée à une grande brasserie fermée pour les vacances, il avait entendu un bruit tout à fait insolite. Une sorte de longue vibration sonore modulée du grave à l'aigu. Il s'était arrêté, mais n'avait rien remarqué. Il avait regardé l'enseigne qui encadrait l'échoppe : — Huîtres. Fruits de mer. Crustacés. Coquillages. Un filet de pêcheur tapissait le mur à l'intérieur, constellé d'étoiles de mer desséchées. Quelques cageots vides étaient empilés dans un coin. La drôle de note monta tout à fait à l'aigu, se transforma en petits couinements, puis se retourna, plongea comme au fond d'une eau trouble, y sombra. Puis la note se syncopa, se fragmentant en écho. Nuit-d'Ambre-Vent-de-Feu finit par demander : — « Qu'est-ce qui chante ainsi ? » Il se posait la question à lui-même, à voix haute, tant il était intrigué et n'attendait même pas de réponse. Et pourtant il y eut une réponse. — « La Jubarte ! » s'écria une voix enjouée. Un curieux petit bonhomme émergea alors de l'ombre de l'échoppe. Il était hirsute, on aurait dit un diable de papier jaillissant d'une boîte à malices. Son teint était indéfinissable ; quelque chose entre le bistre, l'olivâtre et l'ocre orangé. Il avait un long visage émacié, une bouche très fine et des yeux étroits légèrement fendus en amande, d'un noir bleuté, étonnamment brillants. En fait, en le regardant mieux, il semblait que sa peau avait été tendue et recousue comme après une grave brûlure, et il paraissait davantage porter un masque mal ajusté, déjà usé, qu'avoir un vrai visage. Il y avait en effet quelque chose d'usé dans cette face trop tirée, comme si on l'avait défaite et reformée très longtemps avant, dans la petite enfance, et alors en grandissant ça faisait craquer les coutures, boursoufler les raccords. — « La Jubarte ! » répéta-t-il en s'époussetant, puis il sauta sur l'étal et s'assit en tailleur. — « Hé oui, la Jubarte ! » déclara-t-il une troisième fois d'un air triomphant. — « J'ai compris, finit par dire Nuit-d'Ambre-Vent-de-Feu. C'est un perroquet ou quoi ? » — « Oh ! s'exclama l'autre d'un air choqué, vous ne connaissez donc pas la baleine joyeuse, l'énorme baleine à peau noire moirée qui saute et chante entre les vagues ? » — « Non, mais vous ne ressemblez guère à ce signalement, vous avez plutôt tout d'une anguille. » — « Vous m'avez mal regardé, fit l'autre. Voyez un peu ! » Et sur ce il s'étala à plat ventre sur la planche de bois, redressa les pieds comme une nageoire et se mit à enfler. Car il réussit à enfler pour de bon, sa peau vira au noir, et il reprit son long ululement sous-marin. Puis il s'affala sur le dos. — « Alors ? » demanda-t-il tout essoufflé. — « C'est pas

221

mal, consentit Nuit-d'Ambre, mais ce n'est pas encore le mégaptère, tout juste l'otarie. » L'autre prit un air vexé et se redressa. — « Et vous, finit-il par demander en s'étirant, quel animal êtes-vous ? » — « Ça dépend des jours, répondit Nuit-d'Ambre. Les humains sont comme l'Arche de Noé, ils portent tous dans leur ventre un représentant de chaque espèce animale. Mais en général on laisse crever d'ennui et d'étouffement cette pauvre faune au fond de nos tripes constipées, par trouille, par bêtise, par honte, ou même par délicatesse. Disons que je suis un zoo ambulant, mais à prédominance de carnassiers, — de canidés plus exactement. » — « Mais, vous savez, reprit l'autre après l'avoir tapé d'une cigarette, je ne me limite pas à la seule baleine, je suis un animal à métamorphoses. Je ne suis rien de précis, rien de définitif. En vérité je crois même que je suis un animal qui n'existe pas : quelque chose entre le griffon, la salamandre et le dahu. Le dahu surtout. Ma propre mère ne m'a jamais trouvé. Sitôt né, sitôt disparu ! Pour tout vous dire, moi-même je ne suis jamais arrivé à me mettre la main dessus. Cela fait pourtant un grand nombre d'années que je me cours après, mais rien à faire, je suis insaisissable. » — « Bref, lui dit Nuit-d'Ambre, vous êtes Dieu à ce que je vois. » — « Merde, s'écria l'autre, comment m'avez-vous reconnu ? » — « C'est pas difficile, Dieu ou le dahu, c'est kif-kif. Aucun des deux n'existe mais on passe son temps à leur courir au cul. »

Ce fut ainsi que Nuit-d'Ambre-Vent-de-Feu fit la connaissance d'Ornicar, le dieu-dahu. Celui qui n'avait pas de mémoire, qui refusait l'histoire et ne se voulait le contemporain que des Titans, se lia à celui qui n'existait pas. Leur relation n'était fondée que sur la dérision et le ludisme les plus absurdes. A vingt ans Nuit-d'Ambre-Vent-de-Feu se mit soudain à régresser vers un état de gaminerie aussi effrénée qu'endémique. Ils se balladaient bras-dessus bras-dessous partout, à travers les rues et les bars de la ville, toujours à l'affût de quelque mauvais tour à jouer, de quelque retentissant coup de théâtre à improviser. Celui qui n'existait pas était surtout quelqu'un qui ne travaillait pas. — « Comment veux-tu que je travaille ? disait-il. Je n'ai aucune identité à déclarer. Je n'ai aucun papier, rien, ni carte d'identité ou de séjour, ni passeport. Normal, je suis plutôt un passe-muraille. Qui voudrait engager quelqu'un qui n'existe pas, qui ne connaît pas ses origines et même pas son propre nom ? » Car il avait beau fouiller dans sa mémoire il lui était impossible de retrouver des traces, des dates, des lieux et des êtres pour circonscrire l'événement de sa naissance, l'histoire de son enfance et de sa jeunesse. Il ne savait même pas ce qu'il faisait ici, dans ce pays, dans cette ville, comment il était arrivé là. — « Au fond, racontait-il parfois, je suis peut-être une sorte de mandragore. J'ai dû naître des spermes d'un quelconque pendu tombés sur le sol d'une terre étrangère. Mais où ? Et quand ? » Le seul arbre généalogique qu'il fût jamais capable de se dresser était cette incertaine potence dressée au diable vauvert. Mais il savait remarquablement pourvoir à son incapacité à travailler grâce à son inépuisable faculté d'imagination et de métamorphose. — « Puisque je ne suis qu'une apparence, un leurre, disait-il, autant pousser l'art de l'illusion jusqu'au comble. » Et il allait monnayer sa très élastique apparence en livrant à la foule ses dons de métamorphose.

Ses dons en ce domaine étaient illimités ; il pouvait se transformer en n'importe quel animal, du souriceau au pachyderme en passant par les insectes, les poissons, les oiseaux, et savait imiter à merveille les cris et les chants de chacun. Il se contorsionnait de façon inouïe, prenait indifféremment toutes les couleurs du spectre solaire, pouvait enfler ou rétrécir à loisir, à la plus grande stupeur des badauds qui ne manquaient jamais de s'arrêter et s'amasser à la vue d'un spectacle aussi insolite. Bref, il vivait très bien de son art d'inexistant.

Mais était-ce vivre réellement que cela ? La faille en lui allait empirant, le sentiment d'absence à soi-même et au monde ne faisaient que s'aggraver, — et devinrent gouffre. Un gouffre de détresse, d'absolue solitude, où il finit par choir.

Nuit-d'Ambre-Vent-de-Feu, qui n'avait toujours vu en Ornicar qu'un extravagant joyeux drille et qui en avait fait son compagnon à ce titre, n'avait rien deviné de cette obscure détresse qui le rongeait, rien pressenti de sa chute. Il lui suffisait qu'Ornicar l'amusât et l'étonnât. Il ne l'avait jamais questionné sur les causes de cet effrayant tripotage auquel son visage et même tout son corps semblaient avoir été livrés comme à la suite d'une profonde défiguration. De même n'avait-il jamais essayé de percer les confuses raisons pour lesquelles son compagnon avait toujours refusé de le laisser pénétrer dans le logement qu'il habitait en banlieue, ni pourquoi il récupérait systématiquement tous les pots et bocaux de verre qu'il pouvait dégoter, ni pourquoi encore il évitait toujours, avec une extrême vigilance, de marcher ou de s'appuyer sur les ombres des gens portées sur les trottoirs ou contre les murs, comme s'il s'agissait de traces sacrées et terrifiantes. Des lubies parmi d'autres de la part de ce cinglé de dieu-dahu.

La chute du dieu-dahu fut subite, et radicale. Cela se passa par un après-midi d'avril, doux et ensoleillé. Ornicar avait pris d'assaut la statue de Balzac dressant avec orgueil sa tête échevelée et sa bedaine prodigieuse au carrefour Raspail, dans l'ombre des arbres qui retrouvaient leur feuillage. Cet après-midi-là Ornicar jouait à mimer la chouette harfang. Il s'était juché sur les épaules de la statue en proférant une série de cris rauques qui avaient fait s'enfuir tous les moineaux d'alentour et se rassembler les passants intrigués. Bientôt une foule de curieux s'était massée au pied du monumental Balzac ; un tout petit garçon s'était détaché de ce groupe et s'était un peu avancé, pointant du bout du doigt l'hurluberlu gesticulant tout là-haut, en riant. Mais sa mère l'avait rattrapé aussitôt par le bras et tiré vers elle, le plaquant contre sa robe blanche en le tenant par les épaules pour qu'il ne recommençât pas à s'éloigner. Le petit garçon s'était docilement immobilisé contre sa mère, bien droit, mais il avait gardé le doigt tendu vers Ornicar. Un si minuscule doigt d'enfant.

— « Craou aou aou ! » criait la chouette Ornicar qui semblait se couvrir d'instant en instant de plumes blanches et dont les yeux se dilataient, prenant une teinte d'or fondu. La foule contemplait bouche bée cette extraordinaire métamorphose. Et lui, du haut de sa monture, fixait bizarrement le doigt du petit garçon qu'il venait d'apercevoir parmi la foule. Ce doigt miniature qui le dénonçait d'un coup à sa propre mémoire, — à l'impossibilité de sa mémoire. — « Je suis une chouette harfang ! se mit-il soudain à annoncer entre deux cris, d'une voix altérée. Un oiseau des nuits arctiques. Je nidifie dans la pierre et le froid, je me nourris d'étoiles et de lemmings et, les nuits de pleine lune, je dépèce les ombres des grands bouleaux blancs qui tremblent sur la neige pour en nourrir mes petits. Craou... mon aire de chasse est gigantesque, illuminée de neige et de silence ; je porte l'ombre de mes ailes jusqu'au bord de la mer et sur les eaux gelées des lacs. Il m'arrive de me battre avec les mouettes, les lagopèdes, les oies sauvages, j'attaque même les pingouins, les phoques, et à l'occasion les ours. Quant aux hommes, si d'aventure j'en rencontre un, je lui fonce droit dessus, je pique sur sa nuque, puis je lui perce les yeux et je vais déposer son regard salivé dans le bec criard de mes chers petits toujours affamés. Craou craou... » Ce qu'il racontait était tellement incohérent et braillé d'une voix si discordante que les gens attroupés autour de la statue ne comprenaient presque rien. Mais les gens n'écoutent jamais les discours des fous, ils les regardent à distance prudente gesticuler et vociférer, — ils les laissent expurger à leur place les monstres et terreurs qui grouillent dans leurs propres cœurs, et qu'ils tiennent solidement enchaînés. Ils les contemplent oser accomplir cette œuvre d'outrance et de grotesque douleur avec autant d'avidité que de répugnance.

Car la foule ce jour-là comprit vite que le joyeux loufoque perché sur le cou de Balzac venait d'outrepasser son rôle, avait cessé de jouer, était en train de basculer dans la nuit de la raison. Ceux qui avaient ri au début du spectacle avaient rapidement cessé de rire. Toutes les faces s'étaient figées, toutes les bouches s'étaient tues, et les yeux agrandis. Un homme était en train de perdre la raison, là, devant eux. Un homme était en train de mourir à lui-même, là, juste au-dessus de leurs têtes.

— « Craou ou aou ouh !... » Ornicar battait convulsivement des ailes dans le vide, il était d'un blanc mat, crayeux, sa voix déraillait à l'aigu, se faisait inaudible. — « Je nidifie dans le néant. Je nidifie dans la faim et le froid. J'ai volé au ras du monde, avec mes ailes grandes ouvertes, mais je ne me suis jamais trouvé. Je ne me suis jamais trouvé parce que je n'ai jamais existé. Jamais jamais jamais ja... mais... où ? ah ! mais où est donc... ? » Sa voix d'un coup s'était brisée, sa question, sa raison, s'étaient perdues là, définitivement, comme prises de court, de vertige, par la réponse introuvable. Et il était prostré à califourchon sur la statue, les genoux serrés contre les oreilles de Balzac, les doigts agrippés à ses orbites creuses, la tête renversée en arrière. Il y serait resté indéfiniment si on n'était venu l'en déloger. Il avait fallu avoir recours aux pompiers qui étaient arrivés à grand fracas, avaient dressé une échelle contre la statue. Ils avaient dû lui tordre les doigts un par un pour desserrer son étreinte. Puis il l'avait descendu comme un pantin disloqué et raidi, l'avaient enfourné dans leur camion et emmené à toute vitesse à travers les rues tièdes de la ville. Ainsi avait pris fin la chasse au dieu-dahu. On l'avait alors enfermé dans un asile. Et celui qui n'existait pas s'était laissé coucher par des mains étrangères dans un lit blanc comme un gisant de pierre. Il ne devait jamais retrouver la raison, ni la parole, ni le mouvement. Tout en lui s'était pétrifié. De tous les animaux de son bestiaire magique un seul lui demeura fidèlement attaché, jusqu'au bout, — le dahu. Le dahu s'était couché en travers de son cœur, et veillait.

Quant aux huissiers qui pénétrèrent dans son logement après son internement, pour dresser l'inventaire de ses biens, ils découvrirent une des plus effarantes collections qui se puisse trouver : — entassés du sol au plafond des milliers de bocaux emplis d'excréments obstruaient l'espace. Aucun meuble, nul objet, rien. Juste dans un angle, accroché parmi les piles de bocaux, un hamac en corde. De mémoire d'huissiers ils n'avaient jamais vu pareil recel, — tant de merde d'homme si pieusement mise en conserve pendant des années et des années. Mais tout ce caca fossile n'avait cependant pu suffire à colmater la brèche ouverte dans l'âme de celui qui ne parvenait pas à exister, de celui dont l'histoire avait rongé le corps et la mémoire.

Ce fut ainsi qu'Ornicar disparut de l'horizon de Nuit-d'Ambre-Vent-de-Feu. Mais l'horizon de celui-ci était mouvant, et oublieux. Il en fut de même avec l'autre personne à laquelle il s'était lié vers cette même époque, — la voyelle ouverte, U. — Ulyssea.

Elle aussi il l'avait rencontrée dans la rue, une nuit où il était de garde à l'hôtel « Aux seize marches d'or », et qu'il était allé se poster sur le seuil quelques minutes pour respirer l'air du dehors avant de se plonger dans ses lectures favorites. Une ombre immense et filiforme avait soudain débouché à l'angle de la rue, d'ordinaire si déserte à cette heure. Car l'ombre avait précédé le corps qui la projetait, et elle était flanquée d'une seconde ombre, de forme très bizarre. Les corps avaient surgi enfin, faisant tanguer doucement leur ombre double dans la lumière des réverbères. La personne qui s'approchait était juchée sur des échasses. Elle était vêtue d'un habit ample et bouffant, d'un gris soyeux, et portait sur le haut du visage un masque rouge vermillon pourvu d'un long bec effilé. Elle tenait en laisse, au bout d'une longe en satin vert, un lama nain.

Elle avançait avec aisance sur ses pattes grêles, dodelinant sa drôle de tête d'échassier au niveau du second étage des immeubles, en sifflotant l'air de *La Valse triste*. Juste quelques notes, toujours les mêmes, chantonnées à mi-voix. Une voix de petite fille. Le lama trottinait à ses côtés, portant sa tête haute. Il gardait les yeux presque entièrement clos ; ils avaient la roseur des bêtes albinos. Nuit-d'Ambre-Vent-de-Feu avait quitté son seuil et était venu à leur rencontre. Sitôt posté devant la fille qui le surplombait il s'était mis à siffloter à son tour, en reprenant un autre air, celui de *L'Invitation à la Valse*, sur un ton plus vif, insistant. La fille s'était mise à rire. Elle riait comme rient les petits enfants, par légers à-coups mélodieux. Elle était descendue de ses échasses et avait pris la main que lui tendait son cavalier de hasard.

Ils avaient tournoyé un moment ensemble au milieu de la rue, en chantonnant. Lorsqu'enfin ils s'étaient arrêtés, un peu essoufflés par leur valse improvisée, Nuit-d'Ambre-Vent-de-Feu s'était reculé de quelques pas et s'était présenté en esquissant une courbette. — « Charles-Victor Péniel, Portier de

Nuit. » — « Eh bien moi, avait annoncé la fille, je m'appelle Ulyssea, et je suis une Grue. » — « Une grue, vraiment? Et en quel sens dois-je entendre cela? » avait-il demandé. — « Au sens d'oiseau migrateur, bien sûr. » — « Dommage, j'aurais préféré le sens d'oiseau racoleur. » La fille ne s'était nullement offusquée de cette remarque et avait même accepté de suivre le portier de nuit dans le hall de l'hôtel et de partager avec lui sa thermos de café.

Elle avait attaché le lama à l'entrée de l'hôtel et lui avait confié la garde de ses échasses posées contre le mur. Elle s'était assise sur le comptoir, les jambes repliées en tailleur, et avait relevé son masque sur sa tête; le bec décrivait ainsi une corne concave au-dessus de son front. Nuit-d'Ambre-Vent-de-Feu nota qu'elle avait une très nette coquetterie à l'œil droit et il avait pensé qu'avec cette loucherie elle ne devait pas oser emmerder ses amants, en leur braquant ses yeux en pleine face pour leur réclamer la définition exacte de leur couleur.

Mais il pensa surtout que cette petite grue louchotte était extrêmement troublante et désirable. Et il ne se priva pas de penser cela tout haut. La fille reçut cette deuxième remarque avec la même désinvolture que la première. Elle déplia ses jambes et se laissa glisser sur les genoux de Nuit-d'Ambre-Vent-de-Feu assis face à elle sur sa chaise, et le laissa lui ôter ses vêtements. Il la prit comme ça, posée sur ses cuisses, comme une poupée légère et douce. Dehors le lama nain filtrait un regard rose et absent sur la rue déserte.

Ulyssea était de ces gens de la route qui vont de ville en ville dans leurs camions pleins de costumes et d'accessoires pour monter des spectacles un peu partout à travers le pays et même bien au-delà des frontières. Elle appartenait à une troupe de comédiens, bateleurs, acrobates, de passage à Paris. Mais ce qu'elle aimait par-dessus tout c'était d'aller toute seule dans les villes endormies avec son lama, perchée sur ses hautes échasses, de flotter légèrement dans la nuit entre les façades des maisons aux volets refermés sur les rêves des dormeurs, de projeter son ombre mince et longue sur les trottoirs, en égrenant le très doux martèlement de son pas suspendu.

Ce fut d'ailleurs toujours la nuit qu'elle vint rendre visite à Nuit-d'Ambre-Vent-de-Feu. Il entendait le drôle de bruit s'approcher, comme un pianotement discret dans le silence de la rue déserte. Il voyait l'ombre de sa silhouette et du lama se glisser jusqu'au seuil de son hôtel et se dissoudre dans la flaque de néon bleuâtre jetée par l'enseigne qui éclaboussait le trottoir à l'entrée. Puis elle sautait sur le sol, attachait l'animal dehors, se faufilait dans le hall et rejoignait Nuit-d'Ambre derrière le comptoir. C'était là qu'ils faisaient l'amour, à même le sol, sur un dallage en comblanchien couleur de coquille d'œuf, sous le tableau à clefs.

Ulyssea était une merveilleuse conteuse. Elle semblait connaître des histoires à l'infini, récoltées un peu partout au gré de ses voyages, ou peut-être volées à des dormeurs rêvant à voix haute dans leurs chambres. Mais c'était surtout sa manière de raconter qui créait le charme. Elle avait une voix et un rire d'enfant, et une immense grâce dans la façon d'incliner sa tête en parlant et d'agiter ses mains. Des mains si menues que Nuit-d'Ambre-Vent-de-Feu pouvait les tenir toutes les deux dans une seule des siennes.

Dans tous ses contes il faisait gris, un gris soyeux, très tendre, un peu triste. Tantôt c'était l'histoire d'une ombre qui avait perdu son homme, un jour, sur la berge d'un fleuve dont elle ignorait le nom, et qui, depuis, descendait tous les fleuves du monde sur un radeau de joncs et de roseaux tressés, à la recherche de ce corps brusquement arraché d'elle ; tantôt c'était l'histoire d'une petite fille qui n'était nourrie depuis sa naissance que de galettes de poussière et était devenue semblable à un souriceau, ou bien l'histoire d'un miraculeux arbre de cendres qui se couvrait de fruits d'argent à chaque nouvelle lune ; tantôt c'était l'histoire d'un roi dont le royaume se transformait progressivement en fumée et le château en brume et qu'à la fin un coup de vent achevait de disperser, alors le roi déchu s'en allait comme un mendiant à travers son royaume-néant, portant la reine son épouse, devenue folle, sur ses épaules ; tantôt l'histoire d'une vieille femme dont les cheveux se mettaient soudain à pousser en gouttes de pluie et qui partait s'enfoncer dans la mer, pour ne plus sentir le froid ruisselant de sa chevelure qui lui pleuvait continûment sur le dos ; ou encore l'histoire de toutes les statues d'une ville qui décidaient un jour de s'arracher à leurs socles, leurs niches ou leurs bassins de fontaines, pour aller s'instaurer en peuple franc hors la ville des hommes. Statues de Rome, de Barcelone, de Versailles et de Paris, de Königsberg, de Londres, de Florence ou de Prague. Ou bien encore l'histoire de ce pêcheur qui avait un jour remonté dans ses filets le corps d'une jeune noyée incrusté de milliers de coquillages argentés...

Il faisait toujours gris dans ses contes, et un peu froid dans son cœur. C'est pourquoi il lui fallait bouger sans cesse, changer de ville. S'en aller, s'en aller, ne jamais prendre racines, ne jamais prendre poids en un lieu. S'en aller, s'en aller, toujours retrouver le rythme souple de la marche, à foulée ample, toujours ressaisir cette légèreté de l'errance. S'en aller, s'en aller, — déambuler dans la vie à la façon des grues cendrées, avec cet air détaché et gracieux, se laisser dériver dans le vent. Fuguer sans fin au fil du temps.

Elle s'en alla. Elle reprit la route avec son lama et ses compagnons. Elle ne prévint pas Nuit-d'Ambre de son départ, simplement une nuit elle cessa de lui rendre visite. Plusieurs nuits il l'attendit, au fond de son hall dont il ressentait pour la première fois curieusement la laideur, la vulgarité, le froid. Il ne pouvait se concentrer sur ses lectures : à l'insu de sa volonté quelque chose en lui épiait le moindre bruit du dehors et ne cessait de le distraire de son travail. Ce discret martèlement des échasses dans la rue, ce doux froissement du tissu gris flottant autour de son corps, cette dissolution de l'ombre double jetée dans la flaque bleuâtre du néon de l'entrée, la silhouette silencieuse du lama aux yeux roses, — c'était tout cela qu'il attendait. Qu'il espérait. Et puis sa voix si grêle, babillant des histoires d'enfant mélancolique, et ses mains si menues, ses rires étouffés, et puis la fraîcheur et le goût de sa peau, de ses seins, de sa bouche, et puis le poids tellement léger de son corps sur le sien, et puis... Et puis, et puis, — elle était longue la liste des je-ne-sais-quoi qui le mettaient ainsi en attente, dans l'affût amoureux. Ulyssea. Son nom de saltimbanque, son nom d'errante, de somnambule, se murmurait tout bas dans le silence. Ulyssea. Son nom semblait cliqueter derrière lui, au tableau des clefs. Ulyssea. Son nom se chuchotait à chaque page tournée du livre qu'il parcourait avec étourderie.

Ulyssea. Ce nom se chantonnait sur l'air lointain de *La Valse triste*, tournait en transparence du vide dans un imperceptible froissement de satin gris. Ce nom s'échappait d'un bal, un bal nocturne... et ce nom se confondait à cet autre nom qui s'ouvrait comme un bal. Baladine. Ulyssea ne s'était échappée que pour mieux laisser la petite Baladine faire retour dans le cœur aux aguets de Nuit-d'Ambre-Vent-de-Feu.

Cela dura quelques semaines. Quelques semaines pendant lesquelles le nom d'Ulyssea lui parcourut la peau comme un frisson, lui nouant la gorge, l'estomac, lui cognant à la tempe. Il avait beau tenter de nier ou d'éluder ce malaise du désir inassouvi, cette tristesse de l'attente déçue, le trouble persistait. Alors il s'emporta contre lui-même, il se rebella contre cette puissance sournoise et blessante du nom de la fille en lui. Il n'allait tout de même pas, lui, Nuit-d'Ambre-Vent-de-Feu, à vingt ans juste, se faire prendre dans cette gluante toile d'araignée du sentiment amoureux ! Il s'en voulut de s'être laissé effleurer par cette écœurante langueur, et plus encore il en voulut à la fille disparue. — « Ulyssea, s'écria-t-il enfin, à ton nom enjôleur je saurai bien tordre le cou ! Je réduirai ton souvenir en poussières. Disparais donc à tout jamais sur tes béquilles de malheur et va-t'en migrer en enfer, petite grue bigleuse flanquée de ton affreux lama nabot ! »

Et il tordit le cou au nom d'Ulyssea, tout comme il avait balancé aux orties le nom de Nelly, mis au placard celui de Jasmin et oublié celui d'Ornicar. Seule demeura sa lancinante nostalgie de Baladine.

Rue de Turbigo. Il habitait là sous l'aile d'un ange. Un ange sculpté sur la façade de son immeuble contre sa fenêtre. Un ange longiligne, démesurément haut sur jambes, le corps drapé dans une étroite robe à plis qui lui cachait les pieds. On aurait dit, un peu, un corps de poisson anguiforme. Il s'élevait sur trois étages, posant sur la rue un regard tout à fait indifférent et esquissant un petit sourire aussi vague que bête. Les ailes, ouvertes derrière ses épaules et lui encadrant la tête, étaient ridiculement disproportionnées par rapport à la longueur du corps. Si jamais la fantaisie avait saisi cet ange de pierre de se détacher de sa façade pour aller voleter dans le quartier, il se serait écrasé incontinent sur la chaussée, trahi par ses gracieux ailerons dérisoires. Le visage de cet ange était passablement niais ; une face d'adolescent bien nourri, le front et le nez plats, les pommettes rondes et la bouche esquissant un drôle de petit sourire évasif, un peu sot. Pas de regard. Il n'y avait vraiment rien de sublime dans cet ange pisciforme, mais une fade innocence, une douce insouciance, et un je-en-sais-quoi de bizarre tout de même qui plaisait assez à Nuit-d'Ambre-Vent-de-Feu. — « Mon voisin est un ange de pierre encrassé par les sueurs et les suies de la ville, disait-il. Il ne cause pas, ne bouge pas. Il reste là, prostré sur sa façade dans son sourire idiot et sa grâce vaine. Ce n'est pas un ange gardien, plutôt un ange crétin. L'ange des citadins, quoi ! La vraie face de Dieu, surtout, — une pauvre gueule d'abruti qui se fout pas mal de ce qui se passe en-dessous. » Et fort de cette méprisante assurance, il gratifiait chaque jour l'ange Turbigo, en ouvrant ses volets sous son aile, d'un regard plein de condescendance.

Ce regard d'ailleurs il avait fini par le porter non seulement sur son voisin de pierre mais sur tous les gens qu'il croisait dans la rue. A force de se claquemurer dans sa solitude hautaine, de se rebeller contre toute forme d'attachement, il avait perdu le fil qui achemine vers les autres. Et si jamais ce fil se retrouvait par hasard sur son chemin et qu'il le ramassât par mégarde, il le brisait tout aussitôt avec rage.

Mais ce fil était une chose étrange qui ne cessait de ressurgir à l'improviste, sous les formes les plus incongrues, — et à chaque fois il lui fallait recommencer à le trancher, et sa colère à chaque fois s'exacerbait davantage.

Ce fut ainsi qu'un jour il rencontra la vieille. Comme ça, dans le dédale de la ville. Une vieille qui vendait des citrons. Une vieille si vieille, si laide et contournée, qu'elle semblait ne plus avoir d'âge, ni rien d'humain en elle. Elle se tenait toute rabougrie au milieu d'un trottoir, un antique cabas posé entre ses jambes nues et très rouges, presque pourpres, une main enfouie dans la poche de son paletot trop ample et loqueteux, l'autre main tendue droit devant elle, exhibant sur sa paume un citron.

Un citron d'un jaune si vif, si lumineux, qu'on aurait cru un éclat de soleil. Rien qu'à le voir c'était toute l'acidité et la sapidité du jour qui éclataient dans la bouche des passants. Et elle, la vieille, le présentait au monde comme un défi d'une étrange insolence. —

« Voyez ! semblait-elle dire, moi la Vieille, l'Affreuse, je détiens un des secrets du monde. Une des merveilles de la terre. Là, dans ma main, je tiens votre soif. Je tiens aussi vos larmes, vos lymphes, vos humeurs, vos salives, vos sueurs, vos urines, — toutes vos eaux acides et translucides. J'ai tout pouvoir sur vos corps. Et s'il me plaît, je vous ferai violence. J'empoisonnerai vos eaux, je les tarirai toutes ! » Ses yeux d'ailleurs n'étaient pas plus gros ni plus colorés que des pépins de citron, sa peau était plus jaune que l'écorce, mais d'un jaune plombé, bistré, très terne. Elle se tenait absolument immobile, toute voûtée au-dessus de sa main de mendigote où brillait le citron, comme une statue d'ange grotesque et décati, offrant au monde le sacré-cœur de quelque jeune dieu solaire à l'instant immolé. Un instant immémorial.

— « Un franc l' citron, un franc ! » murmurait-elle d'une voix atone, très grêle. Elle débitait sa petite phrase à répétition pendant quelques minutes, comme une litanie, puis à nouveau se taisait, sans changer d'expression ni de pose, sans prendre même souci de regarder si quelqu'un passait dans la rue, susceptible de l'entendre. Peut-être était-elle aveugle, s'était demandé Nuit-d'Ambre-Vent-de-Feu qui l'avait observée longtemps à quelque distance, depuis le trottoir d'en face. — « Un franc l' citron, un franc / un franc l' citron, un franc / un franc l' citron, un franc... » Parfois un passant remarquait la vieille et venait lui acheter son fruit. Mais ce n'était jamais celui qu'elle montrait dans sa paume qu'elle vendait ; dès qu'un client l'abordait, elle se courbait vers son cabas pour en extraire un autre. Un vieux citron de forme biscornue, à l'écorce amollie et tavelée de bleu. Des invendus des Halles, des rebuts ramassés dans les cageots jetés à la fin des marchés. C'était là le commerce de la vieille, sa lamentable ruse de pauvre. Elle flanquait le fruit pourri dans la main de l'acheteur floué et empochait prestement la pièce de monnaie sans dire un mot, comme si tout son vocabulaire se limitait à ces trois mots : — « un franc l' citron, un franc ». Le client, bien que désagréablement surpris, n'osait jamais récriminer, il laissait faire par pitié et s'éloignait avec dégoût, tenant du bout des doigts le fruit moisi qu'il se hâtait de balancer dans le caniveau au tournant de la rue. Peut-être ces clients sentaient-ils confusément qu'au fond ce marché de dupe était tout à fait équitable, que la vieille miséreuse n'avait fait que leur donner une juste rétribution en échange de leur petite pitié. Un citron chanci comme salaire de leur médiocre charité. — « Un franc la pitié, un franc ! »

Nuit-d'Ambre-Vent-de-Feu avait fini par s'approcher de la vieille pour lui acheter un citron. Il voulait juste la voir de près, fouiller de son regard curieux la face ratatinée de cette roublarde dérisoire et sordide. — « C'est combien ? » avait-il demandé et aussitôt le mécanisme s'était déclenché. — « Un franc, l' citron, un franc... ». Ses yeux étaient blanchâtres, presque entièrement recouverts par la peau molle et chassieuse des paupières. Sa bouche était vide, ses lèvres avalées, ce qui déformait bizarrement la courbure du nez et la proéminence du menton hérissé de longs poils vrillés. Il avait sorti une pièce de sa poche et la lui avait tendue. Elle s'était alors baissée vers son cabas mais il l'avait arrêtée en lui disant : — « Non, vieille sorcière, c'est celui-là que je veux, le beau citron, pas un pourri de ton ignoble sac poubelle ! » et il avait amorcé le geste de le saisir. Mais la main de la vieille s'était immédiatement refermée sur le fruit avec un craquement sec des phalanges et elle avait proféré un drôle de cri suraigu comme un grincement de scie. Et le regard qu'elle avait fixé sur lui était vraiment celui d'une très petite fille saisie par l'effroi, — la folie. Son cri lancinant finissait d'ailleurs par ressembler à celui d'un nourrisson. Il s'était alors détourné sans la défier davantage ; la vieille était trop débile pour qu'on jouât avec elle. Et puis ce regard apeuré, cet air affreusement hagard, ce vilain criaillement, l'avaient mis mal à l'aise. Il n'aimait pas être ainsi pris au dépourvu. Il avait juste voulu la défier, la mettre en colère, s'amuser un peu à ses dépens. Mais la vieille était absolument hors jeu, — bien trop déchue déjà dans la détresse, la misère. Et il avait senti confusément que quelque chose comme la pitié venait de s'immiscer en lui, de le frôler ; or il détestait par-dessus tout ce sentiment sournois. Il avait décrété depuis longtemps, et une fois pour toutes, que la pitié sentait mauvais, qu'elle puait comme les panards d'un gros troupier poussif. Il ne pouvait supporter que cette odeur fétide s'en vienne en traître lui barbouiller le cœur. Alors il s'était éloigné. Mais, pas plutôt arrivé au bout de la rue, il s'était retourné. La vieille trottinait là-bas, serrant toujours son fruit dans sa main repliée contre sa gorge, tenant de l'autre son cabas avachi. Elle s'en allait. La curiosité revint en lui, il décida de la suivre.

Il la suivit longtemps. Mais elle marchait à pas si menus, si vacillants, qu'il lui semblait faire du sur-place. Le temps dans son sillage entrait au ralenti, s'épaississait, pesait. Le temps progressivement changeai de dimension. Il finit par ressentir l'angoissante sensation que son corps devenait lentement de pierre, que ses pieds se fondaient à l'asphalte. Il voulut cesser sa filature mais il n'y parvint pas. Quelque chose en la vieille l'aimantait, quelque chose en lui de plus en plus têtu s'obstinait à la suivre. L'air était très doux et cependant il devait lutter pour avancer comme si un vent extrêmement fort lui soufflait à la face. La vieille, elle, avançait imperturbablement, louvoyant entre les murs, les passants, les autos, comme une barque à contre-vent. La barque de Charon.

La rue était en pente, très étroite. Il s'essoufflait, elle, non. Enfin elle fit halte devant une grande porte cochère. Elle posa son cabas, rassembla toutes ses forces pour parvenir à pousser la lourde porte. Il lui suffit d'ailleurs de l'entrebâiller et elle se faufila dans l'immeuble. Nuit-d'Ambre-Vent-de-Feu s'élança derrière elle, ouvrit la porte à son tour.

Mais il n'y avait rien derrière cette porte, il n'y avait pas d'immeuble derrière cette façade. Un vaste chantier béait là, champ de trous profondément creusés, terre retournée où, çà et là, poussaient de l'herbe, des orties ; des tas de gravats amoncelés s'élevaient un peu partout, des machines et des outils étaient rangés dans un enclos de tôle. Tout un ensemble d'anciennes maisons venait d'être démoli. Il ne subsistait que des pans extérieurs qui seraient peut-être réintégrés aux nouvelles constructions. De la rue, on ne s'apercevait de rien. Les façades au-dehors étaient de parfaits trompe-l'œil. Mais au-dedans, c'était la ruine, la zone sinistrée. Les revers des façades n'avaient rien de trompe-l'œil, — plutôt des rongel'œil. On y distinguait encore les restes des anciens appartements, les traces des étages, des pièces, où des générations de locataires avaient vécu. Lambeaux de papiers peints, tuyauteries rouillées et distordues. Il restait même par endroits des tronçons d'escalier et, perché presque en haut de l'un des murs Nuit-d'Ambre aperçut l'épave d'un cabinet. Le siège d'émail blanc que polissait la lumière du jour tombant trônait là, suspendu en plein vide. Quelques pigeons s'étaient perchés sur le rebord de la cuvette, ils sommeillaient, la tête engoncée dans la gorge, entre les ailes.

Etait-ce donc là, dans ce chantier où les travaux semblaient avoir été mis en arrêt, que la vieille avait bâti son repaire ? Mais dans quel recoin, à l'abri de quel toit ? Il y avait de tout ici, sauf des toits. Il n'y avait que des murs, des bouts de choses, des débris d'escaliers. Nuit-d'Ambre-Vent-de-Feu s'aventura davantage à l'intérieur du chantier, scrutant tous les coins pour dépister la vieille. Elle n'avait tout de même pas pu disparaître comme ça. Il ne la voyait pourtant nulle part, il n'entendait aucun bruit. Des chats se promenaient en silence parmi les décombres.

La lumière déclinait doucement. Des bancs de nuages vaguement orangés dérivaient avec une immense lenteur au-dessus de la ville dont la rumeur, en cet enclos, parvenait assourdie. La vieille avait-elle donc tout frappé de lenteur, d'assourdissement, de disparition ?

Soudain il se sentit pris au piège, prisonnier de la vieille devenue invisible. Elle l'avait forcé à la suivre, à pénétrer derrière elle dans ce lieu éventré, maléfique. Elle l'avait arraché à la ville, au bruit, au mouvement,

241

à la foule. Il s'était cru chasseur, il se découvrait gibier. La vieille lui avait jeté un sortilège pour qu'il se mette à sa poursuite, afin de se venger de l'affront qu'il lui avait fait. Alors cette fureur insensée qui une fois déjà avait éclaté en lui, le soir où il avait fait violence à Nelly, se ressaisit brutalement de lui. Il se sentit empoigné, corps et âme, par une colère formidable, une haine farouche pour la vieille. — « Si je la trouve, je la tue ! » se dit-il sans même réfléchir au sens de ces mots.

Un bruit enfin attira son attention, un bruit de pas escaladant des marches. Il sursauta, un tel bruit en ce lieu dévasté était tellement inattendu.

C'était elle. La vieille, là-bas, grimpait à flanc de mur. Elle gravissait à tout petits pas les marches de bois d'un reste d'escalier à moitié effondré, accolé au mur que surplombait le siège d'émail blanc. Etait-ce vraiment vers cette chaise à chiottes qu'elle s'élevait ainsi ? Et qu'allait-elle y faire, quel discours allait-elle y tenir ? — « Un franc l' citron, un franc... Un franc la ville, un franc... » Avec son paletot d'homme plein de taches et d'accrocs qui lui battait les flancs, ses jambes nues couvertes de croûtes lie-de-vin, sa trogne toute plissée, ses yeux couleur de plâtre et sa bouche édentée, son cabas informe plein de citrons pourris, elle avait l'allure grotesque et effrayante d'une sorcière allant jeter un sort. Un sort contre la ville. — « Un franc la ville, un franc... » Elle montait en chaire pour maudire la ville, la brader à la mort. Elle montait aux chiottes pour semer et répandre la peste sur la ville.

Nuit-d'Ambre-Vent-de-Feu s'approcha de l'escalier. Il était si cassé, le bois si vermoulu par les pluies, qu'il semblait vraiment impossible de pouvoir y poser un pied sans que tout s'effondrât. De plus il manquait de nombreuses marches, parfois quatre ou cinq d'affilée. Et cependant la vieille continuait avec ténacité son ascension, dodelinant drôlement la tête, sans aucun souci du danger. Nuit-d'Ambre-Vent-de-Feu se posta tout près de l'escalier et interpella la vieille. — « Hé ! Où montez-vous ? Cet escalier va s'écrouler, vous êtes folle ! Redescendez ! » Il ne savait même plus ce qu'il voulait d'elle, elle ne cessait de le surprendre, de provoquer en lui tantôt l'étonnement, tantôt la colère. Elle ne cessait de lui échapper. Elle n'eut même pas un regard pour lui. — « Je vous parle, lui cria-t-il à nouveau. Qui êtes-vous ? Répondez-moi ! » Elle continuait, imperturbable, gravissant maintenant des marches qui n'existaient même plus. Elle montait à flanc de mur, escaladant le vide. — « Je sais qui vous êtes, se mit alors à hurler Nuit-d'Ambre, je sais ce que vous êtes ! Une larve d'humain, une morte mal-morte, un cafard, une gorgone d'Apocalypse ! Mais je ne vous laisserai pas jeter votre anathème contre la ville et les vivants ! » Il ne savait même plus en cet instant s'il jouait, s'il rêvait, s'il avait peur réellement. Une seule chose était sûre, — la vieille en appelait au crime, que ce crime fût dirigé par elle ou contre elle. — « Un franc la mort, un franc / Un franc la mort, un franc... »

L'ombre emplissait lentement le chantier, le soir effaçait les nuages. Juste quelques traînées de rose-orangé s'effrangeaient encore çà et là, par-dessus les toits, vers l'ouest. L'air se refroidissait, l'humidité gagnait les murs. Nuit-d'Ambre-Vent-de-Feu ramassa des cailloux, des bouts de fer. Il s'appliqua à les lancer contre la vieille, mais il ratait tous ses coups. Ses

cailloux jetés à grand fracas contre le mur ne faisaient que réveiller les pigeons endormis dans les
renfoncements, — et sa mémoire aussi.

Le temps bascula. D'un coup Nuit-d'Ambre se
revit dans les bas-fonds de son enfance de sauvage ;
les entrepôts de l'usine désaffectée, le vieux bunker
au fond des bois, les latrines à la porte branlante
percée d'une lucarne en forme de cœur. Hauts lieux
de sa colère d'enfant rebelle. Le petit Prince-Très-
Sale-et-Très-Méchant jouait au phénix, il reprenait
vigueur et lutte, il se confondait au Prince-Amant-
de-Toute-Violence.

Le temps basculait, entrait en rotation. Le présent n'était plus qu'un lieu de brassage entre le
passé et le futur. Nuit-d'Ambre-Vent-de-Feu
retrouva toute sa folie, toute sa fureur d'enfant.

Cette vieille, là-haut, grimpant la nuit à flanc de
vide, c'était Lulla, bien sûr ! Lulla-Ma-Guerre, sa
première camarade, son premier amour. Lulla-Ma-
Guerre devenue vieille, infiniment. Lulla-La-Gueuse,
la Galeuse. Il se mit à rire, à gambader autour du
mur en poussant de grands cris comme autrefois
dans ses territoires de jeux. — « Hé, Lulla-Ma-
Vieille, Ma Laideronne, descends, viens donc ici
que l'on se batte ! Allez, arrive ma chérie-dégueu-
lasse, je te mordrai les fesses comme jadis, — tes
fesses de sorcière, jusqu'à l'os ! Viens, je te dis,
viens tout de suite, je te l'ordonne, je te monterai
comme un loup sa femelle et je te grifferai le dos, je
planterai mes dents dans ton cou, dans tes reins, je
te briserai les mâchoires et les membres. Je referon-
derai tes antiques entrailles et te ferai des petits à
gueule de choucas et pattes de crapauds qui te

déchireront le ventre à coups de bec. Je te ferai crever sous moi ! »

Lorsqu'il releva la tête vers elle, il vit qu'elle s'était assise en haut du mur, sur le siège de toilette dont l'émail blanc luisait dans la pénombre. Elle avait posé son cabas sur ses genoux et fouillait dedans avec une grande attention. Puis elle se redressa un peu sur son siège et se remit à débiter sa litanie de sa voix atone. — « Un franc l' citron, un franc... » Et à chaque fois qu'elle proférait sa petite phrase elle extrayait un fruit du fond de son sac et le jetait contre Nuit-d'Ambre-Vent-de-Feu. — « Un franc, l' citron, un franc... » Mais de même que les pierres qu'il lui avait lancées ne l'avaient pas atteinte, de même les fruits dont elle le bombardait à présent le rataient tous. Ils ne touchaient même pas le sol ; chaque citron, à mi-course de sa chute, dans l'élan même de sa chute, se transformait, devenait un petit colibri d'un jaune très vif qui redressait soudain son vol et piquait droit vers le ciel en modulant une note suraiguë.

Il ne savait plus ce qui s'était passé réellement ; il avait suivi la vieille jusque dans les arrière-cours de son propre passé, jusque dans les décombres de sa mémoire reniée. C'était son « troisième œil » qui avait vu tout cela, cet œil onirique et furieux qui lui brouillait parfois la vue pour aller transpercer l'épaisseur du visible, trouer le temps. La vieille, de par sa propre folie, avait réveillé en lui cet œil-tierce au regard d'halluciné qui pouvait soudain se mettre à rêver en plein état de veille. La vieille, avec ses relents de chair rance, ses fruits gâtés, déjà bleuis par la pourriture comme la peau du frère, lui avait rouvert cet œil de cyclope, rond comme le trou laissé par une balle tirée en plein front. Droit au cœur.

... Comme la peau du frère au ventre ballonné... le frère mort bercé pendant trois jours dans les bras de la mère... le frère-tambour roulant sur sa panse violâtre le cri perçant de la mère... le frère faisant fleurir du fond de sa fosse un bel essaim de poison rouge dans les branches de l'if pour forcer la mère à se coucher à nouveau, — à jamais, à ses côtés... et le père se retournant comme un vieux gant troué... le frère, la mère, le père, — tous, comme il les haïssait ! Aujourd'hui encore ils revenaient vers lui pour le blesser, le tourmenter, le faire souffrir, — mais jusqu'à quand ? Ah, s'il avait tenu la vieille, en cet instant, comme il l'aurait battue ! Il l'aurait égorgée.

Nuit-d'Ambre-Vent-de-Feu était tombé malade à la suite de cette rencontre avec la vieille aux citrons. La nuit même il avait été pris de fièvre et avait dû rentrer se coucher. Il s'était enroulé dans sa couverture et, recroquevillé sur sa natte, il avait passé trois jours à trembler et transpirer. Et tout le temps que l'avait tenu la fièvre, il avait dû endurer dans les oreilles la stridence de la note lancée par les citrons-colibris. Dans son délire la vieille prenait le visage de sa mère, elle se racornissait comme le père au moment de mourir, et les citrons enflaient comme le ventre du frère.

Une nuit il avait même vu l'ange de pierre d'à côté se décoller de son mur et venir appuyer sa tête contre ses volets pour le regarder d'un air narquois trembler et souffrir à travers les lattes. Lui aussi ressemblait à la vieille, il riait en sourdine, battant convulsivement de ses ailes tronquées.

Il avait dû lutter jusqu'à l'épuisement contre ce sursaut monstrueux de mémoire, pour les renvoyer tous dans l'oubli, — le frère, la mère, le père. Il était ressorti amaigri, affaibli, de cette maladie. Il s'en était relevé plus seul encore, et plus désemparé. Il avait tenté de conjurer cette douleur, cette frayeur anciennes, en écrivant. Il avait chassé la note, — le cri de la vieille, le cri des colibris, le cri de la mère, à coups de mots, n'importe comment, sur des bouts de papier. C'étaient de courts écrits, griffonnés à la hâte.

Pas même un nuage à regarder
La mère les a tous mangés
Le ciel a la fadeur des eaux opaques de vaisselle
Le vent s'est couché comme un grand chien malade
La lumière s'est rouillée et tremble entre ses pattes

Quelqu'un se retourne en dormant
les tempes bleues de sueur
dans ses draps de papier à en-tête de sang
On a volé ses rêves, on lui a tout volé
C'est sa mère la voleuse, elle lui a pris son cœur
pour en farder ses joues trop pâles
pour en rougir son cri de folle

Les mots se sont perdus
tous les mots tous les noms
loin des pages et des bouches
ils roulent avec les billes des enfants maladroits
le long des boulevards et sortent de la ville
avec les billes ébréchées, avec les feuilles de platane

ils vont se perdre au loin, par-delà les banlieues
Hors les villes

La mère souvent venait l'épier derrière la porte
de sa chambre
elle boitait
dans son sommeil il la sentait
la mort du frère puait si fort
dans les plis de sa robe et au creux de ses rides
Des mouches bronze à reflets d'or
dévoraient ses paupières
comme des bouses
et dans ses songes liquéfiés
un ange hagard pataugeait

Le frère avait pissé du fond de sa fosse
et son urine avait éclaboussé le vent
de baies vermeilles et venimeuses
et la mère qui aimait bien faire des confitures
avait bouilli les jolis fruits pisseux
dans sa bouche
avec le sucre-roux de ses cris

Il avait dévidé ainsi des mots en vrac pendant des jours puis avait tout jeté dans sa valise, avec les lettres à Baladine. Et il avait cessé, d'un coup il s'était dit : — « Assez perdu de temps, finies les inepties. Il ne s'agit d'ailleurs plus de se défendre, mais dorénavant d'attaquer. » Et il avait décidé : — « Le prochain qui me rouvre cette plaie de mémoire, je le tue. Quel qu'il soit, — je le tue ! » Cette idée avait pris force en lui, il s'était finalement convaincu que seul un crime pourrait le libérer de cette douleur ancienne, de cette trahison.

Un jour, en ouvrant ses volets, il avait salué l'ange
Turbigo en lui annonçant : — « Salut, beau connard !
Je suis un assassin. Ma victime est là, quelque part
dans cette ville. Je la trouverai. Et je l'exécuterai. » Le
sourire niais de l'ange était demeuré inaltérable.

3

Sa victime, il ne la chercha pas. Ce n'était pas à lui
de la chercher, — qu'elle vienne donc à lui, d'elle-
même. Qu'elle vienne toute seule se désigner à sa
colère, s'offrir à sa violence. Il saurait bien la reconnaître lorsqu'elle comparaîtrait. Alors il accomplirait son
œuvre de meurtre, — son œuvre de libération par
laquelle, d'un même geste, il trancherait enfin ces liens
obscurs qui l'enchaînaient encore à sa vieille blessure
et par là même tous les liens le rattachant encore aux
autres. — « S'il le faut, se disait-il, je lui arracherai le
cœur, afin de mettre mon propre cœur à jamais en exil,
— hors la loi. Oui, je lui arracherai le cœur pour
m'ensauvager moi-même sans retour et devenir un
barbare parfait. Alors j'établirai ma vie en rupture
totale avec les hommes, et avec Dieu. C'est cela, il me
faut consommer la rupture. »
Cette pensée régnait en lui, non pas sous forme
d'idée confuse ou de vague délire, mais bien au
contraire comme un axiome très précis sur lequel il
voulait refaire sa vie. Un axiome aussi clair et distinct
que celui grâce auquel Descartes avait repris assise et
assurance au comble de son doute et sur lequel il avait

alors pu bâtir son phénoménal monument philosophi-
que. Un axiome digne du : « Je pense, donc je suis. »

Cette petite phrase infiniment cinglante Nuit-
d'Ambre-Vent-de-Feu l'avait tournée et retournée
dans tous les sens au cours de ses études, sans jamais
parvenir à la saisir par le bon bout ; il avait mis au
tripotage du cogito autant d'absurde application que
Monsieur Jourdain au tripatouillage de son compli-
ment à la Marquise. Mais à présent il ne s'agissait plus
de tout cela, les termes de son axiome relevaient d'un
tout autre vocabulaire, — celui du crime. Seule
demeurait la force éclatante d'une évidence saisie au
plus profond du doute, — de la douleur d'une pensée
par trop errante, et s'érigeant d'un coup en principe
souverain. L'absolue nécessité de commettre un meurtre afin d'en finir avec son passé, sa mémoire, ses
tourments, — afin de tordre définitivement le cou à
toute forme de pitié et même de sentiment en général,
c'était cela son évidence. Son bel axiome éblouissant.
Tuer, pour se libérer de tous et de tout, et de lui-même.
Tuer, pour exister enfin en toute liberté, — hors la loi.

Il ne rechercha pas sa victime, il la laissa venir à
lui. Cela prit quelque temps, mais elle vint.

Car elle vint, sa victime. Pour se présenter à lui elle
emprunta cependant un très tortueux détour.

Tout commença par une chanson, comme dans
une comédie. Mais la chanson pesait seize tonnes, et la
comédie jouait les âmes à crédit.

Some people say a man is made out of mud
A poor man is made of muscle and blood
Muscle and blood, skin and bone
A mind that's weak and a back that's strong...

250

La voix était prodigieuse, si grave et basse qu'elle semblait sourdre des entrailles d'un homme accroupi sous la terre. La voix d'un Noir. Nuit-d'Ambre-Vent-de-Feu ne comprit rien tant les mots étaient roulés au plus profond du corps du chanteur, mais il ne s'agissait pas de comprendre. Il entendit. La voix venait de débouler d'une fenêtre ouverte, emplissant aussitôt la rue dans laquelle il passait, comme une houle énorme. Il s'était arrêté, enveloppé par cette vague d'une terrible douceur.

> *Sixteen tons and what do you get ?*
> *Another day older and deeper in debt.*
> *St. Peter, don't you call me*
> *'Cause I can't go*
> *I owe my soul to the Company Store...*

La voix enflait, crue de détresse et de beauté. Elle s'en prenait à tout le corps de l'écoutant, se coulait entre chair et peau comme une sueur de sang, de larmes et de nuit mêlée. Nuit d'une chair vouée à la peine, à la honte. Sang d'une chair couleur de nuit, sueur d'un cœur couleur de larme.

> *I was born one mornin'*
> *when the sun didn't shine*
> *I picked up a showel and walked to the mine...*

La voix était si dense, si ample et majestueuse en sa complainte, que la ville entière semblait en être ébranlée. Nuit-d'Ambre eut la sensation que le sol se mettait à bouger, comme si s'amorçait un vertigineux glissement de terrain sous la levée de boues s'arrachant aux antres de la terre. Encore un peu et les murs allaient se mettre en branle, partir à pas pesants à travers les rues éclatées comme un troupeau d'hommes sombres en marche vers la mine.

Sixteen tons and what do you get ?
Another day older and deeper in debt...

Troisième étage. Nuit-d'Ambre-Vent-de-Feu localisa la fenêtre d'où provenait la voix et s'engouffra dans l'immeuble, gravissant quatre à quatre l'escalier. La porte de l'appartement d'où sortait la chanson n'était pas fermée. Il la poussa sans même avoir l'idée de frapper. Il pénétra dans un corridor obscur, saturé d'une odeur qu'il ne connaissait pas. Une odeur doucereuse et amère à la fois. « *St. Peter don't you cal! me 'cause I can't go...* » Des bruits provenaient d'une pièce à côté, et le rire étouffé d'une fille. Il traversa le corridor et arriva au seuil d'une pièce aux volets mi-clos. Elle était plus encombrée qu'une salle de réserve d'un musée d'histoire naturelle. Tout un fouillis de bêtes immobiles grouillait dans la demi-pénombre. Il y en avait sur les murs, sur des tables, des étagères. « *I owe my soul to the Company Store...* » Nuit-d'Ambre remarqua qu'il s'agissait presque exclusivement de reptiles, — inclusions de lézards, de vipères, d'orvets et de couleuvres, crânes et squelettes de divers serpents exposés sous verre, et tout un groupe de bêtes naturalisées, déroulant leurs longs corps brillants et souples comme des algues. Crotales, najas, cobras, varans et pythons, dressés la gueule ouverte, leurs petits yeux de verre se fixant aveuglément les uns les autres.

Les yeux de celui qui entra dans la pièce avaient également un curieux éclat de verre, ou de métal plutôt. Il était pieds nus et complètement débraillé. Il ne parut nullement surpris de la présence d'un étranger chez lui. Ce fut lui qui prit la parole. — « Je te connais, toi ? » demanda-t-il simplement. — « Non. » — « Alors tu viens pourquoi, qui t'envoie ? » — « Personne. » — « C'est pour un achat ? » Nuit-d'Ambre crut qu'il vendait ses bestioles naturalisées et il répondit : « Non ; sûrement pas ! » La fille qu'il avait entendue rire apparut à son tour. Elle aussi était pieds nus et ne portait qu'une ample liquette d'homme qui lui tombait jusqu'à mi-cuisses. Nuit-d'Ambre observa le dessin de ses seins sous la chemise, et aussi qu'elle avait des petits pieds tout ronds, adorables. Elle considéra l'intrus de la tête aux pieds et sembla le trouver à son goût. — « Qui c'est ? » demanda-t-elle à son compagnon. « Un mec qui sait dire que non. Connais pas », répondit l'autre laconiquement. — « C'est vrai ça, dit-elle à Nuit-d'Ambre, vous dites touzours non ? » — « Ha mais non ! » s'exclama-t-il troublé par le regard séducteur de la fille et par son léger zézaiement. — « Tu vois bien », fit remarquer l'autre en haussant les épaules. — « Bien sûr que ze vois, acquiesça-t-elle en riant, mais ce que ze vois est tout à fait sarmant. » Nuit-d'Ambre s'expliqua enfin. La voix magnifique entendue dans la rue, la porte entrebâillée. Pour la dernière fois la voix reprit sa plainte. « *St. Peter don't you call me 'cause I can't go I owe my soul to the Company Store.* » La voix semblait s'être tout à fait liquéfiée en une coulée de boue pour moduler les derniers mots. *I owe my soul...* Comme un

253

remous de lave très fluide et brûlante. La gorge devenue faille, le ventre résonance, répercutant et amplifiant la sourde vibration du murmure mugi par un cœur entaillé. Puis la chanson s'était tue et la voix retirée. Aussitôt une autre musique avait enchaîné, annoncée par la voix braillarde du présentateur de la radio. Un air de twist qui fit sautiller la fille. Elle mouvait son corps à ravir. Elle était assez petite, toute en rondeur, des cheveux courts très bouclés d'un éclatant châtain-roux, le teint couleur d'abricot. Tout en elle était ainsi, rond, vif, lumineux.

Nuit-d'Ambre oublia vite la chanson, c'était la fille maintenant qui l'intéressait. Il cessa de répondre non aux questions que l'autre lui posait. Des questions décousues, sautant sans cesse du coq à l'âne, et entrecoupées de crises de fou rire, aussi hors de propos que s'il s'était mis à sangloter. — « Faut pas faire attention, avait finalement dit la fille, il vient de griller son zoint. » Il avait même dû en fumer bien plus d'un.

Mais Urbain Malabrune était prudent, il ne prenait que des drogues douces. Quant aux dures, il en faisait commerce. Il avait développé son trafic en partie grâce aux serpents auxquels il portait par ailleurs un véritable culte. Lui-même était, selon l'horoscope chinois, du signe du serpent. — « On prétend, disait-il, que le serpent se situe à l'extrême opposé de l'homme, et donc qu'il est son pire ennemi, son rival, son double maléfique. Mais un rival est toujours un excellent ami, c'est tout au moins un véritable " égal ". Moi, les serpents, je les dresse. Ils sont ma colonne vertébrale. » Il les avait surtout dressés à être ses passeurs. — « Ils sont de parfaits alliés, expliquat-il un jour à Nuit-d'Ambre. Ils ont la digestion lente et discrète, aussi ne risquent-ils pas de rejeter malencontreusement les capsules bourrées d'héroïne ou de coca, que je leur fais ingurgiter, dans les mains fouineuses des douaniers. D'ailleurs, ceux-ci, comme tous les profanes, ont bien trop de répugnance à la vue des serpents pour s'amuser à aller leur ausculter l'estomac et leur palper la panse. »

Nuit-d'Ambre-Vent-de-Feu ne devint jamais un client d'Urbain, mais se fit son ami, — dans la mesure où un tel terme avait un sens entre deux personnes de leur trempe. Quant à la fille il fit d'elle sa maîtresse. Elle portait le surnom d'Infante, mais tous les gens qui gravitaient dans l'obscur sillage d'Urbain étaient ainsi qualifiés par des surnoms. Nuit-d'Ambre en rencontra quelques-uns au cours de soirées organisées par Urbain qui aimait à s'entourer d'une cour, — sa pairie de langues acides, comme il les désignait avec un mélange de mépris et d'admiration. Parmi ses pairs les plus remarquables se trouvaient le Scribe, le Lunatique et Pallas.

Le Scribe appartenait à cette catégorie de gens que le temps ne semble jamais atteindre et qui gardent pendant des décennies un physique d'éternel jeune homme. Il était un calligraphe de génie et vivait de son art. Mais sa profession était double ; côté jardin il calligraphiait des faire-part en tous genres pour des clients aussi précieux que fortunés, côté cour il contrefaisait des écritures et des signatures pour des clients encore plus fortunés et surtout beaucoup plus perfides. Il témoignait d'ailleurs à l'écriture une vénération égale à celle portée par Urbain aux reptiles, car, disait-il, « lorsqu'on parvient à imiter à la perfection l'écriture des autres, on acquiert sur eux un pouvoir magique, comme si on volait leur âme. On s'octroie presque un droit de vie et de mort sur eux tant certains mots écrits peuvent devenir compromettants, voire fatals ». Son grand regret au demeurant était de vivre dans un pays qui avait épuisé son temps de guerre, cette période s'avérant florissante pour la face occulte de son art. Il conservait une certaine nostalgie de la récente époque de la guerre d'Algérie qui lui avait offert quelques magnifiques opportunités de réaliser des faux très chèrement monnayés.

Le Lunatique était un hermaphrodite cyclique ; son appartenance à l'un ou l'autre sexe fluctuait au gré des lunaisons. Sa seule constance était l'homosexualité, car, lorsqu'il était homme il prenait un amant, et lorsqu'elle était femme elle prenait une maîtresse. Quand triomphait le masculin en lui, il était alors saisi d'une intense exubérance qui confinait souvent à l'agressivité, et, quand régnait le féminin en elle, elle devenait la proie d'une profonde mélancolie. Quant à Pallas, une grande femme brune au visage anguleux d'une beauté austère, elle devait son nom à la Dame de Pique, car, comme elle, il n'était guère favorable de l'avoir dans son jeu, tant elle avait l'art de semer la discorde et le trouble et d'acérer les mots comme des lames.

Parmi tous ces personnages plus ou moins malfaisants, par nature ou par amusement, — et chez certains même par vocation, seule Infante paraissait dépourvue de toute malignité. Elle les côtoyait tous sans prêter attention à leur méchanceté, sans jamais se soucier de leurs rivalités et de leurs jalousies. Elle passait en zézayant gaiement comme une enfant insouciante de tout et de tous, toujours en quête de son seul plaisir. Là où tous les autres cultivaient avec zèle un immoralisme militant, elle se contentait d'être le plus simplement du monde ce qu'elle était congénitalement : une allègre amorale. Elle se trouvait donc être la plus saine et la moins tourmentée de ce groupe.

Pour Nuit-d'Ambre-Vent-de-Feu le temps de l'amitié qu'il avait connu avec Jasmin était tout à fait révolu, de même que le temps de la camaraderie qu'il avait partagé avec Ornicar. Il ne s'agissait plus désormais d'amitié ou de camaraderie mais d'une communauté d'intérêts, — une association de malfaisance ludique. Il en était de même quant à ses relations avec les femmes, tout sentiment amoureux était banni. Là, il s'agissait juste d'une association de jouissance.

Mais quelqu'un d'autre survint, étranger à ce groupe, qui bouleversa toutes les données du jeu. Là où régnait l'atout pique, il jeta une coupe à cœur. En fait, il n'était même d'aucune couleur, — il entra dans le jeu à l'improviste, à la façon d'un joker. Chacun lui donna la valeur qu'il avait envie de lui attribuer.

C'était en plein hiver. Le vent sifflait au ras des murs, les trottoirs étaient craquants de givre. Dans les caniveaux parfois on trouvait des pigeons morts de froid. Urbain et Nuit-d'Ambre-Vent-de-Feu revenaient d'une soirée, légèrement brindezingues. Le matin était encore loin de se lever. Nuit-d'Ambre vivait plus que jamais la nuit, bien qu'il ait quitté son emploi de portier d'hôtel depuis déjà longtemps. Il s'était associé à Urbain, auprès duquel il faisait office de secrétaire. Il était dans sa dernière année d'études ; au printemps il remettrait sa thèse. Une étude consacrée au concept de trahison, car il n'avait pas choisi un auteur, mais un thème. Le thème sur lequel s'était construit sa vie, — cacophonie autour d'un cri.

Alors qu'ils allaient se séparer à l'angle de deux rues, une odeur les surprit. Une odeur de pain chaud, tellement délicieuse dans ce froid mordant de l'aube. — « J'ai faim ! » s'exclama aussitôt Urbain. L'odeur montait d'un soupirail ouvert au bas d'une boulangerie. Ils virent un léger nuage de vapeur flotter au ras du trottoir, rouler dans l'air glacé. Ils s'approchèrent, une lumière brillait dans le sous-sol. Urbain s'accroupit à hauteur du soupirail et inspecta le fournil. — « J'aperçois le mitron, dit-il, il enfourne d'énormes boules... hé ! vise un peu tous ces croissants, là, sur la table ! » Nuit-d'Ambre se pencha à son tour ; il vit la silhouette blanche du mitron affairé près des fours, et l'immense plateau couvert de croissants et de brioches.

Ils étaient là tous les deux, accroupis dans ce doux nuage de vapeur tiède, dans l'odeur du pain en train de cuire et celle du beurre fondu à la pâte des croissants et des brioches tout juste sortis du four, et ce n'était pas une faim qui les tenaillait, mais une terrible, une énorme gourmandise. Une gourmandise telle qu'ils n'en avaient plus connue depuis l'enfance. Et c'était bien cela, en cette heure glacée de l'aube, qui venait brusquement de s'éveiller en eux, de les saisir au ventre et à la bouche, — un bouleversant goût d'enfance. Ils contemplaient bouche bée le fournil, avec des yeux écarquillés, ravis, les doigts accrochés au grillage du soupirail. Urbain siffla, comme font les petits garçons sur le chemin de l'école pour héler un camarade, et il cria au mitron : — « Hé, boulanger, on a froid, on a faim, donne-nous un bout de pain ou un croissant doré ! » Le garçon se retourna et vint se poster au milieu du local ; il tendit son visage ruisselant de sueur vers eux. Il portait d'épaisses lunettes tout embuées et il les retira pour les essuyer avec son mouchoir. Il était torse nu ; un torse d'adolescent malingre, tout en creux. Il remit ses lunettes et sourit aux deux hommes qui venaient de l'interpeller et qui continuaient à quémander du pain et des croissants. — « Je viens ! » leur dit-il. Il avait une voix de fausset.

Il sortit les rejoindre dans la rue. Il avait enfilé une épaisse veste de laine et portait au creux d'un bras un gros sac en papier bourré de croissants, de pains au chocolat et de brioches. Ses cheveux étaient blancs de farine. — « Tenez... » leur dit-il en leur tendant le sac avec un sourire doux et timide. Il les regarda, sans bouger, vider le sac et tout le temps qu'ils mangèrent il garda ce même sourire. — « Boulanger, s'écria à la fin Urbain, la bouche encore à moitié pleine, c'était fameux ! » — « Oh, fit le garçon en rougissant, je ne suis pas encore boulanger, je ne suis qu'apprenti. » — « Eh bien moi, reprit Urbain en se léchant les doigts, je te nomme le roi de la boulange ! » Inspiré par le ton de fabuliste grandiloquent et dérisoire que venait de prendre son compère, Nuit-d'Ambre renchérit : — « Pour te remercier, formule un vœu, et aussitôt nous l'exaucerons. Car, vois-tu, nous avons tout pouvoir en ce monde, — en cet instant ! » — « Mais je ne veux rien, dit le garçon de sa petite voix de fausset. Si vous vous êtes régalés, tant mieux, ça me fait bien plaisir, et ça suffit. Bon, il faut que je redescende maintenant. »

Mais Nuit-d'Ambre insista. — « Vraiment, il n'y a rien dont tu aies envie ? Tu as bien un souhait, tout de même ! Allez, dis-le-nous, et sitôt dit, sitôt comblé ! Mais fais vite, car notre pouvoir est capricieux. » Le sourire du garçon se fit plus pâle et sa voix plus grêle encore ; il murmura, baissant un peu la tête : — « J'aimerais bien trouver un ami... » — « Rien que ça ? s'exclama Nuit-d'Ambre, alors te voilà exaucé. Tu l'as trouvé, — c'est moi ! » Et pour prouver au mitron la véracité de son dire il griffonna sur le papier d'emballage des croissants tout auréolé de gras et poisseux de sucre, son nom et son adresse. Le garçon prit le papier en bafouillant et retourna hâtivement à son fournil. Les deux autres s'éloignèrent. Le goût des croissants chauds et des brioches tendres se perdait déjà dans leurs bouches, où revenait celui de l'alcool et du tabac dont ils avaient abusé au cours de la soirée. Et de même se perdait le bref instant d'enfance qui les avait saisis.

Au moment de se séparer Urbain demanda à Nuit-d'Ambre, — « Au fait, tu lui as vraiment filé ton adresse à ce cave ? » — « Et comment ! répondit-il, je lui ai écrit : « Nuit-d'Ambre-Vent-de-Feu, niché sous l'aile de l'Ange immense et saugrenu comme un oiseau de très grand vol. Avec ça, il peut toujours me chercher, le niquedouille ! »

Et c'est bien ce qu'il fit, le petit mitron, — il chercha. C'est qu'il avait pris absolument au sérieux la déclaration de Nuit-d'Ambre-Vent-de-Feu ; l'innocence était si grande en lui, si pure, qu'elle confinait à la simplesse. Il était à ce point dépourvu de toute malignité qu'il lui était impossible de soupçonner la moindre perfidie ou ironie chez les autres. Aussi, lorsque ce matin-là, ayant regagné son fournil, il avait défroissé le bout de papier gras griffonné par Nuit-d'Ambre, et qu'il avait lu cette adresse plus incompréhensible qu'un rébus chinois, pas une seconde il n'avait mis en doute le sérieux et la sincérité de cet homme qui s'était déclaré son ami. Il n'avait évidemment rien compris à cette absurde charade, mais ne s'en était nullement alarmé, — il ne s'en était même pas étonné. Comme ces princes-adolescents des contes qui, pour conquérir leur royaume ou rencontrer l'aimée, doivent subir épreuves et luttes, passer par mille détours mystérieux, ainsi avait-il réagi face à l'énigme, — il avait consenti avec calme et confiance à la difficulté qui s'imposait à lui. Alors, consciencieusement, jour après jour, il avait arpenté la ville, rue par rue, traqué toutes les figures d'anges qui pouvaient s'y trouver, afin de retrouver la trace de cet ami promis, et aussitôt disparu.

Car il se sentait si seul dans cette ville où tout et tous lui étaient étrangers. Il n'y était arrivé que depuis quelques mois ; l'immense espace urbain tout encombré d'immeubles, de monuments, d'automobiles, rongé de foule brutale et pressée, de bruits et de cris, l'égarait tout à fait et même l'angoissait. C'était la première fois qu'il quittait son pays, son village. Son île.

Un pays minuscule, détaché de la terre, — radeau de sable et de roche largué dans l'océan, la clarté et le vent. Son village, — quelques maisons très blanches aux toits de tuiles rondes tapies entre des vignes bordées d'herbes rouges, de tamaris, de pins, et les marais salants. C'était là, près des salants, qu'il était né, avait toujours vécu. En pleine mer, face à des jardins de sel éblouis de lumière très douce et vive, en pleine transparence. Une transparence qui lui étincelait et lui tintait encore au cœur, et qui faisait qu'il se sentait, au milieu de cette ville énorme et opaque, plus que jamais un insulaire. Depuis son arrivée à Paris il ne s'était encore lié à personne. Il vivait confiné dans une solitude qui lui pesait de jour en jour davantage, entre ses deux sous-sols, celui du fournil et celui de son logement. Aussi, lorsque ce matin de décembre il s'était vu interpellé depuis la rue par deux inconnus, et que l'un d'eux lui avait offert avec tant d'assurance son amitié, il s'était senti libéré soudain du poids si lourd de cette totale solitude où l'avait enfermé son exil à la ville. Quelqu'un allait l'arracher à son antre. Alors il avait cherché, longtemps.

Et il avait trouvé. Un jour il fut là, sur le trottoir de la rue de Turbigo, le nez pointé en l'air, bouche bée, sous le socle où reposaient les pieds invisibles de l'ange. D'emblée en l'apercevant il avait su que c'était lui, l'ange sous l'aile duquel nichait son ami tant recherché. Car il était vraiment immense, avec sa fine silhouette distendue sur trois étages, et tout à fait insolite, ainsi plaqué sur la façade d'un tel immeuble. Il l'avait regardé à s'en donner la berlue, le cou tordu vers les fenêtres abritées sous les ailes à s'en flanquer un torticolis. Alors, oubliant sa timidité, il s'était engouffré dans le hall, était allé sonner à la porte de la concierge. Elle ne connaissait personne du nom de Nuit-d'Ambre-Vent-de-Feu, mais lui se souvenait avec tant de précision de l'allure et du visage de cet inconnu et le décrivit si justement à la concierge que celle-ci finit par reconnaître de quel locataire il s'agissait et elle lui indiqua l'étage et la porte.

Il avait monté d'une traite, l'escalier et était arrivé tout essoufflé sur le seuil de Nuit-d'Ambre. Sans plus réfléchir, il avait frappé. Plusieurs coups, très sonores. Un silence bien plus sonore encore était alors retombé, emplissant le palier, accusant bizarrement les ombres, les angles des murs, et le dessin de sa main demeurée appuyée contre le bois de la porte, doigts repliés. Et il avait senti son cœur battre très vite, le sang lui affluer aux tempes, et ses yeux se brouiller. Le bruit d'un pas avait répondu à ses coups. Le bruit d'un pas aussi net et sonore que ses coups, — là, derrière la porte, se rapprochant. Et la porte s'était ouverte, brutalement, en grand. Ils s'étaient retrouvés face à face, dans l'embrasure de la porte, chacun planté d'un côté du paillasson.

Nuit-d'Ambre avait ouvert si soudainement la porte que la main du visiteur, restée appuyée contre elle, était alors tombée dans le vide, et en chutant s'était posée contre le torse de Nuit-d'Ambre. Celui-ci n'avait pas reculé, il avait juste regardé d'un air surpris cet inconnu qui semblait vouloir prendre appui contre lui. Mais l'autre tout de même s'était ressaisi, avait retiré sa main, et il avait fini par dire d'une voix mal assurée, baissant la tête : — « Vous ne me reconnaissez pas ?... » — « Je ne vous connais simplement pas », avait répondu Nuit-d'Ambre d'un ton plutôt froid. Alors l'autre s'était mis à parler très vite, en bafouillant, le souffle court. — « Si, si, vous me connaissez... enfin, oui et non... vous ne vous souvenez pas ?... les croissants, les brioches... enfin c'est vrai, ça fait déjà longtemps, il faisait très froid... au début de l'hiver... vous vous rappelez ? Vous étiez deux, dans la rue, il faisait encore nuit, vous... je suis le boulanger, enfin l'apprenti, vous m'aviez appelé, vous aviez faim et... oh, je ne sais plus quoi dire... vous, vous m'aviez dit de faire un vœu et que... ben, que... c'est difficile tout ça... — Mon ami, vous aviez dit cela. Que vous seriez mon ami... » — « Ah ! » fit Nuit-d'Ambre d'un air si détaché qu'il semblait signifier que même s'il retrouvait la mémoire de cette scène, il s'en foutait éperdument. — « Vous savez, reprit l'autre, je vous ai cherché longtemps. Ça oui ! Presque quatre mois que je vous cherche... c'est que les anges, ben, y'en a beaucoup dans cette ville, des statues je veux dire... » — « Des anges en pagaille à Paris ? s'était exclamé Nuit-d'Ambre amusé, voyez-vous ça ! Sûrement y en a-t-il moins que d'emmerdeurs, — à moins que les anges ne soient également des enquiquineurs ? » — « Je vous dérange ? » s'était aussitôt inquiété le mitron. — « Bah ! après tout on vous a bien dérangé un jour dans votre travail, alors cela vous donne peut-être le droit de venir me déranger à l'improviste dans mon farniente ? Et puis votre persévérance d'ange obtus me surprend. Entrez, puisque vous êtes là ! »

Il était entré, — et il était resté chez Nuit-d'Ambre-Vent-de-Feu jusqu'au soir. Car malgré ses airs d'ange balourd et têtu, sa petite voix de fausset pleine d'hésitation et ses yeux de myope enfouis derrière d'épaisses lunettes, il n'avait cessé de surprendre son hôte. Ils s'étaient assis sur le plancher, comme deux tailleurs, face à face. L'un avait parlé, pendant des heures, et l'autre avait écouté.

L'un avait parlé comme jamais encore il n'avait osé, ni même su le faire, jusqu'à présent. Il avait parlé de son île, perdue là-bas, au large des Charentes, de ces jardins de sel dressant leurs pyramides blanches, étincelantes, et de son père le saunier ratissant en silence cette poussière nacrée déposée par la mer. Son père, le soleil et le vent, tous trois unis en un labeur magique pour délivrer le feu de l'eau, cristalliser l'écume. Et lui, le fils unique, le chétif, — que le vent rendait malade.

Car le vent le rendait malade, tout comme il avait fini par rendre folle sa mère. Le vent, l'océan, sa mère, tous trois désunis en une violente discorde. Elle hurlait, sa mère, lorsque le vent soufflait trop fort, elle brisait tout dans la maison. Elle avait peur à en mourir. Elle était morte de cette peur. Car à force de hurler contre le vent, plus fort que le vent, — pour le faire taire, ne plus l'entendre, le refouler loin de son île vers les terres de là-bas, elle avait brisé les veines de sa gorge. Un jour son cri de folle avait rompu la vie en elle, l'avait étouffée dans un sanglot de sang.

Alors le père était devenu vieux, très vieux d'un coup, bien avant son temps. Il avait dû cesser de travailler, il avait dû abandonner ses grands jardins de sel, ses beaux châteaux d'écume, pour aller s'aliter en une maison dite de repos. Et lui, le fils unique, avait quitté son île, était parti loin de chez lui, de la mer et du vent ; loin de la vieillesse et de la mort, loin de la folie. Il était venu s'enfoncer dans la ville.

Mais le regard qu'il posait sur la ville était à l'opposé de celui de Nuit-d'Ambre ; il avait le regard d'un pauvre, d'un homme-enfant qui souffre d'être si seul parmi la foule et qui mendie discrètement, passionnément, la reconnaissance et l'affection des autres. Son regard était surtout d'une infinie tendresse,

— si loin, si radicalement loin de celui de Nuit-d'Ambre que celui-ci ne parvenait pas à le comprendre, mais se sentait toutefois, dans le même temps, curieusement mis en arrêt comme un chien de chasse surpris par une odeur insolite, qu'il ne peut pas identifier et qui ne sait pas sur la trace de quel animal il vient de tomber. Celle d'un petit gibier ou au contraire celle d'un grand prédateur? Et c'était cette ambiguïté, ce doute, qui l'avaient retenu auprès de son visiteur et assigné à une écoute d'une attention inhabituelle.

Le mitron portait un nom plutôt dérisoire, sa mère l'ayant affublé de son propre prénom de femme simplement amputé de la voyelle finale. Il s'appelait Roselyn Petiou. Il ne devait qu'à la disparition d'un e muet de ne pas être l'exact homonyme de sa mère. Mais à la disparition de quelle autre lettre mystérieuse devait-il également de ne pas être un homme accompli, d'avoir encore un corps inachevé? Car son corps, à plus de dix-sept ans, demeurait toujours celui d'un garçon impubère.

Et ce corps attardé, incomplet, voilà qu'il le livrait pour la première fois par la parole à quelqu'un. Un étranger dans lequel, d'emblée, il avait déposé toute sa confiance, par lequel, peut-être, il tentait de s'alléger de sa honte et de sa souffrance. Et tout le temps qu'avait duré cet aveu, Nuit-d'Ambre-Vent-de-Feu, accroupi sur le sol, avait senti monter au creux de ses aines, se tendre entre ses hanches, s'élancer vers ses reins, une étrange et violente douleur semblable à celle des femmes en menstrues. Comme si les paroles de Roselyn le rongeaient de l'intérieur, au plus intime de son corps ; comme si l'aveu de Roselyn mettait soudain en alarme et panique sa propre virilité. Cette virilité dont il s'était emparé sur les décombres mêmes de celle de son père, le Fou-d'Elle, et qu'il avait forgée à l'image de Cronos. Et le soir, lorsque son visiteur l'avait enfin quitté, il était parti retrouver Infante et était resté enfermé chez elle plusieurs jours pendant lesquels ils n'avaient cessé de faire l'amour. Pour chasser cette douleur confuse qui l'avait pris au ventre, aux reins.

Le désir en Infante était inépuisable. Son corps toujours s'ouvrait sur un labyrinthe infini de plaisir. Nuit-d'Ambre ne se lassait pas de caresser son corps tout en rondeur. Même en dormant ses mains continuaient à explorer le corps d'Infante, à l'étreindre. La relation qu'il entretenait avec elle était semblable à celle qu'un enfant gâté et gourmand a avec les pâtisseries, les confiseries, les glaces à la crème, — avec une nourriture nullement essentielle mais de pur désir, sinon de caprice. Une nourriture de luxe qui ne relève en rien de la faim, mais simplement de l'envie, et où le goût de la vraie faim se trouve même aboli, perdu. Il se gavait de son joli corps, en proie à une crise de boulimie, de superfluité. Jusqu'à l'écœurement.

Au soir du cinquième jour de son enfermement avec Infante, lorsqu'il se réveilla en sursaut sur le tapis où tous deux avaient roulé au terme de leurs ébats de l'après-midi, dans un fouillis de draps et de tissus froissés, et qu'il vit la nudité de leurs deux corps éclairée par la lumière rougeâtre du soleil couchant, il lui parut que ces corps étaient ceux de deux écorchés, — les membres ensanglantés, le visage, les mains, brûlés aux flammes. Il lui sembla même sentir l'odeur fade du sang. L'odeur d'un sang répandu en vain, déjà ranci. L'odeur devenue soudain nauséeuse de leurs corps épuisés de s'être frottés incessamment l'un à l'autre. L'odeur de l'amour réduit à une capricieuse fornication, rendue aigre par la retombée d'un désir assouvi et qu'aucune véritable tendresse ne venait relever. L'odeur du foutre et de la sueur, — à froid. Alors d'un coup le corps d'Infante, ce beau corps en excès, qui lui avait toujours été jouissance, s'était détaché de lui, de sa chair, de son sexe, avait roulé très loin de lui. Il s'était levé, rhabillé en toute hâte, et était parti sans la réveiller. S'était sauvé, avec un drôle de goût de sang pourri par tout le corps.

Roselyn Petiou était revenu visiter Nuit-d'Ambre-Vent-de-Feu, plusieurs fois. Ce mitron freluquet traînant incurablement ses gros chagrins de môme mal dégrossi, en mal d'amour, l'agaçait autant qu'il l'intriguait. Il ne parvenait toujours pas à se faire une opinion précise à son sujet, — le trouble obscur que jetait Roselyn en lui était beaucoup plus fort que le mépris qu'il lui inspirait dans le même temps. Ce crétin congénital, ce petit foutriquet de merde, comme il le qualifiait avec humeur et dédain en lui-même, ne cessait par ailleurs de s'imposer à sa pensée, d'ébranler quelque chose d'insaisissable en lui.

Il y avait simplement que Roselyn lui taraudait la mémoire, menaçant toutes les défenses qu'il avait érigées en son cœur et sa conscience depuis des années, comme si, dans son langage simplet et si sincère, l'autre ne faisait au fond qu'avouer ses propres tourments à lui, — ses vieux tourments reniés et relégués dans l'oubli.

Pendant tout un mois les visites de Roselyn se succédèrent, toujours plus rapprochées, et plus longues. Et lui, Nuit-d'Ambre-Vent-de-Feu, ne pouvait s'empêcher de l'attendre, tout en le redoutant. Il le laissait parler, parler sans fin, — de son île, de ce vent affolant, de son père au regard dévasté par la mer, la lumière, le sel, et à la fin le deuil ; et de sa mère dont le vent avait ravi la raison, et la vie. Une mère aussi folle que sa mère à lui, poussant les mêmes cris, — comme des ronces dans le cœur de son fils, et un père aussi faible que le sien, se raccornissant subitement dans son corps sous le coup du veuvage. Roselyn parlait aussi souvent d'une jeune femme nommée Thérèse ; il la connaissait depuis l'enfance, du temps où elle venait régulièrement en vacances dans son île. Il en parlait comme d'une sœur, une sœur aînée, aimée sans jalousie. Et cela aussi renvoyait Nuit-d'Ambre à sa propre histoire, à Baladine. Thérèse n'habitait pas Paris, mais bientôt elle allait venir, elle viendrait pour le voir, lui, Roselyn, et cette promesse le remplissait d'une joie infinie. Il écrivait à Thérèse chaque semaine, et ses lettres, il ne les jetait pas au fond d'une valise. Il les lui envoyait, toutes. Et elle y répondait.

C'était par tout cela que Roselyn déconcertait Nuit-d'Ambre ; il lui présentait un double inversé de lui-même, un curieux négatif. Cette semblable blessure qui les avait marqués tous deux dès l'origine s'était faite soumission, tendresse et humilité en l'un, révolte, colère et orgueil chez l'autre.

Mais il arriva un jour où cette différence, qui les rapprochait autant qu'elle les séparait, se fit discordance. Car à force d'aveux, d'évocations, la parole tout en douceur de Roselyn avait fini par percer tant de brèches dans la mémoire de Nuit-d'Ambre-Vent-de-Feu, par tant détruire ses défenses, qu'elle avait arraché au mutisme tout le passé de celui-ci. Son passé douloureux, haï.

Son passé-ennemi, voilà qu'une fois de plus il faisait retour, lui refaisait violence. Non plus par la laideur et la folie d'une vieille, mais par la simplicité de parole et la pureté de cœur d'un grand enfant égaré dans la ville.

La ville, toujours la ville, avec ses rencontres, ses hasards, — ses pièges. Il avait cru y trouver l'oubli, il y avait aménagé avec soin un plan de fuite continu, il avait voulu y faire taire à jamais, étouffée entre les pierres et le bitume, cette mortelle rengaine de la trahison ; mais la ville ne cessait de se retourner contre lui, de le trahir à son tour. A nouveau on lui reflanquait tout son passé en plein cœur comme un coup de vieux torchon souillé. La mère, le père, le frère, — ignoble bête tricéphale qui ne se laissait décidément jamais trancher le cou, qui revenait grimacer dans ses rêves.

Alors Nuit-d'Ambre-Vent-de-Feu s'emporta contre la ville autant que contre Roselyn.

Mais la ville elle-même s'emportait, — contre tout. Elle aussi se retournait avec violence contre son passé, son histoire. Elle entrait en colère, appelait à l'émeute. Car le printemps cette année-là ne fit pas seulement refleurir les arbres dans les parcs et reverdir les marronniers et les platanes le long des boulevards, il fit aussi fleurir, très curieusement, les rues elles-mêmes. Des graffiti extravagants tressèrent leurs slogans et dessins sur toutes les façades comme des réseaux de lierre rouge ; des affiches éclaboussèrent les murs de leurs lumières de papier qui se voulaient plus vives que celle du jour. L'une de ces affiches clamait : « La beauté est dans la rue. » On y voyait une jeune fille s'élançant, le bras dressé prêt à jeter une pierre. Une pierre contre tout, contre tous.

La beauté c'était cela en ce drôle de mois de mai qui ne chantait pas le temps des cerises mais celui des pavés : — un éclatement des pierres. Les pavés prirent d'ailleurs la couleur et la saveur des cerises, du moins pour ceux qui proclamaient : — « Je jouis dans les pavés ! » Les pavés se descellèrent, se mirent à rouler comme des galets sur les trottoirs. — « Sous les pavés, la plage. » Mais les pavés étaient bien plus que cela encore, ils se faisaient parole, grand alphabet de pierre. — « Je t'aime !!! Oh ! Dites-le avec des pavés !!!!! » Même l'amour se déclarait à coups de pavés, comme la beauté, comme le bonheur dont certains avaient même décrété « l'état permanent », tandis que d'autres affirmaient avec hauteur : — « Merde au bonheur. »

La métamorphose des pavés était infinie ; ils tenaient lieu de geste et de parole, de discours, d'action. De pouvoir. Car ils voulaient instaurer un nouveau pouvoir, tous ces entichés des pavés, — un pouvoir tout de jouissance et d'imagination. Et cela, ils le voulaient tout de suite. — « Jouissez ici et maintenant ! » Alors, faisant rimer scrutin avec putain, ils troquaient les bulletins de vote contre les pavés qui leur semblaient bien plus rapides et efficaces.

Des voitures explosaient, allumant, le long des caniveaux où elles étaient garées, d'énormes boules de flammes qui crépitaient comme des feux d'artifice. Car, jusque dans sa colère, la ville toutefois gardait un air de fête. Les gens, du coup, ne traversaient plus leur ville comme un ennuyeux dédale de rues balisées par le quotidien, mais y couraient en tous sens, gueulant à tue-tête, assaillant les bus, les usines, les bâtiments publics, les écoles et les universités, et se prenant sans cesse les uns les autres à partie en des dialogues ébouriffants. Car la parole se dépierrait, jaillissait de partout, se faisait cri et chant, incantation, provocation. L'espace et le temps de la ville n'étaient plus régis par l'ordre, le travail, l'habitude, mais venaient de basculer, de se faire ceux d'une gigantesque foire où tout était pagaille, enthousiasme, surprise. — « Il faut systématiquement explorer le hasard. »

La ville jouait à la révolution, et certains y crurent. Mais ce n'était qu'une flambée et parmi ceux qui montèrent au front des barricades, en se prenant pour de vrais petits soldats luttant avec vaillance en vue de lendemains qui chanteraient gaiement, plus d'un grilla rapidement toutes ses cartouches d'illusions. Les lendemains ne tardèrent pas à s'enrouer, ils chantèrent très faux et se remirent à radoter. D'ailleurs, certains des émeutiers eux-mêmes, plus perspicaces que leurs camarades amourachés de leurs pavés et qui se croyaient d'un génial réalisme « en demandant l'impossible », s'en étaient tôt méfié et avaient prévenu sans détour : — « Camarades vous enculez les mouches. »

La ville s'emportait, improvisait une guerre-éclair,

272

une jolie guérilla printanière. Mais de cela aussi Nuit-d'Ambre-Vent-de-Feu se trouva exclu. Il passa à côté comme il était toujours passé à côté de l'histoire, qu'elle fût chaussée de bottes puant la mort et claquant la démence, ou de tennis à semelles de vent et lacets mal noués.

Il confondait tout, — la ville, Roselyn Petiou, et le réveil nauséeux de l'hydre familiale. Il se confondait lui-même avec la colère de la ville. C'étaient les mêmes cris, les mêmes heurts, les mêmes feux et explosions, dans les rues et en lui. Pierres et corps, tout s'arrachait, se retournait. Sous les pavés, la plage. Sous l'oubli, le déni, — la mémoire.

La ville s'emportait, de jour en jour flambait l'émeute. Ceux qui portaient leur jeunesse comme un œillet rouge à la boutonnière dépavaient les rues pour arracher de sous leurs pieds les lourdes pierres du passé encrassées par l'ennui, engluées de vieillerie, pour décaper leur société et la rouvrir à un mouvement plus rythmé de l'histoire. Ils voulaient vivre, et non plus simplement durer. Ils voulaient vivre leur jeunesse.

De jour en jour se creusait la détresse en Nuit-d'Ambre-Vent-de-Feu, et montait sa fureur. Cette mémoire rongée de deuils, de folie, hantée de cris de traîtres, c'était tout cela qu'il voulait dépaver, retourner de fond en comble. Se déchaper le cœur, enfin, et à jamais. Il voulait vivre sans souvenirs, il voulait vivre sans souffrir. Retrouver derrière sa mémoire remise à nu une fois de plus, — une fois de trop, l'oubli. Un oubli second, profond à l'infini. Un bel oubli vivace, ivre et plein d'innocence.

Alors un jour, parvenu aux limites de cette

mémoire de fou, à bout de nerfs, il s'était rappelé la promesse qu'il s'était faite plus d'un an auparavant : — que celui qui oserait rouvrir sa blessure de mémoire, il le tuerait. Quel qu'il soit. Et tout comme la ville s'amusait à jouer à la guerre, il décida de jouer à l'assassin.

Un assassin. Car cette fois-ci il était prêt à tuer. Par le crime, la délivrance, se disait-il. Derrière le crime, la liberté. Sous le crime, la vraie vie.

Un assassin.

Ne l'avait-il pas enfin trouvée, sa victime ? N'était-elle pas venue à lui, d'elle-même, en toute insouciance, — et toute imbécillité ? Ce n'était pourtant pas faute d'avoir tout fait pour l'égarer, mais l'autre s'était acharné à le pister, le retrouver. Puis, l'air de rien, à l'exaspérer, au détour de mille paroles qui lui avaient rouvert autant de plaies dans la mémoire. Autant de cris.

Cet abruti, accoutré d'un nom grotesque. Un nom de femelle avortée ! Et doublé d'un patronyme encore plus ridicule ! Et qui traînait avec tout ça un corps de gamin attardé, voué à l'impuissance tous azimuts, et qui palabrait pendant des heures d'une voix de fausset en vous scrutant d'un air crétin de ses petits yeux de hareng saur, enfouis derrière ses gros hublots toujours embués de larmes, — eh bien, il l'avait bien cherché, en fin de compte, ce cave, à devenir une victime. Parfaitement, il l'aurait bien mérité de se faire estourbir.

De se faire massacrer.

Un massacre. Ce fut effectivement ce qui eut lieu. Car Nuit-d'Ambre-Vent-de-Feu passa aux actes.

Mais sitôt accompli, les actes le dépassèrent. Tout se déroula très vite, comme à son insu, presque. Son rôle, dans cette mise à mort dont il fut l'instigateur, ne fut même pas celui de l'assassin ; — pire, peut-être, il eut le rôle de celui qui livre. Le délateur, la muse noire. Le rôle le plus bas, le plus abject. Celui du traître.

Roselyn, ce fut aux mains de ses associés en malfaisance ludique que Nuit-d'Ambre-Vent-de-Feu le livra. Tout le temps qu'il avait reçu les visites du mitron, il n'en avait rien dit à Urbain, car il aurait eu honte d'avouer une telle fréquentation qui finissait, à y bien regarder, par prendre des airs obscènes d'amitié. Mais lorsque, acculé à sa mémoire à vif, il s'était rebellé et retourné contre celui qui l'avait traqué là, l'idée lui était venue de se venger de son persécuteur en le livrant à Urbain et à ses comparses. Ceux-là, avec leur cynisme à outrance, sauraient bien infliger à Roselyn Petiou une punition à la mesure de sa répugnante niaiserie.

Ils le surent, en effet. Ils surent trouver une humiliation à la mesure de la totale humilité de Roselyn, lui imposer une agonie à la mesure de sa si grande douceur. Non pas à la mesure, — à la démesure, par inversion. Car tout fut inversé ; l'extrême bonté et la simplicité de la victime dictèrent à ses bourreaux une inspiration d'une cruauté et d'une sophistication aussi extrêmes.

Et Nuit-d'Ambre-Vent-de-Feu, entre eux tous, servit d'intermédiaire. Il fut le traître, celui qui vint livrer aux bourreaux la victime, — son ami.

Le traître, — celui qui bascule, mains et âme liées, dans la nuit la plus noire.

Dans l'absolu de la nuit.

NUIT DES BOUCHES

NUIT DES BOUCHES

1

Le train filait. Nuit-d'Ambre-Vent-de-Feu ne dormait pas, — il n'y avait dorénavant plus place en lui pour le repos. L'oubli lui était refusé, à jamais. Par la vitre éblouie de soleil il voyait défiler une campagne en fleur, un ciel lisse et bleu. Mais ces images ne le pénétraient pas, elles glissaient juste à fleur de son regard absent, dérivaient loin de lui. Ses yeux demeuraient obstinément fixés sur une autre image, — le visage de Roselyn.

Sur les yeux gris de Roselyn, immenses, emplis de larmes et d'épouvante.

Sur la momie de Roselyn.

Sur sa bouche toute brûlée de sucre, toute étouffée de couleurs.

Et sur Thérèse aussi. Sur le corps de Thérèse.

Sur ses mains. Sur ses cheveux et sur ses seins. Et sur ses lèvres entrouvertes, si graves et belles.

Il ne pouvait plus voir autre chose. Et dans sa bouche, — ce goût de sel. L'enfer de la soif lui dévastait la bouche. Une soif qui lui était venue lorsqu'il avait vu Roselyn basculer dans la mort, et qui depuis ne le quittait plus. Il avait soif à en perdre la raison. Etait-ce d'avoir léché les larmes de sa victime, — comme si ces larmes contenaient toute l'eau des salants de son île ? Il avait soif à en mourir. Mais il n'en mourrait pas, il le savait, et quand bien même en serait-il mort, cette soif encore le tenaillerait jusque dans la mort. Il le sentait.

Il avait quitté Paris au petit matin. Finie, la rue de Turbigo. L'ange de pierre l'en avait délogé d'un coup d'aile. Ce sourire niais de l'ange, comme il lui pinçait le cœur à présent ! Il était parti seul, il avait fui tel un voleur. Un voleur dépouillé de tout, un voleur qui se serait volé lui-même. Il avait abandonné là-bas ses quelques biens, — sa malle, ses livres, ses vêtements. Il avait tout laissé sous l'aile vide de l'ange. Il n'avait emporté que sa vieille valise, qui ne renfermait rien pourtant, — rien que des feuilles de papier toutes marquées de brûlures, de trous. Lorsqu'il avait rouvert sa valise où depuis des années il enfouissait ses lettres à Baladine, ses écrits, ses cahiers, tous les mots s'en étaient échappés.

Tous les mots, lettre par lettre, par milliers, s'étaient brusquement envolés en une formidable trombe de signes, pareils à de minuscules insectes d'encre. Lettres-Clefs-et-Clous, — myriade noire et cliquetante. Et toutes ces lettres détachées, devenues folles, s'étaient éparpillées à travers la chambre, étaient allées s'écraser contre les murs, contre les vitres. Pas un seul mot n'était resté écrit, toutes les feuilles et les enveloppes avaient perdu leurs textes et ne portaient plus que des traces roussâtres de brûlures.

Des papiers en dentelle qui tremblaient au fond de la valise. Pas un seul mot n'avait été sauvé. Il l'avait aussitôt refermée et sans attendre davantage, sans plus se soucier de ses autres affaires, il avait fui. Il était parti à pied, avait remonté une dernière fois la rue Réaumur jusqu'au boulevard de Sébastopol, puis enfilé le boulevard de Strasbourg. Il avait marché vite, sa valise était légère, ne s'était pas arrêté en chemin, ne s'était pas retourné.

Pourtant la ville était toujours en émoi, les rues sens dessus dessous, — déambulatoires où nul ne se croisait sans s'interpeller à voix forte. Des gens couraient, certains chantaient, d'autres criaient, tout le monde s'agitait, discutait. La ville s'était ouverte sans limite à la parole. Une parole multiple, vive, mouvante, qui à tout instant improvisait des discours, des chants, des slogans, des vitupérations ou de fulgurants aphorismes, et surtout des dialogues entre inconnus. Une parole si ivre d'elle-même, si ébahie de totale liberté, qu'elle déferlait de partout à la fois quitte à ne pas toujours savoir quoi dire, comme l'avouait un des plus pertinents graffiti du moment : — « J'ai quelque chose à dire mais je ne sais pas quoi. » Ce qui comptait, c'était avant tout l'acte de dire, l'élan donné à la parole. Certains faisaient l'amour en pleine rue, appliquant par là l'un des slogans à la mode ce printemps-là, — « Déboutonnez votre cerveau aussi souvent que votre braguette ». Une façon comme une autre de jouer au Sans-Culotte sans prendre d'autre risque que celui d'un plaisir à la sauvette.

Mais lui ne voyait rien, et n'avait rien à dire. Le regard gris de Roselyn lui aveuglait les yeux, le goût du sel lui asséchait la bouche. A quel homme, à quelle femme, dans cette foule saoule de sa propre révolte, eût-il pu dire ce qui lui empoignait le cœur avec tant de violence ? Il était hors-jeu. Là où pour tous régnait l'utopie et triomphait la libre parole, tout s'était fait pour lui atopie et mutisme. Même l'écriture l'avait abandonné, renié. Lui qui depuis l'enfance s'était voulu le complice des mots, il se retrouvait brutalement privé de toute parole.

Et sa thèse qu'il venait d'achever au bout de six années d'études, il ne la soutiendrait pas. Jamais. Il l'avait laissée avec tout le reste, dans le désordre de sa chambre abandonnée. Ce qu'il avait bâti avec tant de travail, de passion et d'application, ne l'intéressait plus. Fatras de mots qui avaient perdu sens. D'ailleurs tous ces mots qu'il avait pourtant si longuement mûris, si minutieusement pesés, avaient peut-être eux aussi fondu comme une cire d'encre, brûlé les pages, ainsi que ceux de ses lettres et cahiers. Qu'importaient à présent ses ratiocinations et enquêtes autour du concept de trahison, alors que lui-même était devenu une torturante incarnation du traître.

Le train filait. Tout paysage était visage. Celui de Roselyn.

Il l'avait laissé revenir chez lui, l'avait mis tout à fait en confiance pour vaincre sa maladive timidité. — « Roselyn, lui avait-il dit d'un ton doucereux, j'aimerais te présenter à mes autres amis. Ils seraient si heureux de faire ta connaissance. Je t'invite à une soirée organisée chez l'un d'eux. Ce sera très simple, je t'assure, et nous serons peu nombreux. Et puis, je serai avec toi, je ne te laisserai pas seul. Vraiment, cela me ferait tellement plaisir que tu viennes. » Roselyn avait résisté, il avait peur des gens comme un enfant s'effraie au milieu d'adultes inconnus, mais son ami avait tant insisté qu'il avait fini par céder. — « Bon, je viendrai si tu le veux... mais je suis timide, tu sais... je n'ai pas l'habitude des sorties, des gens... on ne restera pas longtemps, hein ?... et tu ne me laisseras pas tout seul parmi eux, dis ? » Nuit-d'Ambre-Vent-de-Feu avait promis.

Et il avait tenu sa promesse rigoureusement à l'envers.

La soirée eut lieu chez Pallas qui habitait un vaste appartement rue de la Butte-aux-Cailles. Cette soirée avait été préparée avec art, et excitation surtout. Ses organisateurs en étaient Urbain, Pallas, le Scribe, le Lunatique et encore quelques autres. Infante n'était pas venue, sa quête toute personnelle du plaisir avait d'autres impératifs ce soir-là. Nuit-d'Ambre, lui, était l'instigateur de la soirée.

C'était lui qui avait lancé l'idée et l'avait présentée de façon à séduire ses comparses ; — piéger le mitron, ce chétif imbécile, ce petit cave larmoyant, le tenir entre leurs griffes raffinées et se jouer de lui comme des chats avec un souriceau, — jusqu'à ce que mort s'ensuive.

Nuit-d'Ambre-Vent-de-Feu et Roselyn étaient arrivés ensemble. Sitôt entrés dans l'appartement la porte avait été refermée soigneusement derrière eux. Tous les autres étaient déjà là, les attendant. Ils étaient tous vêtus avec la plus grande élégance. Nuit-d'Ambre avait introduit son ami dans le grand salon où devait se dérouler la soirée. Il le tenait par l'épaule. Roselyn, tout tremblant de timidité, ne se maintenait droit que grâce à cette main familière posée sur lui en un geste affectueux et réconfortant. Il avait apporté une boîte de bonbons, — des berlingots, et il serrait maladroitement son petit paquet entre ses mains. Dès qu'ils pénétrèrent dans le grand salon ils furent saisis par l'intensité de la lumière. Toutes les lampes étaient allumées. L'hôtesse et les autres invités étaient assis côte à côte sur la longue table du dîner recouverte d'une magnifique nappe en lin d'une blancheur éclatante, tenant leurs jambes croisées dans le vide. La table n'était pas dressée, aucune vaisselle n'y était disposée. Pallas et ses compagnons semblaient vouloir se substituer à la vaisselle.

Tous ces distingués assis ne dirent pas un mot à l'entrée des deux arrivants, ils se contentèrent de fixer un regard parfaitement glacé sur le mitron endimanché. — « Le voici, annonça Nuit-d'Ambre-Vent-de-Feu, je vous présente Roselyn Petiou, mon très cher ami. Je vous l'apporte en cadeau, j'espère qu'il vous plaira. » Roselyn ne comprenait déjà plus rien, il ne reconnaissait même plus la voix de son ami. Jamais encore il n'avait entendu ce ton de voix coupant, cynique, chez Nuit-d'Ambre. Et la main posée sur son épaule lui parut soudain d'un poids terrible, — une patte de béton accrochée à lui. Et qui le poussa brutalement au milieu de la pièce. En pleine lumière, à la croisée de tous ces regards hautains. Car sitôt la présentation faite, Nuit-d'Ambre-Vent-de-Feu l'avait effectivement poussé brusquement et s'était détourné de lui. Et Roselyn s'était retrouvé tout seul, pris de vertige, tripotant nerveusement la ficelle de son paquet de confiserie. Il ne pouvait plus bouger, ni parler, ni surtout regarder qui que ce soit. — « Eh bien, monsieur Petiou, avancez donc, venez à nous ! lui lança enfin Urbain. Cette soirée est en votre honneur, j'espère que vous saurez vous montrer digne de notre réception. Allez, approchez ! » Mais Roselyn ne parvenait à se maintenir encore debout que grâce à un effort gigantesque ; au moindre pas il se serait écroulé. Il fixait désespérément le bout de ses souliers. — « Voyons monsieur Petiou, ne restez pas planté comme un piquet de bique au milieu de mon salon, reprit Pallas. Venez au moins nous apporter ce ridicule petit paquet que vous serrez convulsivement sur votre ventre ! Que contient-il donc ? » Alors Roselyn, tenant toujours la tête baissée, avait tendu tout droit son bras dans le vide et avait balbutié : — « ... Bonbons... » Aussitôt un formidable éclat de rire avait retenti à la table. La main de Roselyn tremblait tant que son paquet finit par se défaire ; tous les bonbons roulèrent au sol. Les rires redoublèrent. — « Monsieur Petiou est effectivement une bique, lança Pallas, voyez : il vient semer ses petites crottes de constipé en sucre au beau milieu de mon salon ! » — « Votre attitude est indécente, continua le Scribe, cela est ni plus ni moins de l'incontinence ! » — « Vous savez, ajouta le Lunatique, le loup a bouffé la chèvre de monsieur Seguin pour bien moins que ça, aussi nous vous prions d'apprendre à vous tenir, car si vous faites trop la bique nous serons dans l'obligation de jouer aux loups ! » Et alors tous se mirent à se moquer de lui, se complaisant à répéter son nom comme un mot tout à fait grotesque. Seul Nuit-d'Ambre-Vent-de-Feu ne disait rien. Il se tenait à l'écart, adossé contre un mur, et regardait Roselyn en fumant. Roselyn tourna enfin la tête vers lui et lui jeta un regard implorant, mais il ne croisa qu'un regard infiniment distant et méprisant.

Alors ses dernières forces le lâchèrent. Ses jambes ne le portaient plus. Ses genoux ployèrent, il s'effondra sur le plancher, au milieu de ses bonbons, et se mit à pleurer. — « L'incontinence de monsieur Petiou est vraiment sans limite, fit observer Pallas, voilà qu'il pleure à présent ! » Et les berlingots mouillés par les larmes se collaient sur le plancher.

Nuit-d'Ambre n'écoutait même plus les sarcasmes toujours plus virulents lancés par ses complices, il n'entendait que les pleurnicheries de Roselyn ratatiné sur le sol. Et le dégoût montait en lui, ainsi que la colère. Il finit par s'arracher du mur, traversa la pièce et vint empoigner Roselyn par les cheveux. — « Ça suffit, maintenant, s'écria-t-il, relève-toi, espèce de loque ! Fous-toi debout, invertébré ! Et cesse de chialer, ce débordement de pisse lacrymale est répugnant ! Sache que nous haïssons les faibles, et que la pitié nous révulse. Si tu continues à chigner de la sorte je t'écrase comme un cafard. Oust, debout ! » Et, le relevant de force, il l'avait traîné par les cheveux jusqu'à la table parmi les cris et les applaudissements de ses compères. Puis il l'avait jeté à leurs pieds.

A partir de cet instant tout était allé très vite. Tous s'étaient mis à boire, s'enivrant d'un cocktail très particulier préparé par Urbain et se saoulant de mots, d'injures, de railleries dont ils accablaient le mitron. Ils l'avaient forcé à se déshabiller et, lui bandant les yeux, ils s'étaient amusés à le brinquebaler en tous sens, se gaussant impitoyablement de sa nudité, — sa nudité de larve, d'homme inaccompli, au torse creux, aux membres grêles, au sexe de garçonnet. Ils lui avaient brisé ses lunettes, ses grosses lunettes de

myope dont les verres lui rabougrissaient les yeux
comme des trous de mite. Nuit-d'Ambre ne touchait
plus à Roselyn, il se contentait de contempler les
autres s'acharner contre lui. Il était retourné s'adosser
contre un mur après leur avoir livré sa victime en
pâture. Il riait, d'un rire continu, de plus en plus
perçant. Un rire dont il n'était plus maître comme si
c'était le breuvage concocté par Urbain qui l'avait
insinué en lui. Un rire d'halluciné qui lui faisait
grincer des dents et qui semblait aiguillonner toujours
plus violemment la fureur des autres. Il sentait ses
nerfs se dénuder un à un, s'étirer à vif dans sa chair. Il
sentait sa raison vaciller, basculer dans une lumière
crue, acide, où tout se découpait avec une effrayante
précision. Il sentait sa colonne vertébrale lui traverser
le dos comme un pal d'acier et son cœur tourner à
toute allure comme une boule de flammes. Il sentait
son sexe se tendre jusqu'à la douleur, prendre la dureté
et la rugosité d'une pierre. Se tendre hors désir, —
muscle étiré par l'angoisse, raidi de froid.

Et il sentit cela encore : — le cri de sa mère lui
remonter du fond de ses entrailles, lui lacérer le ventre.
Le cri de leurs deux mères, — la sienne et celle de
Roselyn. Tout se mit à se confondre. La ferme de
Terre-Noire encerclée de forêts et l'île de Roselyn
encerclée par la mer. Des coins de terre, de roche,
détachés du territoire. La mort rôdant dans les forêts
parmi les arbres centenaires, le vent soufflant depuis la
mer, levant ses vagues comme une armée de boucliers
à l'assaut de la terre. Et les larmes des pères, ces
mêmes chiens-époux, ces mêmes époux-veufs. Ces
larmes qui s'étaient écoulées de leurs corps en détresse,
comme une perte de semence par laquelle se tarit leur

287

virilité. Et sa sœur et Thérèse, la petite et la sœur aînée, toutes deux perdues dans un lointain au bout du songe et du désir.

Dans ses yeux dilatés par le feu du breuvage venait danser la silhouette chancelante de Roselyn, venait tourner sa pitoyable nudité. Ce corps livide et maigrelet, cette carcasse d'impubère, se tordait comme une flamme blanche dans ses yeux. Une flamme de sel. Il riait. — « Encore ! Encore ! hurlait-il entre deux grands éclats de rire, faites encore tournoyer la toupie ! »

Roselyn ne disait rien, ne geignait même plus ; il se laissait ballotter comme un épouvantail. Il semblait s'être absenté de son corps. Le bandeau qui lui cachait les yeux était trempé de sueur et de larmes, sa bouche grimaçait une sorte de rictus qui ressemblait à un sourire tremblant. — « Tourne, tourne, petit mitron, criait Nuit-d'Ambre-Vent-de-Feu plaqué contre le mur, il faut moudre le blé, et chauffe, chauffe, il faut encore cuire le pain ! Allez ! Tourne et chauffe et brûle et tournicote petit mitron, pour devenir le roi de la boulange ! Tu voulais un ami ? Ne l'as-tu pas trouvé ? Un bel ami pluriel. Admire un peu comme nous te recevons, nous, — ton ami ! » Mais en vérité ce que Nuit-d'Ambre-Vent-de-Feu entendait tout en criant ses moqueries, c'était cela, rien que cela : — « Tourne, tourne, petit jumeau de mon enfance abandonnée, trahie, petit jumeau de ma douleur et de ma solitude ! Tourne jusqu'à l'épuisement... jusqu'à user mon ancienne souffrance, jusqu'à laver et purifier mon antique blessure. Tourne, je te l'ordonne et t'en supplie ! Libère-moi de ma mémoire, libère-moi de mon passé ! Tourne, tourne et foule de tes maigres pieds nus tous ces cris de nos mères, ces sanglots de nos pères, — réduis-les en poussières ! Je t'en supplie je te l'ordonne ! Et puis crève à la fin, pour en terminer à jamais avec tout souvenir, avec toute pitié, avec toute faiblesse !... Tourne et crève, petit mitron, afin de me délivrer pour toujours de moi-même ! »

Lequel d'entre tous eut l'idée de la mise en scène finale, il ne s'en souvenait plus. C'était « l'ami pluriel » qu'ils étaient devenus à eux tous qui avait dû avoir soudain cette inspiration. La belle nappe blanche avait été découpée en longs rubans, et sur la table nue ils avaient étendu Roselyn. Et là, tandis que certains le maintenaient bien allongé et l'empêchaient de se débattre, d'autres s'étaient appliqués à l'enrouler dans ces rubans. Depuis les pieds jusqu'à la tête. Ils l'avaient enserré de bandelettes ainsi qu'une momie, avec des gestes lents et très méticuleux, sans plus parler ni crier. Le jeu devenait très sérieux à présent, le corps misérable du mitron ne les faisait plus rire car son empaquetage le magnifiait progressivement : — il ne s'agissait plus de le langer par dérision mais de le préparer au sacrifice. Et leur silence intensifiait la terreur de Roselyn. Seul Nuit-d'Ambre-Vent-de-Feu continuait à proférer son rire perçant.

Lorsque les bandelettes lui avaient atteint le menton, Roselyn avait tenté de dégager sa tête et s'était écrié : — « Nuit-d'Ambre ! Ne les laisse pas me tuer, ils vont m'étouffer... sauve-moi, je t'en supplie... j'ai peur ! Ne les laisse pas me tuer... » De s'entendre ainsi appelé par cette voix implorante, Nuit-d'Ambre-Vent-de-Feu s'était arrêté pile de rire. Qui donc l'appelait ? Que lui voulait-on ? Quoi, c'était cette momie là-bas, ce gisant de tissu couché sur la table du dîner ? Ce paquet de chiffon ? Et il osait mendier de la pitié ! — « Pour qui nous prends-tu, toi et moi ? lui avait-il alors lancé avec colère, pour Lazare et Jésus peut-être ? Mais sache que moi je fais tout à l'envers, pas de résurrection, mais l'éloge de la destruction ! Pas de salut, mais la damnation radicale ! Aucune miséricorde, seulement la rage et le courroux ! Tu voulais mon amitié ? Je t'ai donné bien mieux que ça, — je t'ai fait don de ma haine. Reste dans tes bandelettes, ensevelis-toi dans la blancheur de la mort et disparais. Non mais, quelle impudence, quelle insolence ! On lui offre une jolie mort en lin blanc rebrodée d'exquises petites fleurs en fil blanc, et taillée sur mesure encore, et lui, le mitron, il ose récriminer ? Je te la ferai avaler, moi, ta pitié de mirliton ! »

Les autres avaient repris leur travail d'emmaillotage, mais en épargnant encore la bouche. De même avaient-ils ménagé une fente à hauteur des yeux. Puis ils avaient fait une pause, pour l'observer tout à loisir se débattre contre l'étouffement et se repaître de son regard d'animal apeuré. Il ne pouvait plus respirer que par la bouche. L'air sifflait entre ses lèvres sèches. Et soudain Pallas avait suggéré : — « Et si on faisait goûter à notre hôte les bonbons qu'il nous a si aimablement apportés ? Car après tout, qui nous prouve qu'il ne les avait pas empoisonnés ? » Ravis par cette idée ils s'étaient empressés de ramasser les berlingots tombés sur le sol et les lui avaient fourré en vrac dans la bouche. Bientôt le sucre s'était mis à fondre dans la salive, agglomérant les bonbons en une croûte qui lui collait aux dents et qui, lentement, lui obstruait la bouche.

Ils avaient contemplé la mince momie blanche lutter désespérément pour s'arracher à l'étreinte des bandelettes et à l'emprise du sucre. Ils avaient écouté, fascinés, les coups très sourds et toujours plus précipités de son cœur affolé battre sous le tissu. Ils avaient admiré les métamorphoses de cette bouche en sucre de toutes les couleurs, — le rouge, le vert, l'orange, le rose, le violet et le jaune se mêlaient, s'écoulant en longs filets de salive épais comme un saignement de résine. Des bulles moirées où jouait la lumière se gonflaient entre ses lèvres, crevaient ensuite avec un petit bruit sec. — « Bravo ! s'était écrié Urbain, n'avais-je pas dit que tu étais le roi de la boulange ? Tu es bien mieux que cela, — cher mitron, tu es l'empereur de la confiserie ! »

C'est alors que Nuit-d'Ambre-Vent-de-Feu s'était approché de la table. Il avait écarté les autres et, se penchant sur la momie de Roselyn, il avait arraché de ses yeux le bandeau que les embaumeurs lui avaient remis lors du gavage par bonbons, afin de ne plus concentrer leur attention que sur la bouche ensucrée. Mais lui, il voulait voir. Il voulait voir les yeux de Roselyn pour y surprendre le bref regard de la mort.

Mais il ne surprit rien du tout. Ce fut lui, bien au contraire, qui se trouva surpris. Par-delà toute mesure.

Les yeux de Roselyn, c'était la première fois qu'il les voyait. Des yeux que ne masquaient plus les lunettes, que ne déformaient plus les gros hublots de myope. Des yeux dilatés par l'angoisse, la suffocation. Des yeux immenses, d'un gris de cendre, très pâle et lumineux. Des yeux emplis de larmes qu'irisait la lumière.

291

Roselyn le regardait. Mais le reconnaissait-il dans cet état de totale frayeur où il sombrait ? En tout cas il n'y avait dans son regard nulle trace de haine ou de ressentiment, — rien qu'un abîme de stupeur, et de douleur. C'était le regard d'un éternel enfant, dont l'innocence et la bonté n'étaient même pas altérées par la trahison que celui dont il avait fait son ami venait de commettre.

Nuit-d'Ambre-Vent-de-Feu avait saisi la tête de la momie à la bouche emplie de sucre rougeâtre et orangé, et aux grands yeux couleur de cendre ; il l'avait soulevée entre ses mains et s'était penché sur elle. Dans ces yeux devenus miroirs il aperçut le reflet de son propre visage. Son portrait miniature tremblait dans les eaux argentées des yeux de Roselyn.

Jusqu'où allait s'enfoncer son image, — jusqu'au cœur, jusqu'à l'âme ? Et soudain, ce mot qui n'avait jamais pris sens pour Nuit-d'Ambre-Vent-de-Feu, surgit en lui avec violence et se mit à prendre vie. A prendre une force terrible. Il sentit son visage basculer tout à fait en Roselyn, sombrer jusqu'en son âme, — son âme d'homme en agonie.

Car Roselyn était en train de mourir, là, entre les mains de Nuit-d'Ambre-Vent-de-Feu. Il allait péné-trer le mystère de la mort en emportant avec lui l'image de son ami, — son ami traître et assassin.

Nuit-d'Ambre se sentait emporté, irrémédiable-ment. — « Roselyn, Roselyn, appela-t-il dans un murmure... ne meurs pas... ne meurs pas je t'en supplie !... » Mais déjà l'éclat de cendre des yeux de Roselyn commençait à se ternir et Nuit-d'Ambre voyait son reflet s'envaser lentement, glisser vers le trou béant de la pupille. Il serrait la tête du mourant entre ses mains, s'y agrippait. — « Roselyn, Roselyn, je t'en supplie... ne me laisse pas seul, ne disparais pas comme ça... ne t'en vas pas avec ce reflet dans tes yeux... Roselyn, sauve-moi... » Et il voulait lui dire : — « N'emporte pas mon âme dans ta mort, sauve-nous tous les deux ! Reprends vie, rends-moi cette âme que tu me voles... » Il voulait dire des mots absurdes dont le sens lui échappait encore tout à fait, mais dont la force le tenaillait comme des griffes. Et il essuyait son front en sueur, ses paupières toutes mouillées. Et soudain il se mit à le lécher.

Il lui léchait la face, les yeux gonflés de larmes et d'épouvante, les lèvres encollées de sucre. Il tentait de mordre dans cette énorme croûte formée par les berlingots fondus pour la briser, pour libérer la bouche, lui rendre le souffle et la parole. Il voulait l'entendre, — l'entendre lui dire : — je te pardonne.

Il réussit à fendre la croûte de sucre, mais à l'instant où il y parvenait il sentit affleurer aux lèvres de Roselyn un souffle très ténu qui hésita au bord de la mince faille entrouverte, et qui vint effleurer ses propres lèvres. Mais ce très léger souffle chavira aussitôt. Il chavira au contact même de leurs deux bouches pressées l'une contre l'autre. Et ce souffle se mit à refluer, puis, tout doucement, il s'éteignit. Et de même disparut le reflet de Nuit-d'Ambre-Vent-de-Feu dans le gris plombé des yeux de Roselyn. Nuit-d'Ambre aperçut ce portrait minuscule de lui-même glisser et tournoyer dans la pupille comme s'il tombait au fond d'un puits.

Il avait senti dans ses mains le poids de la tête qu'il soutenait se faire en même temps plus mou et plus lourd et la sueur se glacer. Alors il s'était remis à frotter sa face contre le visage à moitié bandé de Roselyn, à lui lécher les paupières et les lèvres, mêlant le goût poisseux du sucre au goût salé des larmes et de la sueur. Et il avait mordu dans ces rubans de lin qui l'enserraient, les déchiquetant en geignant. Car il ne savait plus que gémir, comme si tout en sa bouche s'était également mis à fondre, — les mots, les cris, les questions, les appels, ainsi qu'un sucre épais, brûlant, mêlé de sel. Et c'était là le goût de son âme perdue à l'instant même où il la découvrait, ce goût gluant, irritant, immensément assoiffant. Sucre et sel.

Le train filait. Par la fenêtre entrouverte les odeurs du printemps pénétraient dans le compartiment et semblaient égayer l'humeur des voyageurs qui déballaient de quoi manger ; certains frottaient des pommes sur leurs manches pour les faire reluire avant de mordre dans leur chair juteuse. Nuit-d'Ambre-Vent-de-Feu ne sentait rien, n'éprouvait ni faim ni désir. Sa bouche demeurait desséchée par le goût âpre du sel et le goût cuisant du sucre. Goût tout de violence. Sa bouche, plus encore que ses yeux, gardait mémoire.

Il n'y avait plus de mémoire que du corps. Une mémoire d'animal, toute sensorielle et passionnelle. Et dans son corps aux sens à vif, dans cette chair de bête aux aguets, l'inattendu avait pris place, quelque chose d'inconcevable encore pour sa raison, d'absolument incongru : — le poids de l'âme.

Mais tous les poids en lui se confondaient, et les mémoires et les saveurs. Poids des âmes et des corps mêlés, mémoires d'yeux et de bouche et de peau. Sel et sucre condensés à l'extrême, jusqu'à la soif inapaisable. Jusqu'au tourment. Poids des autres devenus bloc, et, en contrepoids de cette masse obscure et terriblement lourde, le poids tout de douceur du corps de Thérèse.

Thérèse. Il n'avait passé qu'une nuit avec elle, mais cette nuit avait suffi pour que tout en lui fût bouleversé, à jamais. Il savait qu'il ne pourrait avant longtemps, très longtemps, approcher d'autres corps de femmes, quand bien même il savait tout autant qu'il ne la reverrait certainement jamais plus. Elle lui avait retourné le corps comme un gant de chair, elle l'avait arraché à lui-même comme nulle avant elle ne l'avait fait. Elle l'avait introduit à une autre jouissance. Par elle il s'était enfoncé au plus profond de la nuit de la chair. Jusqu'aux ténèbres originelles du corps.

Il avait tant frotté sa face à celle de Roselyn, avait si farouchement léché le visage souillé de larmes, de sueur et de sucre fondu, qu'il avait fini par donner à ce visage le poli d'une pierre. Alors il s'était détourné de la table où gisait la momie à la face lavée, aux lèvres purifiées, et s'était enfui de ce lieu où désormais tant l'espace que le temps n'existaient plus. En se sauvant il avait ramassé la veste de Roselyn jetée sur le plancher parmi ses autres vêtements. Lorsque la porte avait claqué derrière Nuit-d'Ambre-Vent-de-Feu, les autres qui jusque-là s'étaient tenus en spectateurs, s'étaient ressaisis, et Urbain avait déclaré d'un ton amer : — « Péniel me déçoit ! Au fond, il faisait bonne équipe avec ce cave. Mais maintenant finissons-en, nous devons au plus vite nous débarrasser du cadavre. » — « C'est exact, avait confirmé Pallas, la soirée est terminée. Il conviendrait de desservir la table. Le dessert a été consommé, alors enlevez-moi ces restes. » Urbain et deux autres convives s'étaient chargés d'ôter les résidus en question et de les faire disparaître. Ils étaient allés dans la nuit jeter le corps du mitron dans les eaux de la Seine, assez loin hors de Paris, du côté de Nogent, en prenant soin de le lester de lourdes pierres afin qu'il se tienne le plus longtemps possible bien discrètement au fond du fleuve. Mais pour plus de sécurité encore ils lui avaient préalablement fracassé les os de la mâchoire et toutes les dents afin que ce corps ne puisse pas être authentifié au cas où il serait retrouvé, même dans plusieurs années.

Nuit-d'Ambre-Vent-du-Feu n'était pas rentré chez lui. Il s'était rendu chez Roselyn dont il avait trouvé les clefs dans la veste. C'était la première fois qu'il pénétrait chez Roselyn, leurs rencontres ayant toujours eu lieu rue de Turbigo. Un logement en sous-sol dont les fenêtres protégées de barreaux donnaient juste au ras de la rue. Nuit-d'Ambre en voyant ces fenêtres perchées sous le plafond s'était souvenu de ce que Roselyn lui avait raconté au sujet des pieds des passants, — des souliers de femmes particulièrement, et de leurs chevilles. — « Les gens pensent toujours que ce doit être très désagréable d'habiter en sous-sol, lui avait-il dit un jour, eh bien moi ça me plaît car je vois par centaines des pieds et des jambes de femmes. Et puis j'aime écouter le bruit de leurs talons pointus sur le trottoir. Ce bruit des pas qui s'approche, passe et s'éloigne, quand on y prête bien attention, ça devient aussi troublant qu'une voix. A force de voir tous ces pieds, d'écouter tous ces pas, j'ai fini par pouvoir deviner à chaque fois quel genre de corps s'élance au-dessus, quel type de femme, et même parfois par imaginer leur visage, leurs yeux. As-tu remarqué comme la démarche et la résonance des pas s'accordent avec le regard? Il m'est arrivé plusieurs fois de tomber amoureux de femmes dont je n'avais vu que les pieds et les chevilles. Elles marchaient d'un pas vif... si vif, si joli... j'aurais rougi de voir leurs yeux! » Mais cette nuit-là nulle femme n'était venue faire résonner le bruit troublant de ses talons le long du soupirail. Un silence total régnait dans la chambre, dans la rue. Un silence si pur qu'il semblait nier la présence de la ville tout autour, sourdre d'ailleurs, — du corps disparu de Roselyn peut-être, de sa bouche laquée de sucre? De sa mâchoire brisée.

Ce silence intriguait Nuit-d'Ambre, — un tel silence au plein cœur de la ville, et d'une ville encore toute secouée d'émeutes, était incompréhensible. Debout au centre de la chambre il écoutait cet inouï silence. Et ce fut ainsi qu'il s'endormit, debout, la tête dressée vers le plafond, les yeux perdus dans le silence.

Le silence s'était brisé vers l'aube, dès les premières lueurs. Il avait été dispersé, emporté à grands coups de balai par le concierge de l'immeuble qui nettoyait son petit bout de trottoir avec zèle. Et ce bruit de balai frottant le sol s'était engouffré en Nuit-d'Ambre, dans sa tête, dans ses yeux et sa bouche. Alors le pouls énorme de la ville avait recommencé à battre de toutes parts, sa rumeur à réaffluer comme le sang d'une blessure, jusqu'en Nuit-d'Ambre-Vent-de-Feu.

Il se secoua de son étrange engourdissement. Il avait dormi à la façon des chevaux, et ses genoux lui faisaient mal. Il se mit alors à arpenter la chambre où le jour descendait lentement. Et cette coulée du jour entre les murs couverts d'affiches, d'images, de photos, le terrifia, — car sa conscience faisait retour. Tous les souvenirs de la veille se glissaient dans la clarté rosâtre du matin et venaient se poser un à un autour de lui.

Des visages émergeaient des murs, — posters immenses de chanteurs, d'actrices, et portraits plus humbles d'inconnus, les parents de Roselyn sans doute, des gens de son village. Et parmi cette foule de visages tantôt géants et tantôt miniatures, partout, des photos de mouettes, de goélands, tous pris en plein vol.

Visages et oiseaux de mer dévoraient la blancheur des murs, trouaient la chambre comme un château de sable attaqué par le vent. Et les oiseaux tournaient autour des visages comme s'il se fût agi de barques renversées ou de brouettes emplies de sel.

Des brouettes emplies de sel, — ce fut ainsi qu'apparurent soudain les portraits à Nuit-d'Ambre-Vent-de-Feu. Et pas seulement ces portraits de stars et ceux de la famille Petiou, mais tout visage, quel qu'il soit, était également cela, seulement cela : — une brouette de sel. Et cette image le terrifia.

Il avait alors détourné son regard des murs pour échapper à ce charroi de visages de sel et l'avait rabattu vers les meubles, les choses ; vers l'inerte. Tout était parfaitement rangé dans la chambre du petit mitron, un ordre impeccable régnait parmi ses affaires. Sur une étagère accrochée au-dessus du lit il remarqua quelques livres et une boîte à chaussures. Il passa en revue la bibliothèque suspendue de Roselyn ; elle était aussi réduite qu'hétéroclite. Il s'y trouvait un dictionnaire, un recueil de chansons, deux livres de pâtisserie, un grand livre de contes illustrés, une anthologie de poésie française, un vieux missel et une dizaine de romans. Nuit-d'Ambre-Vent-de-Feu sortit les livres un à un et les feuilleta. Dès qu'il entrouvrit le dictionnaire une pluie de pétales et de feuilles séchées en tomba. Roselyn utilisait son dictionnaire comme un herbier. Des traces de pollen et de teintes de fleurs tachaient certaines des pages, enserrant des colonnes de mots dans des auréoles bleutées, rosâtres, ocres ou violines, pourprées ou mimosa. Ses yeux parcoururent une liste de mots englobés dans un ovale violâtre : — nativité / natrium / natronite / natte / naturaliser / naturaliste / nature / naturel / naucore / naufrage / naumachie / naupathie / nauplius / nause / nausée / naute / nautique... Une senteur doucereuse où se mêlaient l'odeur un peu poussiéreuse du papier et le parfum des fleurs fanées s'exhalait de cet herbier de mots. Des mots perdus à tout jamais, des mots que ne viendrait plus visiter Roselyn. Nuit-d'Ambre-Vent-de-Feu referma d'un coup sec le dictionnaire. Il prit le recueil de chansons. Des vieilles romances tout en rengaines et doux refrains. Roselyn chantait-il le soir chez lui ? Peut-être que sa voix de fausset savait se poser dans la musique et y trouver enfin son aise, y oublier la maladresse liée à sa parole aigrelette ? Les livres de pâtisserie arboraient des photos succulentes à regarder, des chef-d'œuvres de sucre, de crème, de nougatine, de fruits confits, d'amandes, de miel et de chocolat. Etaient-ce là les rêves du petit mitron, — réussir à modeler de ses propres doigts de tels admirables desserts conçus exclusivement par et pour le désir, — un fou désir d'enfant, un pur désir de bouche ? La page de garde du livre de contes portait une dédicace écrite à l'encre violette déjà fanée, d'une main appliquée avec un zèle un peu tremblé : — « A notre petit Roselyn qui aime tant rêver, pour ses sept ans. Avec toute notre tendresse. » Et au-dessous, la date et deux signatures : — le 21 septembre 1958. Maman et Papa. A l'automne Roselyn aurait fêté ses dix-huit ans. Serait-il enfin devenu adulte ? En aurait-il enfin fini de rêver comme un petit garçon naïf, de trembler devant les autres, de prendre feu et flammes pour des fantômes d'amitié ?

A chaque livre Nuit-d'Ambre-Vent-de-Feu retombait dans de nouveaux rets de questions, avec toujours le même tourment. Il les rejetait un à un au pied du lit. Il y balança également le missel sans prendre la peine de l'ouvrir. « Certainement le missel de sa première communion, pensa Nuit-d'Ambre ; il doit être entrelardé d'images pieuses, ridicules. » Il prit alors l'anthologie de poésie et se mit à la parcourir distraitement. Un poème retint son attention, interrompant le frou-frou des pages tournées rapidement. Un poème de Verlaine, extrait de *Sagesse*. Le chant de Gaspard Hauser.

> *Je suis venu calme orphelin,*
> *Riche de mes seuls yeux tranquilles,*
> *Vers les hommes des grandes villes :*
> *Ils ne m'ont pas trouvé malin...*

Une fois encore Nuit-d'Ambre-Vent-de-Feu claqua le livre. Il n'y avait donc plus un mot qui ne le ramenât de force à Roselyn ? Gaspard Hauser, Roselyn Petiou, — hommes aux yeux si tranquilles, qui portent une paix, une douceur, qui font violence aux hommes des grandes villes. Hommes-enfants dont la place ne peut être parmi les hommes des grandes villes, mais réside au fond des forêts, au milieu des rochers, des salines, parmi les oiseaux des bois ou les oiseaux de mer. Dont la place est ailleurs, est l'ailleurs... mais pas ici, pas ici ! Nuit-d'Ambre-Vent-de-Feu s'était relevé brusquement et remis à arpenter la pièce ; il piétinait dans sa détresse avec colère, s'emportait à nouveau contre sa victime. — « Mais pourquoi, pourquoi ne t'es-tu pas défendu, dis ? Pourquoi es-tu venu te livrer à moi si facilement, exciter ma fureur, me pousser au crime, hein ? Pourquoi as-tu fait de moi un assassin ?... »

Gaspard Hauser, Roselyn Petiou. Il les confondait tout à fait à présent. Et d'autres vers alors lui revinrent en mémoire, un autre chant pour Gaspard Hauser, celui de Georg Trakl, plus douloureux encore, plus étouffant que celui de Verlaine. Et ces vers chargés d'ombre lui montèrent à la bouche ainsi qu'un flux de salive brûlante.

> *Grave était son séjour dans l'ombre de l'arbre*
> *Et pur son visage.*
> *Dieu parla une douce flamme à son cœur :*
> *Homme !*
>
> *En silence ses pas trouvèrent la ville au soir ;*
> *La sombre plainte de sa bouche :*
> *Je veux être un cavalier.*
>
> *Mais le suivaient bête et buisson,*
> *Maison et jardin ténébreux d'hommes blancs*
> *Et son assassin le cherchait.*

Printemps, été, et beau, l'automne
Du juste, son pas léger
Au long des chambres sombres des rêveurs.
La nuit il restait seul avec son étoile ;

Vit que la neige tombait dans les branches nues
Et dans le vestibule ténébreux l'ombre du meurtrier,

D'argent s'affaissa la tête d'un jamais né.

Chaque mot prenait un poids extraordinaire. Chaque mot se prononçait en lui avec netteté. Le poids de ces mots était même si lourd qu'il avait l'impression que ses mâchoires allaient craquer. Il aurait voulu pouvoir mordre la terre. « La sombre plainte de sa bouche »...

Nuit-d'Ambre-Vent-de-Feu chercha de nouveau à faire diversion à son angoisse. Il retourna vers le lit ; « cette boîte à godasse doit sûrement contenir des sacs de billes ou de vieilles petites voitures, se dit-il, ce serait bien le genre de Roselyn d'avoir pieusement gardé ses jouets de môme. » Il avait besoin de tripoter quelque chose, de s'oublier lui aussi dans un moment d'enfance. La boîte était légère. Une boîte en carton qui avait contenu une paire d'escarpins dont le modèle était dessiné sur une étiquette sous laquelle était écrit : Vitello Verde. Il l'ouvrit ; elle était aux trois quarts remplie de lettres. Des lettres bien classées en paquets reliés par des élastiques. Il saisit la plus grosse liasse ; c'étaient les lettres de cette jeune femme dont Roselyn lui avait si souvent parlé. Il lut le nom et l'adresse au dos des enveloppes. Thérèse Macé, 3 rue des Alouettes. Nevers. Nièvre. Et il lut aussi les lettres, — toute la liasse, d'une traite. Ce courrier s'étalait sur plus d'une dizaine d'années. Les premières lettres étaient celles d'une fillette à un petit garçon, puis d'une adolescente et enfin d'une femme, — toujours à un enfant. Un éternel enfant dont la pureté de cœur, la bonté et la simplicité semblaient n'avoir cessé d'émerveiller Thérèse. De l'inquiéter aussi parfois. Roselyn avait dû lui parler abondamment de Nuit-d'Ambre car Thérèse dans ses dernières lettres revenait souvent sur ce sujet, posant des questions sur cet homme qu'elle désignait comme « ton ami mystérieux qui me paraît aussi bizarre, sinon suspect, que le nom et l'adresse de pure fantaisie qu'il t'avait donnés lors de votre première rencontre ».

Cette Thérèse, que savait-elle de lui à la fin ? Et lui, que savait-il d'elle ? Seulement cela : qu'elle connaissait Roselyn depuis l'enfance, qu'elle lui portait une affection d'une indéfectible fidélité, qu'après bien des détours à travers le pays elle avait fini par se fixer à Nevers où elle était à présent libraire, et que le ton de ses lettres était remarquable de clarté, de finesse et d'attention portée à son correspondant. Nevers ? Pourquoi Nevers ? Et où donc se situe exactement la Nièvre ? Nuit-d'Ambre-Vent-de-Feu s'étonnait autant du nom de la ville que de la localisation de sa région. Pourquoi donc cette femme qui semblait avoir tant voyagé, avoir si longtemps hésité entre différents pays, avait-elle fini par échouer dans cette petite préfecture plantée au centre du pays ? Nevers ; il se répétait le nom de la ville comme pour essayer de percer les raisons de l'installation de Thérèse en ce lieu, mais en fait c'était sans cesse le mot anglais never qui lui venait à l'esprit. Il voulait dire Nevers, il entendait systématiquement never. Never again, never more.

Cette Thérèse l'intriguait. Il sentait confusément qu'en elle devait résider l'issue par laquelle s'échapper de ce terrible labyrinthe, refermé autour de lui par la mort de Roselyn. Never-ending, never, never. Il éprouvait un besoin croissant de la rencontrer. Un besoin qui se fit bientôt nécessité, impératif.

Il était ressorti en toute hâte, avait couru à une poste. Le matin rosissait les façades, l'eau qui coulait le long des caniveaux semblait toute fraîche et très vive. Mais lui ne voyait rien, ne sentait rien.

« Venez d'urgence. stop. Je vous attends chez Roselyn. stop. Nuit-d'Ambre-Vent-de-Feu. » Puis il avait encore ajouté avant de tendre son télégramme à la postière : « Je vous attends. Urgence. Venez. » Il avait tant besoin de la voir qu'il incantait sa venue en une répétition têtue, un martèlement aveugle des mots. Il était revenu aussitôt chez Roselyn, comme si Thérèse pouvait y arriver d'une seconde à l'autre du simple fait qu'il venait à l'instant de réclamer sa venue, et s'était à nouveau enfermé dans la chambre. Toute la journée il était resté entre les quatre murs, à fureter parmi toutes ces choses désormais inutiles, — objets, livres, vêtements. Il avait lu ses lettres, parcouru à nouveau ses livres, retourné dans tous les sens ses vêtements, tripoté les bibelots, comme si en tout il cherchait à traquer quelque secret de Roselyn. Mais il n'y avait rien d'extraordinaire à trouver, aucun mystère à débusquer et à percer, — Roselyn avait toujours été un être d'une telle transparence que nulle ombre ne pouvait s'attarder après lui. Et Nuit-d'Ambre ne rencontra partout que cela même qu'il redoutait le plus : l'extrême simplicité de Roselyn, sa légèreté d'enfant. Son innocence et sa fragilité.

Nuit-d'Ambre-Vent-de-Feu s'était assoupi dans l'après-midi. Il n'avait rien mangé depuis la veille, la tête lui tournait. Tout tournoyait, jusque dans le rêve qu'il fit.

Il marche droit vers la mer, mais la mer recule à mesure qu'il avance vers elle. Sa marche est pénible car il doit traîner une lourde brouette ; ses poignets sont ficelés aux brancards de la brouette. Elle est pleine de sel en gros cristaux. Leur éclat aveugle les mouettes rassemblées tout autour et qui battent des ailes en criant.

La mer recule toujours. Mais lui ne bouge plus. Il est à présent libéré de sa brouette. Les oiseaux ont disparu ; juste quelques carcasses et quelques plumes jonchent le sol, çà et là. Le sol n'est ni de terre ni de sable ni de galets, mais de sel qui réverbère violemment la lumière.

La lumière, très blanche, vibre. Le ciel tourne lentement. Assis sur une balançoire, le dos tourné à la mer devenue vert sombre, il tient sur ses genoux une boîte à chaussures. Lorsqu'il l'ouvre un cri fantastique en surgit, s'en échappe telle une alouette filant droit sur le soleil, monte à l'aigu. Se brise, recommence. Un cri de femme devenue folle.

Un homme essaie d'écrire sur le sel mais le vent ne cesse d'effacer ses mots. Il ne se lasse pas pourtant, retrace toujours les mêmes signes avec une égale application, une constante patience.

Le vent chasse les mots comme des nuages, des oiseaux apeurés. Never, never. L'homme qui écrivait avec ses doigts dans le sel est emporté avec les mots, il roule dans le vent avec eux.

Au-dessus de la mer tirée comme un large trait vert à l'horizon, une fenêtre basse s'éclaire. Une main vient de tirer les rideaux. D'épais rideaux de velours bronze. Une main de femme, — son autre main est posée sur l'épaule d'un homme. Tous deux sont jeunes, leurs visages sont pleins de gravité, de dureté. Ils se ressemblent, — frère et sœur. Ils se ressemblent tant qu'ils semblent être d'une même et unique figure, la version masculine et la version féminine. Mais ils se tiennent l'un près de l'autre comme deux amants. Leurs yeux sont brûlés de fatigue, de désir fou, d'amour malheureux. On sent que, s'ils tournaient brusquement leurs visages l'un vers l'autre, leurs faces se briseraient comme du plâtre, exploseraient, tant leurs regards sont pleins de passion, de douleur. Leurs bouches sont rouge sombre, ils remuent leurs lèvres, imperceptiblement. La pluie se met à tomber, qui bientôt recouvre les vitres. Leurs visages encore un moment tremblent derrière la fenêtre ruisselante.

Une fille, assise en tailleur, juste au bord de la mer, est en train de tirer l'aiguille. Une très fine aiguille d'argent qui stridule au bout de ses doigts aux ongles rongés, ainsi qu'un grillon. — « La mer s'est déchirée, dit la fille sans relever la tête de dessus son ouvrage, il faut la recoudre. »

La mer est une énorme bâche d'un vert huileux, entaillée à l'ourlet d'un grand coup de couteau. Nuit-d'Ambre-Vent-de-Feu reconnaît la fille, — c'est la sœur qui se tenait à la fenêtre. Elle est vêtue du même tissu que la mer. Ses joues sont creuses, sa bouche immense, magnifique. Des lèvres couleur brique.

La fille est à genoux par terre, elle tâtonne le sol. Elle paraît nerveuse, ses cheveux sont tout ébouriffés. Nuit-d'Ambre-Vent-de-Feu la regarde, mais lui ne se voit pas, il se tient tout le temps hors du champ de son propre regard. De même n'entend-il pas sa propre voix ; il a dû cependant questionner la fille car elle lui répond d'une voix sourde, tendue : — « Vous voyez bien ce que je fais ! Je cherche ses baisers. Ses baisers dans mes cheveux. Le vent m'a décoiffée et m'a volé tous les baisers que mon frère avait enfouis dans ma chevelure. Ils sont tombés à terre. Aidez-moi à les retrouver, s'il vous plaît ! » Elle redresse vers lui un instant son visage, — ses yeux sont violet sombre, ses lèvres craquelées par le vent froid, chargé de sel, qui souffle sur la plage avec force. — « Aidez-moi, je vous en supplie ! » dit-elle encore.

Le frère et la sœur sont couchés côte à côte en travers de la plage. Leurs têtes, leurs bras, leurs flancs se touchent. Ils sont nus, enserrés des chevilles jusqu'aux épaules dans un morceau de la bâche verte. Un lambeau de la mer. Nuit-d'Ambre-Vent-de-Feu en s'approchant aperçoit la fine aiguille d'argent qui volète vivement autour d'eux en sifflant, — elle les coud peau à peau. Ils ont le même regard, étincelant comme un galet jeté au fond d'un puits, cerné d'ombre, — et des bouches semblables, larges, les lèvres dures, et belles, découvrant un peu les dents.

L'aiguille file et siffle. Elle coud leurs lèvres

maintenant. Mais de dessous leurs lèvres rougies de sang, sourd une plainte. La sourde plainte de leurs bouches. « Never, never. Je veux être un cavalier. Je veux être ton amant je veux être ton amante. Never-ceasing, never-failing. » L'aiguille pique leurs baisers, les déchire. Un peu de sang perle à leurs lèvres et des cristaux de sel étoilent leurs paupières.

Le vent a emporté la grande bâche verte ; il n'y a plus de mer, elle claque dans le ciel avec un bruit de lourd tissu mouillé. Des chiens à têtes de poissons, — d'admirables têtes couvertes d'écailles argentées, iri-sées d'infinis reflets, marchent sur deux pattes, dressés comme des hommes, et poussent des brouettes. Ils sont des centaines, des milliers peut-être, qui défilent sur la plage déserte. Une plage insensée qui a perdu la mer. Leurs brouettes sont pleines de bonbons. Des berlin-gots verts et violets.

Le sable, qui est de sel, recouvre lentement le double corps des amants fraternels, bâtit sur eux un mausolée. Le sable-sel prend la couleur de la cendre, et luit.

Les chiens à têtes de poissons ont disparu, il n'en demeure qu'un seul, immense. Son corps est celui d'un grand lévrier, à poil gris clair, lumineux. Il se tient très droit, dressé sur ses pattes. Il esquisse quelques pas de danse, fait des bonds, de plus en plus haut. Sa souplesse est remarquable. Son rythme s'accélère.

Le lévrier à tête de poisson est étendu au pied du mausolée de sable couleur de cendre et de sel. Il module tout doucement un long gémissement, très mélodieux, léger. Le sable s'écroule, se disperse. Le double corps des amants, — du frère et de la sœur cousus peau à peau, émerge à nouveau ; dans les cheveux épars de la fille il y a des berlingots collés. Les baisers de son frère. Ils dorment, les amants fraternels, tempe contre tempe, le même sourire un peu tendu à leurs lèvres gercées. Un sourire de fatigue. Le lévrier a basculé sur le flanc. Il a maintenant le visage de Roselyn. « Je veux être ton ami », dit-il dans un souffle. Et il tremble, il tremble...

Il s'était réveillé en sursaut. On venait de frapper contre son front, en plein dans son rêve. De frapper à sa tempe. Il se leva le cœur battant, tout à fait égaré, ne sachant plus exactement où il se trouvait. Les coups continuaient à la porte, — quelque chose de patient, et de têtu, dans la façon de les répéter. Dehors, le jour commençait son déclin.

Thérèse se tenait sur le seuil. Elle ne portait aucun bagage. Dès qu'il ouvrit elle porta sur lui un regard perçant, très vert et sombre sous la frange de cheveux blonds qui lui couvrait le front. Elle ne lui tendit pas la main, ne lui souhaita même pas bonjour. — « Où est Roselyn ? » demanda-t-elle juste, d'une voix un peu sourde qui semblait se répercuter dans le silence, longtemps après qu'elle se fut tue. Et lui, tout empreint encore de son rêve, lui avait répondu avec un geste vague à hauteur de visage, — « Il est là... et il tremble, il tremble... » — « Mais c'est vous qui tremblez ! » lui avait-elle alors fait remarquer. Et il avait reculé lentement dans la chambre, les bras repliés contre le torse, les yeux grands ouverts, et embués de sommeil, fixant d'un air hagard la jeune femme blonde debout dans l'encadrement du seuil.

Elle était entrée, avait refermé la porte, et s'était

avancée vers Nuit-d'Ambre-Vent-de-Feu. Les pas de la fille sur le plancher lui résonnaient dans la tête, le cœur. Elle lui marchait dans le corps. — « Ah ! s'était-il exclamé doucement, vos souliers... vos souliers sont verts, à talons hauts !... » Thérèse s'était immobilisée au milieu de la pièce et avait regardé ses pieds d'un air étonné. « Eh bien oui, pourquoi cette surprise ? Vous n'avez donc jamais vu d'escarpins verts ? C'est un cadeau de Roselyn, il me les a envoyés cet hiver. Je les porte toujours, ils me plaisent beaucoup. » Elle était vêtue d'une jupe à plis, en tissu léger, d'un gris soyeux et d'une veste en coton vert clair ; un foulard à fleurs grises et roses lui couvrait les épaules. Ses cheveux étaient remontés en chignon, deux fins pendants d'argent se balançaient à ses oreilles. Plus remarquable encore que ses yeux vert sombre était sa bouche, — large comme une blessure, et grave.

Elle avait parlé, beaucoup. De Roselyn, de cette île où elle l'avait connu enfant, de cette amitié entre eux qui ne s'était jamais perdue malgré leurs différences de vie, leur éloignement. Elle avait parlé d'elle aussi, mais peu. De sa vie longtemps errante, indécise, et depuis peu enfin fixée. A Nevers.

Pas une fois elle n'avait posé la question « Où est Roselyn ? » comme si d'emblée elle avait compris. Compris que Roselyn ne se trouvait nulle part, nulle part en ce monde ; que dorénavant il ne résidait plus qu'en eux. En elle, l'amie qui toujours l'avait aimé comme une sœur aînée, et en cet homme aux yeux couleur d'ambre tâché d'or qui l'avait aimé comme un assassin fou. Car elle avait aussi senti cela : — que Nuit-d'Ambre-Vent-de-Feu avait chassé Roselyn de ce monde, et qu'en le chassant il s'était perdu lui-même. Et qu'il l'avait appelée, elle, à son secours, — à son secours d'assassin dépassé par l'horreur de son acte. Elle ne se révoltait pas, ne cherchait même pas à savoir ce qui s'était passé, comment, pourquoi. Il était trop tard pour cela. La seule chose qui comptait à présent était de sauver la mémoire de Roselyn, — non pas un simple souvenir purement formel et vide, mais une vraie mémoire à jamais pleine de la présence de celui qui venait de disparaître. Tout cela, elle le sentait d'une façon très confuse, mais avec une force immense.

La nuit était tombée, tous deux se trouvaient toujours dans la chambre, tantôt assis, tantôt arpentant l'espace, et parlant. Puis la parole s'était tue, comme usée, cassée d'un coup, ou bien dissoute dans la pénombre qui emplissait lentement la pièce. La rumeur de la ville leur était parvenue, — on entendait des cris au loin, des foules en marche et en émeute, des sirènes de police, des fracas de carreaux brisés à coups de pierre. Autour d'eux, dans les rues, partout, la jeunesse réclamait ses droits. Son droit à la parole, au désir, au bonheur, au plaisir. Et eux, terrés au fond de leur trou, en contrebas de la rue, ils écoutaient cette énorme clameur de fête et de révolte avec un curieux mélange d'étonnement et d'indifférence. Ils avaient l'âge des manifestants qui couraient au-dessus de leurs têtes, ils auraient pu se joindre à eux, ils auraient dû être des leurs. Mais leur jeunesse en cet instant se jouait ailleurs.

Loin de la ville, loin de toutes les foules, loin de l'histoire. Hors du présent même, peut-être. Quelque part dans les marges du temps, sur l'extrême frange de l'éternité. Leur jeunesse était comme en suspens, en exil même, — leur jeunesse était en cet instant l'otage d'un absent.

Ils s'étaient tus. Elle avait retiré sa veste. Elle portait un simple polo noir décolleté sur la gorge et la nuque comme un maillot de danseuse ou de nageuse. Elle se tenait assise sur une chaise dans un angle de la pièce, tout à fait immobile. Lui restait debout, le dos contre le mur, près du lit, les mains croisées derrière les reins. Il la regardait. Et soudain, elle avait eu ce geste admirable, bouleversant de beauté : — elle avait légèrement incliné son buste en avant, tendant le cou et relevant vivement la tête vers Nuit-d'Ambre-Vent-de-Feu, et avait posé ses mains contre ses seins, les doigts ouverts en éventail comme si une douleur, ou une surprise, venait de traverser son cœur. Et lentement elle s'était levée, s'était avancée vers lui, — les seins toujours englobés sous les paumes, les doigts rayonnants vers la gorge. Ses yeux étaient grands ouverts, écarquillés presque, et leur regard était tout à fait insensé. Ses lèvres étaient entrouvertes, et tremblaient imperceptiblement. Lui, le mur faisant corps avec son dos, — il se sentit basculer dans l'épaisseur du mur.

Thérèse marchait vers lui, droit sur lui, et le bruit de ses talons résonnait dans le mur, se répercutait dans tous les sous-sols de la ville. Etait-ce donc cela que les manifestants venaient d'exhumer à force de dépaver les rues, — ce bruit fou de pas de femme en souliers verts, ce pas de femme frappée de stupeur, de douceur, ce pas de femme belle à en perdre la raison ? Etait-ce donc là l'enjeu de toute cette lutte lancée par la jeunesse armée de cris, de pierres et de chansons, — ce simple pas de femme en talons hauts, martelant le silence souterrain de la ville pour le propager partout à travers la terre, — à travers terre et corps, et entre vivants et morts ? Ce pas de femme foulant le cœur, le sang des hommes, froissant leurs muscles et leurs nerfs, pour les dévaster de désir ? Ce pas de femme résonnant jusqu'au-dedans de la bouche pour y briser toute parole, y creuser une faim, une soif, à jamais inapaisables. Ce pas de femme dans la bouche devenant proie d'un amour fou, devenant gouffre hanté de cris et de baisers.

Elle avait marché ainsi jusqu'à lui, s'était avancée tout contre lui. Leurs hanches se touchaient, leurs souffles se mêlaient. Alors leurs mains s'étaient saisies brutalement l'une de l'autre. Ils se prenaient par les épaules, par la nuque, par les cheveux, se repoussant dès qu'ils se tenaient pour mieux se ressaisir à nouveau l'un de l'autre.

Sa jupe grise dégrafée avait glissé le long de ses cuisses dans un très doux bruissement, s'était effon-drée sur le sol, s'y était étalée en immense corolle. Sa jupe en plissé soleil couleur de cendre, répandue au pied du lit sur le plancher comme un halo de lune.

Dans l'obscurité la peau de Thérèse aussi avait ce teint très pâle, blanchoyant. Son corps, très menu, pesait à peine contre le corps de Nuit-d'Ambre ; seule sa chevelure dénouée avait un poids, tant elle était épaisse et longue

Le train approchait de son pays maintenant. Et c'était ce poids-là, ce poids de chevelure blonde glissant d'une épaule à l'autre, se renversant, se mêlant d'ombre, d'odeurs, se laissant pénétrer de caresses, alourdir de baisers, qu'il ressentait encore au creux des mains, dans son cou, sur son torse et sur son ventre.

A ce corps-là, à cette chevelure, il se sentait lié à jamais. Thérèse lui avait révélé du corps, de la jouissance et du désir, ce qu'aucune autre ne lui avait même laissé soupçonner, quel que fût le plaisir que ces autres femmes aient pu lui donner. Elle l'avait entraîné dans ces géographies de fond de mer qui s'étendent à l'infini sous la peau, — double géographie, en elle et en lui ; géographies étrangères et cependant coïncidant par un obscur et très violent réseau de failles. Elle l'avait conduit au comble de la douceur, elle lui avait appris l'absolu de l'abandon et de l'oubli de soi en l'autre, jusqu'à la perte. Jusqu'à l'émerveillement, — à l'épouvante. Car cette joie, atteinte tout au bout de la nuit de la chair, dans l'épuisement des caresses, des baisers, dans l'aveuglement des regards, était aussi une épouvante des sens, et du cœur.

Et tout au bout de cette nuit du corps où elle l'avait ainsi mené, il avait retrouvé Roselyn.

Roselyn dérivant à fleur d'eau, et qu'il fallait haler du fleuve jusqu'à la mer, qu'il fallait aider à dériver sans heurts, sans peur. Roselyn flottant comme un léger radeau couvert de sel, — sa charge de larmes et de sueur s'en retournant vers Dieu. — Y serait-il consolé ?

Et dans les yeux de Nuit-d'Ambre-Vent-de-Feu les images s'étaient soudain mêlées. Il revoyait ces longues péniches chargées de sable, qu'il avait si souvent suivies le long des quais de la Seine, en se promenant vers l'île aux Cygnes jusqu'au pont de Javel, vers Issy-les-Moulineaux, et un nom lui revint : — Morillon-Corvol.

Ce nom d'une entreprise de sablières se mit à résonner en lui, à se scander étrangement jusqu'à devenir légère et sombre mélodie. Morillon-Corvol, le nom était beau. Un nom au fil de l'eau, un nom lié au sable, un nom qui traversait la ville chaque jour en silence, sans que les citadins y prêtent grande importance. En cet instant il sembla pourtant à Nuit-d'Ambre-Vent-de-Feu que ce nom, qui lui revenait brusquement à l'esprit, était l'un des noms magiques de la ville. Et ce nom tournait dans sa bouche avec une infinie douceur.

Ce nom ne faisait que masquer un autre nom, imprononçable. Roselyn Petiou. Il le masquait, mais surtout le portait, le passait.

Morillon-Corvol, Roselyn Petiou, — dérives de sable, dérive de sel, au fil du fleuve, au milieu de la ville, à l'insu des hommes de la grande ville.

Tout se confondait en lui, de plus en plus. Les images, les visages, les noms. Roselyn Petiou, Morillon-Corvol, Gaspard Hauser... et encore ceux de Baladine, de Thérèse, et même ceux de Georg Trakl et de sa sœur Gretl...

Gaspard Hauser, Morillon-Corvol, Roselyn Petiou... et comme les mouettes toujours volent dans le sillage des péniches, d'autres noms lui vinrent en écho et tournoyèrent dans le sillage des premiers ; les noms de tous ceux et celles qu'il avait fréquentés au cours de ses six années passées à Paris. Jasmin Desdouves, Nelly, Ornicar, Ulyssea, Urbain Malabrune, Infante. Et Thérèse, encore. Toujours.

Thérèse qui s'était détachée de lui au matin, s'était

levée. Et lui, renversé dans les draps ainsi qu'un naufragé, il l'avait regardée sans bouger, sans mot dire, se rhabiller. Il était si plein d'elle, si vide et retourné, il était si fou d'elle, qu'il n'avait même pas été capable d'esquisser un geste pour la retenir. Il était resté replié dans le lit, à la regarder, la regarder. Car il avait senti qu'elle s'en allait en emportant avec elle le secret de ce crime qu'elle avait percé d'emblée en lui, qu'elle s'en allait en emportant la part la plus obscure de lui-même, et également en ravissant la mémoire la plus vive de Roselyn. Qu'elle s'en allait chargée de tant de poids, d'impondérable, de mystère, qu'elle ne pouvait déjà plus se retourner, ni s'attarder. Qu'elle ne devait surtout pas se retourner ; qu'il ne pouvait en aucun cas la retenir. Qu'elle s'en allait, et qu'ils ne se reverraient sans doute plus.

Elle avait remis la jupe grise, le polo noir, la veste et le foulard à fleurs, rechaussé ses escarpins vert forêt, repris son sac, et avait disparu. Elle n'avait touché à rien dans la chambre de Roselyn, n'avait rien pris en souvenir. Elle n'était venue que pour arracher la mémoire de Roselyn à toute emprise de l'oubli, n'était venue que pour cela. Elle était venue pour détourner la mort de lui, malgré le crime commis sur lui.

Nuit-d'Ambre-Vent-de-Feu était resté tout le jour dans la même position, replié dans la chaleur des draps qui gardaient l'odeur de Thérèse. Il n'était ressorti qu'au soir tombé. Il avait traîné dans la ville, était descendu vers les quais. Le fleuve l'attirait. Et cette idée absurde s'était soudain emparée de lui, — il était entré dans un bateau-mouche, s'était installé à la plus grande table du restaurant et avait commandé à dîner. Les serveurs en vestes blanches avaient considéré ce client avec étonnement, comme un intrus presque, car le restaurant était désert, les soirées ce printemps-là n'étant guère propices au tourisme et les citadins étant plus gravement occupés ailleurs. Ils l'avaient observé avec méfiance aussi, — débraillé comme il était, et avec cet air bizarre, mi-hagard mi-traqué, aurait-il seulement de quoi payer ? Lorsqu'il avait passé sa commande les serveurs l'avaient même fixé avec stupeur, sinon panique, — car il n'avait pas moins commandé que tous les plats inscrits au menu. Une quinzaine d'entrées, autant de plats de viandes et de poissons, tous les légumes, salades et fromages, et enfin une dizaine de desserts. De même pour les vins. Puis il avait demandé que l'on dressât la table pour trois personnes. Alors, trônant tout seul au centre du restaurant, à sa grande table ronde assaillie de plats et de bouteilles, il avait servi à boire à Roselyn et à Thérèse.

Il avait bu et mangé en toute incohérence, grignotant de chaque plat, goûtant à tous les vins. Le personnel du bateau s'était attroupé autour de lui pour contempler, ahuri, ce client fou se goinfrer en silence. Mais lui ne leur avait prêté aucune attention ; il regardait les quais défiler lentement, tandis que la harpiste de service égrenait à ses côtés une mélodie au charme frelaté qu'il n'entendait même pas. Il regardait les quais fixement, il n'écoutait que le clapotement de l'eau derrière les baies de la salle illuminée. Et il pleurait. Tous les plats avaient un goût de sel, tous les vins étaient poisseux de sucre. Mais il mangeait cependant, il se forçait à tout avaler ; c'est qu'il ne mangeait pas pour son plaisir. C'était pour les autres qu'il mangeait ainsi, pour les nourrir, — Roselyn, et Thérèse, et Gaspard Hauser aussi bien. Vers la fin du repas, tout à fait ivre, il avait repoussé tous les plats qui encombraient la table et avait saisi le bouquet de lilas qui en ornait le centre. Et il avait mangé aussi les fleurs. Pour fleurir Roselyn, et Thérèse, et Gaspard Hauser aussi bien.

Il était rentré chez lui malade et saoul et avait passé la nuit à vomir et pleurer. Ce n'était qu'au matin qu'il s'était à peu près ressaisi. Vers l'aube, dans la fraîcheur du point du jour. Et sans plus attendre il avait décidé de partir. Il avait fui sa chambre, fui la ville, absolument étranger à l'allègre colère qu'y célébrait une jeunesse dont il s'était exclu. Sa jeunesse, il avait passé la nuit à la vomir. Il n'avait plus d'âge. Mais de toute façon les assassins n'ont jamais d'âge ; sitôt qu'ils accomplissent leur crime, leur âge bascule, se brise, se perd.

Le jour, la nuit. De cela également il se trouvait exclu. Il avait fui la ville avant la plénitude du jour. Il avait fui le jour.

Le jour, — il l'avait traversé sans le voir, l'avait cassé comme une vitre. Le jour, portant les initiales de ses amis perdus. Tous ses amis trahis. Jasmin, Ornicar, Urbain, Roselyn. Il n'avait rien su recevoir d'eux, et pas davantage leur donner. Il n'avait rien compris à eux. La rigueur et l'exaltation de Jasmin, la détresse et la folie d'Ornicar, le mal ancré en Urbain comme un défi, l'immense bonté de Roselyn, — de tout cela il n'avait su choisir que le pire ; il s'était laissé séduire par le charme le plus facile, le plus noir, le plus veule, — celui du mal. Au lieu de tenter d'en délivrer Urbain, il l'avait aggravé jusqu'à l'irréparable.

La nuit aussi il l'avait traversée, — et s'y était brisé lui-même. Car la nuit avait été la plus forte, c'était elle qui l'avait vaincu. La nuit écrite par ces femmes qui s'étaient faites ses amantes. Nelly, Ulyssea, Infante, Thérèse. Il avait fait violence et humiliation à la première, renié et maudit la deuxième, joué jusqu'à l'écœurement avec la troisième, — mais la dernière l'avait destitué de lui-même. Elle avait réduit à néant sa violence, son arrogance et son ludisme aussi intempérant qu'inconséquent. La dernière avait refermé la nuit derrière elle, avait claqué la nuit sur lui comme une immense porte de fer.

Le train entra en gare. Personne ne l'attendait. Nul dans sa famille ne savait qu'il rentrait. Se souviendrait-on seulement de lui, à Terre-Noire, après tant d'années d'absence au cours desquelles il n'avait donné aucune nouvelle, n'en avait pris aucune des siens ? Il ne savait même pas où il rentrait, ni qui il allait retrouver. Il descendit sur le quai désert. Le jour était resplendissant. Il avait soif à en pleurer.

2

Mais les gens de la terre ont la mémoire profonde, bien plus que celle des gens des villes. Elle leur est ancrée dans le corps comme les racines de leurs arbres dans le sol. Il revint à la maison de son enfance. Ce fut Mathilde qui le reçut. Mathilde inchangée, son grand corps de vierge haineuse toujours vêtu de sombre, le lourd trousseau des clefs de son domaine cliquetant à sa hanche. Elle le reçut comme s'il était parti la veille, qu'il revînt juste d'une course au bourg. — « Tiens ! Te revoilà, toi ? Et c'est pour longtemps que tu vas rester ? » Il retrouva sa chambre vide, pleine d'humidité, de poussière, d'obscurité. — « Personne n'y est entré depuis ton départ, lui dit Mathilde en l'ouvrant. Je ferme toujours derrière les absents. Tiens, voici ta clef. »

Dans l'aile basse de la ferme vivait toujours Rose-Héloïse. Nicaise demeurait avec elle ; depuis ces nuits où elle guettait le retour de Crève-Cœur et où Nicaise venait la visiter, il ne l'avait plus jamais quittée. C'étaient eux qui menaient à présent le plus dur des travaux du domaine.

Et Crève-Cœur, celui que Rose-Héloïse avait tant attendu, son fils adoptif, son enfant élu qu'elle avait cru sauver de la solitude, de la misère, lui aussi était là. Il gîtait à côté, dans la cabane, il y vivait comme un sauvage.

Car il était revenu enfin de la guerre ; jugé fou il n'avait pas été exécuté pour le crime qu'il avait commis sur l'autre soldat lors de l'interrogatoire du gamin.

Mais en fait, non, il n'était pas vraiment revenu de la guerre. Il avait laissé sa raison là-bas ; sa raison se rouillait encore dans les fers, au fond du cachot où on l'avait enfermé après le crime. Il avait même tout perdu là-bas, — sa jeunesse, sa joie, son cœur. Son sommeil et son souffle. Il ne pouvait plus aimer depuis ce temps ; plus rien, plus personne. Ne savait plus. A son retour il avait à peine reconnu Rose-Héloïse. Le souvenir de l'enfant qui était mort sur ses genoux ne le lâchait plus, accaparait toute sa pensée. Le poids de ce corps d'enfant, et avec lui le poids de tous les autres morts de la guerre, tant celui de ses compagnons mutilés que celui du soldat dont il avait fracassé le crâne, et même celui de tous les ennemis tués à travers la montagne, lui pesaient terriblement. Il était enseveli sous le poids de tous ces êtres tués à la guerre. Il avait du mal à respirer tellement cela était lourd entre ses bras, sur ses épaules, sur ses genoux et il se traînait plus qu'il ne marchait, haletait toujours en parlant. La nuit, il se réveillait sitôt endormi. Il se réveillait en sursaut, à bout de souffle. Parfois, quand cette douleur devenait trop vive, qu'elle lui écrasait le torse et lui oppressait trop les poumons, il se jetait sur le sol et là, frappant son torse de ses poings il se mettait à crier comme une femme en deuil. C'était une très longue plainte qu'il modulait alors, un ululement strident et syncopé à la façon des femmes de là-bas. Et si Rose-Héloïse alertée par ce cri de détresse accourait pour tenter de le rassurer, le consoler, il la repoussait brutalement, la chassait de son antre. Personne ne pouvait le consoler, — seul Belaïd l'aurait pu. Mais Belaïd était parti au fin fond du désert, il ne l'entendait pas, il conduisait sa chèvre de puits en puits à travers l'immensité des sables. Sa chèvre noire, aux beaux yeux bruns à reflets mordorés, aux flancs si maigres. Mais tous les puits étaient à sec et Belaïd n'en finissait pas de reprendre sa route, il n'avait pas le temps de se retourner, d'écouter le cri de Crève-Cœur, de rebrousser chemin vers lui. Belaïd devait aller, toujours et

321

toujours, il devait se hâter, en quête d'eau pour désaltérer sa chèvre dont les grands yeux étaient brûlés de soif. Et Crève-Cœur n'en finissait pas de rester seul, tout seul sur son petit coin de terre du bout du territoire, loin de la mer, loin à jamais du pays de Belaïd. Il restait seul, sans souffle et sans sommeil.

Lorsque Nuit-d'Ambre-Vent-de-Feu prit connaissance de l'histoire de Crève-Cœur rentré fou d'Algérie pour avoir retourné aveuglément sur ses compagnons les crimes commis contre un enfant dont la seule faute avait été d'appartenir à la race de l'ennemi d'alors, il ne cessa de tourner autour de lui. Mais il n'osa jamais l'aborder ni même tenter de lui parler. En fait il le recherchait autant qu'il le redoutait. L'autre lui renvoyait son propre crime comme un miroir déformant, un miroir grossissant qui l'effrayait. Crève-Cœur expiait son crime de la même façon dont il l'avait commis, — hors raison. L'éclair d'intelligence qui l'avait traversé quand l'enfant était mort entre ses bras l'avait presque au même instant détruit, de par l'excès même d'évidence qui s'était alors révélé à lui : — qu'il est si rigoureusement interdit à l'homme de tuer son prochain que quiconque bafoue cette interdiction se tue soi-même en même temps que sa victime. Et c'était cette évidence-là, la violence de cette incontournable vérité, que Nuit-d'Ambre-Vent-de-Feu pressentait, tout en la repoussant de toutes ses forces. Lui aussi avait tué, mais en toute gratuité, en pleine paix. A froid. Lui aussi s'était laissé surprendre, dépasser par son crime. Mais malgré cela il résistait encore. Il résistait à ce vertige de la folie qui s'était emparé de Crève-Cœur, et davantage encore à cet autre tourment : — celui d'avouer son crime, non pas simplement aux autres, mais à lui-même. Il refusait d'évaluer vraiment toute l'ampleur de son acte, car un tel acte, humainement disproportionné, ne pouvait donc être réellement mesuré qu'à l'aune de Dieu. Or il ne pouvait se soumettre à l'idée que Dieu existât et il s'acharnait à étouffer les doutes lancinants qui le rongeaient pourtant sans cesse. Il refusait d'avoir à subir, comme Crève-Cœur dans sa folie, l'exil indéfini de Caïn au bout d'une terre à jamais hostile et muette. Il n'avouait donc son crime à personne, — pas aux autres car il méprisait tout autant les jugements relevant de la morale humaine, qu'il considérait comme obtuse et sournoisement intéressée, que ceux érigés par la justice, qu'il comparait à un maquignon fourbe et âpre en affaires, et surtout pas à lui-même afin de ne pas donner la parole à sa propre conscience qui n'aurait su, en proie au désarroi où il l'avait jetée, que discourir en ces termes qu'il exécrait le plus, — ceux de la culpabilité, du remords et du repentir. Et à la fin, en termes bien pire encore. Dieu. Donc, il se plombait de silence. Mais son refus ne fit qu'aggraver son exil.

Dans les premiers temps de son retour à Terre-Noire, Nuit-d'Ambre-Vent-de-Feu se tint le plus possible à l'écart des autres, se contentant tout juste de rôder de loin en loin autour de Crève-Cœur, son double obscur et misérable. Il se mit au travail, apprit à s'occuper de la terre et des bêtes. Ce travail l'épuisait et ne lui procurait aucun plaisir, car il était encore malhabile, inexpérimenté, mais c'était précisément cette fatigue qu'il recherchait, cet abrutissement qui s'abattait sur lui en fin de journée et le vidait de toute pensée. Il ne lisait plus, n'écrivait plus. Les mots, tous les mots le terrifiaient. Il ne cherchait même pas à prendre de nouvelles de Baladine.

Les autres ne s'étonnèrent pas de son retour après tant d'années, ni du fait qu'il se mît avec autant d'ardeur à travailler la terre. Les raisons de ce comportement ne les concernaient pas. Nuit-d'Ambre était des leurs et cela suffisait, il avait droit à sa place à la ferme. D'ailleurs, qui donc aurait bien pu prendre souci de lui ? Mathilde ne se préoccupait que des terres, Rose-Héloïse ne se souciait que de Crève-Cœur et Nicaise de ces deux-là ; quant aux autres Péniel ils vivaient tous en retrait de la ferme, Thadée et sa famille à Montleroy, et Nuit-d'Or-Gueule-de-Loup chez Mahaut avec ses derniers fils. Quant à Baladine elle était depuis longtemps étrangère à Terre-Noire. Et puis la venue de Nuit-d'Ambre-Vent-de-Feu était un soulagement pour Mathilde, Rose-Héloïse et Nicaise car ils ne suffisaient plus à toutes les besognes. Crève-Cœur n'était dorénavant d'aucune aide, il ne savait qu'errer autour de sa cabane d'un air hagard, s'arrêtant tous les trois pas pour reprendre son souffle.

La présence de Nuit-d'Ambre cessa cependant bientôt d'être un renfort, car malgré tout le soin et l'effort qu'il portait à son travail le résultat se révéla un désastre. Chaque arpent de terre qu'il avait labouré devint sec et pierreux et pas une seule des graines qu'il avait semées ne germa. Les orties et les ronces se levaient sur ses pas. Et de même avec les bêtes, — toutes celles dont il s'était occupé tombèrent malades et même crevèrent. La malédiction de Caïn à laquelle il avait voulu échapper venait de le frapper à son tour, — les champs refusaient les travaux de ses mains, les chemins rejetaient les traces de ses pas, les animaux dépérissaient. Tout se faisait stérile à son contact, sol et bétail. Mathilde vint à lui et lui lança avec colère : — « Qu'est-ce que tu as fait ! Vois notre ferme depuis que tu es là ! Je ne sais pas quelle souillure tu as rapportée de la ville, mais tu ne peux plus longtemps saccager ainsi notre terre. Ma terre ! Car voilà plus de soixante ans que je me bats au jour le jour avec elle pour la rendre forte et féconde, et toi tu viens y porter la mort comme au temps des guerres ! D'où tires-tu donc ces foutues mains de Boche ? Parce que, parole, si on te laisse faire tu seras bientôt aussi ravageur que ces soldats d'enfer. Ah ! mais tu es bien comme tous les hommes de la famille, — il vous faut bouger, hein, aller voir ailleurs, traîner vos semelles à tous vents, et quand vous revenez avec vos gueules de chiens battus vous avez perdu votre raison ou votre âme en chemin ! Mes frères, ils sont partis, tous, tour à tour, et ceux qui sont revenus n'étaient plus que les ombres d'eux-mêmes, les autres sont morts, et seul le diable sait où ! Quant à mon père, la seule fois qu'il a voulu s'éloigner de sa terre pour aller baguenauder à la ville, il n'a su en rapporter qu'une calamité de femme. Une étrangère flanquée de sa bâtarde et toutes deux avaient la mort aux trousses ! Alors mon père... Mais ne parlons plus de ça... Il s'agit de toi. De toi qui lui ressembles tant, à mon père ! Car tu lui ressembles plus qu'aucun de ses fils ne lui a ressemblé. A croire qu'un même démon s'est emparé de votre cœur. Mais moi je tiens le coup, je résiste, je sauvegarde cette terre où je suis née, cette ferme qui me vient de ma mère. Je les sauverai, oui, vaille que vaille, je les sauverai contre tous les fléaux, alors, s'il le faut, je t'en chasserai ! »

Nuit-d'Ambre-Vent-de-Feu cessa de travailler aux champs, aux prés et aux étables, mais cependant il ne quitta pas la ferme. Il n'avait nulle part où aller. La terre vers laquelle il était venu chercher refuge le rejetait. Mais où qu'il aille, elle le repousserait, il le savait. La terre est partout la même. Et les villes, il ne voulait plus y retourner. Il ne pouvait pas recommencer à vivre parmi les hommes des grandes villes, — à présent il avait peur des citadins. Lorsqu'il s'était enfui de Paris, tel un voleur, c'était toutes les villes du monde qu'il avait fuies en même temps, car son rire, son propre rire, ce rire mauvais et fou qui s'était saisi de lui ce soir de mai où Roselyn avait été mis à mort, secouait encore les murs, les rues, les fenêtres, partout. Quelle que soit la ville où il se serait rendu, ce rire l'aurait suivi comme un chien prêt à mordre, — l'aurait chassé. Son rire hantait la ville, toutes les villes, faisant vibrer les vitres par millions. Ce rire, il l'entendait la nuit, il traversait ses rêves, courait dans son sommeil. Et c'est pourquoi, vraiment, il n'avait nulle part où aller. Pas même hors de la terre, pas même sur cette lune où des hommes venaient de marcher pour la première fois. Là-bas aussi, là-bas encore et toujours, le poursuivrait le rire mauvais. Il lui était indifférent que l'on pût dorénavant aller se balader sur la lune, puisque lui-même, et tant d'autres hommes semblables à lui, ne pouvaient même pas se tenir pleinement sur la terre.

Alors il résolut de rester, ne sachant où se rendre. Tout lieu était pour lui égal, pareillement hostile et désert. La malédiction de Caïn l'avait touché de façon radicale, donc autant pâtir sur place de la solitude et de l'amertume de l'exil. Il demeurerait étranger sur sa terre natale. Mais il y demeurerait toujours, — encore et toujours s'obstinait-il à le vouloir, le dos résolument tourné à Dieu. Non, il n'avouerait pas son crime, ne demanderait pardon ni aux hommes ni à Dieu, quand bien même le regard chancelant de Roselyn ne cesserait d'emporter son image, de lui ravir son âme. Il y avait encore bien trop d'orgueil en lui. D'orgueil et de révolte. Du moins y avait-il en lui un tenace souvenir de cet orgueil et de cette révolte qui en fait étaient devenus vides.

Comme il ne pouvait cependant rester à la ferme inoccupé il décida d'apprendre à travailler le bois. Il se ferait menuisier. Et lui qui dans son enfance avait tant détesté les arbres, il se retourna vers eux. Vers leurs corps rompus, arrachés de la terre, coupés de leurs racines. Comme lui.

La stérilité avait frappé Nuit-d'Ambre-Vent-de-Feu, brutalement. De la même façon la fécondité vint visiter Rose-Héloïse. Depuis longtemps déjà elle avait passé l'âge où le sang scande le rythme mystérieux du corps. Mais le mystère du corps est infini pourvu que les cris ou les murmures du cœur s'élancent librement à travers l'obscure touffeur de la chair. La tache pourpre qui lui marquait la tempe et qui, tout le temps où Crève-Cœur était resté à la guerre, avait versé sa teinte sur ses cheveux, voilà que d'un coup elle inversait encore le cours de son flux. Le sang réaffua à son ventre. Le sang se mit à tourner en elle comme une eau vive, fécondante. Et elle conçut un enfant de Nicaise. Mais cet enfant, elle sut d'emblée qu'il ne serait pas vraiment sien. Cet enfant lui venait après son temps, tellement tard. Si merveilleusement tard. Il ne lui était donné d'enfanter que pour répondre à l'appel suppliant de Crève-Cœur, que pour faire revenir vers lui l'enfant de son tourment, de son chagrin, de sa folie, — et le réconcilier avec. Et cet enfant qui allait enfin arracher son fils élu à l'emprise de la guerre, cette mère-ogresse, elle l'accueillit en elle comme on reçoit un hôte inespéré. Par cette maternité tardive c'était un peu Crève-Cœur qu'elle allait mettre au monde, remettre au monde et à la vie. Cet enfant qui poussait dans son corps, et dans son cœur aussi bien, elle mettait tout son espoir en lui, car elle sentait que par sa simple venue il saurait rouvrir le temps et leur frayer à tous des chemins de traverse dans l'épaisseur du malheur, pour les en libérer et les faire se rejoindre.

L'enfant bougeait vivement en elle, il semblait nager dans les eaux de son ventre. Parfois elle avait l'impression qu'il lui effleurait le cœur. — « C'est son pied, disait-elle, son pied minuscule et léger comme la patte d'un oiseau, je le sens contre mon cœur comme s'il cherchait à y trouver appui. » Et elle tambourinait du bout des doigts contre son ventre, menant avec l'enfant un dialogue confus. Le dernier mois de sa grossesse il se leva comme un murmure en elle, — quelques notes chantonnées tout bas, pareilles aux gazouillis d'un petit passereau tapi dans un fourré.

Aux approches de la délivrance ce murmure s'amplifia, prit résonance dans le corps de Rose-Héloïse. Il montait à l'aigu en un sifflement mélodieux et à mesure s'éclaircissait la peau de Rose-Héloïse ; on l'aurait crue illuminée de l'intérieur. Elle avait la roseur teintée de jaune paille d'un verre où brûle une bougie.

Elle accoucha dans son lit, aucune femme n'était venue l'assister. Seul Nicaise était là. C'était par un soir de juin, vers la fin des fenaisons. L'odeur du foin fraîchement coupé emplissait l'air, pénétrait la terre et les maisons. Pénétrait même les corps, doucereuse et entêtante, mêlant le goût du poivre à celui du sucré.

L'odeur du foin entrait par la fenêtre ouverte, portée par le vent tiède. Elle tournait dans la chambre, glissait dans les rideaux, se posait sur les draps ; elle parfumait les nuques et tremblait sur les mains. L'enfant naquit dans cette odeur de foin, ce fut en elle qu'il lança son cri de nouveau-né. Un cri flûté et clair. Nicaise reçut l'enfant, l'enveloppa d'un linge. — « C'est un fils » dit-il en le portant à Rose-Héloïse.

— « C'est mon fils », dit Crève-Cœur. Il était là, debout dans un angle de la chambre. Ils ne l'avaient pas vu entrer. Il se tenait contre le mur, d'un air absent. Il semblait émerger du mur comme s'il l'avait traversé. Il s'en détacha après quelques instants et avança jusqu'à Nicaise d'un pas de somnambule, tendant lentement ses mains vers l'enfant. Il paraissait ne rien voir d'autre en cette chambre que le petit. Il le prit doucement des bras de Nicaise et, le pressant contre son épaule, il sortit dans la cour. Nicaise voulut le suivre mais Rose-Héloïse le retint par la main. — « Laisse-le, dit-elle simplement, laisse Crève-Cœur porter l'enfant. Laisse-les tous les deux. »

Il se tenait au milieu de la cour. L'enfant reprit son cri. Un cri d'extrême aigu, vif, perçant. Alors il se passa cela : de toutes parts les forêts s'ébrouèrent, les arbres se balançaient comme des hanches de femmes, roulant dans leurs branchages une immense rumeur. Et soudain des oiseaux se levèrent par milliers. Des bouvreuils, des loriots, des grives, des bruants. L'odeur du foin brûlait dans l'air avec la force d'un encens. C'était dans cette odeur que volaient les oiseaux. Le ciel entier n'était plus qu'une odeur. Goût de fraîcheur et de fané, sucre et poivre, que becquetaient les passereaux dans leur vol ivre. Crève-Cœur se sentit fauché à hauteur des genoux, ses jambes fléchirent, comme s'il ployait sous le poids de cette fantastique odeur de foin. D'un coup une douleur terrible lui déchira le ventre. Il s'effondra au milieu de la cour, tenant toujours l'enfant contre son torse. Le soir tombait tout doucement, gonflant le soleil de juin d'un rouge presque pourpre, couleur des cheveux de l'enfant. Le feu aussi gonflait dans les entrailles de Crève-Cœur, lui lacérait les reins. Il balançait violemment les épaules, accroupi sur le sol, l'enfant couché contre ses hanches. Son visage, son corps, ruisselaient de sueur. Il se recroquevillait autour du petit, gémissant et tremblant. L'enfant, lui, ne bougeait pas. Il s'était endormi dans le giron de Crève-Cœur. Les oiseaux volaient en tous sens, couvrant la terre de leur chant.

La tiédeur du soir exacerbait la senteur des foins. Le ciel était rouge orangé, traversé de longs bancs de nuages friselés, couleur d'abricot. Le soleil s'enfonçait lentement derrière les arbres, — torches ardentes ondulant dans le vent. Crève-Cœur proféra un dernier gémissement, strident, syncopé, qui dispersa les oiseaux. Puis le silence se fit. Un silence formidable, par toute la terre. Le vent tomba. Seule persista la senteur des foins. Crève-Cœur bascula lentement sur le flanc, l'enfant lové au creux des bras. Les passereaux s'abattirent dans les fourrés et les jardins et en rejaillirent tout aussitôt, portant dans leurs becs des grappes de groseilles ou de cassis dont ils crevaient les baies en vol. Une pluie fine, aigrelette, voleta dans l'air. Pour la troisième fois l'enfant poussa son cri de nouveau-né. Un cri enjoué comme un éclat de rire. Et ce cri fut aussitôt repris par les oiseaux s'en retournant vers la forêt, — long écho ondulant dans la nuit. Crève-Cœur se releva, tout chancelant, et se mit à respirer à pleins poumons l'air du soir. Il respirait à s'en donner le vertige. L'enfant gesticulait dans ses bras. Sa peau et ses cheveux avaient l'odeur du foin.

Crève-Cœur regardait autour de lui avec étonnement, comme s'il redécouvrait la terre, les bois, la ferme, après une très longue absence. Il regardait avec émerveillement. Il respirait, et son souffle était ample, calme. Et de même lui apparaissait le monde en cet instant, ample et calme. Il respirait le monde. Il respirait le monde dans les cheveux du petit. Et soudain lui revinrent les odeurs de là-bas. Toutes les odeurs. Là-bas, loin de sa terre, de l'autre côté de la mer, où sa raison s'était brisée. La mémoire lui revenait, montait en lui comme une houle. Mais il n'avait plus peur, ne luttait plus contre elle. Il la laissait le submerger. Il pleurait en silence, les dents serrées, les yeux grands ouverts, et caressait tout doucement l'enfant endormi contre son cou. — « Belaïd, murmura-t-il, Belaïd... », mais il n'acheva pas. Le temps n'était plus de laisser étouffer le nom de l'enfant mort au fond de larmes et de paroles vaines. Ce nom enfin venait de s'arracher à la folie d'un souvenir figé pour s'élancer à travers l'espace retrouvé de la tendresse.

Il revint vers Rose-Héloïse et Nicaise. Il tendit l'enfant à Rose-Héloïse. — « Il a faim », dit-il en remettant l'enfant qui se réveillait. Puis il s'éloigna. Il marcha longtemps à travers les prés. La tête lui tournait. Il se coucha au pied d'une meule de foin, le visage tourné vers l'herbe rase. Et là, il s'endormit. Il pouvait dormir maintenant. L'errance avait pris fin. L'errance et le tourment. Belaïd avait enfin trouvé le puits dans le désert où désaltérer sa chèvre.

Un puits dans le désert. Tout au bout de la nuit, — là où le jour se relève, la mémoire se retourne. Couleur pourpre, — nuit, jour et mémoire. Couleur pourpre, le pardon et l'espoir.

L'enfant fut prénommé Félix. Mais il était si enjoué, si gracieux, que tous l'appelaient simplement Fé, comme si une seule syllabe légèrement sifflante convenait mieux à son air de lutin. La tache qui marquait son œil gauche n'était pas d'or, mais pourpre, comme ses cheveux. Comme le monde selon Crève-Cœur.

Et de même qu'en naissant le petit Fé avait fait s'envoler les passereaux des bois et des champs qui s'étaient assemblés dans le ciel, de même semblait-il appeler les gens ; — il était l'appeau des Péniel. Avec sa venue la vie reprit à Terre-Noire et aux alentours ; la vie sortit de sa réserve et de sa solitude.

Ce fut vers cette époque que Baladine reparut. Comme son frère Nuit-d'Ambre-Vent-de-Feu elle s'était longtemps éloignée de Terre-Noire et des siens ; sa vie s'était passée ailleurs. D'abord à Strasbourg où pendant des années elle avait été pensionnaire pour étudier la musique, et maintenant à Grenoble où elle venait de s'installer. Elle y enseignait la musique, dans un lycée. Elle aurait pu continuer ses études musicales, partir approfondir son art en d'autres pays, parfaire son jeu auprès de nouveaux maîtres, mais l'imprévu avait surgi subitement dans sa vie, avait dévié sa route et son destin.

Cet imprévu se nommait Jason, il avait la trentaine, des yeux couleur pervenche, était américain, et son art dans la vie n'était autre que la vie elle-même. Il avait quitté son pays depuis une dizaine d'années au cours desquelles il avait voyagé à travers toute l'Europe. Il aimait les villes, les vieilles villes aux rues étroites, aux églises peuplées de saints en marbre et d'anges en bois doré, aux grands salons de thé ornés de miroirs, de tentures de velours, où il se plaisait à passer des heures à lire et à regarder les gens. Il ne cessait de lire, et sa mémoire était immense ; il retenait tous les livres. Mais il les retenait d'une telle façon que sa mémoire évoquait moins une bibliothèque qu'une vaste volière ou une grande serre car sitôt lus, les textes laissaient proliférer leurs mots en lui, se métamorphoser en images, en sons, en mouvements. Les textes prenaient vie en lui, — une vie étrange, toute cérébrale, mais intense, un peu loufoque aussi. Son regard sur les gens était semblable à celui qu'il posait sur les livres, — perçant, vivace, et légèrement follet.

Ce fut d'ailleurs dans un café que Baladine le rencontra, à Strasbourg où il était de passage. Mais en tous lieux il était de passage, jusqu'en son propre corps même dont il semblait souvent étonnamment absent. Ce que Baladine avait remarqué d'abord en lui, c'était ses mains, de peau très claire, aux doigts longs et minces, un peu nerveux. Des mains extraordinairement souples, et belles. Le moindre de ses gestes était empreint d'une grâce troublante, ou plus exactement de gracilité, car il y avait quelque chose de fragile, d'imperceptiblement tremblant, dans ses mains en perpétuelle mouvance. Il touchait moins les choses qu'il ne les effleurait, caressait plus les choses qu'il ne les saisissait. Et Baladine s'était aussitôt souvenue de la petite Néçah, la seule personne ayant un tel don du geste qu'elle ait connue jusqu'alors.

Elle avait levé son regard, des mains de l'homme vers son visage, et l'avait examiné avec attention sans retenue car elle le contemplait en reflet dans le grand miroir lui faisant face, sans qu'il s'en aperçoive. Il lisait. Baladine s'était amusée à déchiffrer le titre du livre qu'il tenait, les mots étant inversés dans la glace. « THE HEART IS A LONELY HUNTER ». Mais son regard était si insistant qu'elle avait fini par alerter l'homme dont elle scrutait l'image. Il avait relevé la tête de son livre et regardé Baladine à son tour. Leurs regards s'étaient croisés dans le miroir. Elle avait rougi d'être ainsi surprise dans sa curiosité et avait aussitôt déporté son regard vers un autre coin du café. Mais lui, d'une voix amusée que l'accent rendait légèrement chantante, avait dit : — « Je suis là ! » Et elle, sans prendre le temps de réfléchir, avait demandé « Là où ? » — Dans le miroir ou dans la salle, ou encore même dans le livre ? En cet instant elle n'aurait su le dire tant l'étranger aux mains graciles lui paraissait un songe. Un songe beau et calme transparaissant à fleur de glace, et lent à déchiffrer.

De ce songe elle avait fait son amour. Et de cet amour sa vie. D'emblée. C'était un lundi. Le dimanche suivant elle quittait Strasbourg et partait rejoindre Jason à Grenoble où, pour une période indécise car il ne mesurait jamais le temps, il avait décidé de séjourner. Sa balade de ville en ville se terminait, il les avait toutes traversées, de Dublin à Leningrad, de Stockholm à Syracuse, de Lisbonne à Istanbul. A présent il se tournait vers la montagne. En fait, c'était vers elle, la montagne, qu'il avait toujours été en route. Il n'avait fait tous ces détours aux quatre coins de l'Europe que pour mieux tourner autour, l'imaginer, la désirer, car il était de ces êtres qui ne trouvent qu'en rêvant, qui n'arrivent qu'en fuyant, — et qui n'aiment que dans l'attente. Strasbourg avait été sa dernière halte. Une halte de trois jours ; sa rencontre avec Baladine avait eu lieu le matin du premier jour. Elle avait été son guide dans la ville.

Lorsqu'ils étaient sortis du café, elle l'avait conduit à travers les vieilles ruelles jusqu'à la cathédrale. Elle se dressait au bout d'une petite rue, superbe et insolite dans sa pierre rosée qu'éclairait doucement la lumière un peu froide de cette matinée. Ils avaient fait lentement le tour des portails et s'étaient arrêtés face au méridional pour contempler les deux tympans de la Vierge. A droite, le couronnement, à gauche, la dormition. — « Dormition ? » avait répété Jason d'un air intrigué, ignorant le sens de ce mot que venait de prononcer Baladine. Mais lorsqu'elle lui eut expliqué le sens il le trouva si bizarre qu'il se mit à rire. — « Cela est assez fou, avait-il alors dit, mais c'est aussi très joli. Vous autres, catholiques, you are rather cracked ! Dormition... a pretty crazy word, really... »

Puis il avait à nouveau examiné la sculpture, avec une grande attention, détaillant l'extraordinaire ronde des visages des saints penchés vers le corps de la Vierge. Visages se ressemblant étrangement dans le chagrin, avec leurs regards perdus dans le lointain, — dans le lointain d'une question imprononçable. Et dressé parmi eux, au centre de la courbe, le Christ, inclinant lui aussi sa face douce et triste vers la Vierge défunte. Mais elle ne gisait nullement dans la mort, cependant ; son corps semblait encore si plein de vie sous les plis admirables de sa robe, comme prêt à se relever, à se mettre à danser, et son visage exprimait un calme souverain. Dormeuse au corps vibrant de songe. Non, la couche sur laquelle elle reposait n'était pas un lit mortuaire, il évoquait bien au contraire le lit d'une jeune accouchée. Et d'ailleurs, l'enfant était là. Debout dans le bras gauche du Christ. Car le Christ tenait sa propre enfance contre son cœur, immortelle et indéfiniment vulnérable à la fois. Et seule la face de l'enfant faisait écho au grand calme exprimé par le visage de la Vierge. — « A so pretty crazy word... » avait alors repris Jason comme en rêve, puis, se tournant vers Baladine il avait ajouté : — « Mais la beauté est toujours un peu fou, non ? » — « Certainement, avait-elle acquiescé en riant de sa faute, la beauté est aussi fou qu'un coup de foudre est tout à fait folle. » Mais elle ne lui avait pas laissé le temps de comprendre car elle l'avait subitement entraîné dans la cathédrale en s'exclamant : — « Vite, vite, dépêchons-nous, la grande horloge va mettre midi dans tous ses états ! »

Midi avait en effet pris d'assaut l'horloge astronomique qui d'un coup mettait en branle tout son fabuleux bestiaire temporel. L'ange au marteau et l'ange au sablier, la mort frappant sa cloche avec un os, et le grand coq battant des ailes tout en lançant des cris perçants, tous orchestraient le défilé des Apôtres processionnant face au Christ à la main bénissante. Mais ce n'était là que la dramatique mise en scène du temps humain, tout en allées et venues, fracas, passages et métamorphoses, comme en témoignaient les quatre âges de la vie trottinant devant la mort. Aux autres étages de l'horloge le temps des astres, des éclipses, des lunaisons et des cycles solaires, menait son train impassible et complexe, en parfaite indifférence à l'égard de ce temps trop agité et toujours en alarme des hommes. Aux uns le bruit, la hâte et le tourment, aux autres un simple et paisible jeu d'aiguilles décrivant imperturbablement la marche abstraite d'un temps pur. Jason, rêveur, se demandait selon lequel de tous ces calendriers pouvait bien se mesurer l'étrange temps de la dormition de la Vierge. Mais Baladine l'avait arraché à sa question confuse en lui montrant avec enjouement l'alcôve au bas de l'horloge où passait le char de la divinité planétaire régnant sur le jour présent. — « Aujourd'hui c'est lundi, jour de Diane, la lune. » Elle n'avait d'yeux et de pensée que pour le temps humain, ce temps prodigieux des rencontres et du désir, et des surprises de l'amour. Lundi, premier jour de la semaine, premier jour de Jason. Jason, devenu d'emblée pour elle, et à jamais, le premier jour de sa jeunesse. Sa vraie jeunesse enfin trouvée. Jason, lundi, — jour de sa joie.

Lundi, premier jour de Jason, première nuit des corps offerts. Durant la nuit il avait plu. Une pluie lente qui ruisselait continûment le long du mur, des volets, ainsi qu'un chuchotement très doux de jeunes femmes entre elles. Bruit si tendre de l'eau s'écoulant, bruit si ténu, si léger, des draps froissés où glissaient sans cesse l'un vers l'autre, l'un en l'autre, les corps des deux amants. Peau à peau. Mains et bouches contre peau. Inlassable, la pluie. Insatiable, la peau. Toujours plus ivre de toucher, d'explorer, de sentir. Ils s'enroulaient l'un à l'autre, ils nageaient l'un en l'autre, dans la pénombre des draps, dans le murmure de la pluie. Dans l'odeur de la peau. Ils s'enlaçaient si vivement qu'ils ne distinguaient plus leurs corps l'un de l'autre, et leurs baisers avaient la douceur de la pluie. Leurs bouches prenaient la profondeur de la nuit.

Au matin Baladine était sortie sur le balcon. Une eau très claire en recouvrait le sol, étincelante dans la clarté du jour naissant. Etincelante comme un métal, comme son propre visage réverbéré dans cette flaque de pluie. Elle s'était penchée vers son reflet dans l'eau, vers cette image si nouvelle d'elle-même ; ses yeux brillaient comme des galets dans un torrent et sa bouche avait des flamboiements de verre. Et soudain elle s'était écriée « la beauté est sur la terre » ! Elle avait crié cela dans un élan de bonheur fou, là, toute nue sur le bord du balcon d'une chambre d'hôtel, au-dessus des toits de la ville où les gens dormaient encore. Il ne s'agissait pas de sa propre beauté, mais d'une beauté autre, venue la visiter, l'éblouir. Beauté que d'être absolument arraché à soi-même, ravi par l'autre, retourné en l'autre. Et ces yeux qui brillaient là dans l'eau, c'était bien davantage que ses seuls yeux à elle, — c'était ses yeux le regardant, lui. Des yeux totalement fous de l'autre. Des yeux devenus bouches

dont le regard n'était plus que désir et jouissance; des
yeux devenus bouches où regard et baiser se confondaient. Bouche profonde comme la nuit, plus vaste que
le jour.

La montagne. La montagne porte l'écho des voix
bien plus loin, bien plus fort, que les toits d'une
ville. Elle emporte l'écho si loin qu'il semble parfois
qu'elle va dénoncer les voix à la mort. Baladine
n'aimait guère la montagne. Celle-ci lui inspirait une
angoisse confuse, un curieux malaise. Elle ne voyait
dans cette énorme masse tout hérissée de pics, de
glaciers, hantée de gouffres et de ravins, qu'un sursaut
monstrueux de la terre, une colère du sol boursouflant
sa matière de violence. Lorsqu'elle prenait son violoncelle elle ne s'installait jamais face au paysage, elle
jouait toujours le dos tourné à la fenêtre. Elle n'aurait
pas pu jouer en voyant la montagne; ce formidable
amas de roches, de neige, de glace, lui paraissait
tellement opaque qu'il lui semblait sentir tout son
corps s'alourdir et étouffer rien qu'à le regarder. Ses
mains se crispaient alors sur l'archet et l'instrument
lui-même semblait se plomber à son tour et perdre
toute résonance. Mais elle avait tant de bonheur à
vivre avec Jason qu'elle oubliait le poids pourtant si
oppressant de la montagne dès qu'elle le retrouvait le
soir.

Elle aimait la nuit, car la nuit engloutissait la
montagne et ramenait Jason près d'elle. Et elle rêvait
de ces immenses lacs dont il lui parlait si souvent, —
les grands lacs de là-bas, tout au nord de son pays,
près desquels il était né, avait grandi. L'été, il y
nageait, l'hiver, y patinait. Des lacs aux eaux d'un bleu

tantôt turquoise, tantôt pervenche ou myosotis, et translucides. Des eaux si profondes qu'il n'en avait jamais vu le fond. Des eaux vastes et profondes comme l'enfance ; comme son enfance à lui, le petit garçon solitaire et rêveur du nord Michigan. Il disait à Baladine : — « Tu verras, je t'emmènerai là-bas, tu seras éblouie par mes lacs. » Mais elle, c'était par cette enfance lacustre, couleur turquoise, translucide, qu'il évoquait sans cesse, qu'elle était éblouie. Car elle-même ne gardait de sa propre enfance qu'un sentiment de peur et de détresse, qu'une terrible sensation d'obscurité. Son enfance à elle s'était passée au fond de forêts sombres, pleines d'humidité, d'ombres violâtres, de rumeurs. Des forêts hantées par une double violence, — celle du frère mort, le grand Putois violet, et celle du frère vivant, le rebelle jaloux.

C'est ainsi que l'enfance de Jason était devenue leur légende à tous deux ; un conte autour duquel ils affabulaient sans répit, le projetant même dans leur vie à venir en parlant de l'enfant qu'ils auraient. Cet enfant futur, ils l'imaginaient toujours sous les traits d'une petite fille que chacun modelait selon la figure de l'autre, et ils la surnommaient d'un nom dérisoire et charmant : Lilly-Love-Lake.

Pour elle, il s'agissait juste d'un songe, un beau songe tout de désir. Pour lui il s'agissait d'un songe tout de nostalgie, — une dérive à rebours du désir, lente et infinie. L'enfance s'attardait, magnifique et vivace, dans son cœur, — petite silhouette invisible n'en finissant pas de patiner et de nager avec gracilité en lui. Lac de sa mémoire, couleur pervenche, se reflétant jusque dans ses yeux. Dès qu'il était devenu adulte il avait quitté son pays, était parti à la recherche d'un autre passé plus ancien, plus trouble, plus divers que celui de sa seule enfance trop douce, intemporelle. Il était parti pour tenter de devenir vraiment adulte. Et c'était cela qu'il était venu quêter à travers toutes ces villes de la vieille Europe, — un passé pétri par l'histoire. Mais l'enfance s'était embarquée clandestinement dans ses yeux, dans ses mains, elle continuait à luire dans son regard, à danser dans ses gestes. Son enfance n'avait pas renoncé ; elle avait traversé toutes les villes sans jamais se départir de sa grâce, de sa désinvolture. Et c'était elle, son enfance cachée tout au fond de son cœur, qui l'avait talonné jusqu'à ce qu'il quittât les villes et se tournât vers la montagne. Malgré tous ses efforts pour devenir adulte quelque chose en lui résistait, il ne pouvait se décider à rentrer tout à fait dans ce monde des adultes, régi par le travail, l'efficacité, le devoir et la responsabilité. Alors il fuyait en douce, louvoyant dans l'indéterminé du temps. Toujours il disait : — « Bientôt, bientôt je vais arrêter mes grandes vacances et je rentrerai dans mon pays pour commencer à travailler. » Et il accompagnait ce propos flou d'un geste plus vague encore.

La montagne était donc pour lui l'ultime étape avant la fin de ses sempiternelles vacances. Et c'est pourquoi il se donnait à elle corps et âme, avec une passion têtue, comme s'il lui fallait hisser au faîte de ses plus hautes cimes cette indéracinable enfance qui l'empêchait de devenir pleinement adulte. Là-haut, dans les neiges éternelles, il déposerait sa propre enfance, pour la livrer à l'infini, à l'éternité. Dormition. Là-haut, entre glace et ciel, là où la glace ne fond jamais, là où le ciel demeure toujours d'un bleu intense et pur. Là-haut, dans le parfait, dans le silence et l'immobilité, il déposerait son enfance, la confierait à la montagne. Il voulait conquérir la dormition de son enfance. Après quoi il redescendrait vers les hommes, se mêlerait à leur foule, il rentrerait dans son pays et se mettrait à travailler.

Baladine n'aimait pas la montagne. Au fond, elle en était jalouse. Qu'avait-elle donc, cette sorcière de roches et de glace aux épaules pointues, aux flancs abrupts, à charmer de la sorte Jason ? Il semblait de jour en jour être plus envoûté par elle. Baladine ne comprenait pas que, lorsque Jason s'équipait pour partir en escalade, c'était de sa propre enfance qu'il se bâtait. Tout ce qu'elle voyait, c'est qu'il s'éloignait d'elle. Alors elle détournait vers la musique cette obscure et terrible jalousie qui lui rongeait le cœur, elle mettait dans son jeu toute la violence de son amour ombrageux, comme si elle cherchait à travers la fantastique sonorité de son instrument à trouver l'expression juste de sa passion troublée, pour s'en alléger.

3

Mais cet été-là qu'elle vint passer à Terre-Noire pour revoir sa famille et leur présenter Jason, elle se sentait heureuse et délestée du poids de sa jalousie. Elle n'avait pas voulu s'installer à la Ferme-Haute ; elle séjournait au village chez son oncle Thadée où elle retrouvait la jeune Néçah, immuable dans sa grâce. Le sourire de Néçah était si lumineux qu'il n'éclairait pas seulement son propre visage mais également tous ceux qui l'entouraient. Elle portait en elle la beauté des étoiles et l'éclat de la lune comme si son père l'avait engendrée de sa semence mêlée de poussière d'astres. Baladine retrouvait auprès d'elle, et de Thadée et Tsipele, cette même paix que déjà autrefois tous trois lui avaient donnée. Leur présence, leur sens si juste et fort du bonheur, la réconfortaient, elle qui ne savait rien vivre sans doutes et sans tourments. Mais elle, ce n'était pas à des poussières d'astres que la semence de son père s'était mêlée pour l'engendrer, — c'était à des larmes. Et ces larmes coulaient toujours dans son sang, ébranlant, pour un oui pour un non, son cœur trop inquiet et peureux.

Au cours de cet été-là elle revit aussi souvent Chlomo qui était revenu au village depuis peu et y avait ouvert boutique à son tour. Il était devenu horloger, mais si son métier consistait essentiellement à réparer les montres et les pendules, sa passion était d'inventer de nouvelles machines à mesurer le temps. Parmi ses nombreuses créations il avait réalisé une horloge particulièrement belle dans son austérité ; elle était de couleurs noir, gris et ivoire et il y avait quelque chose de terriblement inflexible dans l'avancée de ses aiguilles de forme légèrement trapue qui s'obstinaient à remonter le cours du temps, ainsi que des poissons nageant à contre-courant pour atteindre les eaux de leurs origines en amont d'un torrent, afin d'y reproduire et perpétuer leur espèce. Cette horloge mesurait le temps qui avait été celui des parents de Chlomo, celui de leur temps brisé à mi-course. En la voyant, Baladine s'était souvenue de la remarquable statue de femme dressée en retrait des tympans de la Vierge à la cathédrale de Strasbourg, — celle représentant la Synagogue, faisant pendant à celle symbolisant l'Eglise. L'une se tenait avec un indicible mélange d'orgueil et de courroux par tout le corps, l'autre posait dans la gloire. A l'une, un bandeau enserrait les yeux, à l'autre une couronne ornait le front. A l'une, une hampe brisée dans une main qui soulignait les méandres de son beau corps cambré, et dans l'autre un parchemin ; à l'autre femme, le sceptre du pouvoir. Mais celle dont on avait bandé les yeux et tourmenté le corps exprimait tant de force, de volonté et de détresse que l'attention de Baladine s'était toujours portée vers elle plus que vers l'autre. Et ce bandeau semblait bien moins signifier l'aveuglement que renvoyer à un regard second ; il y avait d'ailleurs quelque chose de transparent dans ce bandeau, et à travers on pouvait deviner des yeux demeurés grands ouverts, posant sur le monde un regard insoumis, aussi doux que farouche dans sa tristesse. Cette statue se déhanchait à la façon d'une pêcheuse remontant son filet hors de l'eau, l'arrachant aux remous du courant. C'était son parchemin froissé qu'elle arrachait ainsi à l'oubli, car il y avait encore à lire, à lire et à comprendre, dans ce texte mis au rebut par l'autre femme en gloire et en couronne qui semblait triompher à ses côtés.

Chlomo aimait Baladine ; il se sentait lié à elle plus qu'à nulle autre personne, fût-ce même sa sœur Tsipele. Il n'aurait su s'expliquer d'où lui venait cet attachement surgi dès la naissance de Baladine, et même dès avant sa naissance. Au cours de toutes ces dernières années où ils s'étaient perdus de vue, jamais il n'avait cessé de penser à elle. Et maintenant il la retrouvait, elle avait dix-huit ans, elle était dans le premier et le plus vif éclat de sa beauté, et elle était folle amoureuse d'un autre homme. Elle était même d'autant plus belle qu'elle était amoureuse. Ses yeux violet sombre prenaient des reflets mauves lorsqu'elle riait en parlant à Jason, sa démarche se faisait plus souple, son corps plus élancé, lorsqu'elle marchait à ses côtés.

Mais Chlomo était tout à fait étranger à cette manière qu'avaient tous les Péniel de se jeter à cœur perdu dans l'amour comme dans un gouffre ou un brasier, et il ignorait autant la frayeur de la perte que les affres de la jalousie. Il aimait Baladine jusque dans la passion qui la liait à un autre et ne concevait nulle jalousie à l'égard de Jason. D'ailleurs tous les trois s'entendaient si bien qu'ils se plaisaient à passer toutes leurs soirées ensemble. Ils se retrouvaient dans l'atelier de Chlomo, après son travail, et restaient là à discuter, et parfois aussi à se taire, assis, rêveurs, dans la rumeur des innombrables horloges pendues partout autour d'eux. Ils dînaient ensemble, puis buvaient du vin, de la bière ou du rhum. Jason préférait le bourbon et il apportait toujours une bouteille de Four Roses pour fleurir leurs verres chaque fin de soirée. Jason alors parlait beaucoup de sa voix volubile et chantante. Il parlait de tous ces livres qu'il avait lus, de toutes ces villes où il avait vécu, de tous ces gens qu'il avait rencontrés, et de ces lacs qui avaient ravi son enfance. Et de la montagne aussi. D'elle surtout, il parlait en abondance. Ses mains alors s'agitaient, esquissant dans l'air des cimes vertigineuses, des pics étincelants de glace, des parois lisses et géantes

345

d'autant plus séductrices qu'elles offraient moins de prise. Il évoquait le silence, plus éblouissant encore que le givre incrusté dans la roche, qui régnait dans les hauteurs. Silence, clarté et solitude. Et ce bleu, ce bleu glacé et absolument pur, du ciel tendu entre les crêtes déchiquetées comme un drap claquant à la face, fauchant le regard. Car il y avait duel constant entre le corps et le regard, — le corps sans cesse voulait monter plus haut que le regard, dépasser les limites des yeux. Baladine, elle, parlait de sa musique. Parfois elle apportait son violoncelle et jouait pour Jason et Chlomo. Quant à Chlomo, il ne parlait jamais de lui, ni de son enfance à laquelle il avait été si violemment arraché, ni de son passé récent au cours duquel il avait voyagé. Il préférait raconter des histoires.

Une fois cependant il arriva que Chlomo trahisse son trouble, mais seul Jason s'en aperçut. Un soir, Baladine, ensommeillée par le confus chuchotement des horloges et par l'alcool, s'était légèrement assoupie, la tête posée sur les genoux de Jason. Chlomo l'avait regardée dormir ; il avait contemplé ses cheveux renversés le long des jambes de Jason. Et le désir l'avait brutalement saisi à la gorge comme un sanglot. Pour échapper à cet instant de panique il avait vidé d'un trait son verre de bourbon et s'était lancé à improviser une histoire absurde. Une histoire sans issue. Une femme un beau jour avait brisé un sablier de verre, — par maladresse ou par colère ou peut-être par impatience devant la lenteur du temps, il ne savait pas trop. Alors le sable n'avait plus cessé de se répandre. Nuit et jour, semaine après semaine, le sable s'était écoulé comme le sang d'une blessure que rien ne pouvait refermer et guérir, et il avait tout recouvert.

Le sable avait enseveli la ville, puis la campagne et tous les villages alentour, et les rivières et les étangs, et les collines et les forêts. Tout le pays s'était transformé en désert. Un infini désert de sable blanc, couleur d'ivoire, aux grains très fins et lisses. Et la femme, nus pieds, marchait sans fin dans le désert, droit devant elle, semant tout le long de son parcours les traces de ses pas. Comme il n'y avait pas de vent, les traces demeuraient. Et un jour ces innombrables empreintes de pas s'étaient mises en marche à leur tour. Elles vagabondaient en tous sens, arpentaient toute la surface du désert, si bien qu'elles finirent par recouvrir l'espace entier. Alors la femme s'était immobilisée, n'osant pas fouler ces traces. Chlomo s'était arrêté là ; son histoire ne menait nulle part. Il ne savait même pas ce qu'il était en train de raconter. Son histoire ridicule ne l'avait même pas éloigné de Baladine ; ses yeux restaient rivés à elle, à ses cheveux renversés, à ses lèvres. Il s'était resservi à boire. Jason l'avait imité et, vidant son verre, avait essayé de relancer le conte. Il avait suggéré que la femme se mettait à souffler, souffler très fort, sans arrêt, alors les traces s'envolaient comme des nuées d'éphémères et disparaissaient bientôt, ensuite la femme était repartie. Mais vers quoi, il n'en savait rien. Baladine, rouvrant les yeux mais la tête toujours posée sur les genoux de Jason, avait pris le relais. Elle avait proposé que la femme se mette à pleurer. Et ces larmes coulaient tout comme le sable avait coulé, sans fin, et cela effaçait toutes les traces, alors la femme pouvait se remettre en chemin.

Chlomo, à moitié ivre, s'était énervé et avait déclaré que la femme n'avait ni soufflé ni pleuré, mais qu'elle avait saigné, et chaque goutte de son sang en frappant le sol avait métamorphosé les traces en roses des sables. Des roses si rouges, rouges du sang de la femme, que le sable s'était embrasé et tout le désert avait flambé. Et la femme avec. Jason était intervenu et avait dit que les roses des sables ne brûlaient pas du tout mais se mettaient à proliférer et à ériger une montagne de cristaux, que la femme gravissait, à pieds et mains nus. Mais dans ce cas, avait dit Baladine, la femme se blessera et saignera à nouveau et le désert reprendra feu, l'histoire n'en finira toujours pas. — « Bien sûr que si, elle finira cette histoire, s'était alors écrié Chlomo les yeux maintenant fixés sur l'étiquette de la bouteille vide dont les quatre petites roses dansaient dans ses yeux comme des feux follets. Je forcerai la femme à se remettre en marche, à sortir du désert, et pour cela je la mordrai plus fort que les flammes s'il le faut et... » — « Mais tu n'as pas à entrer dans l'histoire, lui avait fait remarquer Baladine, c'est un conte et tu n'as rien à faire dedans. » — « Si, il a raison, avait dit Jason, puisque l'histoire c'est nous qui l'inventons, on peut bien faire n'importe quoi. » — « De toute façon, elle est idiote votre histoire », avait conclu Baladine qui se rendormait déjà, les mains de Jason posées sur ses cheveux. Elle souriait imperceptiblement dans son sommeil.

Chlomo s'était mis à fumer ; ses traits étaient tirés, ses yeux ne parvenaient à se fixer nulle part. Jason avait retiré tout doucement ses mains et les avait enfouies dans ses poches. Il avait compris. Le cœur de Chlomo lui était soudain devenu transparent. Un cœur assailli par un amour qui n'avait pas davantage d'issue que l'histoire absurde qu'il avait commencé à improviser l'instant d'avant. Mais pour lui-même, s'était-il demandé, y avait-il une issue ? N'en recherchait-il pas toujours une pour libérer enfin son enfance ? Et puis, l'amour aussi n'était qu'un conte, si souvent insensé, et parfois si pénible. Mais si Jason avait prétendu que l'on pouvait intervenir dans les fables que l'on inventait, il était beaucoup moins sûr que l'on pût intervenir dans l'amour. Le cœur, assurément, était un chasseur solitaire. Chasseur aveugle, têtu, jusqu'à parfois devenir forcené. Chasseur absurde jusqu'à parfois, aussi, se tuer lui-même.

Ils s'étaient tus et étaient restés là en silence jusqu'au matin. Tous les trois ; les trois chasseurs dévorés par leurs propres gibiers.

Autant Baladine fréquentait Chlomo, autant elle fuyait son propre frère. Lorsqu'ils s'étaient revus, après tant d'années, ils n'avaient presque rien trouvé à se dire. Ils étaient restés face à face dans un silence pesant, un goût terriblement amer dans la bouche. Qu'aurait pu raconter Nuit-d'Ambre-Vent-de-Feu ? Les six années qu'il avait passées à Paris s'étaient rétrécies comme une peau de chagrin, elles ne se réduisaient plus qu'à une poignée de jours. Ces quelques jours éclatés autour de Roselyn, l'ami trahi et mis à mort, et ce crime renvoyait tout le reste dans l'ombre. La bouche de Roselyn étouffée par le sucre écœurant des bonbons mouillés de larmes, de sueur et de salive, desséchait de silence les lèvres de Nuit-d'Ambre-Vent-de-Feu. Cette bouche scellée par le sucre de la mort imposait le secret. Les mots s'étaient englués dans la pâte des berlingots, toute parole s'était durcie, devenue inarticulable. Et il n'osait pas regarder sa sœur en face de peur qu'elle n'aperçoive dans ses yeux le reflet de l'effroi de Roselyn mourant.

Mais Baladine n'avait pas davantage à raconter. La musique était étrangère à son frère, et quant à Jason elle se refusait obstinément à parler de lui. Elle connaissait trop bien la jalousie de son frère pour l'avoir endurée toute son enfance, — et aussi à présent, pour pâtir à son tour de cette maladie de la jalousie. Sur ce point ils se ressemblaient trop ; tous deux ne savaient aimer que dans l'excès, la jalousie, l'alarme. Ainsi chacun se refermait sur son histoire, se tenait crispé dans le mutisme, l'un taisant sa honte, l'autre son amour. Nuit-d'Ambre-Vent-de-Feu ne parla même pas à sa sœur de toutes ces lettres qu'il lui avait écrites, de tous ces mots qu'il lui avait dédiés comme autant de cris d'appel et de chants amoureux. Comme autant de baisers fous. De tout cela il ne restait plus rien. Les lettres avaient brûlé, les mots disparu, les appels s'étaient perdus et les chants s'étaient tus, étranglés dans un cri. Et les baisers étaient retombés au néant. Au néant d'un amour qui n'avait jamais véritablement existé. Alors entre eux, à présent, ne subsistait qu'un immense malaise.

Baladine était allée rendre visite une fois au vieux Nuit-d'Or-Gueule-de-Loup, là-bas, au lieu-dit des Trois Chiens Sorciers. Mais cet homme qui était son grand-père lui inspirait un plus violent malaise encore que son frère. Au fond elle ne connaissait rien de lui, que les légendes courant dans le pays à son sujet. Lorsqu'on venait le voir, il se tenait très droit face à ses visiteurs, mais ne parlait qu'à peine. Sa bouche demeurait cousue par ce mot qui lui avait transpercé le cœur il y avait déjà plus d'un quart de siècle. Sachsenhausen. Cousue, sa bouche, et déchirée.

A quel monde appartenait d'ailleurs cet homme qui bientôt aurait cent ans ? On ne savait trop si c'était à celui des vivants ou à celui de ses morts. Le temps perdurait en lui d'une façon étrange ; le temps s'acharnait contre son cœur et sa mémoire, mais semblait épargner son corps. Il se tenait toujours aussi solidement planté sur la terre, et pas un seul cheveu blanc n'avait poussé dans sa tignasse brune. Tout le jour il marchait dans les bois, nul ne savait ce qu'il allait y faire. Et son ombre l'accompagnait partout, imperturbablement blonde et dansante. On prétendait dans le pays qu'il parlait à son ombre et que son ombre lui répondait. Certains même racontaient avoir entendu mugir les sept larmes de son père qu'il portait à son cou en collier de gouttes blanches. Ou peut-être était-ce l'âme du loup dont il portait toujours la peau toute usée sur ses épaules, qui se mettait ainsi à geindre certaines nuits ?

Mahaut et lui vivaient ensemble comme deux étrangers. Mais ils avaient fait alliance et demeuraient sous le même toit ainsi que deux piliers soutenant une commune solitude. Que l'un s'en aille, et cette solitude se serait écroulée, mettant à nu d'une façon intolérable leur absence au monde. A leurs côtés vivaient leurs deux fils, Septembre et Octobre. Ces deux fils, les derniers-nés du vieux Péniel, qui avaient dû s'élever tout seuls, à l'ombre des grands hêtres. A l'ombre surtout de la folie de leur mère. Mais l'un avait trouvé l'accès à la clarté, tandis que l'autre s'était enfoncé dans la part de la plus épaisse pénombre.

Septembre et Octobre avaient construit une serre

près de la maison. Au début cela n'avait été qu'un jeu, puis de ce jeu ils avaient progressivement fait un travail. La serre s'était agrandie ; ils cultivaient des fleurs, des fruits, des légumes, qu'ils allaient vendre au village. Mais seul Septembre se rendait au village ; Octobre ne pouvait souffrir la présence de personne, la vue des inconnus le terrifiait.

Lorsque Nuit-d'Or-Gueule-de-Loup rentrait des bois vers le soir et qu'il apercevait la silhouette de ses fils dans la lumière de la serre, il lui semblait sentir l'ombre blonde qui marchait dans ses pas se mettre imperceptiblement à tressaillir, comme si quelque chose de très ancien, de très profond, enfoui sous les décombres de sa mémoire, réaffleurait soudain à son cœur. Quelque chose de ce temps où il n'était pas encore tout à fait un habitant de la terre, où il était un passager des eaux-douces. Quelque chose de ce temps où il était enfant, glissant lentement le long de l'Escaut, entre l'absolue détresse de son père et l'extrême bonté de sa grand-mère Vitalie. La serre élevée par ses fils, cette longue et fragile maison de verre si légèrement posée sur la terre, évoquait pour lui la péniche de ses ancêtres. Une même dérive dans l'immobilité, un même songe au ras du ciel, une même complicité avec la solitude et le silence. Une semblable douceur aussi. Mais il détournait tout aussitôt la tête et s'éloignait à pas pesants pour entraîner son ombre et sa pensée loin de toute nostalgie, car, à son cœur empierré sous les deuils, tout rappel de douceur faisait démesurément mal. Et c'était en ces instants, peut-être, que cet étrange mugissement se mettait à sourdre autour de son cou enlacé par les larmes de son père.

Et c'était vrai que la douceur rôdait autour de cette

maison de verre peuplée seulement d'un monde végétal. Nul bruit, nulle agitation. Un havre de calme et de lumière pour les deux frères y oubliant l'ombre terrible de leur mère claquemurée dans son passé. Là, parmi les plantes, régnait un silence humide et tendre, presque soyeux. Un silence palpable, et chargé d'odeurs. Les deux frères s'y parlaient à mi-voix, comme s'ils craignaient de troubler la douceur du lieu, la lenteur du temps.

Alors la douceur de ce lieu de verre se mit à luire dans le soir, donnant à la lumière de la serre une clarté de lune. Il n'y avait d'ailleurs pas que Nuit-d'Or-Gueule-de-Loup qui se sentait mystérieusement serré à la gorge comme par un sanglot de tendresse en apercevant cette lueur ; tous ceux qui la voyaient ressentaient également un curieux remuement dans le cœur. Pour Chlomo cette lueur était comme une pause du temps ; elle était une virgule ralentissant le trop rapide écoulement du temps. Une virgule de verre, couleur de lait, suspendue dans l'opacité des soirs. Et Crève-Cœur la voyait semblablement, maintenant qu'il avait réappris à revoir le monde, les hommes et les choses avec des yeux nouveaux. Il voyait dorénavant le monde en reflet des yeux du petit Fé. Cette clarté pour lui aussi brillait comme une virgule, marquant une pause dans la folie du temps, tempérant la violence du temps, — non plus comme ce croissant de lune, acéré et glacé, qu'il avait vu pendant la guerre une nuit dans un douar, à pic au-dessus des corps blafards et mutilés de ses onze compagnons. Cette écorce de lune, pétrifiée dans la nuit de la guerre, l'avait à l'époque aveuglé, avait armé son cœur et ses mains de haine et de vengeance. Mais cette clarté de

353

verre affleurant en transparence du soir lui donnait à présent un profond sentiment de paix.

Mais tous se contentaient de contempler cette lueur de loin, de rêver vaguement en passant dans ses parages, sans oser monter jusqu'à la serre et rencontrer les deux frères y travaillant. D'ailleurs personne chez les Péniel ne connaissait vraiment les deux derniers fils du vieux Nuit-d'Or-Gueule-de-Loup. Leur mère, dès leur naissance, avait tenu si obstinément tout le monde à distance de sa maison et de ses rejetons, que depuis personne ne s'était avisé d'essayer de franchir cette barrière.

Il vint une femme cependant. Un soir, elle vit la clarté entre les arbres, et marcha droit vers elle. Sans crainte, sans hésitation. Elle était pieds nus, vêtue d'une simple robe de toile grossière, comme une chemise d'hôpital. Sa peau était brune, couleur de la terre au creux des sillons. Sa chevelure, épaisse, toute frisée, tombait en désordre sur ses épaules, sur son front. Elle ne cessait de mordiller des bouts de mèches qu'elle entortillait à ses doigts. Ce fut ainsi qu'elle pénétra dans la serre. Elle était entrée si discrètement que Septembre et Octobre ne l'avaient pas entendue. Ce fut, alors qu'ils s'apprêtaient à sortir, qu'ils l'avaient aperçue. Elle se tenait dans un coin de la serre, la tête légèrement inclinée vers une épaule, les yeux perdus dans le vide. Dès qu'ils s'étaient approchés d'elle, elle avait pris peur et s'était accroupie parmi les pots de plantes qui l'entouraient, rentrant la tête dans ses épaules et renversant sa chevelure sur son visage pour l'y enfouir. Septembre s'était penché vers elle et avait tenté de lui parler. Mais elle ne répondait à aucune de

ses questions. Elle proférait juste de légers gémisse-
ments, tout en mordillant désespérément ses cheveux
et le bout de ses doigts. Elle gémissait exactement
comme un tout petit chien. Alors Septembre s'était
accroupi à son tour, tout près d'elle, et s'était mis à
mimer les mêmes sons qu'elle, mais sur un ton plus
calme. Au bout d'un moment elle avait peureusement
relevé la tête, à peine, et lancé un regard furtif à
Septembre à travers la broussaille de ses cheveux.

Il lui avait souri. Longtemps elle avait regardé le
sourire de Septembre, d'abord avec méfiance, puis
avec étonnement, et à la fin avec curiosité. Octobre, à
deux pas d'eux, ne bougeait pas, ne disait rien. Il
contemplait la femme en retenant son souffle. Elle
avait enfin relevé la tête et, tout en modulant son drôle
de gémissement sur un mode interrogatif, elle avait
pianoté sur ses lèvres, puis, progressivement, elle avait
détaché les doigts de son visage et avait timidement
avancé ses mains vers la bouche de Septembre jusqu'à
lui effleurer les lèvres. Il avait livré ses lèvres, puis son
visage, aux doigts tâtonnants de la femme qui l'explo-
rait en balbutiant. Lorsqu'il avait senti qu'elle était
entrée suffisamment en confiance, il avait à son tour
approché ses mains de son visage et, très lentement, il
lui avait dégagé la face de dessous les cheveux, puis lui
avait touché les lèvres. Et elle avait souri contre ses
doigts. Puis elle avait saisi les deux mains de Septembre et, les refermant autour de son visage, elle s'était
endormie.

Elle s'était endormie le visage enserré dans les
paumes de Septembre, et lui n'avait plus osé bouger.
Pas plus qu'Octobre qui regardait fixement la femme,
le cœur battant. Et ils étaient restés là jusqu'au matin,

à veiller son sommeil. Mais c'était dans leur cœur, à tous deux, qu'elle s'était endormie.

La femme était restée. Les deux frères lui avaient aménagé un lieu au fond de la serre. Comme elle ne parlait pas et qu'ils ignoraient son nom, Septembre l'avait nommée Douce, tant ses mains brunes aux ongles et paumes roses se posaient sur ses lèvres et son corps avec une douceur inouïe. Mais tout en elle était douceur ; sa peau, ses regards et ses sourires d'enfant, ses légers balbutiements, ses gestes et sa démarche, son souffle et son sommeil. Ils l'avaient cachée parmi les plantes et n'avaient parlé à personne de son étrange venue auprès d'eux. Peu leur importait de savoir exactement qui elle était, d'où elle venait. D'où elle s'était enfuie, vêtue d'une simple chemise asilaire. Ce qui leur importait dorénavant était qu'elle demeurât avec eux, parmi les fruits, les fleurs, les arbustes, et qu'elle mêlât son silence à celui de la serre, et l'odeur épicée de sa peau, de ses cheveux, à celle de la terre humide et tiède, à la senteur des plantes et de la sève.

Aucun des deux frères ne parvint à lui apprendre à parler ; dès qu'ils commençaient à formuler une phrase elle posait ses doigts sur leurs bouches, comme pour suivre uniquement les seuls mouvements de leurs lèvres, et non leurs propos. Alors ce fut elle qui leur apprit son langage, son langage du bout des doigts, tout en toucher, en caresse. Un langage de tout petit enfant, sans fin tâtonnant le visage, le corps des autres. Son langage était douceur, — un vertige de douceur. Et leur langage à eux se faisait désir. Un étourdissement de désir.

Et ce désir les emporta. Un soir Septembre

demeura avec Douce. Et il découvrit une plus grande douceur encore que celle de sa peau si fine et brune. Il découvrit la douceur de sa chair, une douceur en profondeur, comme une échappée de nuit mêlée de jour, ouverte à l'intérieur du corps vers la plus vaste des jouissances. Il découvrit les humides roseurs qui chantent tout bas au versant de la chair. Qui chantent si bas que nul ne les entend sans en perdre un instant la raison. Il découvrit le chavirement de la douceur en affres de tendresse, et le très sourd bruissement du sang roulant ses feux fluides et chatoyants comme un torrent ses laves.

Octobre aimait pareillement Douce et lui aussi il découvrit son corps ; son corps en creux, son corps en bouche. Il s'enfonçait en elle comme on sombre dans le plus profond oubli, — comme s'il avait voulu y enfouir et y perdre à jamais cette voix étrangère qui venait le hanter chaque automne à son anniversaire. Cette voix terrifiante jetée en lui par sa folle de mère comme un sort, une malédiction. Par sa mère, — sa haine. Si jamais elle avait osé s'aventurer dans la serre il l'en aurait chassée à coups de pierre, l'aurait sortie en la tirant par les cheveux. L'aurait tuée. Car elle aurait bien été capable d'ensorceler Douce comme elle l'avait fait avec lui, et de détruire le fabuleux silence qui régnait en elle pour y répandre l'effroi de cette voix de malheur. Mais Mahaut ne se risqua jamais dans la serre de ses fils. Ce que tous deux pouvaient y faire ne l'intéressait nullement. Peut-être même n'avait-elle jamais remarqué cette serre.

Dans la serre, — efflorescence des plantes et des fleurs, mûrissement des légumes, des fruits. Inflorescence du corps de Douce. Elle s'étonnait de voir son ventre mûrir comme les fruits, elle s'affolait de ce que quelque chose se mît à y bouger, à y cogner par à-coups. Elle regardait d'un air anxieux avec ses yeux d'enfant Septembre et Octobre, tendant ses mains vers leurs visages comme pour chercher au contact de leurs lèvres une réponse à son inquiétude. Elle ne comprenait pas. Seul Septembre savait la rassurer ; Octobre ne savait qu'aggraver son angoisse, tant lui-même se troublait devant cette grossesse, comme s'il s'agissait non pas d'un enfant à naître mais d'une voix monstrueuse, en train de gonfler un cri mortel dans les entrailles de Douce. Il cessa de l'approcher, il avait peur plus encore qu'elle-même. Septembre restait auprès d'elle, calmait ses craintes. Mais il ne parvint pas à apaiser celles de son frère. — « C'est moi, répétait-il, c'est moi qui ai porté en elle cette malédiction, — la malédiction que cette mère m'a infligée. Voilà ce qui est en train de grossir en elle, c'est la voix, la voix en crue... la même voix enfle et grandit en elle, et va la déchirer, la détruire... » Rien ne pouvait ramener Octobre à la raison tant cette voix qui se saisissait de lui une fois l'an le terrifiait. Il redoutait sa crue pendant des mois avant qu'elle ne survienne, et ensuite demeurait épuisé et malade pendant d'interminables semaines. Et d'année en année ces retours de la voix étrangère le dévastaient de plus en plus. Il ne pouvait souffrir l'idée que Douce ait à subir cela à son tour, par sa faute.

Douce accoucha à l'automne, donnant naissance à une petite fille. L'enfant métisse était si belle avec son teint de miel sombre que Septembre la nomma Merveille. Mais du jour de cette naissance Douce ne fut plus la même. Elle se tenait tout le temps dans un recoin de la serre et repoussait l'enfant. Elle repoussait même Septembre. Et la nuit, elle creusait la terre. Elle creusait sans relâche, avec ses mains, comme un animal fouissant le sol pour s'y cacher, s'y enfoncer. Le moindre babil de l'enfant la paniquait, comme s'il pouvait mettre en péril sa propre vie. Le calme et la clarté de la serre qui l'avaient attirée lorsqu'elle était en fuite ne suffisaient plus à présent. La naissance de cette petite fille, comme un double miniature et décoloré d'elle-même, mais qui ne cessait de proférer des bruits tantôt en gazouillant, tantôt en pleurant ou criant, l'avait plongée dans une totale panique. C'était comme si sa propre voix, qu'elle avait condamnée au mutisme depuis des années, venait de s'arracher de son ventre, et cette voix bannie qui de jour en jour prenait force allait se retourner contre elle, allait se venger d'elle. Aussi lui fallait-il chercher ailleurs un gîte, non pas plus loin, mais plus profond. Alors il lui fallait creuser. Et elle creusait, creusait sans fin, à mains nues.

Elle cherchait la paix, la paix et le silence, dans l'enfouissement, l'obscurité. L'ensevelissement. Elle voulait atteindre l'absolu du silence, elle devait fuir tout bruit, vite, vite. Et ce fut à cela qu'elle parvint : elle creusa si bien la terre qu'elle s'y glissa comme une bête au fond de son terrier, et y disparut. Aussi profond que l'on creusât derrière elle, on ne la retrouva pas. Elle s'était enfoncée au plus noir de la terre, avait empli sa bouche de boue et de silence.

Elle disparut le jour où la voix qui visitait Octobre faisait retour, aussi inexorablement que s'inversent les eaux en crue du Tonlé Sap. Mais la montée de cette voix s'annonça cette fois-ci avec tant de violence qu'Octobre ne put supporter d'avoir encore à en subir le déchaînement. Lorsqu'il vit sa mère, drapée dans les oripeaux de soie et parée des bijoux extravagants, dont elle se revêtait toujours à cette date magique pour assister à la métamorphose de son fils visité par le don du Mékong, et qu'il l'entendit l'appeler de sa voix stridente, afin qu'il vienne s'enfermer avec elle dans la chambre sacrée où se déroulait toujours le rituel, il fut pris d'une telle frayeur, d'une telle colère surtout, que, se saisissant d'un sécateur à arbustes, il se trancha net la langue et la flanqua comme une gifle en pleine face de sa mère. Une gifle de sang. Puis, la bouche ensanglantée, distordue de douleur, il s'effondra tout d'une masse sur le sol, le front cognant les petits pieds chaussés de satin noir brodé de sa mère.

NUIT DE L'ANGE

NUIT DE L'ANGE

1

Jamais Nuit-d'Or-Gueule-de-Loup n'avait fêté ses anniversaires. D'ailleurs il ignorait la date exacte de sa naissance. Cela s'était passé quelque part dans le sillage de cette guerre où un uhlan avait frappé son père au front d'un coup de sabre. Il était né d'une blessure. D'une blessure de guerre. Il y avait si longtemps de cela. Mais les blessures de guerre, comme les blessures d'amour, ne se referment jamais tout à fait. Et peut-être Nuit-d'Or-Gueule-de-Loup était-il né de cette double blessure. De guerre et d'amour.

Un jour cependant, il sut qu'il atteignait un siècle d'âge. Il sentit cela dans son corps. Il éprouva soudain dans sa chair le poids formidable d'un cent d'années. La nuit s'apprêtait à descendre sur la terre bien qu'il fût encore tôt. C'était en plein hiver. Il gelait à pierre fendre. Il gela même tant cette nuit-là que le ciel fut pétrifié. Il se dressait telle une gigantesque plaque de schiste noir, étincelant, où des milliers d'étoiles,

minuscules, venaient se ficher ainsi que de fins clous
d'or.

Nuit-d'Or-Gueule-de-Loup, assis sur un haut fau-
teuil tendu de toile couleur d'ardoise légèrement
passée, contemplait par la fenêtre scintiller les étoiles.
Elles étaient innombrables, et, pour tenter de ne pas
disperser complètement son attention, il s'attacha à
fixer l'une de ces multiples étoiles, afin de circonscrire
par là même la vertigineuse sensation de vide qui lui
hantait l'âme et l'esprit. Mais l'étoile qu'il avait
choisie pour cible lui parut subitement filer à vive
allure vers lui et s'éloigner plus rapidement encore de
l'autre côté de la nuit. Et cela, dans un même et unique
mouvement.

Il s'était redressé avec un cri sourd, une exclama-
tion de stupeur, rauque, brutale. L'étoile détachée de
sa voûte, perçant la nuit et déchirant l'espace en deux
sens opposés, venait de le toucher droit au cœur, à la
façon d'un bref et violent coup de talon, — celui d'une
fille frappant le sol pour donner élan et rythme à sa
danse. Mais qui donc se levait ainsi dans son cœur
avec de petits pieds vigoureux pour s'y mettre à
danser ? ... « Et maintenant, je vais danser pieds
nus... » Nuit-d'Or-Gueule-de-Loup, le cœur battant,
crut entendre une voix murmurer ces mots, une voix
de très jeune fille à bout de souffle. A bout de vie.

Celle qui avait parlé dansait nus pieds avec la mort
depuis un siècle. Sa mère-sœur, morte de l'avoir mis
au monde.

Alors qu'il venait juste de ressentir ce coup sec
heurter son cœur et de percevoir vaguement ce murmure, Nuit-d'Or-Gueule-de-Loup se sentit empoigné
aux épaules. Doucement, fermement. C'était son

ombre, sa si fidèle ombre blonde, qui venait de s'arracher du sol, de se hisser, très droite derrière lui, et elle posait avec force ses mains sur ses épaules. Il entendit l'ombre lui dire : — « Va ! Sors maintenant. Pars à leur rencontre, ils t'attendent. » Cette ombre arrachée à son corps et debout contre son dos avait la voix de Vitalie.

Etait la voix, tendre et pressante, de son aïeule Vitalie.

— « Va, va ! » disait la voix de Vitalie scandant la marche de Nuit-d'Or-Gueule-de-Loup. Lui marchait devant, l'ombre, plus blonde que jamais, allait l'amble derrière, le poussant aux épaules. C'était sur la route menant au bois des Echos-Morts qu'elle le conduisait. Avant de se mettre en chemin il avait ceint ses reins d'une large sangle de cuir à boucle de bronze, comme on selle un cheval de trait, tant cette marche dans la nuit glacée était abrupte et difficile. Tant le poids de son âge était dur à haler.

Une marche à contre nuit.

Il marchait vers son passé. Il montait vers sa mémoire. Pas à pas, au rebours de sa vie. Sa vie d'homme centenaire. Et ses pas étaient si pesants dans le silence de la nuit, sur le sol gelé, qu'ils claquaient comme des fouets. La nuit portait très loin l'écho de ces claquements, le froid avivait cet écho. Le ciel tremblait comme une vitre sur son passage. La nuit, la nuit entière résonnait et craquait. Et lui gravissait la colline, le front tendu, en ahanant. Son souffle fleurissait l'air glacé de grappes de buée blanche, bordant tout son chemin comme d'une longue haie de lilas clair, transparent.

Oui, il avançait le cou tendu, le souffle dur, comme les épais chevaux de halage de son enfance tirant le long des berges de l'Escaut bordées d'aulnes, de saules, de bouleaux et de peupliers blancs, la sombre péniche familiale pour la mener d'écluse en écluse. De ville en ville. Cette péniche à laquelle le père avait flanqué le nom de « Colère de Dieu ». Mais en cette nuit, ce n'était pas la colère de Dieu qui chargeait le corps en marche de Nuit-d'Or-Gueule-de-Loup, — c'était la détresse de Dieu. Non, pas de Dieu ; des hommes. Rien que des hommes.

Il pénétra dans le bois, s'y enfonça sans ralentir le pas. La neige était épaisse, verglacée. Son ombre le pressait. Il ne ressentait pas le froid. Le froid coulait dans son sang, dans ses os. L'obscurité était profonde, mais lui distinguait chaque détail du sol, — branches tombées, saillies de racines noueuses, cailloux, traces de pas de bêtes. La nuit était dans ses yeux, était ses yeux. Il avança jusqu'à la clairière. Là où, au pied d'une roche, jaillissait une source. Mais la source était gelée et l'eau prise en glace hérissait la roche de cristaux translucides.

C'était la source qui avait surgi il y avait près de trente ans déjà, sous sa nuque d'homme abattu par la révélation d'un nom radicalement imprononçable, à la fin de cette guerre qui s'était avouée fin d'un monde. Abattu par la révélation d'un des multiples noms de Dieu. Sachsenhausen.

Source de larmes versées par la terre trop meurtrie par la violence, la cruauté des hommes ; d'ailleurs aucune bête de ce bois n'était venue y boire, jamais, comme si d'instinct les animaux avaient senti combien l'eau de cette source était d'une amertume presque mortelle.

C'était la source qui s'était ouverte, comme une écluse aux lourds battants d'oubli, sur l'espace d'un monde devenu désert, en cette nuit lointaine où la mort, même la mort, n'avait pas voulu de lui.

Il était seul au creux du bois tout étouffé de neige, sous un ciel vertigineusement haut et noir. Un noir violacé pailleté d'or, et qui jetait sur la neige de vagues lueurs mauves. L'air était si pur que la moindre brindille, se brisant sous sa croûte de glace comme un fil de verre, s'entendait parfaitement à des lieues à la ronde. Nul autre bruit alentour. Rien que ces éclats et tintements de bois mort. Toute la forêt semblait de verre. Il était seul, dans le silence de la forêt cristallisée. Démesurément seul.

Et pourtant, il sut d'un coup qu'ils étaient là. Tous. Tous. Qui l'attendaient.

Tous les siens. Tous les siens qu'il avait tant aimés. Désormais disparus. Ils approchaient, invisibles et muets. Ils arrivaient en cercle, sur tout le pourtour de la clairière. Rôdant. Minces et très vagues ombres blanches se confondant avec la neige, glissant entre les arbres. — « Vois ! Vois ! » ne cessait de répéter la voix de Vitalie. Voix de mélopée incantant très doucement les absents.

Mais il n'y avait rien à voir, — quelques ombres blanches teintées de mauve se profilant dans la nuit étoilée, sur la neige plus dure qu'un métal poli. Il n'y avait rien à entendre, pas même le plus léger frou-frou. Rien que ces craquements de bois mort, ces claquements d'écorce, sur les corps des arbres foudroyés par le froid. De loin en loin.

— « Vois ! reprit une fois encore la voix ténue de Vitalie ; vois, mon ombre ne t'a jamais quitté, j'ai tenu ma promesse. Te souviens-tu de ce que je t'avais dit le soir où nous nous sommes séparés, nos mains pourtant demeurées enlacées parmi les pelures de pommes ? T'en souviens-tu, dis ? » — « Je me souviens qu'au matin tu avais disparu », répondit Nuit-d'Or-Gueule-de-Loup. — « Je n'ai pas disparu. Mon amour t'a suivi au-delà de ma mort, j'ai souri dans tes pas sans jamais me lasser, même lorsque tu te perdais au plus noir de ce monde. Qu'avais-je d'autre à te donner que mon amour, que cet amour de pauvre ? Mais qu'aurait-il pu faire d'autre, mon amour, sinon s'attacher à tes pas ? Car il était si grand, si vaste, mon amour de toi, que même la mort est trop étroite pour lui et il n'a pas pu y prendre place. Mais lorsqu'on est vraiment très pauvre, tout se fait immense, hors mesure ; la faim, la honte, la douleur, et l'amour également. On flotte dans tout, on a les poches vides et le cœur aussi creux que le ventre. Te souviens-tu ? Je t'avais dit en ce temps-là : — dans mon amour passent la mer, les fleuves et les canaux, et tant de gens, hommes et femmes, et des enfants aussi. Je t'avais dit encore : — ce soir, sais-tu, ils sont tous là. Je les sens là, autour de moi. Je parlais des nôtres d'alors, en ce temps-là. Mais cette nuit, ce ne sont plus seulement la mer, les fleuves et les canaux que porte mon amour de toi, ce sont aussi la terre, les forêts, le vent, les animaux, les roses, les chemins, les rivières, tout cela où s'est bâtie ta vie. Ah ! cette nuit, combien sont-ils, hommes et femmes et enfants, combien sont-ils tous ceux auprès desquels, avec lesquels,

368

tu as bâti ta vie ? » — « Je ne peux plus compter, je ne sais pas, je ne veux plus, répondit Nuit-d'Or-Gueule-de-Loup. Ils n'ont construit ma vie que pour mieux la détruire. » Mais l'ombre le saisit aux cheveux, avec violence presque, et le força à redresser la tête dans le vent vibrant de glace; et la voix de Vitalie lui dit encore : — « A présent ouvre ta mémoire comme une ville franche, ouvre tout grand ton cœur comme une ville désarmée. Car vois, ils sont tous là. Qui s'avancent. »

Il n'y avait toujours rien à voir ni à entendre. Même la voix de Vitalie s'était tue. Avait-elle seulement parlé ?

Il y avait juste à sentir. A sentir à fleur de peau. A fleur de veines, de tendons et de nerfs. Il y avait juste à sentir, dans une totale folie des sens. Comme un gigantesque frisson parcourant tout le corps. Terriblement.

Peau.

Peau d'homme usée ainsi qu'un vieux manteau de mendiant.

Nuit-d'Or-Gueule-de-Loup se découvrit soudain n'être plus qu'une peau. Une ample peau d'homme tannée par des milliers de soleils, brûlée par le froid de cent hivers, toute incrustée de terre en ses quatre saisons et fouettée par les vents de tous les horizons. Vaste peau d'homme à jamais marquée par les baisers et les caresses de cinq femmes, ses épouses. Dure peau boucannée aux feux de deuils toujours couvant dans les débris de son cœur.

Peau.

Peau d'homme portant encore odeur de loup,

senteurs de terre, de vent et d'eau. Gardant toujours parfum de femme, au creux du cou, des paumes, au creux des aines, et le goût de leurs lèvres au profond de sa bouche. Peau d'homme écrite par le temps, incisée par l'histoire et les guerres, enluminée par les amours, taillée à vif par les deuils. Peau d'enfance et de jeux, peau de travail, de faim, de soif et de fatigue. Peau de plaisir et de désir, peau de jouissance et peau de larme. Peau à sueur, à sang, et peau à rides. Peau d'homme, unique, portée jusqu'à l'usure, la déchirure.

Peau.

Peau gigantesque écartelée sur la face et tous les os du corps par cette nuit de gel. De gel et de mémoire. Peau de tambour tendue sur la résonance du cœur. Enorme.

Peau de tambour où Nuit-d'Or-Gueule-de-Loup se mit soudain à marteler. Il jeta sa veste, arracha sa chemise, et là, torse nu, il se mit à frapper.

Peau.

Peau de chagrin et peau d'appel. Peau de merveille aussi bien, faisant retentir dans la nuit ivre et stridente de froid les doubles coups portés par ses poings et son cœur.

Mais qui frappait ainsi contre sa peau, — ses poings, son cœur, ou bien le nom de chacun de ceux qui avaient été siens et avaient cessé d'être ? Qui s'en venait frapper de la sorte, tour à tour, contre son torse nu, contre son cœur sonnant tel un fantastique gong de bronze ?

Peau.

Peau à cris.

Vitalie. Ce fut le premier nom. Mais il était si tendre, si intime, qu'il roula comme une eau claire. Vitalie ! Et il revit le fabuleux sourire de celle qui avait veillé sur ses sommeils d'enfant, qui l'avait consolé de ses chagrins et de ses peurs d'enfant. Vitalie, celle qui ne l'avait jamais abandonné, l'accompagnant partout, à tout instant, par-delà même sa disparition. Celle qui avait attaché son ombre blonde à ses pas. Vitalie ! Ce nom illumina son cœur.

Puis s'approcha le nom, dérisoire et léger, de celle qui l'avait mis au monde. Herminie-Victoire. Sa mère, si jeune encore, sa mère-sa sœur. Sa sœur devenue trop tôt sa mère, morte en couches. Herminie-Victoire. La mère-sœur, la femme-enfant, partie danser pieds nus avec la mort par frayeur de la vie. Herminie-Victoire... son nom passa comme un souffle sur sa peau, faisant imperceptiblement vibrer son cœur.

Puis vint le nom. Le nom inarticulable. Le nom longtemps haï. Si violemment haï. Le nom d'effroi et de douleur. Le nom auquel il avait crié non. Le nom, le nom du père. Non. Le nom mille fois nié du père. Mille et mille fois maudit. Le nom du père tranché en deux. D'un coup de sabre.

Théodore Faustin.

Comme il cognait, ce nom, comme il grattait contre son cœur. Qu'il était lourd ce nom, ce nom du père noyé dans les eaux noires du canal, entravant les portes des écluses.

Nuit-d'or-Gueule-de-Loup sentit sa peau, son

cœur, se déchirer. Il défit son ceinturon de cuir et s'en fouetta le torse pour faire taire le nom du père. Mais le nom ne cessait de mugir en lui.

Comme une balle, très ronde et rouge, sauta le nom de Mélanie contre son cœur. Et c'était chaud, — un nom si plein de vie encore. Et c'était chaud comme un sang répandu. Le nom de Mélanie éclata sous les sabots d'un cheval. Mais aussitôt surgirent les noms de leurs fils. Augustin et Mathurin. Ses fils premiers-nés. Ils traversèrent son cœur ensemble. Il revit leurs visages. Ils étaient jeunes, ils souriaient. Mais ces visages s'entrelacèrent, s'entrecoupèrent. Se défigurèrent. Et le nom de Deux-Frères tomba lourdement dans son cœur.

Les noms d'Hortense et de Juliette résonnèrent en écho à cette chute, emplissant son cœur d'une tendresse amère.

Blanche. Le nom se faufila en lui, si léger, émouvant. Mais il ne put le retenir. Le nom de Blanche était fragile comme du verre, ne se laissait que murmurer. Son nom s'évapora dans son cœur doucement, le recouvrant d'une fine et brillante poussière de givre.

Comme un grelot tinta le nom de sa fille Margot. Margot la douce, l'amoureuse. Margot si belle au matin de ses noces. Margot tout éblouie au soleil de janvier. Margot si belle et légère à son bras.

Margot brisée, Margot la folle. La Maumariée. Le cœur de Nuit-d'Or-Gueule-de-Loup se serra à ce nom, se déchira comme les dentelles des vieux jupons fanés de sa fille trahie.

Son cœur se fit crissant où s'avança le nom d'Elminthe-Présentation-du-Seigneur-Marie. Celle que lui appelait Sang-Bleu. Celle dont le corps résonnait dans l'amour de chants, de rythmes, d'éclats de cuivre et de stridences. Sang-Bleu. Ce nom ondoya à travers son cœur comme un long poisson d'ivoire. Et le glaça. Sang-Bleu! Le nom se brisa dans un grand craquement d'os.

Nuit-d'Or-Gueule-de-Loup cercla son torse avec la sangle. A chaque nom qui frappait à sa peau il devait resserrer la courroie pour contenir les coups de plus en plus précipités de son cœur.

Vint le plus léger de tous les noms. Violette-Honorine, sa fille illuminée par la plus obscure des grâces. Ce nom courut à travers son cœur comme une enfant pressée, répandant dans sa course une bouleversante odeur de rose, — à moins que ce ne fût de sang. « Je suis l'Enfant, je suis l'Enfant... » murmurait-elle dans sa course. Mais elle filait à si vive allure que son nom fut emporté par l'autre nom dont elle l'avait doublé de son vivant. Violette-du-Saint-Suaire.

Dans le sillage de ce nom passa celui de son vieux compagnon. Jean-François-Tige-de-Fer. Ce nom passa dans un bruissement d'oiseau battant des ailes, un vague écho de chant de tourterelles. Jean-François... le nom fut emporté dans une brassée de flammes, — à moins que ce ne fût de roses. Ce nom laissa à Nuit-d'Or-Gueule-de-Loup une immense sensation de vide et de désolation.

Alors, si discordants, inattendus, surgirent soudain les noms de ses trois fils les plus sauvages. Ses fils aux noms d'archanges, dont deux eurent destin d'assassins en ne sachant saisir et déformer que le glaive des anges, et le troisième eut fin de doux mendiant. Michael et Gabriel, soldats du diable et mercenaires d'Apocalypse, et Raphaël, l'une des plus belles voix qui chanta en ce siècle. Mais leurs trois noms entrelacés dans la mort mêlaient bizarrement leurs chants dans le cœur de Nuit-d'Or-Gueule-de-Loup en une douloureuse cacophonie. « *Und singt ein Teufelslied... Nella città dolente... Und der Teufel der lacht noch dazu... Lasciate ogni speranza, voi ch'entrate... Singt ein Teufelslied... hahahahahaha!... Dove, ah dove, te'n vai... Wir kämpfen... wir kämpfen... wir kämpfen... nella città dolente...* »

Comme à tâtons s'approcha le nom de Baptiste. Baptiste-le-Fou-d'Elle, son fils enamouré jusqu'aux larmes, à la mort, de sa blonde Pauline aux yeux couleurs de feuilles mortes. Leurs noms se lièrent dans le cœur de Nuit-d'Or-Gueule-de-Loup. Se lièrent comme des liserons, comme des ronces, des chardons. Se lièrent et roulèrent dans les fossés de son cœur où retentit encore le nom de Jean-Baptiste-Petit-Tambour qui en son temps avait annoncé moins le retour de la paix que la révélation subite d'un irrémédiable désastre. Ces trois noms se firent aigus ainsi que des épines dans son cœur.

Il y eut un silence. Un grand silence dans son cœur. Et aussitôt se mit à bruire un pleurement profond enfoui. Le nom montait, montait en lui comme un sanglot. Benoît-Quentin.

Benoît-Quentin! Son petit-fils au dos bâté de toute la tendresse de ce monde. Benoît-Quentin, l'enfant qu'il avait le plus aimé. L'enfant parmi tous les enfants. Benoît-Quentin, son petit prince enfant.

Et un autre nom redoublait la douceur, la douleur de ce nom. Alma. Double sanglot étranglé dans son cœur.

Benoît-Quentin, Alma — leurs noms sonnaient à la volée en lui, dans son cœur, à ses tempes. Il prit sa tête entre ses mains. Il croyait voir sur la neige danser la lueur rougeâtre de hautes flammes. Elles dansaient les flammes, elles dansaient autour de la voix d'Alma qui chantonnait comme une toute très petite fille... « *Sheyn, bin ich sheyn, Sheyn iz mayn Nomen... A sheyn Meydele bin ich...* » Mais les flammes dévoraient la chanson... Des flammes par milliers, chacune crépitant du nom de Benoît-Quentin et d'Alma, et rehaussant leurs beaux visages aux yeux démesurés d'amour et de frayeur.

Il y eut un cri dans son cœur. Un cri éclaté à l'extrême pointe de ces flèches de flammes. Un cri que ne pouvait plus contenir la sangle de cuir à boucle de bronze.

Car vint le nom.

Le nom le plus aimé. Ce nom tout de beauté, tout de désir et de tendresse mêlés. Ce nom d'éternelle jeunesse, d'éternelle passion. Le nom de son plus grand amour. Nom d'éternelle détresse.

Nom de Ruth.

Et le ciel vira soudain au vert, un vert forêt, comme la robe qu'elle portait, le jour de leur rencontre au parc Montsouris, le jour de leur arrachement dans la cour de la ferme.

« ... *Bin ich bay mayn Mamen, a lichtige Royz...* » avait chanté Alma. Mais toutes les choses avaient été détruites, avaient été brûlés, et toute lumière répudiée. On avait emporté la mère avec tous ses enfants.

Ruth. Le nom s'engouffra dans son cœur avec un goût émerveillant de chair de femme, — horriblement souillé d'un goût de cendres âcres. Ruth Ruth Ruth ! Le nom hurlait dans son cœur, il saignait à ses reins, lui lacérait la nuque, les épaules. Ruth Ruth Ruth ! Le nom se débattait, se débattait contre les flammes, contre les chiens, contre les hommes en armes, se débattait contre la mort. Le nom ne voulait pas mourir.

Ruth ! La sangle de cuir éclata. Plus rien ne pouvait contenir la puissance de ce nom. La beauté déchirée de ce nom. Nuit-d'Or-Gueule-de-Loup s'effondra à genoux sur le sol. De son front il se mit à frapper la terre. Il frappait la source gelée comme s'il avait voulu briser la glace, rendre à l'eau son élan et son cours, rendre à Ruth la chaleur et la vie, et à leur quatre enfants leur enfance volée. Sylvestre, Samuel, Yvonne et Suzanne. Ces quatre noms brûlaient dans celui de Ruth, ronces de feu. Et s'effeuillaient, fleurs de cendres. Les quatre noms de ses enfants assassinés se tordaient dans les flammes, s'en allaient en fumée. Les quatre points cardinaux de tout espace humain, réduits en cendres. A néant. Comment retrouver son chemin dans le monde, dorénavant ?

Et il mordait la glace et il griffait la neige, jusqu'à se mettre la bouche et les ongles en sang. Le bruit fou de son cœur que ne contenait plus la courroie battait dans le silence de la nuit. Ça cognait à tout rompre. Pas seulement en lui, mais hors de lui. Ruth Ruth Ruth ! Son cœur heurtait la terre avec tant de violence que d'un coup les branches de tous les arbres du bois des Echos-Morts se brisèrent. Il y eut à travers la forêt un formidable craquement.

Nuit-d'Or-Gueule-de-Loup se renversa sur le dos, épaules et nuque contre la source gelée, les yeux fixés sur le ciel pris en glace. Le ciel vertigineusement haut, et vert noirâtre, dressé face à lui. Comme une vitre.

Une vitre en surplomb de la terre.

Qui donc se tenait derrière la vitre ? Nuit-d'Or-Gueule-de-Loup crut entr'apercevoir comme un regard en transparence du ciel. Un regard impossible, et pourtant là. Comme un regard d'aveugle, ou un regard de fou.

Le cœur de Nuit-d'Or-Gueule-de-Loup frappait autant contre la terre que contre le ciel. Il avait appelé ses morts, tous ses morts. Avait nommé chacun. Mais l'appel n'en finissait pas. Semblait ne devoir jamais finir. Un autre nom encore cherchait à être interpellé. Un autre nom roulait dans son sang, montait lui marteler le cœur, le front. Mais il refusait de proférer ce nom, refusait même de l'entendre. Ce nom n'appartenait à personne des siens, — ce nom n'existait même pas. Et pourtant il lui accaparait toute la chair, le serrait à la gorge, plus violemment qu'aucun autre nom.

Non, il ne pouvait pas, il ne voulait accorder nulle part à ce nom, nulle voix, nulle reconnaissance. Car si jamais ce nom existait, il n'appartenait pas à un mort, — il était le nom même de la mort. Et Nuit-d'Or-Gueule-de-Loup se prit à haïr ce nom comme jamais encore il ne l'avait haï, même en ces temps de détresse où il l'avait maudit. Il ne s'agissait plus de maudire, pas même de nier, — mais de haïr. De haïr jusqu'à anéantir le nom.

Le nom de Dieu.

Le cœur de Nuit-d'Or-Gueule-de-Loup ne put contenir davantage le refus, la haine de ce nom. Un cri lui troua le cœur.

Son cri frappa le ciel comme un caillou une fenêtre. Le ciel dégringola telle une vitre qui vole en éclats, noyant aussitôt la terre sous une immense pluie. Une pluie brûlante et salée comme des larmes d'homme. Plus douloureuse encore que les larmes des hommes. Larmes d'un Dieu haï par les hommes.

La pluie dura toute la nuit. Elle ruisselait sur le visage de Nuit-d'Or-Gueule-de-Loup, dans ses yeux, dans sa bouche, tout le long de son corps à moitié dévêtu. La pluie faisait fondre la neige, elle effaçait l'hiver. Mais ce temps n'était celui d'aucune saison, car cette pluie n'était ni d'été, ni de printemps et ni d'automne. Cette pluie était hors saison. Cette pluie était de larmes.

Et elle coulait sans fin. Nuit-d'Or-Gueule-de-Loup finit par s'endormir sous le ruissellement muet de la pluie qui lui baignait la face, tout le corps. — « Je vais mourir, se disait-il en s'enfonçant dans le sommeil, je suis en train de mourir. Je suis mort déjà, et on me lave. C'est le grand bain donné aux morts que je reçois, la toilette faite au cadavre. Mais qui donc accomplit cette toilette funéraire, lequel d'entre mes enfants, laquelle d'entre mes épouses ?

Mais il ne mourait pas, il glissait seulement dans le sommeil. Un long sommeil soyeux de pluie. Son cœur enfin s'était calmé. Son cœur était lavé. La pluie trempait sa face comme une boue, transformant lentement son visage en masque de glaise. En effaçant les traits, les traces.

Lorsqu'il se releva dans la clairière détrempée, parmi les arbres démembrés, le jour commençait à poindre. Le ciel était lisse et livide comme le visage de quelqu'un qui a longtemps, trop longtemps pleuré. La pluie avait enfin cessé. Nuit-d'Or-Gueule-de-Loup se sentait étonnamment léger, comme si la pluie l'avait lavé de son âge, avait dissous son cent d'années. Son ombre même avait disparu. Il avait perdu jusqu'à son ombre blonde. Et les sept larmes de son père ne pendaient plus en collier à son cou, elles avaient fondu, s'étaient mêlées au ruissellement de la pluie.

Il retraversa la forêt jonchée de branches et d'écorces éclatées et déboucha sur le vaste espace de champs qui s'ouvrait depuis la lisière du bois. Ces champs qu'il avait fait siens. Mais il regardait ce paysage et le hameau de Terre-Noire étagé en contrebas, qui lui étaient après tant d'années devenus aussi familiers que son propre corps, comme s'il les découvrait.

Plus rien ne lui était familier, pas même son propre corps. Il se sentait en cet instant plus étranger à ce lieu que le premier jour où il y était parvenu. Pourtant le froid soleil levant d'hiver frappait les marais et les étangs gelés du même éclat de métal qu'en ce jour ancien de son arrivée. Tout au fond de la vallée le fleuve traçait, imperturbable, ses larges méandres d'un gris cendreux. Les guerres avaient détruit bien des maisons dans les villages implantés en cet endroit et avaient même anéanti des hameaux entiers, des routes, des champs, mais elles n'avaient pas touché au fleuve. La Meuse glissait ses eaux lentes et brumeuses en toute indifférence à l'histoire, au temps des hommes.

Une fois encore, une dernière fois, lui revint en mémoire la phrase de Vitalie qui lui avait dit dans sa jeunesse pour l'inciter à partir : — « La terre est vaste, et quelque part certainement existe un coin où tu pourras bâtir ta vie et ton bonheur. Peut-être est-ce tout près, peut-être est-ce très loin. » C'était en cet endroit qu'il avait bâti sa vie. En cet endroit qui n'était ni près ni loin. Près ou loin de quoi, d'ailleurs ? De quoi, ou de qui, s'agissait-il donc d'être proche ou éloigné ? Il contemplait le paysage, les champs, les fermes, le fleuve, sans surprise comme au premier jour, sans attachement ni désir comme aux temps de ses bonheurs, sans rancœur ou nostalgie comme aux temps de ses malheurs. Il n'éprouvait plus rien.

Ce lieu était de nulle part, comme tout lieu en ce monde. Comme tout lieu où l'heure est arrivée pour un homme de prendre congé de lui-même, de sa vie, de son corps. Nuit-d'Or-Gueule-de-Loup était parvenu à son terme. Son temps avait été aussi vaste que ses terres, mais il venait de trouver l'heure où bâtir sa disparition. Son cœur était calme, aussi impassible que le fleuve ondoyant vers la mer pour y perdre son cours, ses propres eaux, sa force. Son cœur était transparent, qu'avait lavé la longue pluie de cette nuit. La longue pluie muette, chaude et salée comme des larmes d'homme. Des larmes d'homme effleuré par la grâce aux confins de sa propre détresse. Des larmes d'homme écoulées, peut-être, de la face de Dieu. Son cœur était si calme qu'il semblait déjà ne plus lui appartenir.

Nuit-d'Or-Gueule-de-Loup commença à redéscendre le chemin qu'il avait si lourdement gravi la veille. Il marchait d'un pas machinal parmi le paysage si familier de sa vie d'homme, devenu en cet instant paysage radicalement étranger où allait s'accomplir sa mort d'homme. A un moment il s'arrêta. Il quitta le chemin, s'éloigna de quelques pas vers le talus de bordure, s'assit sur son versant. Il contempla encore quelques instants le ciel où le jour commençait à rosir, les oiseaux à s'ébattre, puis s'allongea en travers du talus, la face tournée contre la terre.

Là, dans le silence et la roseur de l'aube, dans l'herbe rase toute craquante de givre, il se défit sans un mot, sans un geste, du cent d'années qu'il avait porté de bout en bout, comme une bête de somme porte son bât. Il l'avait porté avec joie et jouissance parfois, avec peine et révolte souvent, avec excès toujours, — il s'en défit très simplement. Il se coucha, front et paumes appuyés contre terre, et doucement il laissa son cœur cesser de battre.

Ce matin-là, lorsque Mathilde se leva et qu'elle ouvrit les volets de sa chambre à la Ferme-Haute, elle trouva à l'air un goût bizarre, un goût salé comme si le vent s'en venait de la mer ; et elle trouva au ciel une clarté glacée, au paysage un aspect insolite. Elle demeura un long moment à la fenêtre, inspecta le ciel et l'espace, mais, bien que rien n'eût changé en apparence, tout persistait à lui paraître étrange. Violemment étrange. — « Ce doit être parce que la neige a disparu, songea-t-elle, à cause de cette pluie qui est tombée toute la nuit. » Mais un doute s'incrustait en elle. Elle se sentait troublée, nerveuse, sans savoir pourquoi. Lorsqu'elle s'habilla et se saisit du lourd trousseau des clefs de la ferme pour l'accrocher comme chaque matin à sa ceinture, elle s'aperçut que toutes les clefs avaient rouillé. Le trousseau n'était plus qu'une grappe orangée de clefs distordues, corrodées. Comme souillées par un vieux sang séché.

Le sang de ses menstrues qu'elle avait refoulées de son ventre, interdites à son corps, depuis l'âge de vingt ans. Elle jeta brutalement le trousseau sur le sol, loin d'elle, avec un épouvantable dégoût. Car soudain il lui sembla que ce trousseau rouillé, qu'elle avait si longtemps porté à la hanche, au creux de l'aine, était en vérité un bout de ses propres entrailles. Ses entrailles de femme qu'elle avait mutilées par fureur et vengeance. Grappe d'ovaires desséchés, corrompus de colère, grappe de sang pourri, oxydé par la haine. Les clefs qu'elle avait détenues depuis le départ de son père hors de la ferme, comme une marque sacrée de son pouvoir en la demeure familiale, n'étaient soudain plus que déchets. Les clefs des chambres, des armoires, des coffres, des granges, n'ouvriraient dorénavant plus aucune serrure. Elle se sentit claquemurée dans sa chambre, dans sa ferme, enfermée jusqu'à l'étranglement. Claquemurée jusqu'à la folie dans son corps, son corps de vieille femme stérile, frigide, mutilée. Claquemurée dans son cœur pétrifié pour n'avoir su aimer qu'avec outrance, acrimonie et jalousie.

Elle tournait dans la chambre, les mains serrées contre les tempes, elle tournait comme une bête prise en cage. Elle étouffait. Elle retrouvait cette grande douleur qui s'était saisie d'elle dans la cour de la ferme ce jour où les soldats étaient venus mettre à feu et à sang sa famille, ce jour où la terre était si dure qu'elle ne parvenait pas à la creuser, pour y enfouir les corps de ceux qui venaient d'être tués. Ce jour où elle s'était couchée, à bout de force, sur le tas de cendres encore fumant où s'entassaient les corps calcinés. Mais elle s'était ressaisie, avait d'un coup repoussé la tentation du désespoir, ce jour-là.

Ce jour-là, — où elle avait appelé son père, l'avait supplié de la voir, de lui donner reconnaissance ; ce jour-là, où elle avait pleuré dans les bras de son père.

Son père... mais où donc était-il ? Elle avait froid, elle avait peur, elle étouffait encore bien plus que ce jour-là, et son père n'était pas à ses côtés... et la vieille Mathilde pressait ses mains contre ses tempes, elle se mordait les lèvres pour ne pas éclater en cris et en sanglots. Pour ne pas recrier « père ! père !... »

Elle n'était plus qu'une très vieille petite fille, Mathilde, prise d'une incommensurable terreur, et d'un besoin tout à fait fou d'être consolée dans les bras de son père. « Père, père, père... », gémissait-elle. Mais il n'était pas là, il ne l'entendait pas. Il ne l'avait jamais entendue. Et cette porte de la chambre qu'elle ne pouvait ouvrir ! Elle ne pouvait même pas s'enfuir, même pas courir à la recherche de son père. Elle était prisonnière dans sa chambre ; dans la chambre si vide où résonnait plus que jamais l'absence de son père. Absence intolérable, absence irrespirable. Elle étouffait. Alors la sensation d'étouffement se fit soudain si forte en elle, qu'elle se saisit d'un coupe-papier posé sur la commode et se trancha net la gorge.

Mathilde fut portée en terre le même jour que son père, le vieux Nuit-d'Or-Gueule-de-Loup, tenant ainsi jusqu'au bout la promesse qu'elle lui avait faite dans son enfance de ne jamais le quitter. Tenant jusqu'à l'extrême son amour fou d'enfant têtue et possessive pour un père dont elle avait fait son destin.

2

Tout lieu est lieu de nulle part, comme l'avait senti Nuit-d'Or-Gueule-de-Loup au moment de mourir. Tout lieu, fût-il empire ou simple hameau, n'est que lieu de passage. Mais dans leurs traversées des lieux les êtres ne cessent de prendre et de rendre un relais.

A la Belle-Ombreuse, où, depuis la mort de Nuit-d'Or-Gueule-de-Loup, Mahaut vivait plus que jamais recluse, rejetée totalement par son fils Octobre emmuré lui-même dans un mutisme qu'il s'était infligé par un acte barbare, la vie reprenait cependant. La petite fille à laquelle Douce avait donné naissance avant de disparaître, grandissait. Elle grandissait dans le nom que Septembre lui avait donné, Merveille. Et ce nom, tout autant, grandissait avec elle. Le monde était neuf pour elle et se faisait neuf autour d'elle. Son enfance ramenait en ce lieu une clarté nouvelle, une joie jusqu'alors inconnue. Septembre veillait sur cette enfance, il y puisait la force et la patience pour veiller également sur sa mère et son frère. De même à la Ferme-Haute, Fé chassait les ombres du passé. Autour de lui Rose-Héloïse, Nicaise et Crève-Cœur redécouvraient l'entrain et la beauté des jours par-delà les épreuves et les deuils.

Un autre enfant encore arriva à Terre-Noire. C'était par un après-midi d'automne. Il pleuvait. La voiture d'un gris métallique qui montait la route menant à la Ferme-Haute se distinguait à peine sous la pluie qui tombait avec force.

La voiture entra dans la cour. Une femme en sortit, enveloppée dans un imperméable blanc et s'abritant sous un grand parapluie noir. Le paysage tout autour était si gris qu'il semblait que toute couleur venait de disparaître de la terre comme si la pluie avait tout décoloré. Le monde, en cet après-midi, se réduisait à trois tons froids, — blanc, noir et gris. La femme fit le tour de la voiture, sortit du coffre une grosse valise puis vint ouvrir la portière du passager. Un petit garçon en descendit ; ses cheveux étaient d'un blond très pâle, comme du lin. Il se tenait tête baissée, d'un air revêche, et serrait à la main une mallette en toile. La femme, penchée vers lui, lui parlait, mais l'enfant gardait obstinément la tête baissée. Il se décida enfin à se mettre en mouvement, mais refusa de s'abriter sous le parapluie de la femme. Il marchait exprès en plein sous la pluie, d'un pas très raide, comme s'il voulait manifester son mécontentement, prouver à quel point il était seul, irrémédiablement. La femme monta les marches du perron, déposa la lourde valise sur le seuil, et frappa. Elle frappa longtemps, de plus en plus fort, avant d'entendre l'écho d'un pas en retour. Ce fut Nuit-d'Ambre-Vent-de-Feu qui lui ouvrit. Après la mort de Mathilde il était revenu s'installer à la ferme où il avait établi son atelier de menuiserie. Il occupait maintenant la grande chambre, celle qui avait appartenu à Nuit-d'Or-Gueule-de-Loup puis à Mathilde. — « Excusez-moi, dit-il en ouvrant, je ne vous entendais pas. » Il était tout couvert d'une fine sciure de bois qui brillait dans ses cheveux. Il pensa que la femme était peut-être une éventuelle cliente, ou bien simplement une voyageuse égarée par la pluie venue demander son chemin. — « Monsieur Péniel ? » fit la femme d'une voix hésitante. — « Oui, mais il y a plusieurs Péniel dans le pays, répondit Nuit-d'Ambre-Vent-de-Feu, lequel cherchez-vous ? » — « Charles-Victor Péniel. » — « Alors c'est moi. » Le petit garçon qui se tenait toujours d'un air boudeur sous la pluie sursauta imperceptiblement à ces paroles et renfonça aussitôt davantage sa tête dans ses épaules. — « Mais entrez ! » proposa Nuit-d'Ambre-Vent-de-Feu qui ne savait toujours pas ce que désirait la visiteuse. Il n'avait même pas remarqué la présence de l'enfant. La femme se tourna vers le petit garçon. — « Cendres, lui cria-t-elle, viens ! » Mais l'enfant ne bougeait pas, il pataugeait dans une flaque de boue pour mieux se salir les souliers et les jambes ; la femme dut redescendre les marches pour aller le chercher et le traîner de force par la main jusqu'au seuil. — « Entrons, maintenant, dit-elle. J'ai à vous parler, monsieur Péniel... C'est au sujet de... il s'agit de ce petit garçon qui... » Mais déjà elle ne savait trop comment s'y prendre pour expliquer le but de sa venue, par où ni par quoi commencer.

L'enfant coupa court à toute hésitation, tout discours. Il lui suffit de redresser soudain la tête et de lever un instant les yeux vers celui qui avait répondu « c'est moi » au nom de Charles-Victor Péniel, pour que tout soit dit. Car dès que Nuit-d'Ambre-Vent-de-Feu aperçut les yeux du garçon, il comprit. Ce qu'il comprit n'était rien de précis, de raisonné, c'était quelque chose comme une évidence brute, et insensée. Il comprit comme on reçoit un coup, violemment.

Les yeux de cet enfant il les connaissait. Il les connaissait jusqu'à la détresse, la honte. Il les connaissait à la folie. Ils étaient immenses, d'un gris de cendre, très pâle et lumineux. Des yeux tout mouillés par la pluie, comme s'ils avaient pleuré.

Les yeux de Roselyn.

Mais à l'œil gauche l'enfant portait la tache d'or des Péniel.

La femme n'eut pas à demeurer longtemps pour s'expliquer, convaincre. Elle était une amie de Thérèse Macé. Elle apprit à Nuit-d'Ambre-Vent-de-Feu que Thérèse était morte, il y avait à peine un mois. Mais la maladie qui avait fini par l'emporter avait duré plus de trois ans ; trois ans au cours desquels Thérèse avait lutté. Mais lorsqu'elle avait compris qu'elle ne pouvait plus résister, que sa fin se faisait imminente, elle avait demandé à son amie de conduire son fils, après sa mort, auprès de celui qui était son père. Elle n'avait pas douté un instant que Charles-Victor serait retrouvable, qu'il reconnaîtrait en cet enfant son fils ; qu'il comprendrait qu'il était plus encore que son fils. Et qu'il en prendrait charge. Elle n'avait pas douté, répétait l'amie qui, elle, semblait totalement douter de sa démarche et de l'aboutissement de sa mission. Mais Nuit-d'Ambre-Vent-de-Feu l'écoutait à peine ; il regardait l'enfant au regard fuyant, aux cheveux blonds ruisselant de pluie, aux mains rougies par le froid, serrées sur sa mallette de toile. Il le regardait en proie à un très obscur sentiment où se mêlaient la consternation, la terreur, et la joie.

La femme repartit, seule. L'enfant resta. Il s'appelait du nom du jour où il était né, Cendres. Il portait également dans son nom la couleur de ses yeux. Il ne cessait de se dérober au regard de cet homme inconnu que l'on prétendait être son père et demeurait tête baissée d'un air farouche, les doigts crispés sur sa mallette. Qu'avait-il à faire d'un père, d'un père tout à fait étranger, qu'on lui sortait comme ça d'un coup comme un diable d'une boîte à malices ? Rien ! Il ne voulait qu'une chose, retourner dans sa maison là-bas à Nevers, rue des Alouettes, avec sa mère.

Nuit-d'Ambre-Vent-de-Feu l'installa dans une chambre à côté de la sienne. Il ouvrit la grosse valise, rangea les vêtements et les objets de l'enfant qui ne prenait aucune part à cette activité, comme si rien de tout cela ne le concernait. Ce n'était pas chez lui ici, ce n'était pas sa chambre. Mais il ne se dessaisissait pas de sa mallette, l'eût-on battu qu'il ne l'aurait pas lâchée. Il ne répondait à aucune des questions que lui posait Nuit-d'Ambre-Vent-de-Feu, ne se laissait même pas approcher par lui, et surtout pas toucher.

Cendres demeurait replié sur lui-même avec une obstination presque mauvaise, repoussant toute tentative d'approche, toute marque d'affection que les autres autour de lui cherchaient à lui exprimer. Il refusait de se laisser séduire, d'être aimé autant que d'aimer. Ses yeux de jour en jour se faisaient bien moins couleur de cendre argentée que couleur de plomb. Il restait tapi comme un chien blessé dans cette solitude démesurée, insensée, où l'avait jeté la mort de sa mère. Il refusait même l'amitié de Fé qui vivait lui aussi à la ferme et était son cadet d'un peu plus de deux ans. Il ne jouait avec aucun enfant ; il ne voulait ouvrir son cœur à personne, il ne voulait pas être consolé. Il ne pleurait jamais, comme si même le fait de pleurer eût pu être une trahison à l'égard de sa mère. Il gardait ses larmes au-dedans de lui, tout au fond de son cœur, — comme un secret entre sa mère et lui.

Nuit-d'Ambre-Vent-de-Feu comprenait cet enfant dont il ne connaissait rien. Entre eux se tenait Thérèse. Thérèse morte. Thérèse qu'il n'avait connue que le temps d'un soir et d'une nuit ; qu'il avait aimée l'immensité d'une nuit. Il y avait déjà plus de sept ans de cela. Thérèse dont il n'avait rien oublié, — du corps si tendre, de la peau blanche et de la lourde chevelure blonde, de la voix grave, des yeux vert sombre, et de sa bouche. Sa bouche large et belle comme une blessure.

Thérèse en souliers verts marchant vers lui à travers la ville en émeute, marchant vers lui à travers la chambre emplie de mouettes aux cris figés dans le sucre et le sel... marchant vers lui à travers le corps absent de Roselyn. Thérèse en souliers verts accourant pour chercher Roselyn. Roselyn disparu. Son assassin attendait à sa place...

Nuit-d'Ambre-Vent-de-Feu comprenait cet enfant fuyant, muet et hostile comme il n'avait encore jamais compris quiconque. Il devinait tout de lui, de ses pensées, de son chagrin, de sa révolte. Il retrouvait en lui l'enfant sauvage qu'il avait lui-même été ; l'enfant blessé, abandonné, rebelle. Mais Cendres se révoltait en silence, il souffrait en douceur. Comme Roselyn aussi avait dû faire lorsque, enfant, il subissait les cris perçants de sa mère quand se levait le vent de l'océan.

En tout, tant au physique qu'au caractère, Cendres semblait à la croisée de deux extrêmes, comme s'il résultait de l'obscure fusion d'êtres inconciliables. Il y avait en lui autant de Roselyn que de Nuit-d'Ambre-Vent-de-Feu, autant du doux que du violent, — autant

389

de la victime que de l'assassin. Mais sa bouche, et les inflexions de sa voix, étaient celles de Thérèse.

Nuit-d'Ambre-Vent-de-Feu comprenait cet enfant, — jusqu'à l'aveuglement. Jusqu'à parfois n'y plus rien comprendre. Et cet enfant le tourmentait jour et nuit. Il n'osait pas transgresser la solitude farouche où se protégeait Cendres, parce qu'il ne savait pas trouver le chemin dérobé, la percée qui aurait pu le conduire en douceur jusqu'à son cœur. Il ne parvenait pas à gagner sa confiance, — plus qu'à tout autre d'ailleurs Cendres témoignait à Nuit-d'Ambre-Vent-de-Feu défiance et froideur. Car l'enfant le haïssait d'être son père ; un père sans lien avec sa mère disparue.

Cendres s'entêtait à vouvoyer tout le monde, même le petit Fé. Il vouvoyait son père ; parfois même il lui arrivait de lui parler à la troisième personne comme s'il était absent. De même se refusait-il à l'appeler papa. Il l'appelait monsieur. Cet acharnement de l'enfant à imposer ainsi d'impénétrables distances entre lui et les autres était si tenace que Nuit-d'Ambre se sentait de plus en plus accablé par son impuissance à vaincre cette hostilité, cette rage. Et l'amour qu'il éprouvait pour son fils était si malheureux, si trouble, qu'il finissait parfois à ressembler à de la haine.

Le désarroi de Nuit-d'Ambre-Vent-de-Feu était devenu tel à cause de cet enfant aux yeux gris dont le regard ne cessait de raviver le souvenir de Roselyn comme une douleur, et dont la bouche le renvoyait au désir impossible de Thérèse, qu'il l'éloignait encore davantage des autres. Il était incapable de demander aide ou conseil auprès de ceux de sa famille, car plus que jamais la pensée de son crime l'obsédait. Il lui semblait parfois que l'enfant aux yeux gris n'était venu à lui que pour l'accabler, au jour le jour, du poids de sa faute. Et il ne pouvait rien avouer de cela aux autres. Alors il se taisait, lié à ce fils orphelin par un lien aussi étranglé qu'intouchable.

Mais ce désarroi fit que le jour où Baladine revint à Terre-Noire il ne put trouver ni les mots ni les gestes pour la recevoir.

Elle revenait plus d'un an après sa dernière visite, mais seule cette fois-ci. Elle revenait sans Jason, et sans l'enfant dont tous deux avaient tant parlé. Elle revenait sans porter, ni au bras ni en elle, la petite Lilly-Love-Lake.

Lilly-Love-Lake, l'enfant imaginaire qui ne viendrait jamais au monde. Jason-Lack, l'enfant trop vulnérable qui ne serait jamais adulte.

Baladine revenait les bras chargés de cette double absence, le corps rongé de ce double vide.

Les saisons avaient passé sans que Jason prît garde qu'il s'agissait d'années. — « Bientôt, continuait-il à dire, bientôt nous quitterons Grenoble, nous partirons de France, nous irons là-bas, nous... » Mais à chaque fin d'automne lorsqu'il voyait s'éteindre lentement les éblouissantes flamboyances de la nature et l'hiver approcher, il décidait de demeurer une saison encore. Il était semblable aux lièvres et aux perdrix des montagnes qui changent leur fourrure et leur plumage chaque hiver pour l'accorder à la blancheur de la neige ; dès que tombait la première neige son cœur devenait blanc, étincelant, fou de nouvelles ascensions qu'il allait accomplir.

Ainsi avait-il repris le chemin des hautes crêtes, dès le début du dernier hiver. Une fois encore il était monté vers le bleu le plus pur du ciel, vers cette clarté souveraine, ce silence absolu des cimes. Une fois encore il s'était élancé à l'assaut des hauteurs pour y déposer son enfance. Mais c'était lui-même qu'il avait déposé, pas même dans les cimes, à mi-chemin seulement. C'était lui-même, tout entier, qu'il avait perdu. Par quel faux mouvement, quel faux pas, avait-il lâché prise et glissé, ses compagnons n'avaient pas compris. Ils l'avaient vu soudain se détacher de la paroi et tomber à pic dans le vide. Minuscule, dans le vide. Peut-être le faux mouvement n'était-il pas venu de lui, mais de cette enfance trop rêveuse qui n'en finissait pas de lui coller au cœur, aux mains, aux yeux. Peut-être le faux pas avait-il été provoqué par la montagne qui l'avait brutalement, sans raison, repoussé de son long flanc glacé. Ou peut-être la montagne ne l'avait-elle ainsi rejeté de son flanc que pour mieux le ressaisir, le garder tout à elle, rien qu'à elle, pour le cacher en elle. L'enfouir à jamais en elle, au fond d'une crevasse.

La montagne avait gardé Jason pendant des mois. Et pendant tout ce temps Baladine avait attendu. Elle avait attendu non pas que l'on retrouvât le corps de Jason, mais le retour de Jason vivant. Car elle avait nié, nié l'évidence de toute la force de sa passion. — « Il reviendra un lundi, se disait-elle dans la folie de son attente. Lundi, jour de Diane, la lune. Il reviendra un lundi. Lundi sera à nouveau le premier jour de Jason. Lundi, Jason... Lundi, Jason... » Mais le char de Diane était repassé des dizaines de fois sans jamais annoncer le retour de Jason. Car Jason ne relevait plus du passage des divinités planétaires ordonnançant les jours des hommes, mais d'une toute autre catégorie du temps.

Ce fut au printemps que l'on retrouva le corps de

Jason. Il fut retrouvé intact, car encore pris sous la glace. Il gisait couché sur le dos sous sa vitre de glace, le visage tourné vers le ciel, les yeux demeurés entrouverts. Mais l'une de ses mains était légèrement mutilée car la glace n'avait pas entièrement recouvert les doigts de sa main gauche et l'index, dressé en l'air comme s'il avait cherché à désigner quelque point invisible dans le ciel, avait dû être rongé par quelque animal, ou avait simplement pourri. Il lui manquait la dernière phalange. Seul ce petit bout de doigt noir, racorni, qui émergeait de la glace, le désignait à la mort.

Et Baladine vit Jason. Dès qu'on lui apprit que le corps de Jason avait été repéré, elle était partie avec les hommes chargés de le ramener. Elle refusait encore, plus que jamais, de croire à la mort de Jason. Pour la première fois elle était montée affronter la montagne. La hâte était si grande en elle de revoir Jason qu'elle la rendait plus agile et rapide que tous. Elle oubliait l'effort, la crainte, le danger.

Elle parvint au lieu de la chute. Elle vit Jason sous la glace, — ses yeux entrouverts qui n'exprimaient qu'un profond étonnement, ses mains si belles, aux doigts longs et minces, figées dans un de leurs gestes graciles. Comment aurait-elle pu croire à la mort de Jason, pourquoi aurait-elle dû y croire, alors qu'il lui apparaissait presque comme au premier jour de leur rencontre, — de l'autre côté d'un miroir. Mais il ne tenait pas de livre ce jour-là, ses mains étaient vides. Il était le livre. Le livre illisible.

« THE HEART IS A LONELY HUNTER. »

393

Absolument indéchiffrable.

Et pourtant, en cet instant, le cœur de chacun était plus solitaire que jamais. Mais que chassait-il donc, où chassait-il donc, le cœur de Jason ? Alors cette fois-ci, ce fut elle qui dit : — « Je suis là ! ». Elle ne l'avait pas dit, mais hurlé. Couchée sur la glace au-dessus de Jason, le recouvrant de tout son corps, ses yeux rivés au regard vide de Jason, sa bouche collée à la glace qui lui faisait saigner les lèvres, et frappant le sol de toute la force de ses poings, elle hurlait : — « Je suis là ! » Mais Jason ne répondait rien. Seule la montagne répercutait l'écho de ce cri, l'amplifiant démesurément, de gouffre en gouffre. — « Je suis là ! Je suis là ! Je suis là !... »

Son cri s'était brisé contre le doigt mutilé de Jason. Elle le vit moins qu'elle n'entendit, à travers le geste esquissé par ce doigt tronqué, la réponse interrogative qu'elle-même avait faite le jour de leur rencontre : — « Là où ? »

— « Là où ? » semblait demander Jason, son bout d'index noir pointé vers l'immensité du ciel, en plein vide.

— Là où ? » La question ne quittait plus Baladine. Là où, — où donc était Jason ? où donc sa joie, son amour ? où donc sa jeunesse ? où donc Lilly-Love-Lake ? où donc était sa vie ? où donc ce que l'on nommait mort ? Là où, là quoi ? Où donc Dieu ? Là où, la miséricorde et la paix ?

Là rien. Baladine ne trouvait rien. Baladine ne comprenait plus rien, elle devenait idiote, absolument privée d'intelligence. Le moignon de doigt noir, dressé par Jason en plein néant, lui tenait lieu de pensée.

Alors elle s'était mise à errer par les rues de la ville, avec des allures de clocharde, et des yeux de putain. Elle marchait pieds nus, ne pouvait plus supporter de chaussures ; il lui fallait sentir le sol au contact direct de sa peau, sinon le sol se dérobait sous elle. Elle regardait les hommes avec des yeux de folle, tout à fait fixes, comme pour s'assurer que derrière leur apparence ne se cachait pas Jason. Elle haïssait tous les hommes de n'être pas Jason. Elle se laissait prendre indifféremment par tous ceux qui avaient envie d'elle, car alors son corps n'était plus qu'une chose déchue en-deçà de toute sensation, tout sentiment, toute pensée ; un objet jeté au rebut qu'elle voulait encore davantage mortifier.

Puis elle revint à Terre-Noire. Elle n'avait pas d'autre lieu où aller. Terre-Noire était son plus familier nulle part. Jason n'était plus là pour la conduire sur les bords des grands lacs. Jason n'était plus là. N'était plus où ?

Là où ? Nuit-d'Ambre-Vent-de-Feu était le dernier à pouvoir apporter une réponse à une telle question aussi démesurée qu'absurde. Lui-même luttait comme un animal entravé, pris dans les rets d'une culpabilité d'autant plus destructrice qu'il refusait toujours de la reconnaître. Ce fut chez Thadée et Tsipele que Baladine trouva refuge, comme autrefois déjà. Mais le refuge qu'elle vint y chercher ressemblait surtout à la tanière d'un ours entrant en hibernation. Car elle n'était revenue qu'en somnambule. Elle n'entendait plus les autres, ne les voyait même pas, fussent Néçah ou Chlomo. Toute son attention était détournée, accaparée par son obsédante question. Où donc était

Jason, et où n'était-il pas ? Et elle-même confondait sa propre présence à l'absence de Jason. Elle avait fini par se coucher. La question l'avait prise corps et âme. Elle s'était alors enfoncée dans le sommeil pour traquer sa question le long d'un rêve interminable. Elle avait fermé les yeux très fort, comme autrefois lorsque, enfant, Nuit-d'Ambre-Vent-de-Feu l'emmenait à travers les broussailles des forêts hantées par le frère mort et qu'elle avait si peur qu'elle ne voulait rien voir. Plus rien voir du monde terrifiant du dehors. Elle avait serré les poings contre ses yeux, comme autrefois, pour les emplir de nuit et d'éclats de couleurs. Et elle avait rêvé.

Il lui fallait rêver. Dormir, pour ne pas perdre la raison ; rêver, pour ne pas perdre complètement Jason. Il lui fallait rêver pour ne pas mourir de la mort de Jason. Ne pas mourir de froid. Il lui fallait rêver pour s'arracher tous deux à l'emprise des glaces, se libérer de la montagne.

Elle se mit à rêver la lente descente du corps de Jason depuis la montagne jusqu'à la mer. Torrents, lacs, rivières, fleuves, cette descente était tortueuse, passait par toutes les eaux. Elle conduisait Jason hors des eaux figées, glacées, vers des eaux plus mouvantes, plus profondes et colorées. Elle le conduisait vers les fonds de la plus fantastique des mers, là où dans des gouffres verts et bleuâtres filent des bancs de poissons lumineux, dansent des hippocampes arquant leurs minces queues dentelées, glissent des méduses aux corps pareils à des cloches de verre ornées de longs filaments translucides. Dans des gouffres constellés d'étoiles de mer couleur de sable et de soleil, parmi des buissons d'algues rousses et jaunes, des coquillages spiralés, des mosaïques de coraux. Dans des gouffres violâtres plantés de vastes forêts rocheuses aux branches hérissées de turgescences d'or et fleuries d'anémones lie-de-vin, roses et orangées.

En fait c'était son propre corps qu'elle arrachait ainsi progressivement à la mort, c'était dans les profondeurs insoupçonnées de la chair qu'elle s'enfonçait, dans les zones les plus denses du sang, pour y retrouver la force et le désir de vivre. Elle entraînait une dernière fois Jason dans l'épaisseur et la rougeur de la chair, dans les antres du monde. Elle l'arrachait à la montagne, aux glaces, elle brisait la raideur de la mort pour lui rendre ampleur, mouvement, pulsation. Puisqu'il y avait mort, que cette mort soit tout sauf immobilité, qu'elle se fasse danse, glissement, nage, musique, élan et marche. Tout, sauf immobilité.

Elle rêvait, afin que la question de savoir où allaient les hommes après la mort puisse se faufiler à travers tous les replis de la terre, partout dans l'univers. Afin de transfondre le souvenir de Jason à sa propre chair, à son sang. Ce n'était pas à la montagne de garder le corps de Jason, d'y minéraliser son souvenir. C'était à elle, rien qu'à elle, de transfigurer le corps disparu de Jason pour lui rendre une vie sourde, secrète. Elle nourrissait Jason de son rêve, elle le nourrissait de la doublure fabuleuse de la chair. Voilà pourquoi elle dormait, sans trêve. C'était sa dormition d'amante. Un ultime commun sommeil avec Jason.

Un soir le conflit qui ne cessait de s'aiguiser entre Cendres et Nuit-d'Ambre-Vent-de-Feu éclata. L'enfant avait une fois de plus repoussé ses tentatives d'approche en se raidissant dans un silence devenu hautain à force d'être douloureux. Nuit-d'Ambre avait tendu la main vers lui, dans un geste affectueux, pour le conduire à sa chambre, mais le petit avait détourné la tête d'un air indifférent et croisé ses mains derrière ses reins. Excédé, Nuit-d'Ambre-Vent-de-Feu avait alors brutalement dressé sa main à hauteur du visage de l'enfant dans un geste devenu menaçant et lui avait crié : — « Vraiment, tu n'as pas vu ma main, hein ? Mais ainsi tu vas la voir, peut-être, dis ! Faudra-t-il donc que je te gifle pour que tu daignes voir ma main ? » Alors Cendres, le regardant droit dans les yeux, lui avait répondu d'un ton sec : — « Parfaitement je la vois. Et vous, l'avez-vous vue ? Elle n'est vraiment pas belle, on dirait un battoir. » Nuit-d'Ambre-Vent-de-Feu était resté ahuri par cette réponse. C'était vrai, il n'avait pas vu sa propre main, — pas remarqué combien elle était lourde et grotesque ainsi levée contre un enfant, prête à le frapper. Alors d'un coup, comme en un éclair, toute la soirée au cours de laquelle il avait livré Roselyn à la mort, lui était revenue. En un éclair fulgurant de clarté, de netteté. Un éclair foudroyant d'acuité. Il avait revu sa main à l'instant où elle avait poussé Roselyn par l'épaule pour le jeter, tout seul, au centre du salon blanc de lumière, — tout seul parmi les rires et le mépris des autres. Il avait vu sa main comme on voit un visage dans une lumière crue. Un visage congestionné par la colère, aux traits tirés jusqu'au rictus par le dédain à l'égard de l'autre, — le piteux ; aux yeux aveuglés par le besoin de blesser, d'humilier, de tuer l'autre, — la victime.

Il regardait la main que venait de dénoncer

l'enfant, et par elle il se voyait tel qu'il avait été le soir du crime de Roselyn.

Il avait laissé retomber lentement sa main dans le vide. Une sueur glacée lui serrait les tempes. D'une voix assourdie il avait demandé à l'enfant toujours figé dans la même posture face à lui. — « Jusqu'où me feras-tu souffrir ? » Et Cendres avec un calme effrayant, avait simplement répondu : — « Jusqu'à ce que je ne souffre plus. » — « Fous le camp ! Fous le camp immédiatement, disparais de ma vue !... » s'était alors écrié Nuit-d'Ambre-Vent-de-Feu qui n'avait retenu que de justesse les derniers mots :... « ou je te tue ! » Car Cendres venait de ranimer en lui la même fureur, le même éclat de noir désespoir qu'avait fait se lever en lui, des années auparavant, Roselyn.

L'enfant était monté dans sa chambre, sans plus lui prêter attention. Et lui était resté tout seul au bas des marches, les bras ballants le long du corps, les poings crispés. Il tremblait de rage, d'une rage d'autant plus ivre qu'elle se sentait dérisoire et impuissante. Une rage creuse, sifflante de vide, de colère, acérée comme un pal lui transperçant l'échine. — « Jusqu'où vas-tu me faire souffrir ? » La question lancée à l'enfant lui revenait, mais posée d'une voix de plus en plus aiguë, et visant non plus Cendres seulement, mais Roselyn.

— « Jusqu'où vas-tu me faire souffrir ? » La question s'emballait, se démultipliait à l'adresse de tous. Cendres, Thérèse, Roselyn, et ses parents, et son frère Jean-Baptiste, et Baladine ; et lui-même à la fin. A tous, à tous. Et à Dieu aussi bien.

Il quitta la maison, traversa son atelier où il prit un rouleau de corde qu'il jeta sur son épaule, et sortit. Dehors le vent soufflait avec violence.

La nuit tombait. Le vent chassait à toute allure des cohortes de nuages roux à l'horizon. Nuit-d'Ambre-Vent-de-Feu montait vers la forêt. Il s'en allait vers celui des trois bois du pays que l'on nommait le Petit-Bois-Matin. — « Jusqu'où vas-tu me faire souffrir ? » L'enfant avait répondu : — « Jus-qu'à ce que je ne souffre plus. » Tous les autres auxquels s'adressait cette question n'avaient certainement que cette même et unique réponse à donner. Mais comment savoir quand les morts ont fini de souffrir ? Comment savoir quand les morts ont fini de souffrir de tout le mal qu'on leur a fait, de toute la haine dont on les a chargés ? Et tout autant avec les vivants, comment parvenir à les libérer de leurs détresses, de leurs chagrins ? Nuit-d'Ambre-Vent-de-Feu se sentait aussi démuni face à Baladine que face à Cendres, — que face à Roselyn, à Thérèse. Sa jeune sœur qu'il avait tant aimée, — trop aimée, d'un amour malade, jaloux, voilà qu'il restait à présent désarmé devant sa peine, sa folie. Et ce fils inattendu, inespéré, qu'il aimait d'un amour rongé par la culpa-bilité, lui non plus il ne savait pas l'aider. Au fond, il n'avait jamais su aimer. Surtout pas lui-même. Depuis ce cri fou que sa mère avait lancé un soir de ses cinq ans, détruisant son enfance, l'amour en lui était devenu malade. Malade de peur, de colère, de jalousie. Et à force d'être malade l'amour en lui était mort ; il s'était défiguré en haine. Il n'avait jamais su aimer. Il n'avait fait que détruire. Il s'était réjoui de voir la mort emporter ses parents, il n'avait rien compris tant à l'amitié qu'à l'amour. Il avait trahi, jusqu'au crime, un ami. Un enfant lui était venu, mais cela même n'avait pas réussi à le sauver, comme Fé l'avait fait de Crève-Cœur.

Son cœur à lui était perdu. Le cri de sa mère l'avait irrémédiablement déchiré. Il avait à présent plus de trente ans, et son cœur était noir. Noir comme cette nuit qui glissait sur la terre, pierreux comme ce chemin qu'il gravissait. Son cœur était à sec, même plus à feu et à sang comme autrefois; simplement à sec. Desséché de mélancolie. Il ne saurait jamais aimer.

Il pénétra dans le bois. La nuit était froide et humide, sifflante de vent. Mais cela importait peu à un homme venu se pendre. Il ôta la corde de dessus son épaule et s'appliqua à faire un nœud. Ce fut à cet instant que l'autre apparut. Un inconnu, d'un âge égal au sien en apparence, et vêtu comme lui simplement d'une chemise malgré le froid. Une chemise de toile bleue, épaisse et lisse comme le tissu d'une bâche. Une chemise ample, qui claquait dans le vent. Il se tenait debout, légèrement adossé contre un arbre, à quelques pas de lui. Il le regardait faire. Quand Nuit-d'Ambre-Vent-de-Feu prit conscience de la présence de cet homme, il sursauta, terrifié, puis se reprit et lui lança avec colère : — « Qui êtes-vous et pourquoi restez-vous là à m'observer ? » — « Ce n'est plus à toi de poser des questions, répondit calmement l'inconnu, mais à moi. Qu'es-tu au juste en train de faire ? » — « Allez-vous-en, laissez-moi seul, je vous l'ordonne », trancha Nuit-d'Ambre-Vent-de-Feu. Mais l'homme répondit : — « Te souviens-tu de ce jour où tu avais lancé ton oiseau de toile et de roseau à l'assaut de Dieu pour qu'il aille lui crever les yeux et les tympans ? Te souviens-tu de ce jour de grand vent ? C'est un même vent qui souffle cette nuit. Sens ! » Et alors il s'était avancé lentement vers lui.

Son visage était étrange, à la fois impassible et tendu. Il s'approcha de Nuit-d'Ambre-Vent-de-Feu jusqu'à le frôler, et le regard qu'il maintenait sur lui était insoutenable de droiture et de force. Nuit-d'Ambre-Vent-de-Feu se saisit de la corde comme d'un fouet et en flagella l'homme en pleine face. Il aurait voulu lui faire éclater les yeux sous les paupières, lui briser le regard. Mais l'homme esquiva le coup et réussit à s'emparer de la corde qu'il jeta sur le sol. Après quoi il s'élança sur Nuit-d'Ambre-Vent-de-Feu comme un animal de proie, et lutta avec lui.

La lutte dura toute la nuit. Ils se battaient sans proférer un mot, les mâchoires obstinément fermées, les yeux rivés l'un à l'autre, et ce silence rendait encore plus violent leur combat. Ils tombaient, roulaient enlacés contre le sol, se relevaient pareillement enlacés. A bout de souffle, le cœur battant, ils reprenaient inlassablement leur lutte. La force de l'inconnu semblait inépuisable. Les premières lueurs de l'aube commençaient à poindre et ils luttaient toujours ; Nuit-d'Ambre-Vent-de-Feu se sentait si harassé qu'il avait l'impression de se battre en rêve. Il ne parvenait plus à éprouver les limites de son propre corps, il se confondait avec le corps de l'autre. Les coups qu'il portait à l'autre résonnaient tout autant dans sa propre chair. Mais il résistait toujours. — « Le jour va se lever, fit l'autre, il faut maintenant en finir », et, disant cela, il empoigna d'une main les deux bras de Nuit-d'Ambre-Vent-de-Feu qu'il lui tordit derrière le dos, et de l'autre main il lui saisit la tête par les cheveux. Alors il l'embrassa sur les yeux. Nuit-d'Ambre vacilla, frappé soudain par un violent sommeil, et s'effondra doucement sur le sol.

Lorsqu'il se réveilla, le jour était pleinement levé. Il était seul. L'autre avait disparu. Près de lui il trouva, à la place où l'inconnu avait jeté la corde avant de commencer la lutte, la longue et mince mue couleur d'ambre d'une couleuvre. Autour d'elle vrombissait une nuée de grosses mouches à reflets verts et bleus. Mais Nuit-d'Ambre-Vent-de-Feu ne distinguait plus les couleurs. Il voyait toute chose, le ciel, le paysage alentour, hors couleurs. Le monde et les êtres devaient dorénavant ne plus lui apparaître qu'en noir, gris et blanc. La tache dans son œil n'était plus flamme vive lui brûlant le regard et rougissant sa perception du monde, — elle était feu renversé consumant son regard du dedans.

3

Tout lieu est lieu de nulle part, mais sa force est immense quand l'homme y prend séjour.

Trois fois dans le passé les guerres avaient traversé le pays de Terre-Noire ; l'ennemi avait changé chaque fois son costume, sa monture, ses armes, mais le désastre avait toujours été le même. Puis ce pauvre pan de terre perdu au bout du territoire, après avoir été si souvent déclaré enjeu sacré et à ce titre déchiré comme un morceau de viande par des chiens affamés, était retombé lentement dans l'oubli. Dans l'indifférence et l'oubli. S'y était enlisé. L'histoire était partie porter ailleurs ses batailles.

Et Nuit-d'Ambre-Vent-de-Feu, celui qui était né après toutes ces guerres, et qui cependant n'avait cessé de se battre contre tous, contre tout, contre les siens et sa mémoire, contre les morts et les vivants, par colère et dépit, puis par jeu et cynisme, et à la fin par habitude, et par détresse aussi, — peut-être seulement toujours par détresse, lui aussi avait fini de guerroyer. Celui avec lequel il avait lutté toute une nuit l'avait vaincu, avait terrassé en lui toute fureur et toute haine. Celui contre lequel il avait lutté toute sa vie l'avait soumis. Mais cette soumission n'était pas engourdissement, indifférence et passivité, elle était encore tension, attente et étonnement.

Il s'étonnait de tout, tant sa nouvelle perception appauvrie du sens des couleurs rendait toute chose infiniment étrange. Cette monochromie transformait le monde et les êtres autour de lui, il lui semblait les découvrir. Découvrir en eux, précisément, la part du vide, la densité des zones d'ombre, qu'il n'avait su voir autrefois. Toute matière, fût-elle inerte ou bien de chair, lui apparaissait en une texture nouvelle ; il sentait la porosité de toute matière, il la sentait par son regard. Comme si sa vue, privée du sens des couleurs, s'était par ce manque même confondue à un autre sens, celui du toucher.

C'était cela : le visible se faisait pour lui tactile. Qu'il fût face à un paysage, face au ciel, ou face à des visages, il sentait chaque fois le grain du silence en eux comme on éprouve le grain d'un papier. Comme on caresse la peau de quelqu'un. Et il sentait cela avec une telle acuité qu'il en était bouleversé. Pareillement tout lui semblait inachevé, — paysages et visages étaient semblables à des lavis et des esquisses. Ils se montraient à lui dans un inachèvement qui les rendait tout à la fois plus fragiles et infiniment plus étonnants, car alors les lignes qui dessinaient leurs formes, les traits qui structuraient les faces, se révélaient lignes de fuite filant sans fin, traits s'étirant, en perpétuelle mouvance et métamorphose. Et c'était cet étonnement constant qu'il éprouvait face à tout et à tous depuis la transformation de son regard, qui ouvrait en lui tant de tension et de force d'attente. Il n'aurait su dire ce qu'il attendait, mais il aurait pu encore bien moins faire décliner cette démesure d'attente tendue en lui.

Cendres avait continué, après le soir du conflit, à tenir Nuit-d'Ambre-Vent-de-Feu à distance, mais cependant, imperceptiblement, son attitude de défiance se radoucissait. C'est que l'enfant avait remarqué que quelque chose avait changé en ce père qu'il n'avait retrouvé qu'au prix de la mort de sa mère, et qu'il haïssait à ce titre. Quelque chose d'indéfinissable avait changé dans le regard de ce père étranger, et se répercutait jusque dans ses gestes, sa voix, sa démarche. Indéfinissable, mais radical. L'enfant voyait cela, et bien qu'il ne comprît pas ce qui se passait vraiment, il en ressentait un trouble profond. Car par là il lui semblait que ce père-ennemi devenait soudain hors combat, hors rivalité, que la colère n'avait plus prise sur lui, qu'aucun défi ne pouvait dorénavant l'atteindre. C'était comme s'il sentait, très confusément, mais avec toute sa sagacité d'enfant, que Nuit-d'Ambre-Vent-de-Feu s'était subitement assoupli et ouvert et qu'un fond de tendresse insoupçonnée montait lentement faire surface, à ses yeux, à ses mains, à ses lèvres. A tout son corps. Et cette sourde montée de tendresse, pressentie en son père, désarmait de jour en jour Cendres de sa défiance et de sa haine. Mais d'être ainsi dessaisi de ses défenses, Cendres ne parvenait plus à se protéger contre le chagrin qu'il gardait de sa mère et qu'il n'avait jamais voulu exprimer. Un chagrin fou, bien trop grand pour son esprit d'enfant, bien trop violent pour son cœur d'enfant. Et toutes les larmes qu'il avait tant refoulées afin de ne pas avouer la réalité de son deuil inacceptable, montaient en lui, envahissaient tout son être. Alors les larmes le saisirent à la gorge comme deux mains indénouables.

Une nuit Nuit-d'Ambre-Vent-de-Feu fut réveillé par un bruit provenant de la chambre de Cendres. Le bruit d'un sanglot étouffé. L'enfant gémissait comme un petit animal. Nuit-d'Ambre s'était levé et, sans hésiter, avait pénétré dans la chambre de Cendres. C'était la première fois qu'il entrait dans la chambre de son fils depuis son arrivée. Il s'était approché du lit où l'enfant était recroquevillé, le visage enfoui dans les mains. La petite mallette de toile traînait au pied du lit, renversée et vide. Mais partout sur le lit, tout autour du corps replié de Cendres, s'étalaient des chevelures. Des chevelures de femme, roulées en nattes à moitié dénouées, et toutes d'un blond légèrement différent. L'enfant pleurait au milieu de ses draps jonchés de longs cheveux, comme un nageur blessé rejeté par la mer sur le sable blanc de la grève parmi de fines algues blondes. Comme un petit noyé rejeté par la mort.

Les cheveux de Thérèse. Cette chevelure où Nuit-d'Ambre-Vent-de-Feu avait plongé son visage et ses mains toute une nuit, — et il se souvenait combien le poids, l'odeur et la douceur de ces cheveux lui avaient ravi les sens et enchanté le cœur. C'était sa peau qui se souvenait; toute sa chair se faisait mémoire.

Les cheveux de Thérèse maintenant échoués là, épars, comme des herbes mortes, autour de l'enfant. Et l'enfant se souvenait de ce premier matin où, entrant dans la chambre de sa mère comme chaque matin à son réveil, il avait vu les cheveux tombés sur l'oreiller. C'était tout au début de la maladie. Les cheveux étaient tombés, tous, puis avaient repoussé, étaient à nouveau tombés. Cette chute avait scandé les assauts de la maladie, suivi le temps des traitements. Pendant trois ans. Lorsqu'elle était morte elle portait à nouveau sa belle chevelure, car à la fin l'ampleur de la maladie était devenue telle que les traitements qui provoquaient cette chute n'étaient même plus prescrits. Elle était morte, la chair dévorée par la maladie, le visage émacié comme un masque de cire devenu transparent. L'enfant se souvenait du fin visage si fragile, si nu, perdu au creux d'une chevelure qui semblait l'étouffer. Mais la nuit il était venu auprès du corps de sa mère qui reposait dans la chambre et il lui avait coupé les cheveux. Tous les cheveux de sa mère ne devaient appartenir qu'à lui, à lui seul, et il refusait de les partager avec la mort. Il avait volé les cheveux de sa mère à la mort. Et chaque nuit, il s'endormait dans ces chevelures maternelles qu'il ne cessait de nouer, de dénouer, de brosser, d'embrasser.

L'enfant se souvenait. Et c'était de cela qu'il pleurait, — d'avoir à se souvenir. Car la mémoire des enfants n'est pas faite pour se souvenir, pour se retourner sur le passé et se figer en cette pose. Leur passé est trop mince encore, trop bref et trop brûlant, et leur mémoire est une force en marche grande ouverte sur l'avenir. La mémoire des enfants est faite pour courir dans l'imprévu des jours comme dans une marelle. Aussi y avait-il torsion du temps en Cendres du fait qu'il soit soudain, si précocement, obligé d'arrêter sa mémoire.

Il pleurait, replié au milieu des cheveux, — trace innombrable et blonde de la disparition de sa mère. Il sanglotait tout seul, au centre du cercle dessiné par les chevelures rendues inodores et muettes par la mort. Il gémissait au cœur de sa mémoire brisée, éclatée.

Cendres, Roselyn, Thérèse ; les trois se confondaient, s'interpellaient. Nuit-d'Ambre-Vent-de-Feu s'était senti, en cet instant, ne plus être qu'un lieu de traversée, un corps de résonance. Il s'était assis au bord du lit de son fils, s'était penché vers lui. Longtemps sa main était restée suspendue au-dessus de la tête de l'enfant, puis, lentement, s'y était posée. Cendres avait tressailli, mais n'avait pas repoussé la main qui lui caressait doucement les cheveux. Cette main le caressait aussi doucement que celle de sa mère, lorsque, le soir, elle venait l'embrasser dans son lit avant de refermer la lumière pour mieux l'ouvrir au sommeil. Cette main était semblable à celle de sa mère. Alors ses sanglots avaient progressivement cessé et il avait fini par murmurer d'une voix étouffée autant de chagrin que d'un soudain sursaut d'espoir fou : — « Maman ?... » Et Nuit-d'Ambre-Vent-de-Feu, penché à la croisée de ces appels lancés entre les morts et les vivants, avait répondu simplement : — « Je suis là. »

Il était là, absolument présent à son fils, absolument aimant. Il était là, — père et mère confondus. Et l'enfant était là, — Cendres et Roselyn confondus. Puis il s'était allongé à côté de l'enfant, le serrant dans ses bras, il avait répété : — « Je suis là, dors maintenant, dors mon petit », et il s'était endormi avec lui, pressé tout contre lui. Au matin, lorsqu'il s'était réveillé, il avait vu Cendres assis en tailleur près de lui sur le lit, tous les cheveux rassemblés entre ses genoux comme une botte de paille. Il le regardait. Et son regard était apaisé, et droit. Pour la première fois son regard ne fuyait plus, ne défiait pas. Nuit-d'Ambre-Vent-de-Feu avait souri, et l'enfant avait souri à son tour, pour la première fois. Un sourire un peu timide, à la façon de Roselyn, mais qui éclairait ses yeux d'un éclat si lumineux que leur gris prenait une teinte d'argent.

Et cet éclat d'argent, Cendres ne devait plus le perdre ; à tel point que bientôt il fut surnommé à son tour comme les autres Péniel. On l'appela Nuit-d'Argent. Ainsi glissait la nuit dans la vie des Péniel, ainsi déclinait-elle leurs noms. Elle glissait comme une coulée de cire où chacun, tour à tour, marquait l'empreinte de ses pas, de son cœur, et inscrivait son nom tout à la fois en relief et en creux. Un nom lu, en même temps, par les hommes et par Dieu. Un nom, aussi, interpellé en même temps par la mort et par la vie. Un cœur toujours à déchiffrer, des pas toujours à chiffrer.

La nuit glissait. Elle avait coulé comme une eau sombre, une encre noire, dans le cœur de Baladine. Une encre où s'était écrit un songe, où s'était tracé le long parcours de Jason arraché à l'emprise des glaces, où s'était esquissée sa dérive. Sa délivrance. Baladine n'aurait jamais d'enfant de l'homme qu'elle avait tant aimé, et qu'elle aimait toujours autant. C'était, au fil de ce songe liquide et couleur d'encre, Jason lui-même qui était devenu son enfant. Jason-Love-Lake. Le songe avait tout confondu : — le passé au présent, le futur au passé, le fleuve à la mer et la mer aux grands lacs, le réel à l'imaginaire, l'attente à la mémoire, l'enfant à l'amant, et la joie à la peine. Le songe avait tout transfondu : — le désir et l'amour, l'amour et la mémoire, l'absence et la présence, le corps disparu au corps resté en vie. Le songe avait tout apaisé. Un lac s'était ouvert tout au fond de la mer.

Un jour Baladine parvint au bout de son songe. Jason ne pesait plus en elle, n'étouffait plus son cœur. Il était devenu léger, doux et léger en elle, transparence et clarté à son cœur. Le lieu où se trouvait Jason ne se posait dorénavant plus comme une obsédante et douloureuse question. Jason reposait tout entier dans l'amour de Baladine, — son amour devenu mémoire. Sa mémoire vive. Et Jason se mouvait, respirait, reprenait part au monde et à la vie, dans l'espace ouvert par cette mémoire immense, illuminée. Car l'amour en elle s'était fait plus têtu que l'absence et la perte, plus tenace que la détresse. L'amour avait détourné la mémoire de la mélancolie, l'avait arrachée au regret et au deuil, pour la tourner vers la joie. Une joie qui gardait en son fond le goût et la brûlure des larmes, mais qui refusait de plier ; la joie d'avoir aimé avec tant de désir, avec tant d'insouciance et d'excès. Et cela ne pouvait être détruit, perdu. Voilà ce qu'avait écrit le songe en elle ; le songe avait sondé le verbe aimer comme on sonde le lit d'un fleuve, un gouffre, un souterrain, une maladie ou une plaie, pour en mesurer la profondeur, l'ampleur, la qualité, — la gravité. Le songe avait arpenté le verbe aimer dans tous ses sens, avait exploré toutes ses formes et ses voix, l'avait conjugué à tous les temps, pour en éprouver la résistance, l'étendue et la force. Et le songe avait révélé qu'avoir aimé ne relevait pas du seul temps passé, mais de tous les temps, présents aussi bien que futurs.

Baladine s'éveilla de son sommeil, mais le songe ne devait plus cesser de se poursuivre en elle, de veiller au fond de sa mémoire transfigurée. Dans sa mémoire toujours en marche vers Jason tout à la fois, à chaque instant, perdu et retrouvé. Le temps pouvait recommencer, les ans reprendre leur inexorable cours, et même un autre amour pourrait lui advenir un jour, plus tard, et plus tard encore la vieillesse pourrait s'approcher, s'installer en elle jusqu'à l'usure, — son amour de Jason était inaltérable. Rien ne pourrait le livrer à l'oubli, à la perte, l'enfouir dans un passé révolu. Jason était un invisible, un éternel et merveilleux enfant à jamais sien, tout autant délivré de l'âge que de la mort.

La nuit glissait. Elle glissait sans fin dans les yeux de Thadée, s'épanouissait pour lui comme un livre en mouvement écrit dans un alphabet d'étoiles. Un livre qui racontait bien plus que la seule histoire des hommes. Un livre qui racontait la mémoire des mondes. Un livre en perpétuelle écriture où s'inventaient à tout instant de nouveaux mondes. Un livre en constante brûlure où disparaissaient à tout instant des mondes.

Dans ce livre infini et mouvant Néçah écrivit une ligne. Une brève ligne de quelques mots. Quelques noms. Quelques étoiles. Pour ses dix-sept ans Thadée et Tsipele avaient fait une fête. C'était par un soir de printemps. Tsipele avait dressé la table dans la cour, près des lilas en fleur. A la fin du repas elle avait apporté le gâteau d'anniversaire planté de dix-sept bougies que Thadée avait allumées. Dix-sept fines bougies couleur d'ivoire. Néçah avait ouvert ses mains devant les flammes, comme pour les protéger du vent, et ses doigts étaient devenus translucides, semblables eux-mêmes à de minces flammes roses. Puis elle avait penché son visage vers le gâteau hérissé de bougies qui grésillaient imperceptiblement. L'odeur des lilas se mêlait à celle du gâteau couvert de miel et d'amandes, à celle du sucre et de la cire. Et le visage de Néçah s'était illuminé à la lueur des flammes, ébloui de roseur, de transparence. Alors, écartant ses mains, elle avait soufflé sur les dix-sept bougies pour les éteindre toutes d'un coup. Son souffle avait emporté les dix-sept flammes, mais non pour les éteindre. Son souffle avait arraché les flammes aux bougies et les avait lancées dans la nuit. Les flammes s'étaient envolées comme un essaim d'insectes jaunes et rouge orangé aux ailes légèrement bleutées et avaient piqué droit vers le ciel, en stridulant ainsi que des cigales ivres d'odeurs et de chaleur. Des cigales ivres de nuit et de l'éclat des étoiles plus que de jour et de soleil. Elles avaient traversé l'immensité du ciel, rayé de bout en bout le silence de la nuit comme une plaque de verre en un long crissement, puis s'étaient fichées dans un coin du ciel, y dessinant une nouvelle constellation. Dix-sept flammes-étoiles qui diffusaient là-haut une lueur un peu sourde et tremblante.

Ils avaient mangé le gâteau au miel et aux amandes. Et le goût leur en était resté longtemps dans la bouche, mêlé à celui de cette nuit percée de flammes et emplie de lilas. Néçah avait gardé sur les paumes, aux ongles et dans les yeux, et sur les lèvres aussi, l'éblouissante transparence jetée par les bougies ; l'avait gardée pour toujours. Et son regard, ses gestes et son sourire en étaient devenus plus doux, plus graves encore, doués d'une grâce si admirable qu'elle étonnait tous ceux qui la voyaient, fussent ses proches, et leur faisait baisser les yeux de surprise et de trouble. Et leur mettait aussi au cœur, à chaque fois, un instant de joie pure.

Mais cette grâce qui habitait Néçah était si grande, si mystérieuse, que certains jours elle lui faisait presque violence. La grâce en elle n'était nullement cette infinie légèreté qui avait visité autrefois Violette-Honorine, l'enfant aux roses, l'enfant si consumée d'amour que la miséricorde avait saigné à sa tempe comme une plaie tout le temps de la guerre ; l'enfant aux roses, morte d'avoir aimé sans garde ni mesure. La grâce en Néçah était si intense qu'elle se faisait parfois feu et poids dans son cœur et sa chair. Feu d'une faim prodigieuse, poids d'un désir fantastique. Alors elle s'asseyait sur les marches de la maison ou sur le bord d'un chemin et, les mains posées sur la poitrine, grandes ouvertes sur les seins, elle se mettait à chanter en balançant le buste et inclinant la tête d'une épaule à l'autre. Elle chantait d'une voix grave, presque rauque, et très chaude, qui semblait lui monter du

413

profond des entrailles, et qui scandait un rythme levé du fond des âges. Et tous ceux qui entendaient ces chants sonores, ces chants de femme éclatants d'une beauté qui se faisait violence et rougeoiement de chair, se sentaient pris de désir. Pris de désir comme par une force, un élan. C'était comme si depuis la nuit de ses dix-sept ans Néçah avait soufflé sur le feu du monde, avivant tout autant les feux du ciel et de la nuit, que ceux qui couvent dans la terre, et dans la chair des humains.

La nuit glissait, n'en finissait pas de glisser, de traverser les jours. Elle ondoyait au revers des jours comme une coulée d'étain, les étamant pour qu'ils réverbèrent plus vivement, plus ardemment la lumière du ciel. Elle ruisselait dans le sang des hommes, elle tournait dans leurs cœurs, les laquant de son tain pour qu'ils réfléchissent toute image, tout sentiment et toute sensation avec plus d'acuité, d'acidité, de force. La nuit encrait le cœur et la chair des vivants pour y mieux dessiner les tracés du désir, y mieux calligraphier les noms et les cris de l'amour. La nuit s'ouvrait et se creusait et s'évasait sans fin ainsi qu'un encrier. Un encrier de pierre, d'écorce, de sel, de verre. Encrier de mémoire.

La nuit renversait sans cesse son encrier dans la mémoire des hommes et la mémoire bruissait continûment du très confus murmure tissé par le temps s'écrivant, par le passé s'enlaçant au présent, s'élançant vers l'avenir. La nuit dictait obstinément aux hommes les dits de la mémoire, de leur propre mémoire qu'ils tentaient cependant toujours de fuir, de faire taire, de renier. La nuit, tenace, forçait les hommes à faire mémoire. A faire mémoire jusque dans les déserts de l'oubli. Car cette encre de nuit était autant d'oubli que de mémoire.

Et la mémoire filait en chacun, toujours plus vite, toujours plus loin, au fil de l'âge. Ainsi en Baladine délivrée du deuil de Jason pour être allée jusqu'au bout de la perte et du ressaisissement, pour avoir inversé l'emprise du mort sur le vif en un geste soudain mûri du fond d'un songe. Ainsi en Crève-Cœur délivré de sa folie pour avoir arraché le souvenir d'un enfant à l'amnésie de l'histoire et l'avoir déposé en un nouvel enfant. La mémoire en eux avait recouvré tous ses droits, repoussé ses frontières par-delà les limites de la peur, de la douleur et de la honte. La mémoire en eux avait retrouvé ampleur et mouvement, et était devenue gravide. Elle portait bien davantage que les souvenirs des autres ; elle portait traces d'eux, des traces vives qui étaient forces bien plus que formes. Des traces en marche.

Et de même en Nuit-d'Ambre-Vent-de-Feu. La nuit en lui avait glissé comme une eau lourde et violente. La nuit en lui avait lutté comme un remous d'eau sombre frappant contre un barrage. La nuit en lui avait roulé le sourd mugissement des houles noires de la mémoire. Encre noire translucide comme la pierre d'obsidienne. Pendant trente ans. Mais Nuit-d'Ambre-Vent-de-Feu n'avait cessé de résister, de crier non, de dresser les brisants de ses cris contre ces déferlements de mémoire. Il avait crié plus fort que la clameur de la mémoire, avait couru plus vite que ces assauts de vagues remontées du passé. Il avait brisé en son nom tous les échos, extirpé toutes les racines ; il s'était voulu sans liens, sans histoire. Sans hiers. Il avait tourné résolument le dos à la nuit et s'était inventé un jour pur de toute ombre. Il avait tenté de se peindre un beau jour artificiel armé d'un grand soleil immuable à la lumière acide à flanc même de nuit, pour y dissoudre la nuit, ses ombres, ses échos. Ses ombres embrassantes, ses échos suppliants. Pendant trente ans. Il avait peint le jour à flanc de nuit, comme on repeint sur un fond de vieux papier pour masquer les taches et craquelures du mur. Il avait fini par peindre avec le sang et les larmes, volés à un jeune homme encore enfant, pour mieux reboucher tous les trous et les failles, pour aviver l'incandescente lumière de son soleil d'oubli, en aiguiser l'âcreté. Mais la nuit n'était pas plane et pleine comme un mur, et le sang et les larmes de la victime n'étaient nullement acidulés. La nuit était en creux, la nuit était un gouffre. Nuit-d'Ambre-Vent-de-Feu n'y avait peint qu'un voile. Même pas ; il avait esquissé l'illusion d'un voile. Le sang était de sucre, les larmes étaient de sel. Il n'avait pas peint une lumière acide. Pas même une lumière ; il avait barbouillé une lueur malade, pétrie de ténèbres bien plus que la nuit même. Une lueur craquante et oxydée, — croûtes de sucre et de sel, croûtes de sang. Une lueur douce jusqu'à l'écœurement, l'étouffement, le vertige, et piquante jusqu'à la morsure, la lancination. Il n'avait peint qu'un chancre de soleil à la lueur térébrante sur fond de nuit. Sur le fond insondable de la nuit.

Et le chancre de son soleil factice n'avait plus cessé de s'ouvrir, de saigner, de craquer, de suer. Plaie à métamorphoses, allant toujours en s'enfiévrant. Plaie qui longtemps s'était boursouflée, défigurée. Plaie refrappée par la main d'un inconnu venu lutter avec lui, au corps à corps. Depuis ce jour la plaie s'était à nouveau transformée ; elle se transfigurait. Elle s'ouvrait toujours, et saignait et brûlait, mais autrement. Elle saignait moins qu'elle ne pleurait des larmes de sang, et sa sueur aussi était de larmes. A la place du soleil factice transsudait un visage. La plaie devenait suaire.

La nuit se faisait suaire. Grand suaire de peau que déchirait la mémoire de toutes parts. Et elle était immense la mémoire, immense et terrifiante, immense et magnifique. Elle s'en montait de si loin, de si profond, qu'elle n'était plus une houle mais s'élançait comme une gigantesque lame de fond que nul écueil ne pouvait dorénavant retenir.

La nuit se faisait suaire où lentement, inexorablement, affleurait un visage. Mais ce visage encore demeurait muet, et sans regard. Il se tenait au loin, dans le flou, l'incertain.

Et de même se tenait Nuit-d'Ambre-Vent-de-Feu, — il se sentait comme exilé loin de lui-même. Un exilé hors de soi-même, privé de son regard d'autrefois. Un destitué, dessaisi de sa colère, de sa haine et de sa jalousie. Il lui semblait flotter en lui-même, dans ce vide inouï ouvert en son cœur et sa pensée, et il ne cessait de s'égarer dans ce nouveau désert intérieur. Il se sentait même davantage qu'un exilé ; il était comme un extradé brutalement expulsé du lieu où il avait trouvé refuge, pour être livré à un pouvoir extérieur. Mais il ne comprenait rien à cette force extérieure qui s'était saisie de lui, elle était sans repères, sans formes ni limites, elle ne portait même pas de nom. Il lui semblait qu'elle était même encore plus dépourvue que

417

lui, plus vulnérable. Il se sentait un extradé dans un pays inconnu, — dans un pays qui n'existait même pas. Extradé dans le plus absolu nulle part. Extradé au cœur d'une nuit étrangère ; nuit devenue suaire, nuit portant visage. Visage d'inconnu aux yeux et bouche clos.

Alors, d'où venait-elle donc cette voix qui fêla le silence de cette nuit étrangère, de quelle bouche ? Car il vint une voix ; un chant plus frêle qu'un soupir d'enfant dans son sommeil. Mais celui qui chantait n'était nullement dans le sommeil. Il était dans la veille et l'attente, dans la quête et l'écoute. Dans la supplication et la perte de soi, depuis toujours. Celui qui chantait était un homme qu'une question, une unique question, avait tourmenté toute sa vie. Qu'une question, toujours la même, et si simple, si nue, avait rongé jour après jour, nuit après nuit, comme ronge la rouille. Mais la peur longtemps avait étranglé la réponse.

Une question, toujours la même, avait usé sa vie, usé son cœur, jusqu'à la trame, usé son corps comme un outil à la lame élimée. Avait usé jusqu'à sa voix. Sa voix si maladroite qui n'avait su que bégayer, comme si la peur de répondre à la lancinante question, qui lui avait tant taraudé le cœur, avait entrecoupé son souffle et sa parole de doute, d'hésitation. Une question pourtant si simple, dérisoire presque même. Dérisoire et terrible.

— « M'aimes-tu ? » demandait la question. Trois mots de rien, appartenant au langage de tout le monde, de n'importe qui ; au langage des petits enfants autant que des amants ou des vieilles gens.

— « M'aimes-tu ? » Trois mots à vous couper le souffle et la parole. Trois mots par trois fois répétés à Pierre le disciple, — celui qui par trois fois avait répondu « Je n'en suis pas » à ceux qui lui avaient demandé, la nuit où son maître venait d'être livré, « N'es-tu pas, toi aussi, un des disciples de cet homme ? » Il avait fallu que cet homme qu'il avait renié par frayeur, mourût dans la détresse, fût descendu au tombeau, qu'il disparût et qu'enfin, retraversant la mort il s'en revînt, pour que Pierre fût arraché au poids de son triple reniement. Il avait fallu que cet homme lui posât par trois fois sa question, attristant par là même Pierre dont il ne semblait pas entendre, ou ne pas croire la réponse, pour que Pierre s'arrachât définitivement à lui-même en disant à la fin : — « Seigneur, tu sais tout, tu sais bien que je t'aime. » Comme si tout de lui-même, Pierre, venait de basculer en l'autre, jusqu'à l'aveu de son amour. Jusqu'à l'évidement total de lui-même en cet autre qui détenait le mystère de son amour. Alors l'autre lui avait dit, mesurant par avance l'étendue inouïe de cet amour devenu fou à force de dépouillement : — « Tu étendras les mains et un autre te ceindra et te mènera là où tu ne voudrais pas. »

— « M'aimes-tu ? » La question avait rongé la vie du Père Delombre, le prêtre bégayant qui n'avait su qu'exaspérer ses paroissiens, décourager ses supérieurs. Elle l'avait usé jusqu'à ce qu'à son tour il étendît les mains dans le vide et attendît la certitude de sa propre réponse de la part de celui-là même qui ne cessait de la lui mendier.

Il avait étendu les mains dans le vide, il avait ceint ses reins de vide, et il s'était laissé conduire comme un aveugle, un prisonnier, hors de lui-même. Il avait quitté sa paroisse dont un autre avait repris la charge. Il n'avait plus de charge, plus de fonction. Il n'avait plus d'autre charge que son amour, plus d'autre fonction que d'aimer. Il avait tout quitté et s'était retiré dans la solitude, comme autrefois les Pères du désert. Mais le désert où il s'était rendu était d'arbres et de ronces, non de sable. Il vivait dorénavant en reclus dans le bois des Amours-à-l'Event, dans une ancienne cabane de chasseurs faite de branches, de terre et de broussailles. Celle-là même où, il y avait trente ans de cela, des chasseurs flanqués de leurs chiens avaient cherché abri contre la pluie avant de retourner traquer le gibier. Le temps d'une éclaircie ils étaient ressortis ; mais la lumière était confuse et les feuillages ruisselants ne laissaient entrevoir que des formes trompeuses. Ils étaient trois, et l'un avait cru deviner la silhouette d'un jeune chevreuil. Et ils avaient tiré. Il y avait eu un cri, un cri bref, comme d'étonnement, aussitôt étouffé. Un cri comme n'en poussent pas les bêtes. Puis un bruit, celui d'un corps qui doucement s'effondre. Le bruit d'un corps qui n'était pas de bête. Les chiens avaient couru en aboyant mais les chasseurs, eux, avaient gardé un moment le silence et l'immobilité. Ils continuaient à écouter ce double écho fait à leurs tirs, ils continuaient à l'écouter alors même que déjà tout s'était tu, sauf les chiens. Ils écoutaient, les mains glacées sur la crosse de leurs fusils, le cœur en arrêt. Ils écoutaient un silence qui n'était pas d'animal abattu.

Il s'agissait d'un enfant, un petit garçon de huit

ans. Un enfant qui avait toujours aimé courir les bois, et que la pluie avait surpris. Il s'était abrité sous les branches d'un charme. La pluie s'était remise à tomber. Les chasseurs avaient soulevé le corps de l'enfant et l'avaient rapporté à la maison de ses parents. Là-bas, à la Ferme-Haute. Depuis ce jour aucun chasseur n'était revenu en ce lieu. Seul à présent y vivait Joseph Delombre et nul ne s'aventurait jusqu'à lui. D'ailleurs nul ne savait où il s'était retiré ; nul ne s'en souciait.

— « M'aimes-tu ? » Il n'avait même plus à répondre à cette question, son corps entier était devenu réponse. Son corps déjà vieux, amaigri par les jeûnes, marqué par la pauvreté, les nuits de veille, le froid. Son corps d'homme enfin délivré de ses doutes, de son angoisse, de sa honte. Son corps livré absolument à la folie de son amour ; son corps devenu transparence. Son corps devenu pur élan, dans son immobilité même. Et il avait compris cela, le vieux Delombre : que celui qui lui avait si longtemps demandé s'il l'aimait ne l'avait fait que parce qu'il ne pouvait faire autrement, car il n'était lui-même qu'un mendiant, un suppliant. Il avait compris qu'il n'y a pas que l'homme qui crie vers Dieu, sans mesure, sans fin, tant par colère que par un espoir insensé, mais que Dieu aussi crie vers l'homme. Il avait senti que Dieu se mendie aux hommes, et que la plus grande humilité de la part des hommes était, peut-être, de se pencher vers ce Dieu accroupi dans les bas-fonds de leurs cœurs, ce Dieu souillé du sang, des sueurs, de la crasse et des larmes des hommes.

Alors il chantait, le vieux Delombre, il chantait

dans sa cabane de terre et de branchages perdue dans un fourré du bois des Amours-à-l'Event ; il chantait de sa voix grêle, très doucement tremblée, qu'étouffaient les broussailles.

Une voix que nul alentour ne pouvait entendre ni même deviner tant elle était ténue et se tenait tapie au ras de la terre, enfouie derrière les herbes, les ronces, les écorces.

Et cependant elle s'en fut, cette voix, emportée par le vent. Elle était devenue si légère, comme une bruine, un pollen. Elle s'échappa d'entre les broussailles, se faufila entre les herbes, descendit la colline, se mêlant aux mille imperceptibles bruissements de la terre pénétrée lentement par le soir, — froissements et chuchotements. Elle glissa jusqu'au fleuve coulant en contrebas. Et ce fut là, sur la berge du fleuve, qu'il se trouva quelqu'un pour la percevoir.

Nuit-d'Ambre-Vent-de-Feu marchait le long du fleuve ; il revenait de Montleroy. Il rentrait par le chemin bordant le fleuve ; c'était là le plus long chemin, le plus détourné, mais Nuit-d'Ambre-Vent-de-Feu aimait longer ses berges calmes, le cours impassible de ses eaux grises. Le vent, lorsqu'il filait à fleur d'eau, semblait plus vif, plus rapide, et la terre à ses abords exhalait avec plus de force ses odeurs. La lumière, la lumière surtout, s'y faisait différente, comme si l'eau rehaussait son éclat, réverbérant les innombrables nuances de ses lueurs à travers les herbes et les feuillages des rives. Et quand le soir tombait, l'obscurité de même se teintait du gris aux reflets mauves, verdâtres et bleutés de l'eau. Nuit-d'Ambre-Vent-de-Feu ne distinguait plus les couleurs mais il percevait le jeu infini des ombres et des tonalités avec une acuité extraordinaire.

Et puis les sons eux-mêmes se transformaient au bord de l'eau, ils s'y doublaient d'une résonance étrange, un peu sourde, comme si l'humidité, le froid et la griseur de l'eau les dépolissaient, y fondaient une doublure d'or et d'argent amatis. Les sons s'y faisaient presque touchables.

Et c'est ce qui advint ce soir-là. Nuit-d'Ambre-Vent-de-Feu se sentit soudain effleuré par un son, plus qu'il ne l'entendit. Comme un souffle sur la nuque. Un souffle très léger qui s'enroula à son cou, puis glissa le long de ses bras pour se poser au creux de ses poignets, là où le bleu des veines transparaît sous la peau plus fine et vulnérable. Un son qui était une voix, et cette voix chantait. Et les mots de ce chant se mirent tout doucement à battre dans son pouls, à rouler sous sa peau, à remonter jusqu'à son cœur. Des mots très simples, des mots tout nus, ceux d'une brève prière que l'on chante à l'office. Mots de l'*Agnus Dei*.

Mais la voix qui chantait modulait chaque mot avec tant d'attention, tant de passion où se mêlaient la joie et la supplication, la douleur et l'espoir, que le sens porté par chacun de ces mots prenait une ampleur infinie, une gravité insoupçonnée. Chaque mot éployait et son sens et son ton comme ces fleurs d'onde, s'ouvrant à la surface d'une eau dormante sous le jet d'un caillou, et dans un même mouvement se creusait, se déhisçait, entrait en rotation et s'élançait en ligne droite. Ligne de tangence le long de laquelle filait la clarté de la grâce.

La voix glissait, elle ondoyait dans le sang de Nuit-d'Ambre-Vent-de-Feu, elle pénétrait sa chair, elle forçait son cœur, roulant ses mots ainsi que des galets. Galets de feu autant que de glace, de verre autant que de bronze, et sombres autant que blanchoyants. *Agnus Dei, qui tollis peccata mundi, miserere nobis.* La voix s'attardait étonnamment sur les voyelles, s'y évasant jusqu'à prendre une inflexion suppliante. Mais il y avait aussi comme l'épanouissement d'un sourire dans l'éploiement de cette voix.

La voix n'en finissait pas de déployer sa phrase. Sa phrase lente, toujours plus vaste. Et les mots ondulaient entre ombre et clarté, — portant ombre et clarté. Et les mots nageaient entre détresse et espérance, entre les larmes et le sourire, — porteurs de grâce. Car portés par la grâce. Et la voix, une seconde fois, reprit sa phrase. *Agnus Dei, qui tollis peccata mundi, miserere nobis.* Les voyelles se faisaient béantes maintenant, ouvraient un espace sans limites comme une plaine s'étendant à perte de vue. Nuit-d'Ambre-Vent-de-Feu s'était presque arrêté, il marchait au ralenti, les mains flottant dans le vide. Il regardait ses mains, comme s'il cherchait à lire dans leurs paumes le secret de cette voix qui irradiait son chant à travers tout son corps ; mais il n'y avait aucun secret à déchiffrer. Rien qu'un instant de mystère à laisser passer.

Le soir était tout à fait tombé, et l'horizon, dissous dans la pénombre, ne délimitait plus le ciel de la terre. De même disparaissaient les berges, et l'eau se confondait à la terre. Une même rumeur, sourde, continue ; une même senteur, vivace, prégnante. Une troisième fois la voix entonna son chant. *Agnus Dei, qui tollis peccata mundi, dona nobis pacem.* Une troisième fois la voix s'enfla en proférant le mot *peccata,* modulant la dernière voyelle jusqu'à la douleur, la douceur, la folie.

Jusqu'au désastre de la douleur, de la douceur. Mais les mots se liaient les uns aux autres, s'enlaçaient les uns aux autres, ainsi que des volubilis. Mots en spirale, mots-liserons, belles-de-jour à fleurs blanches. *Dona nobis pacem.*

Belles-de-jour dont la beauté s'était forgée au plus noir de la nuit, dont les volutes étaient d'abord torsions et les racines ronces.

Peccata. Pacem. Mots-liserons à la lente et imprévisible éclosion. A la très surprenante éclosion.

Peccata/Pacem. Deux mots irréconciliables, absolument. Deux mots insensés dans une même phrase. Deux mots de radicale désunion entre lesquels seule la grâce pouvait jeter un trait d'union. Et c'était ce mince trait d'union que passait la voix tout de tendresse et de patience du vieux Delombre.

Peccata-Pacem. Unique et double fleur contorsionnant son corps pour se dresser d'un même élan côté nuit et côté jour. La voix passait le trait d'union, passait le mot mi-nuit-mi-jour.

Peccata-Pacem. Et la miséricorde crevant le néant du péché, s'arrachant à la tourbe du mal. Et la miséricorde déchirant l'épaisseur de la nuit.

Peccata-Miserere-Pacem. La voix passait les trois mots de la plus grande plainte qui puisse être chantée, de la plus longue imploration qui puisse être pâtie, — jusqu'à l'émerveillement.

L'AUTRE NUIT

L'AUTRE NUIT

Nuit-d'Ambre-Vent-de-Feu s'éloigna de la berge et reprit son chemin vers la ferme où l'attendait son fils. Le soir déjà faisait place à la nuit. La voix perçue au bord du fleuve retombait lentement dans le silence. La voix se retirait, elle semblait se mourir. Mais elle ne mourait pas, elle ne le pouvait pas. Elle ne retournait au silence que pour mieux établir l'espace infini ouvert par son chant, que pour mieux libérer la force de ses mots. L'instant de pure grâce était passé, comme passent les instants d'amour fou. Puis la nuit se referme. Mais elle n'est plus la même. Ne sera plus jamais la même. Désormais la nuit porte, quelque part en son flanc gigantesque, un trou. Une trouée par où le jour peut poindre à tout instant ; jaillir et se mettre à luire. La grâce n'est qu'une déchirure, très brève, fulgurante. Mais rien ne peut la refermer. Une minuscule déchirure, et tout alentour se trouve transformé. Non pas magnifié, mais transfiguré. Car tout prend visage. Non pas face de gloire et de puissance, mais profils de pauvres. Et ces profils, innombrables, aux traits fuyants à contre nuit, il faut alors les dénombrer, apprendre à les nommer ; à chaque fois, uniques. La grâce n'est qu'une pause où le temps se retourne, frôlant l'éternité. Après quoi il faut recommencer, se remettre au travail, se remettre à durer. La grâce est une faux qui arase le monde, le met à nu, à cru ; alors on ne peut plus marcher, plus regarder, plus rien toucher, sans prendre garde à la vulnérabilité infinie de ce monde écorché. Elle met à vif, à sang, les cinq sens, et de ce sang s'écoule un sixième sens. Celui de la miséricorde. *Peccata-Miserere-Pacem.* La grâce n'était que cela, — le passage d'un mot. Du plus démesuré de tous les mots. Miséricorde.

Nuit-d'Ambre-Vent-de-Feu remontait vers la ferme. Il n'était plus un extradé, pas même un exilé. Il était simplement un errant. Un errant sur sa propre terre. Un vagabond qui portait Dieu sur ses épaules. Car il y a en Dieu une part d'enfance éternellement renouvelée, et qui demande à être prise en charge.

Il marchait. La nuit était à présent tout à fait descendue. Elle n'était plus d'eau, ni de terre ni de roses, ni de sang ni de cendres ; elle n'était pas davantage d'arbres, de vent, de pierres. Elle était tout cela mêlé, tout cela transfondu comme le goût d'un fruit étrange dans la bouche. Dans la bouche brûlée de tant de cris ; cris devenus simple chant murmuré en sourdine. Elle n'était plus d'éléments ni de chair, la nuit. Elle était autre. Elle était une marche.

Elle était autre, la nuit. Elle était un marcheur, un passeur, un porteur. Nuit-théophore.

Nuit-d'Ambre-Vent-de-Feu rentrait, la nuit était déjà très avancée.

Moins que jamais n'allait se refermer le livre. Mais

il n'allait pas davantage se retourner, il n'allait plus recommencer. La parole venait de lui être coupée ; avec tant de douceur, avec tant de violence, qu'elle ne pouvait plus se reprendre. Toute parole était en fuite désormais. La parole était surprise, et prise de vitesse par une autre parole qui n'était ni fracas ni tout à fait silence, mais quelque chose comme un très bas murmure.

Le livre se déchirait de toutes parts, se disloquait. Il avait tant marché à contre nuit qu'il était parvenu à l'extrême bout de la nuit, avait basculé de l'autre côté de la nuit. Et les mots s'échappaient, filaient à toute allure, fonçaient droit devant eux, sans souci de se perdre, sans souci d'arriver. Le livre se défeuillait, se désœuvrait complètement. N'avait plus rien à raconter. Il s'effaçait, faisait place à la nuit. A la nuit sise dans la brisure des mots, des noms, des cris, des chants, des voix.

Détruit, le livre, radicalement détruit ; en perte totale de mots. Seule demeurait la nuit. Une nuit hors les mots.

DU MÊME AUTEUR

Aux Éditions Gallimard

LE LIVRE DES NUITS
JOURS DE COLÈRE

Aux Éditions Maren Sell & Cie

OPÉRA MUET

COLLECTION FOLIO

Dernières parutions

Impression Bussière à Saint-Amand (Cher),
le 13 octobre 1989.
Dépôt légal : octobre 1989.
1ᵉʳ dépôt légal dans la collection : septembre 1989.
Numéro d'imprimeur : 9859.
ISBN 2-07-038161-7./Imprimé en France.